Michael J. Sullivan

DAS FEST VON AQUESTA

RIYRIA 5

Aus dem Englischen von
Wolfram Ströle

Klett-Cotta

Dieses Buch ist zu hundert Prozent meiner Frau gewidmet, Robin Sullivan.
Man hat mich gefragt, wie ich so starke Frauen schaffen kann,
ohne dass ich ihnen Schwerter in die Hände gebe. Das ist Robins Verdienst.
Sie ist Arista.
Sie ist Thrace.
Sie ist Modina.
Sie ist Amilia.
Und sie ist meine Gwen.
Diese Serie ist eine Hommage an sie.
Das ist dein Buch, Robin.

I hope you don't mind that I put down in words
How wonderful life is while you're in the world.

– ELTON JOHN, BERNIE TAUPIN

Hobbit Presse
www.hobbitpresse.de
Die Originalausgabe erschien unter dem Titel »Heir of Novron/Wintertide«
© 2012 by Michael J. Sullivan
© Karte by Michael J. Sullivan
Für die deutsche Ausgabe
© 2016 by J. G. Cotta'sche Buchhandlung
Nachfolger GmbH, gegr. 1659, Stuttgart
Alle deutschsprachigen Rechte vorbehalten
Printed in Germany
Umschlaggestaltung: Birgit Gitschier, Augsburg;
Illustration: Federico Musetti
Gesetzt von Dörlemann Satz, Lemförde
Gedruckt und gebunden von CPI – Clausen & Bosse, Leck
ISBN 978-3-608-96016-7

Vierte Auflage 2022

Inhalt

1
Aquesta *7*

2
In tiefer Finsternis *23*

3
Baron Breckton *33*

4
Hochzeitsvorbereitungen *41*

5
Spuren im Schnee *61*

6
Im Palast *73*

7
In noch tieferer Finsternis *91*

8
Ritter Hadrian *105*

9
Die Winde-Abtei *119*

10
Das Adelsbankett *133*

11
Ritterliche Tugenden *155*

12
Die Nachfolgeregelung *171*

13
Das Haus in der Heidestraße *185*

14
Das Turnier beginnt *205*

15
Die Jagd *231*

16
Das Gottesurteil *271*

17
Finsternis *285*

18
Wintertid *301*

19
Neuanfang *325*

20
Das angenommene Damengambit *345*

21
Auf der Langdon-Brücke *355*

Länder und Götter Elans 375

*Karte der Welt Elan
auf den Seiten 378–379*

1

Aquesta

Manche Menschen sind besonders geschickt, andere haben Glück, aber für Minte galt in diesem Augenblick weder das eine noch das andere. Es war ihm nicht gelungen, die Geldbörse des Kaufmanns loszuschneiden, und er erstarrte, während er die Hand noch um den Beutel geschlossen hielt. Er wusste, dass unter Taschendieben nur eine einzige Berührung erlaubt war, und war entsprechend nach zwei früheren Versuchen jeweils in der Menge untergetaucht. Ein dritter vergeblicher Versuch bedeutete, dass er wieder nichts zu essen bekam. Deshalb konnte er nicht loslassen: Sein Hunger war zu groß.

Mit den Händen unter dem Mantel des Kaufmanns wartete er. Der Mann hatte ihn noch nicht bemerkt.

Soll ich es noch einmal versuchen?

So abwegig der Gedanke war, sein leerer Magen siegte über die Vernunft und in einem Moment der Verzweiflung warf er jede Vorsicht über Bord. Das Leder war merkwürdig dick. Er säbelte mit seinem Messer daran herum und schließlich löste sich die Börse, aber trotzdem stimmte etwas nicht. Da bemerkte er seinen Irrtum auch schon: Statt der Riemen der Börse hatte er den Gürtel des Kaufmanns durchgeschnitten.

Zischend wie eine Schlange glitt der mit dem Gewicht einer Pistole und eines Messers beschwerte Ledergurt vom Bauch des dicken Mannes und fiel auf das Pflaster.

Minte hielt die Luft an und rührte sich nicht, während die vergangenen zehn enttäuschenden Jahre blitzartig an ihm vorbeizogen.

Lauf!, rief eine Stimme in seinem Kopf, denn ihm blieb nur ein kurzer Moment, bevor sein Opfer ...

Der Kaufmann drehte sich um.

Er war groß und massig und hatte von der Kälte gerötete Hamsterbacken. Als er die Börse in Mintes Händen bemerkte, riss er die Augen auf. »He, du!« Er griff nach seinem Dolch und musste überrascht feststellen, dass der verschwunden war. Er tastete nach seiner Pistole und sah beide Waffen auf der Straße liegen.

Minte folgte endlich der Stimme seines klügeren Ichs und floh. Der gesunde Menschenverstand sagte ihm, dass man, wenn man einem tobenden Koloss entkommen wollte, am besten durch einen schmalen Spalt schlüpfte. Also duckte er sich und robbte unter einem Bierkarren hindurch, der vor dem Wirtshaus ZUM BLAUEN SCHWAN parkte. Auf der anderen Seite sprang er hastig auf und rannte in eine Gasse. Messer und Börse hielt er an die Brust gedrückt. Der Neuschnee behinderte ihn, und als er um eine Ecke bog, kam er mit seinen kleinen Füßen ins Rutschen.

»Haltet den Dieb!« Die Rufe waren nicht so nah, wie er befürchtet hatte.

Er rannte weiter. Am Stall angekommen, duckte er sich unter dem Zaun hindurch und schlich den Misthaufen entlang. Erschöpft lehnte er sich mit dem Rücken an die hintere Wand, steckte das Messer in den Gürtel und schob die Börse unter sein Hemd, wo sie eine Beule hinterließ. Um ihn dampfte der Mist. Er keuchte und sein Herzschlag dröhnte ihm in den Ohren.

Elbrecht kam durch den Schnee geschlittert und fing sich am Zaun ab. »Da bist du ja!«, rief er. »Wie dämlich von dir, einfach dazustehen und darauf zu warten, dass der Dicke sich umdreht. Du bist wirklich zu dumm, Minte, ich kann es nicht anders sagen. Ich weiß nicht, warum ich mich überhaupt mit dir abgebe.«

Minte und die anderen Jungs nannten den dreizehnjährigen Elbrecht den »Alten«. Er trug als einziger ihrer kleinen Bande einen richtigen Mantel, ein schmutziggraues Teil, das von einer angelaufenen Messingbrosche gehalten wurde. Elbrecht war der Klügste und Geschickteste von ihnen und Minte enttäuschte ihn nur ungern.

Brand traf kurz nach Elbrecht lachend am Zaun ein.

»Das ist nicht lustig«, sagte Elbrecht.

»Aber ... er ...« Brand bekam einen erneuten Lachanfall und konnte nicht weitersprechen.

Er war wie die anderen beiden mager, schmutzig und mit einem Sammelsurium von Kleidungsstücken der verschiedensten Größen bekleidet. Seine Hose war zu lang und in den Falten der aufgekrempelten Beine sammelte sich der Schnee. Nur die Jacke passte. Sie war aus grünem Brokat gefertigt und mit weichem Leder besetzt und wurde vorn mit aufwendig aus Holz geschnitzten Knebelknöpfen geschlossen. Brand war ein Jahr jünger als der Alte, aber größer und breiter. In der stillschweigenden Rangfolge innerhalb der vierköpfigen Bande stand er an zweiter Stelle – was Elbrecht an Ideen hatte, setzte er mit Muskelkraft um. An dritter Stelle rangierte Kine, denn er war der beste Taschendieb. Damit belegte Minte den letzten Platz, was ja auch zu seiner Größe passte, denn er war nur etwa vier Fuß groß und wog kaum mehr als eine nasse Katze.

»Hör auf, ja?«, schimpfte der Alte. »Ich versuche doch nur, dem Jungen etwas beizubringen. Der Kaufmann hätte ihn töten können. Was er getan hat, war dumm, anders kann man es nicht sagen.«

»Ich fand's genial.« Brand wischte sich die Augen. »Ich meine, klar war es dumm, aber zugleich auch irgendwie der Wahnsinn. Wie Minte einfach nur dasteht, während der Fettwanst nach seinen Waffen greift. Nur sind die weg, weil der kleine Penner ihm den ganzen Gürtel abgeschnitten hat! Und dann ...« Brand kämpfte mit einem erneuten Lachanfall. »Das Beste ist, wie Minte wegläuft und der Dicke sich an die Verfolgung macht. Und dann rutscht ihm die Hose runter und er fällt um wie ein Baum. *Rumms!* Mitten in die Gosse. Bei Maribor, war das lustig.«

Elbrecht versuchte ernst zu bleiben, aber Brands Lachen war so ansteckend, dass sie alle lachen mussten.

»Also gut, es reicht.« Elbrecht behauptete sich wieder und kam gleich auf das Geschäftliche zu sprechen. »Sehen wir uns die Beute an.«

Minte zog die Börse unter seinem Hemd hervor und gab sie ihm mit einem breiten Grinsen. »Fühlt sich ziemlich schwer an«, sagte er stolz.

Elbrecht zog den Beutel auf, untersuchte den Inhalt und hob enttäuscht den Kopf. »Nur Kupfermünzen.«

Er wechselte ein Stirnrunzeln mit Brand und Minte sank in sich zusammen. »Der Beutel hat sich so schwer angefühlt«, murmelte er.

»Was jetzt?«, fragte Brand. »Soll er es noch mal versuchen?«

Elbrecht schüttelte den Kopf. »Nein, und wir alle müssen uns eine Zeitlang vom Kirchplatz fernhalten. Zu viele Menschen haben Minte gesehen. Wir gehen in Richtung Stadttor. Unterwegs halten wir nach Neuankömmlingen Ausschau. Vielleicht haben wir ja bei denen Glück.«

»Soll ich ...«, begann Minte.

»Nein. Gib mir mein Messer wieder. Jetzt ist Brand dran.«

Die Jungen liefen zur Mauer des Palasts und folgten der Spur, welche die morgendliche Wache im Schnee hinterlassen hatte. Sie schlugen einen Bogen in Richtung Osten und gelangten zum Platz des Imperiums. Besucher aus ganz Avryn trafen derzeit zur Winterfeier in Aquesta ein und auf dem belebten Hauptplatz bot sich Taschendieben und anderen Gaunern ein reiches Betätigungsfeld.

»Da.« Elbrecht zeigte zum Stadttor. »Die beiden. Siehst du die? Den Großen und den Kleinen.«

»Sehen ziemlich erledigt aus«, sagte Minte.

Brand nickte. »Vollkommen fertig.«

»Waren wahrscheinlich die ganze Nacht im Schneesturm unterwegs«, erklärte Elbrecht mit einem hungrigen Lächeln. »Na los, Brand, mach die Nummer mit dem Stallburschen, der seine Hilfe anbietet. Und du siehst ihm dabei zu, Minte. Vielleicht ist das ja was für dich. Zum Taschendieb taugst du jedenfalls nicht.«

Royce und Hadrian ritten auf eisverkrusteten Pferden auf den Platz des Imperiums. Die Decken, in die sie sich wegen der Kälte gemummt hatten, waren schneebedeckt und ließen sie aussehen wie Gespenster. Obwohl sie alle verfügbaren Kleider angezogen hatten, waren sie nur unzureichend für die winterlichen Straßen gerüstet, von den Bergpässen zwischen Rehagen und Aquesta ganz zu schweigen. Der Schneesturm, der die ganze vergangene Nacht getobt hatte, hatte ihre Not noch verschlimmert. Sie hielten die Pferde an und Hadrian blies in seine aneinandergelegten Hände, um sie zu wärmen. Sie besaßen beide keine Handschuhe. Hadrian hatte seine Hände in Lappen gewickelt, die er von seiner Decke abgerissen hatte, Royce hatte sie in die schützenden Ärmel gezogen. Doch der Anblick der Ärmel ohne Hände war ihm unangenehm. Er fühlte sich an Esrahaddon erinnert. Royce und Hadrian hatten bei der Durchreise durch Rehagen von Esrahaddons Ermordung erfahren. Der alte Zauberer war für immer zum Schweigen gebracht worden.

Sie hatten sich Handschuhe beschaffen wollen, aber bei ihrer Ankunft in Rehagen auf Flugblättern von der bevorstehenden Hinrichtung Degan Gaunts gelesen. Der Anführer der Nationalisten sollte im Rahmen der Feierlichkeiten zu Wintertid öffentlich in der imperialen Hauptstadt Aquesta verbrannt werden. Hadrian und Royce hatten auf der Suche nach Gaunt viele Monate auf See und im unwegsamen Dschungel verbracht. Seinen Aufenthaltsort jetzt an jeder Schenke der Stadt angeschlagen zu sehen, verursachte ihnen deshalb sehr gemischte Gefühle. Aus Angst, zu spät zu kommen, waren sie am folgenden Morgen deshalb in aller Frühe aufgebrochen, lange bevor die Läden öffneten.

Royce wickelte seinen Schal vom Hals, setzte die Kapuze ab und sah sich um. Der verschneite Palast nahm die gesamte Südseite des Platzes ein, die anderen Seiten waren von Läden gesäumt. Kürschner hatten pelzbesetzte Mäntel und Hüte in ihren Schaufenstern ausgestellt, Schuhmacher sprachen vor ihren Läden Passanten an und erboten sich, ihre Stiefel einzufetten. Bäcker lockten die Reisenden mit wie Schneeflocken geformten Plätzchen und Gebäck, das mit Puderzucker bestreut war. In Ankündigung der bevorstehenden Festlichkeiten wehten überall bunte Fahnen.

Royce war gerade abgestiegen, da kam ein Junge auf ihn zu. »Darf ich Euch die Pferde abnehmen, meine Herren? Pro Nacht im Stall wäre das nur ein Silbertaler pro Pferd. Ich bürste sie persönlich ab und sorge dafür, dass sie guten Hafer bekommen.«

Hadrian stieg ebenfalls ab, schob die Kapuze zurück und lächelte den Jungen an. »Singst du ihnen abends auch noch ein Schlaflied?«

»Selbstverständlich, mein Herr«, antwortete der Junge schlagfertig. »Das kostet zwar zwei Kupferpfennige mehr, aber ich habe wirklich eine sehr schöne Stimme.«

»Bei allen anderen Ställen der Stadt kann man Pferde für fünf Pfennige unterstellen«, brummte Royce.

»Nicht in diesem Monat, Herr. Seit drei Tagen gelten die Preise für Wintertid. Ställe und Zimmer gehen weg wie warme Semmeln, vor allem in diesem Jahr. Ihr habt noch Glück, weil Ihr so früh dran seid. In zwei Wochen wird man die Pferde wahrscheinlich in Decken wickeln und auf den Feldern abstellen. Und eine Unterkunft kriegt man dann nur noch auf dem Boden. Man stapelt die Leute für fünf Silbertaler pro Nase wie Klafterholz. Ich kenne die besten und billigsten Wirtshäuser der Stadt. Ein Silbertaler ist momentan der günstigste Preis. In ein paar Tagen werdet Ihr das Doppelte zahlen müssen.«

Royce betrachtete ihn aufmerksam. »Wie heißt du?«

»Man nennt mich Brand den Unerschrockenen.« Er straffte sich und rückte den Kragen seiner Jacke zurecht.

Hadrian lachte leise. »Warum das?«

»Weil ich vor keiner Prügelei zurückschrecke, Herr.«

»Bist du auf diese Weise zu deiner Jacke gekommen?«, fragte Royce.

Der Junge sah an sich hinunter, als sehe er die Jacke zum ersten Mal. »Diesem Lumpen? Ich habe zu Hause noch fünf bessere. Aber heute trage ich die, damit die guten nicht vom Schnee nass werden.«

»Tja, Brand, kannst du die Pferde zum Gasthaus ALTE BURG in der Coswell Avenue bringen und sie dort im Stall unterstellen?«

»Selbstverständlich, Herr. Eine gute Wahl übrigens, mit Verlaub. Der Wirt ist ein anständiger Mann und berechnet günstige Preise. Ich wollte Euch soeben dasselbe Gasthaus vorschlagen.«

Royce sah ihn mit einem Grinsen an. Dann wandte er sich an die beiden Jungen, die in einiger Entfernung standen und so taten, als würden sie Brand nicht kennen, und winkte sie näher. Die Jungen zögerten, aber als er noch einmal winkte, gehorchten sie widerwillig.

»Wie heißt ihr?«, fragte er.

»Elbrecht, Herr«, antwortete der Größere der beiden. Er war älter als Brand und trug ein Messer unter dem Mantel. Offenbar war er der Anführer der Bande und hatte Brand für die Nummer mit den Pferden vorgeschickt.

»Minte, Herr«, sagte der andere, dem Aussehen nach der Jüngste. Seine Haare waren vor nicht allzu langer Zeit mit einem offenbar stumpfen Messer geschnitten worden. Er trug Lumpen aus schmutziger, zerschlissener Wolle. Aus Hemd und Hose ragten rosig leuchtend Handgelenke und Schienbeine hervor. Am besten zu passen schien ihm von all seinen Kleidern ein zerrissener Stoffbeutel, den er sich über die Schulter gehängt hatte. Denselben Stoff hatte er sich um die Füße gewickelt und mit Schnüren an den Knöcheln befestigt.

Hadrian ließ den Blick über die Ausrüstung wandern, die er am Sattel mit sich führte, entfernte das Langschwert und steckte es in die Scheide, die er unter seinem Mantel auf dem Rücken trug.

Royce gab dem ersten Jungen zwei Silbertaler, dann sagte er, an alle drei gewandt: »Brand bringt unsere Pferde in den Stall der ALTEN BURG und bucht uns ein Zimmer. Ihr beide bleibt so lange hier und beantwortet einige Fragen.«

»Moment, Herr, wir können doch nicht ...«, begann Elbrecht, aber Royce sprach schon weiter.

»Wenn Brand mit einer Quittung von der Herberge zurückkehrt, bekommt jeder einen Silbertaler. Wenn er nicht zurückkehrt, sondern durchbrennt und die Pferde verkauft, schneide ich euch beiden die Kehle durch und hänge euch an den Füßen am Palasttor auf. Euer Blut sammle ich in einem Eimer und schreibe damit auf ein Schild, dass Brand der Unerschrockene ein Pferdedieb ist. Dann spüre ich ihn mit Hilfe der Palastwache und anderer Verbindungen, die ich in dieser Stadt habe, auf und sorge dafür, dass er dasselbe Schicksal erleidet.« Royce sah Brand grimmig an. »Haben wir uns verstanden?«

Die drei Jungen starrten ihn mit offenen Mündern an.

»Bei Mar!«, brachte Minte schließlich heraus. »Ihr seid ganz schön misstrauisch, Herr.«

Royce grinste unheilvoll. »Buche das Zimmer auf die Namen Grim und Baldwin. Und jetzt los, Brand, beeil dich. Nicht, dass sich deine Freunde noch Sorgen machen müssen.«

Brand ging mit den Pferden, die anderen beiden Jungen sahen ihm nach. Als Brand sich noch einmal umdrehte, schüttelte Elbrecht kaum merklich den Kopf.

»Und jetzt erzähl uns doch, was in diesem Jahr alles zu Wintertid veranstaltet wird.«

»Also ...«, begann Elbrecht. »Es wird wahrscheinlich die denkwürdigste Winterfeier in hundert Jahren wegen der Hochzeit der Imperatorin und so.«

»Hochzeit?«, fragte Hadrian.

»Ja, Herr. Ich dachte, dass wüssten inzwischen alle. Die Einladungen wurden schon vor Monaten verschickt und von überall kommen reiche Leute und sogar Könige und Königinnen.«

»Wen heiratet sie denn?«, fragte Royce.

»Den dicken Ethelred«, platzte Minte heraus.

»Halt die Klappe, Minte«, zischte Elbrecht.

»Eine falsche Schlange ist er.«

Elbrecht schnaubte und gab ihm eine Ohrfeige. »Solche Behauptungen können dich das Leben kosten.« Er wandte sich an Royce und Hadrian. »Minte ist nur selbst in die Imperatorin verknallt und will deshalb nicht, dass der alte König sie kriegt.«

»Sie sieht wie eine Göttin aus, wirklich«, erklärte Minte mit einem andächtigen Blick. »Ich habe sie einmal gesehen. Als sie im Sommer eine Ansprache hielt, bin ich auf ein Dach geklettert, um besser sehen zu können. Wie ein Stern hat sie geleuchtet. Sie ist so schön, bei Mar! Man sieht sofort, dass sie die Tochter Novrons ist. Ich habe noch nie eine so schöne Frau gesehen.«

»Seht Ihr, was ich meine? Minte tickt nicht ganz richtig, was die Imperatorin angeht.« Elbrecht klang entschuldigend. »Er muss sich erst daran gewöhnen, dass Regent Ethelred die Zügel wieder in die Hand nimmt. Nicht, dass er sie je abgegeben hätte, die Imperatorin war ja krank und so.«

»Sie wurde von dem Ungeheuer verletzt, das sie droben im Norden getötet hat«, erklärte Minte. »Fast wäre sie an dem Gift gestorben. Es kamen zwar von überall Heiler, aber keiner konnte ihr helfen. Dann fastete und betete Regent Saldur sieben Tage und Nächte lang und Maribor offenbarte ihm, dass nur eine Magd namens Amilia aus Tarin im Tal mit ihrem reinen Herzen die Imperatorin retten könne. Was sie auch getan hat. Baronesse Amilia hat das sehr gut hingekriegt und die Imperatorin wieder aufgepäppelt.« Minte holte Luft, sein Blick hellte sich auf und ein Lächeln breitete sich auf seinem Gesicht aus.

»Es reicht, Minte«, sagte Elbrecht.

»Und was ist das?«, fragte Royce und zeigte auf die überdachte Tribüne, die in der Mitte des Platzes errichtet wurde. »Die Hochzeit findet doch wohl nicht hier draußen statt?«

»Nein, in der Kathedrale. Die Tribüne ist für die Zuschauer der Hinrichtung gedacht. Der Anführer der Rebellen soll verbrannt werden.«

»Ja, davon haben wir gehört«, sagte Hadrian leise.

»Ach so, Ihr seid zur Hinrichtung gekommen?«

»Mehr oder weniger.«

»Ich habe uns schon gute Plätze ausgesucht«, sagte Elbrecht. »Minte belegt sie am Vorabend für uns.«

»Moment, warum ich?«, fragte Minte.

»Brand und ich müssen die ganzen Sachen tragen. Du bist zu klein, um zu helfen, und Kine ist noch krank, also …«

»Aber du hast den Mantel und es ist bestimmt schweinekalt, die ganze Nacht da zu sitzen.«

Die beiden stritten sich, aber Royce sah, dass Hadrian ihnen nicht mehr zuhörte. Der Blick seines Freundes war auf das Tor, die Fassade und den Haupteingang des Palasts gerichtet. Hadrian schien die Wachen zu zählen.

Die Zimmer der ALTEN BURG sahen genauso aus wie in jeder anderen Herberge. Sie waren klein, heruntergekommen und muffig und hatten abgenutzte Böden. Neben der Feuerstelle war ein wenig Brennholz gestapelt, das aber nicht lange reichen würde. Wer es die ganze Nacht warm haben wollte, musste zu völlig überteuerten Preisen zusätzliches Holz kaufen. Royce drehte seine übliche Runde um den Block und hielt nach Gesichtern Ausschau, die ihm mehr als einmal begegneten. Bei seiner Rückkehr war er überzeugt, dass niemand ihre Ankunft bemerkt hatte – zumindest niemand, der für sie wichtig war.

»Zimmer acht«, sagte er. »Er ist schon fast eine Woche hier.«

»Eine Woche?«, fragte Hadrian. »Warum so früh?«

»Wenn du zehn Monate im Jahr im Kloster verbringen müsstest, würdest du zu Wintertid auch möglichst früh kommen.«

Hadrian nahm seine Schwerter und sie gingen den Flur entlang. Royce entriegelte lautlos das Schloss einer klapprigen Tür und drückte sie auf. Ihnen gegenüber brannten auf einem kleinen Tisch, der mit Tellern, Gläsern und einer Flasche Wein gedeckt war, zwei Kerzen. Vor einem Wandspiegel stand ein in Samt und Seide gekleideter Mann. Er zupfte an dem Band, mit dem er sich die blonden Haare zurückgebunden hatte, und rückte den hohen Kragen seiner Jacke zurecht.

»Sieht aus, als würden wir erwartet«, sagte Hadrian.

»Oder jemand anders«, ergänzte Royce.

»Was zum ...« Albert Winslow fuhr erschrocken herum. »Wie wäre es mit Anklopfen?«

»Was soll ich sagen?« Royce ließ sich auf das Bett fallen. »Wir sind eben Gauner und Diebe.«

»Gauner ja«, erwiderte Albert, »aber Diebe? Wann habt Ihr zum letzten Mal etwas geklaut?«

»Höre ich da eine gewisse Unzufriedenheit heraus?«

»Ich bin ein Vicomte und habe einen Ruf zu verlieren. Deshalb brauche ich ein gewisses Einkommen – das ich nicht habe, wenn Ihr auf der faulen Haut liegt.«

Hadrian setzte sich an den Tisch. »Er ist nicht nur unzufrieden, er schimpft richtig mit uns.«

»Seid Ihr deshalb so früh gekommen?«, fragte Royce. »Weil Ihr nach Arbeit sucht?«

»Zum Teil ja. Aber ich habe es auch im Kloster nicht mehr ausgehalten. Ich werde dort allmählich zur Lachnummer. Als ich mit Baron Daref Kontakt aufnahm, konnte er sich nicht mit Klosterwitzen auf meine Kosten zurückhalten. Baronin Mae dagegen war von der frommen Umgebung sehr angetan.«

»Ist sie diejenige, die ...« Hadrian machte eine Handbewegung in Richtung des sorgfältig gedeckten Tischs.

»Ja, ich wollte sie gerade abholen. Das kann ich jetzt wohl vergessen.« Albert sah die beiden an und seufzte.

»Tut uns leid.«

»Ich hoffe, der Auftrag ist einträglich. Mein Wams ist neu und der Schneider noch nicht bezahlt.« Er blies die Kerzen aus und setzte sich Hadrian gegenüber.

»Wie ist die Lage im Norden?«, fragte Royce.

Albert schürzte nachdenklich die Lippen. »Ihr wisst vermutlich, dass Medford erobert wurde? Imperiale Truppen haben es besetzt. Dasselbe gilt für die meisten Burgen mit Ausnahme von Drondilsfeld.«

Royce fuhr hoch. »Nein, das wussten wir nicht. Wie geht es Gwen?«

»Keine Ahnung. Ich habe auch erst hier davon erfahren.«

»Sind Alric und Arista in Drondilsfeld?«, fragte Hadrian.

»König Alric ja, aber die Prinzessin war nicht in Medford, soviel ich weiß. Ich glaube, sie ist in Rehagen. Sie wurde dort zur Bürgermeisterin ernannt, habe ich gehört.«

Hadrian schüttelte den Kopf. »Nein, wir waren eben erst dort. Sie war zwar nach den Kämpfen kurz Bürgermeisterin, ist aber schon vor Monaten über Nacht spurlos verschwunden. Niemand kennt den Grund. Ich habe einfach angenommen, sie sei nach Hause zurückgekehrt.«

Albert zuckte mit den Schultern. »Vielleicht, aber ich weiß davon nichts. Es wäre auch gar nicht gut gewesen. Die Imperialisten haben Drondilsfeld eingeschlossen. Dort kommt niemand mehr rein und raus. Es ist nur noch eine Frage der Zeit, bis Alric kapitulieren muss.«

»Sind die Imperialisten auch in der Abtei aufgetaucht?«, fragte Royce.

Albert schüttelte den Kopf. »Soviel ich weiß nicht. Aber wie gesagt, ich war schon hier, als sie den Galewyr überquert haben.«

Royce stand auf und begann im Zimmer auf und ab zu gehen.

»Sonst noch was?«, fragte Hadrian.

»Gerüchten zufolge wurde Tur Del Fur von Goblins überfallen. Aber das ist meines Wissens nach nur ein Gerücht.«

»Es ist kein Gerücht«, sagte Hadrian.

»Nein?«

»Wir waren dabei. Wir waren sogar daran schuld.«

»Das klingt ... interessant«, sagte Albert.

Royce blieb stehen. »Bitte nicht weiter nachfragen.«

»Na gut. Weshalb seid Ihr nach Aquesta gekommen? Vermutlich nicht, um hier Wintertid zu feiern.«

»Wir wollen Degan Gaunt aus dem Kerker des Palasts befreien und brauchen Euch für die nötigen Recherchen im Palast«, sagte Royce.

»Ach ja? Aber Ihr wisst schon, dass er an Wintertid hingerichtet werden soll?«

»Ja, deshalb müssen wir uns beeilen«, erklärte Hadrian. »Wäre schlecht, wenn wir zu spät kämen.«

»Seid Ihr verrückt? Im Palast? Um Wintertid? Habt Ihr auch von der kleinen Hochzeit gehört, die da stattfinden soll? Die Sicherheit dürfte aus diesem Anlass geringfügig erhöht werden. Ich sehe im Hof täglich eine Schlange von Männern anstehen, alles Bewerber für die Palastwache.«

»Und?«, fragte Hadrian.

»Wir müssten die Hochzeit eigentlich zu unserem Vorteil nutzen können«, sagte Royce. »Ist schon jemand in der Stadt, den wir kennen?«

»Soviel ich weiß, sind Genevieve und Leo vor kurzem eingetroffen.«

»Wirklich? Ausgezeichnet. Nehmt Kontakt zu ihnen auf. Sie wohnen bestimmt im Palast. Fragt sie, ob sie Euch dort einschleusen können. Und dann findet heraus, was Ihr könnt, vor allem, wo Gaunt gefangen gehalten wird.«

»Aber dazu brauche ich Geld. Ich wollte eigentlich nur einige lokale Bälle besuchen und vielleicht ein Bankett. Aber wenn ich im Palast ermitteln soll, brauche ich bessere Kleider. Bei Mar, seht Euch meine Schuhe an. Seht sie Euch an! Damit kann ich der Imperatorin nicht unter die Augen treten.«

»Leiht Euch einstweilen was von Genevieve und Leo«, sagte Royce. »Ich breche heute Abend nach Medford auf und komme mit genügend Geld wieder, um unsere Unkosten zu decken.«

»Ihr wollt schon wieder weg?«, fragte Albert. »Noch heute Abend? Ihr seid doch eben erst angekommen.«

Der Dieb nickte.

»Gwen konnte Medford bestimmt rechtzeitig verlassen«, versuchte Hadrian ihn zu trösten.

»Wir haben noch fast einen Monat bis Wintertid«, sagte Royce. »In einer Woche bin ich wieder da. Bis dahin sammelt so viele Informationen, wie Ihr könnt, dann machen wir bei meiner Rückkehr einen Plan.«

»Na gut«, murmelte Albert. »Wenigstens wird Wintertid nicht langweilig.«

2

In tiefer Finsternis

Jemand wimmerte.

Diesmal war es die Stimme eines Mannes, eine Stimme, die Arista schon gehört hatte. Alle brachen irgendwann in Tränen aus. Manche bekamen sogar hysterische Anfälle. Eine Frau hatte Schreikrämpfe bekommen, aber man hatte sie vor einiger Zeit weggebracht. Nicht freigelassen, da machte Arista sich keine Illusionen. Sie hatte gehört, wie man ihre Leiche über den Boden nach draußen geschleift hatte. Der wimmernde Mann hatte früher laut gerufen, war in den vergangenen Tagen jedoch nach und nach verstummt. Das Wimmern war kaum noch zu hören. Vor einiger Zeit hatte er noch gebetet. Zu Aristas Überraschung nicht um seine Rettung oder einen schnellen Tod, sondern ausschließlich für seine Geliebte. Er hatte Maribor wortreich angefleht, sie zu beschützen, doch hatte die Prinzessin den Namen der Frau nicht verstanden.

Im Dunkeln verlor man die Übersicht darüber, wie viel Zeit bereits vergangen war. Arista versuchte die Mahlzeiten zu zählen, aber ihrem Hunger nach zu schließen bekam sie weniger als einmal pro Tag etwas zu essen. Doch seit ihrer Festnahme mussten Wochen vergangen sein. In dieser Zeit hatte sie nichts von Gaunt gehört, obwohl sie ihn verschiedentlich gerufen hatte. Sie hatte seine Stimme bisher nur in jener Nacht gehört, in der sie und Hilfred vergeblich versucht hatten, ihn zu befreien.

Seitdem war sie in einer Zelle eingesperrt, deren einzige Einrichtung aus einem Eimer für ihre Notdurft und ein wenig Stroh auf dem Boden bestand. Die Zelle war so klein, dass Arista alle vier Wände gleichzeitig berühren konnte. Sie fühlte sich an wie ein Käfig oder ein Grab. Arista wusste, dass man Modina, das Mädchen, das früher Thrace geheißen hatte, in einer ähnlichen Zelle gefangen gehalten hatte, vielleicht sogar in derselben. Für Modina, die alles verloren hatte, was ihr wichtig war, musste es ein Albtraum gewesen sein, allein im Dunkeln zu sitzen, ohne zu wissen, warum. Sie hatte nicht gewusst, wo sie war und wie sie in die Zelle gekommen war, und darüber offenbar den Verstand verloren.

Arista dagegen wusste trotz ihres eigenen schweren Schicksals wenigstens, dass sie nicht allein war. Sobald ihr Bruder Alric von ihrem Verschwinden erfuhr, würde er alle Hebel in Bewegung setzen, um sie zu finden. Die beiden Geschwister waren einander in den Jahren nach dem Tod ihres Vaters immer näher gekommen. Alric war nicht mehr der privilegierte Junge und sie nicht mehr die eifersüchtige Schwester, die sich in ihr Turmzimmer zurückgezogen hatte. Sie stritten zwar noch gelegentlich, aber nichts würde Alric davon abhalten, sie zu suchen. Und die Pickerings würden ihm dabei helfen – ihre Familie im weiteren Sinn. Vielleicht engagierte er ja sogar Royce und Hadrian, die königlichen Protektoren, wie er sie liebevoll nannte. Lange brauchte sie hier jedenfalls nicht zu schmachten.

In Gedanken stellte sie sich Hadrians schiefes Lächeln vor. Sie spürte einen Stich in der Brust, aber das Bild ließ sie nicht mehr los. Bei der Erinnerung an den Klang seiner Stimme, die Berührung seiner Hand und die kleine Narbe an seinem Kinn wurde ihr ganz weh ums Herz. Es hatte Momente der Nähe zwischen ihnen gegeben, aber auf seiner Seite waren da natürlich nur Liebenswürdigkeit und Mitgefühl gewesen – Mitgefühl mit einem in Not geratenen Menschen. Für ihn war sie nur »die Prinzessin«, seine Arbeitgeberin, ein Auftrag, eine hilfsbedürftige Adlige unter vielen.

Was für ein leeres Leben habe ich bisher geführt, wenn zwei meiner besten Freunde gegen Bezahlung für mich arbeiten.

Sie hätte so gern geglaubt, dass Hadrian in ihr etwas Besonderes sah, dass sie ihm während der gemeinsamen Zeit unterwegs auf der Straße ans Herz gewachsen war – dass ihm diese Zeit genauso viel bedeutete wie ihr. Er hielt sie doch hoffentlich für klüger und kompetenter als andere Frauen. Aber selbst wenn, Männer wollten keine klugen und kompetenten Frauen. Sie wollten schöne Frauen. Und Arista war nicht schön wie Alenda Lanaklin oder Lenare Pickering. Aber könnte Hadrian sie nicht mit denselben Augen sehen wie Emery und Hilfred?

Dann wäre er jetzt auch tot.

Ein tiefes Rumpeln von Stein auf Stein hallte durch die Gänge und Schritte näherten sich. Jemand kam.

Jetzt war nicht Essenszeit. Die Tage konnte Arista im Dunkeln zwar nicht zählen, aber sie wusste, dass das Essen immer erst kam, wenn sie die Hoffnung schon fast aufgegeben hatte. Sie bekam so wenig zu essen, dass sie schon die dünne, nach faulen Eiern stinkende Suppe willkommen hieß.

Die näher kommenden Schritte stammten von zwei Paar Schuhen. Das eine Paar klapperte metallisch. Die Schuhe waren mit Eisen beschlagen und gehörten demnach einem Wächter. Das andere Paar hatte harte Sohlen und Absätze, die als deutliches Klacken zu hören waren. Es gehörte weder einem Wächter noch einem Diener. Diener trugen weiche Schuhe, die wischende Geräusche machten, oder überhaupt keine – dann war das Patschen nackter Füße zu hören. Nur ein Mensch mit Geld konnte sich Schuhe leisten, die auf Stein klackten. Ihr Besitzer ging langsam, aber keineswegs zögerlich. Seine gemessenen Schritte zeugten von Selbstvertrauen.

Ein Schlüssel wurde in das Schloss gesteckt und es klickte.

Ein Besucher?

Die Zellentür ging auf und Arista schloss, von dem grellen Licht geblendet, die Augen.

Ein Wächter trat ein, zerrte sie grob zur Wand und kettete sie mit zwei eisernen Handschellen an, so dass sie, auf dem Boden sitzend, die Hände über den Kopf strecken musste. Dann ging er wieder, ließ die Tür aber offen.

Im nächsten Augenblick trat Regent Saldur mit einer Laterne ein. »Wie geht es Euch heute Abend, Hoheit?« Er schüttelte den Kopf und schnalzte bedauernd mit der Zunge. »Seht Euch an, meine Liebe. Wie mager Ihr seid und wie schmutzig. Und wo in Maribors Namen habt Ihr dieses Kleid her? Viel ist ja leider nicht mehr davon übrig. Und das sieht aus wie einige neue Prellungen. Haben die Wächter Euch vergewaltigt? Nein, wohl kaum.« Er senkte die Stimme zu einem Flüstern. »Sie hatten strengste Anweisung, Modina nicht zu berühren, als sie hier einsaß. Ich klagte einen unschuldigen Wärter an, sie unzüchtig berührt zu haben, und ließ ihn als warnendes Beispiel von Ochsen in Stücke reißen. Danach gab es keine Probleme mehr. Es mag extrem erscheinen, aber ich konnte mir doch keine schwangere Imperatorin leisten. In Eurem Fall wäre es mir natürlich egal, aber das wissen die Wächter nicht.«

»Warum seid Ihr hier?«, fragte Arista leise. Ihre Stimme klang heiser und ihr selbst fremd.

»Ich habe einige Neuigkeiten für Euch, meine Liebe. Kilnar und Vernes haben kapituliert. Rhenydd ist jetzt ebenfalls eine glückliche Provinz des Imperiums. Die Ernte auf den Feldern von Maranon auf der Halbinsel Delgos ist gut ausgefallen, deshalb können wir unsere Armee den ganzen Winter über ausreichend versorgen. Und Rehagen haben wir zurückerobert. Leider mussten wir zur Abschreckung eine ganze Reihe von Verrätern hinrichten. Die Bauern müssen lernen, was für Folgen ein Aufstand hat. Sie haben Euren Namen verflucht, noch bevor wir fertig waren.«

Arista wusste, dass er die Wahrheit sagte. Nicht weil sie es an seinem Gesicht hätte ablesen können, das sie durch ihre verfilzten Haare kaum sah, sondern weil Saldur keinen Grund hatte, sie anzulügen. »Was wollt Ihr?«

»Im Grunde zweierlei. Ihr sollt begreifen, dass das Neue Imperium auferstanden ist und niemand mehr sich ihm widersetzen kann. Euer Leben ist vorbei, Arista. Ihr werdet in wenigen Wochen hingerichtet. Und Eure Träume sind schon jetzt tot. Begrabt sie am besten neben den bedauernswerten Gräbern von Hilfred und Emery.«

Arista erstarrte.

»Überrascht? Wir haben bei der Rückeroberung von Rehagen alles über Emery erfahren. Ihr habt wirklich eine Art, mit Männern umzugehen. Zuerst muss Emery wegen Euch sterben, dann Hilfred. Ihr macht jede Schwarze Witwe neidisch.«

»Und das zweite?« Saldur sah sie verwirrt an. »Warum wolltet Ihr noch mit mir plaudern?«

»Ach ja, ich wollte wissen, mit wem Ihr zusammengearbeitet habt.«

»Mit Hilfred – Ihr habt ihn deswegen umgebracht, schon vergessen?«

Saldur lächelte und schlug ihr die Faust ins Gesicht. Instinktiv wollte Arista sich schützen und die Kette, an der ihre Hände hingen, straffte sich mit einem Ruck. Arista begann leise zu weinen. Saldur hörte ihr kurz zu, dann sagte er: »Ihr seid ein kluges Mädchen – zu klug für Euer eigenes Wohl –, aber so klug auch wieder nicht. Hilfred hat Euch vielleicht geholfen, den Wachen zu entkommen, die Euch suchten. Vielleicht hat er Euch in dieser Zeit auch versteckt. Aber er konnte Euch unmöglich in den Palast einschleusen und auch nicht zu diesem Gefängnis führen. Er trug bei seinem Tod die Uniform einer Wache aus dem vierten Stock. Jemand von den Angestellten muss Euch geholfen haben, die Uniform zu beschaffen, und ich will wissen, wer.«

»Da war niemand. Wir waren nur zu zweit.«

Saldur schlug wieder zu und Arista schrie. Sie zitterte am ganzen Leib und ihre Ketten rasselten.

»Lügt mich nicht an«, rief Saldur und hob erneut die Hand.

»Aber es ist so«, rief Arista hastig, um dem nächsten Schlag zuvorzukommen. »Ich war allein. Ich habe mir eine Stelle als Magd im Palast beschafft. Die Uniform habe ich gestohlen.«

»Ich weiß, dass Ihr Euch als Scheuermagd Ella ausgegeben habt. Aber bei der Uniform muss Euch jemand geholfen haben. Jemand, der Zugang zum vierten Stock hatte. Ich muss wissen, wer der Verräter ist. Also sagt es mir. Wer hat Euch geholfen?«

Arista schwieg und Saldur schlug sie noch zwei Mal.

Arista wand sich in ihren Ketten. »Aufhören!«

»Sagt es mir«, schnaubte Saldur.

»Nein, Ihr tut ihr sonst etwas!«, platzte Arista heraus.

»*Ihr?*«

Arista bemerkte ihren Fehler und biss sich auf die Lippen.

»Es war also eine Frau. Das schränkt die Möglichkeiten natürlich deutlich ein.« Saldur ließ einen Schlüssel, der an einer kleinen Kette baumelte, um seinen Zeigefinger kreisen. Schließlich bückte er sich und stellte die Laterne auf den Boden.

»Ich brauche einen Namen und Ihr werdet ihn mir sagen. Ich weiß, dass Ihr glaubt, Ihr könntet ihn mit ins Grab nehmen, ob nun aus Trotz oder aus Loyalität zu der betreffenden Person, aber Ihr solltet das noch einmal überdenken. Vielleicht glaubt

Ihr, dass Ihr Euer Schweigen gut ein paar Wochen durchhalten könnt, aber wenn wir Euch erst in die Mangel nehmen, werdet Ihr Euch einen schnellen Tod wünschen.«

Er strich Arista die Haare zur Seite. »Was für ein Gesicht. Ihr glaubt mir nicht, stimmt's? Immer noch so naiv, so voller Hoffnung. Als Prinzessin seid Ihr nach Strich und Faden verwöhnt worden. Haltet Ihr Euch für so stark, nur weil Ihr eine Zeitlang unter den gemeinen Bürgern von Rehagen gelebt und hier im Palast Böden geschrubbt habt? Glaubt Ihr denn, Ihr wärt schon ganz unten angekommen und hättet nichts mehr zu verlieren?«

Er streichelte ihre Wange und Arista zuckte zurück.

»Ich sehe Euch an, dass Ihr Euch immer noch an Euren Stolz und Eure Würde klammert. Euch ist nicht klar, wie tief Ihr noch fallen könnt. Glaubt mir, Arista, Ich kann Euch allen Mut nehmen und Euren Stolz brechen. Ihr wollt gar nicht wissen, in welchen Abgrund ich Euch stoßen kann.«

Er strich ihr zärtlich über die Haare, dann packte er eine Handvoll davon und riss ihren Kopf zurück, so dass Arista ihn ansehen musste. Unverwandt blickte er sie an. »Ihr seid immer noch rein, nicht wahr? Noch unberührt und in mehrfacher Hinsicht in Eurem Turm eingeschlossen. Vermutlich haben weder Emery noch Hilfred es gewagt, mit einer Prinzessin ins Bett zu gehen. Vielleicht sollten wir damit anfangen. Ich werde den Wachen erlauben, dass sie ... nein ... ich werde ihnen ausdrücklich befehlen, dass sie Euch vergewaltigen sollen. Damit machen wir uns beide beliebt. Die Wachen werden freiwillig Überstunden machen, damit sie Euch Tag und Nacht schänden können.«

Er ließ ihre Haare los und ihr Kopf sank nach unten.

»Und wenn Ihr erst von allen benutzt worden seid und von Eurem Stolz nichts mehr übrig ist, lasse ich den Generalinquisitor kommen. Er wird sich bestimmt über die Gelegenheit freuen, die berüchtigte Hexe von Melengar von allem Bösen zu reinigen.« Saldur beugte sich über sie. »Der Inquisitor hat sehr viel Fantasie«, sagte er leiser und in vertraulichem Tonfall. »Was er mit Ketten, Wassereimern und heißen Brandeisen alles anstellt, ist geradezu eine Kunst. Ihr werdet schreien, bis Euch die Stimme versagt. Ihr werdet ohnmächtig werden, und wenn Ihr wieder aufwacht, wird der Albtraum weitergehen.«

Arista wollte sich abwenden, aber er zwang sie mit seinen runzligen Händen erneut, ihn anzusehen. Da war kein triumphierendes, kein irres Flackern in seinen Augen. Er wirkte ernst, fast traurig.

»Ihr werdet Qualen erleiden, die Ihr nicht für möglich gehalten hättet. Euer restlicher Mut wird sich in nichts auflösen. Euer Verstand wird Euch verlassen, zurückbleiben wird ein sabbernder Klumpen verbranntes Fleisch. Sogar die Wachen werden nichts mehr von Euch wollen.«

Er beugte sich noch weiter vor, bis sie seinen Atem im Gesicht spürte und schon fürchten musste, er könnte sie küssen. »Wenn Ihr mir dann immer noch nicht gegeben habt, was ich verlange, werde ich mich mit der netten kleinen Familie beschäftigen, die Euch beherbergt hat – den Barkers. Hießen sie nicht so? Ich werde sie verhaften und hierherbringen lassen. Der Vater wird zusehen, wie seine Frau Euren Platz bei den Wachen einnimmt. Dann wird seine Frau zusehen, wie ihr Mann und ihre Söhne einer nach dem anderen gestreckt und geviertteilt werden. Stellt Euch vor, wie der Frau wohl zumute ist, wenn ihr Jüngster, der, den Ihr angeblich gerettet habt, vor ihren Augen stirbt. Sie wird Euch daran die Schuld geben, Arista. Die arme Frau wird Euren Namen verfluchen, und das vollkommen zu Recht, denn Ihr habt mit Eurem Schweigen ihr Leben zerstört.«

Er tätschelte Arista die brennende Wange. »Zwingt mich nicht, so weit zu gehen. Sagt mir den Namen der Verräterin.

Sie hat sich schuldig gemacht, nicht die armen Barkers. Die haben nichts getan. Sagt mir den Namen der Frau und Ihr verhindert all diese Greuel.«

Arista konnte kaum noch klar denken und begann in einem Anfall von Panik stoßweise zu atmen. Ihr Gesicht pochte von Saldurs Schlägen und ihr war übel von dem salzig-metallischen Geschmack des Bluts in ihrem Mund. Sie fühlte sich schuldig und die Bilder Emerys und Hilfreds standen ihr vor Augen, die beide ihretwegen gestorben waren. Sie hätte es nicht ertragen, auch noch am Tod der Barkers schuldig zu werden. Die Barkers sollten nicht für ihre Fehler büßen müssen.

»Ich werde Euch den Namen nennen«, sagte sie schließlich. »Aber Ihr müsst mir dafür versprechen, dass den Barkers nichts passiert.«

Saldur sah sie voller Mitgefühl an und sie fühlte sich geradezu an das großväterliche Gesicht aus ihrer Jugend erinnert. Wie er so abscheuliche Drohungen ausstoßen und im nächsten Moment wieder so gütig aussehen konnte, war ihr ein Rätsel.

»Natürlich, meine Liebe. Ich bin schließlich kein Unmensch. Nennt mir nur den Namen und nichts von alledem wird passieren. Also ... wie heißt sie?«

Arista zögerte erneut und Saldurs Lächeln erlosch – ihre Zeit war abgelaufen. Sie schluckte und sagte: »Sie hat mich versteckt, mir zu essen gegeben und mir sogar geholfen, Gaunt zu finden. Sie war eine wahre, eine selbstlose Freundin. Ich kann es nicht fassen, dass ich sie jetzt an Euch verrate.«

»Wie heißt sie?«, drängte Saldur.

Arista blickte auf. Tränen liefen ihr über die Wangen. »Sie heißt ... Edith Mon.«

3

Baron Breckton

Archibald Ballentyne, der Graf von Chadwick, starrte aus dem Fenster des imperialen Thronsaals. Hinter ihm hantierte Saldur an einem Tisch mit verschiedenen Pergamenten und Ethelred saß auf dem Thron Probe, der ihm noch nicht gehörte. Gelegentlich kamen oder gingen Diener oder auch der Großkanzler, der dann einige kurze Worte mit einem der Regenten wechselte. Nur mit Archibald sprach niemand und niemand fragte ihn um Rat.

Regent Saldur war in nur wenigen Jahren vom Bischof von Medford zum Architekten des Neuen Imperiums aufgestiegen. Ethelred stand im Begriff, die Königskrone von Warric gegen die Herrschaft über ganz Avryn einzutauschen. Sogar der bürgerliche Merrick Marius hatte sich ein vornehmes Lehen, ein Vermögen und einen Titel sichern können.

Was kann ich für meine Leistungen vorweisen? Wo ist meine Krone? Meine Frau? Mein Ruhm?

Archibald konnte all diese Frage selbst beantworten. Ihm war keine Krone zugedacht und die Frau, die eigentlich ihm zustand, würde Ethelred heiraten. Und was den Ruhm anging, so betrat der Mann, der ihm denselben abspenstig gemacht hatte, in diesem Augenblick den Saal. Archibald hörte die schweren Schritte seiner Stiefel auf dem polierten Marmorboden. Das Geräusch war unverkennbar – kompromisslos, direkt und forsch.

Archibald drehte sich um. Baron Breckton Belstrad war hochgewachsen und breitschultrig und hatte ein kantiges Kinn. Sein bodenlanger blauer Mantel fegte hinter ihm über den Boden. Mit seinem stählernen Brustpanzer und dem in die Armbeuge geklemmten Helm sah er aus, als käme er direkt aus der Schlacht. Er war ein Menschenführer und siegreicher Feldherr. Archibald konnte ihn nicht leiden.

»Baron Breckton, willkommen in Aquesta«, rief Ethelred ihm entgegen.

Doch Breckton beachtete ihn nicht und genauso wenig Saldur, sondern ging geradewegs zu Archibald, stampfte ein wenig melodramatisch mit dem Fuß auf und beugte das Knie. »Herr«, sagte er.

»Schon gut, erhebt Euch.« Der Graf von Chadwick machte eine nachlässige Handbewegung.

»Ich stehe Euch wie immer zu Diensten, Herr.«

»Breckton?«, rief Ethelred erneut.

Breckton beachtete ihn auch diesmal nicht, sondern blickte unverwandt seinen Lehnsherrn an. »Ihr habt mich gerufen, Herr? Was wünscht Ihr?«

»Eigentlich habe ich Euch wegen Regent Ethelred gerufen. Er will mit Euch sprechen.«

Breckton stand auf. »Wie Ihr wünscht, Herr.«

Er drehte sich um und ging zum Thron. Sein Schwert schlug an seine Seite und seine Stiefel dröhnten auf den Fliesen. Vor den zum Thron hinaufführenden Stufen blieb er stehen und deutete eine Verbeugung an.

Ethelred runzelte die Stirn, aber nur kurz. »Breckton, endlich. Ich habe Euch in den vergangenen Wochen sechs Mal rufen lassen. Hat die Nachricht Euch nicht erreicht?«

»Doch, Herr.«

»Aber Ihr seid nicht gekommen?«

»Nein, Herr.«

»Warum nicht?«

»Mein Herr, der Graf von Chadwick, hat mir befohlen, Melengar zu erobern. Ich habe seine Befehle ausgeführt.«

»Ihr konntet also deshalb erst jetzt kommen, weil Ihr bisher in der Schlacht gebraucht wurdet.« Ethelred nickte.

»Nein, Herr. Nur Drondilsfeld muss noch erobert werden und die Belagerung ist bereits im Gange. Der Sieg ist uns sicher und meine Anwesenheit nicht mehr erforderlich.«

»Dann verstehe ich das nicht. Warum seid Ihr nicht gekommen, wenn ich es Euch doch befohlen habe?«

»Ich diene nicht Euch, Herr. Ich diene dem Grafen von Chadwick.«

Archibalds Abneigung gegen Breckton schmälerte nicht sein Vergnügen über Ethelreds verbale Zurechtweisung.

»Darf ich Euch daran erinnern, dass ich in wenigen Wochen Imperator sein werde, Baron?«

»Bitte.«

Ethelred schwieg verwirrt und Archibald musste lächeln. Es freute ihn, wenn jemand anders sich die Zähne an Breckton ausbiss. Er wusste genau, wie dem Regenten zumute war. Das ›bitte‹ hatte fast wie eine Frage geklungen. Zweifelte Breckton etwa daran, dass Ethelred Imperator werden würde? Seine Antwort war in jedem Fall kurz angebunden, doch klang er zugleich so respektvoll, dass keine böse Absicht dahinter zu stecken schien. Das war typisch Breckton – nie wusste man so genau, woran man bei ihm war. Archibald kam sich in seiner Gesellschaft immer dumm vor und das war nur einer der vielen Gründe, weshalb er ihn nicht leiden konnte.

»Wir haben hier offenbar ein noch ungelöstes Problem«, sagte Ethelred schließlich. »Eben deshalb wollte ich mit Euch sprechen. Als Imperator bin ich auf die Hilfe tüchtiger Männer angewiesen. Ihr habt Euch als fähiger Anführer erwiesen und es ist deshalb mein Wunsch, dass Ihr mir direkt dient. Ich biete Euch Amt und Titel eines Oberbefehlshabers der gesamten imperialen Streitkräfte an und außerdem noch die Herrschaft über die Provinz Melengar.«

Archibald fuhr hoch. »Melengar gehört mir! Oder wird mir gehören, sobald wir es endgültig erobert haben. Es wurde mir versprochen.«

»Natürlich, Archie, aber die Zeiten ändern sich. Ich brauche dort einen starken Mann, der die Grenze nach Norden verteidigt.« Ethelred wandte sich wieder an Breckton. »Ich würde Euch zum Markgrafen von Melengar ernennen. Ein überaus passender Titel, da Ihr die Provinz ja auch erobert habt.«

»Das ist eine Unverschämtheit!«, rief Archibald und stampfte mit dem Fuß auf. »Wir hatten eine klare Abmachung. Ihr werdet Imperator, Saldur der oberste Bischof. Und was bekomme ich? Was ist die Belohnung für meine Mühen und Opfer? Ohne mich hättet Ihr Melengar gar nicht erobert!«

»Nehmt doch Vernunft an, Archie«, sagte Saldur besänftigend. »Euch muss doch klar gewesen sein, dass wir eine so wichtige Provinz nicht Euch anvertrauen können. Ihr seid zu jung und unerfahren, zu ... schwach.«

Archibald schnaubte und Schweigen kehrte ein.

»Und?« Ethelred wandte seine Aufmerksamkeit wieder Breckton zu. »Markgraf von Melengar? Oberbefehlshaber der imperialen Armee? Was meint Ihr?«

Breckton zuckte nicht mit der Wimper. »Ich diene dem Grafen von Chadwick wie mein Vater und mein Großvater vor mir. Er scheint es nicht zu wünschen. Wenn es sonst nichts mehr gibt, würde ich jetzt gern zu meiner Arbeit in Melengar zurückkehren.« Er machte auf dem Absatz kehrt, ging zu Archibald und beugte erneut das Knie.

Ethelred sah ihm entgeistert nach.

»Bleibt vorerst noch in Aquesta«, befahl Archibald seinem Ritter. »Vielleicht brauche ich Euch noch.«

»Wie Ihr wünscht, Herr.« Breckton stand auf und ging.

Stumm lauschten die anderen seinen Schritten, bis sie nicht mehr zu hören waren. Ethelred war rot angelaufen und hatte die Fäuste geballt. Saldur starrte Breckton mit seinem üblichen verärgerten Blick nach.

»Sieht so aus, als hättet Ihr bei Euren Plänen die unerschütterliche Treue meines Vasallen nicht berücksichtigt.« Archibald schnaubte. »Aber wie auch, wo Ihr doch gar nicht wisst, was das Wort bedeutet. Ihr hättet zuerst mich fragen sollen. Aber das konntet Ihr natürlich nicht. Weil ich es war, den Ihr ausbooten wolltet.«

»So beruhigt Euch doch, Archie«, sagte Saldur.

»Nennt mich nicht immer Archie. Ich heiße Archibald!« Speicheltröpfchen flogen von seinen Lippen. »Ihr seid beide so selbstzufrieden und überheblich, dass es mich ankotzt. Aber ich bin nicht Eure Marionette. Ein Wort von mir, und Breckton macht mit seiner Armee kehrt und marschiert nach Aquesta.« Der Graf zeigte auf die noch offene Tür. »Seine Leute sind ihm treu ergeben – der ganze erbärmliche Haufen. Sie werden tun, was er sagt, und er betet mich an, wie Ihr gerade gesehen habt.«

Er ballte die Fäuste und ging auf die anderen zu. Leider machten seine weichen Absätze kein so markantes Geräusch wie Brecktons Stiefel.

»Außerdem könnte ich auch König Alric auf meine Seite ziehen. Im Austausch gegen das restliche Avryn könnte ich ihm sein kostbares Melengar zurückgeben. Ich könnte Euch bei Euren eigenen Spielchen schlagen. Unter meinem Befehl stünden dann die nördliche imperiale Armee und die restlichen Royalisten. Ich könnte Euch in weniger als einem Monat beide vernichten. Also sagt nicht, ich solle mich beruhigen, *Saldi!* Ich habe Euren herablassenden Ton und Eure Selbstgefälligkeit gründlich satt. Ihr seid genauso erbärmlich wie Ethelred. Ihr habt Euch beide gegen mich verschworen und wollt mich mit Euren Intrigen abservieren. Aber vielleicht seid Ihr Euch diesmal selbst in die Falle gegangen.«

Er ging zur Tür.

»Archie ... ich meine, Archibald!«, rief Ethelred ihm nach, doch der Graf blieb nicht stehen.

Draußen stürmte er an Kanzler Biddings vorbei, der gerade auf dem Weg zum Thronsaal war und ihm betroffen nachsah. Diener wichen ihm hastig aus. Durch eine Tür betrat er wütend den Innenhof. Schnee bedeckte den Boden und reflektierte die Sonne. Unschlüssig blieb er stehen. Wohin sollte er gehen? Er kam zu dem Entschluss, dass es egal war. Hauptsache, er blieb in Bewegung, konnte sich abreagieren und brauchte die anderen nicht zu sehen. Er überlegte, ob er sein Pferd holen lassen sollte. Ein strammer Ritt über den gefrorenen Boden hätte ihm jetzt bestimmt gutgetan. Aber draußen war es kalt. Er wollte sich nicht meilenweit von der nächsten Unterkunft entfernen und frieren und hungern müssen. Stattdessen marschierte er erregt im Hof auf und ab und trat nach und nach eine flache Rinne in den Neuschnee.

In Gedanken ging er seine kleine Ansprache noch einmal durch und sein Ärger begann sich zu legen. Der Blick auf den Gesichtern der beiden war unschlagbar gewesen. Mit einer so mutigen Reaktion hatten sie nicht gerechnet. Die Befriedigung darüber verdrängte seinen Ärger fast ganz und die Bewegung erledigte den Rest. Er setzte sich auf einen umgedrehten Eimer und trat sich den Schnee von den Schuhen.

Ob Breckton bereit wäre, mit seiner Armee Aquesta anzugreifen? Könnte ich mit einem einzigen Befehl der neue Imperator werden und Modina für mich selbst haben?

Die Antwort folgte der Frage auf dem Fuß. So verlockend die Vorstellung auch war, sie würde doch ein Traum bleiben. Breckton wäre dazu nie bereit und würde den Befehl verweigern. So unerschütterlich treu er seinem Herrn auch ergeben war, unterlag doch sein ganzes Verhalten einem unergründlichen Kodex.

Die ganze Familie Belstrad war so. Auch Archibalds Vater hatte das schon zu schaffen gemacht. Die Ballentynes fanden, dass Ritter ihre Befehle für einen entsprechenden Lohn auszuführen hätten, ohne Fragen zu stellen. Die Belstrads waren anderer Ansicht. Sie hingen der veralteten Vorstellung an, ein von Maribor ernannter Herrscher müsse sich an Maribors Willen halten, um sich den Gehorsam seiner Ritter zu verdienen. Und ein Bürgerkrieg entsprach für Breckton bestimmt nicht Maribors Willen. Archibalds Wünsche schienen diesem Willen überhaupt nie zu entsprechen.

Immerhin hatte er den Regenten einen gehörigen Schrecken eingejagt und sie würden ihn in Zukunft besser behandeln. Sie hatten jetzt begriffen, wie wichtig er war, und respektierten ihn endlich. Da sie nicht wussten, dass er seine Drohung nicht wahr machen konnte, mussten sie sich eine Belohnung ausdenken, mit der sie ihn zufriedenstellen konnten. Auf diese Weise würde er schließlich doch Melengar bekommen oder noch mehr.

4

Hochzeitsvorbereitungen

Die Herzogin von Rochelle war in jeder Hinsicht üppig ausgestattet und dasselbe galt für ihren Gemahl. Beide waren korpulent und hatten dicke Hälse, Stummelfinger und Wangen, die beim Lachen wackelten. Und die Herzogin lachte oft und laut. Sie waren genaue Pendants voneinander, eine männliche und eine weibliche Version, und einander in jeder Hinsicht ähnlich, mit Ausnahme des Temperaments. Der Herzog war ein eher ruhiger Mensch, Herzogin Genevieve das genaue Gegenteil.

Amilia wusste immer schon, wann die Herzogin im Anmarsch war, da diese ihre Ankunft mit einer Stimme ankündigte, die wie eine Fanfare durch die Gänge des Palasts schmetterte. Mit ihrem schrillen Organ begrüßte sie jede Person, der sie begegnete, unabhängig von ihrem Stand mit einem herzhaften: »Tag, wie geht's?«, und umarmte gleichermaßen Diener, Wachen und sogar den Hund des Jägers, wenn er ihr über den Weg lief.

Amilia hatte das Herzogspaar gleich bei seiner Ankunft kennengelernt. Saldur war ebenfalls anwesend gewesen und hatte den Fehler gemacht, erklären zu wollen, warum eine Audienz bei der Imperatorin nicht möglich sei. Amilia hatte sich rechtzeitig entschuldigen können, doch Saldur schien weniger Glück gehabt zu haben und hatte vermutlich stundenlang diskutieren müssen, denn die Herzogin ließ sich nicht so leicht abspeisen. Seitdem war Amilia ihr ausgewichen. Sie wollte Saldurs Fehler nicht wiederholen. Das Ganze ging bis zu dem Zeitpunkt drei Tage später gut, als sie die Palastkapelle verließ.

»Amilia, meine Liebe!«, rief die Herzogin und eilte auf sie zu. Ihr voluminöser Mantel blähte sich hinter ihr. Bei Amilia angekommen, schloss sie die imperiale Gouvernante in ihre mächtigen Arme und erdrückte sie fast. »Ich habe Euch überall gesucht. Immer wenn ich nach Euch fragte, bekam ich zur Antwort, Ihr wärt beschäftigt. Offenbar arbeitet Ihr Euch hier zu Tode!«

Sie entließ Amilia aus ihren Armen. »Ihr armes Ding. Lasst Euch ansehen.« Sie nahm Amilias Hände und hob sie an. »Nein, wie hübsch Ihr seid. Aber bitte, meine Liebe, sagt, dass heute Waschtag ist und Ihr den Wäscherinnen zur Hand geht. Nein, lasst, ich bin sicher, dass es so ist. Trotzdem habt Ihr hoffentlich nichts dagegen, wenn meine Näherin Lois Euch etwas schneidert. Ich mache so gerne Geschenke und schließlich haben wir Wintertid. Und so wie Ihr ausseht, brauchen wir dazu kaum Stoff und es geht ganz schnell. Lois wird begeistert sein.«

Herzogin Genevieve fasste Amilia am Arm und marschierte mit ihr den Gang entlang. »Ihr seid wirklich ein Schatz, aber ich merke schon, dass man Euch schlecht behandelt. Was kann man auch erwarten, solange Leute wie Ethelred und Saldur hier das Sagen haben? Aber jetzt bin ich da und alles wird gut.«

Amilia staunte darüber, wie die Herzogin so schnell reden konnte, ohne ein einziges Mal Luft zu holen. Sie bogen um eine Ecke.

»Ich war ja so was von begeistert von der Einladung, die Ihr mir geschickt habt. Ich weiß, dass Ihr sie selbst entworfen habt. Ihr seid für alles zuständig, nicht wahr? Man lässt Euch die ganze Hochzeit organisieren? Kein Wunder, dass Ihr so beschäftigt seid. Wie gedankenlos und grausam. Aber keine Sorge, ich sagte ja, ich werde Euch helfen. Ich habe zu meiner Zeit so manche Hochzeit über die Bühne gebracht – und immer mit größtem Erfolg. Ihr braucht jemanden, der mit der Planung von Hochzeiten Erfahrung hat und ein solches Spektakel inszenieren kann. Wir Adligen erwarten bei solchen Gelegenheiten ein Feuerwerk von Einfällen und werden nicht gerne enttäuscht. Und da es sich diesmal um die Hochzeit der Imperatorin handelt, muss sie noch großartiger, spektakulärer und extravaganter ausfallen. Alles darunter wäre enttäuschend.«

Sie blieb abrupt stehen und musterte Amilia. »Habt Ihr Tauben, die man fliegen lassen kann? Die braucht Ihr, ganz unbedingt!«

Amilia wollte etwas sagen, doch da hatte sich die bekümmerte Miene der Herzogin schon wieder aufgehellt und sie ging weiter und zog Amilia mit sich. »Nein, ich will Euch keine Angst machen, meine Liebe. Es ist immer noch viel Zeit, vorausgesetzt natürlich, man hat jemanden, der einem hilft. Ich bin jetzt da, und Modina wird begeistert sein, was wir gemeinsam schaffen können. Sie wird nur so staunen.«

»Ich ...«

»An wie viele Schimmel habt Ihr gedacht? Sicher nicht annähernd genug. Egal, das kriegen wir hin, Ihr werdet sehen. Apropos Pferde – Ihr müsst mich unbedingt auf die Beizjagd begleiten. Auf keinen Fall dürft Ihr mit jemand anderem reiten. Ihr werdet Leopold mögen – er ist still, genau wie Ihr, aber trotzdem ein richtiger Schatz. Versteht Ihr, was ich meine? Sieht nicht so aus – aber egal. Ihr beide werdet Euch prächtig verstehen. Habt Ihr einen Vogel?«

»Einen Vogel?«, konnte Amilia gerade noch einschieben.
»Ich überlasse Euch Nemesis, einen meiner Habichte.«
»Aber ...«
»Keine Sorge, meine Liebe, es geht ganz einfach. Der Vogel macht die ganze Arbeit. Ihr müsst nur auf dem Pferd sitzen und hübsch aussehen – und das werdet Ihr in dem neuen Kleid, das Lois Euch schneidert. Blau wäre eine gute Farbe, es passt wunderbar zu Euren Augen. Ein Pferd braucht Ihr vermutlich auch noch. Wir können schließlich nicht zulassen, dass Ihr durch den Schnee stapft und das Kleid ruiniert. Ich weiß, dass Saldur nie an so etwas denkt. Er hat euch zur Gouvernante der Imperatorin ernannt, aber weiß er, dass Ihr auch entsprechende Kleider braucht? Ein Pferd? Schmuck?«

Die Herzogin, die Amilias Arm weiter umklammert hielt wie eine Mostpresse, blieb erneut stehen. »Gerade erst merke ich, dass Ihr ja überhaupt keinen Schmuck tragt, meine Liebe. Bitte, Ihr braucht Euch nicht zu genieren, ich verstehe das vollkommen. Otto ist ein fantastischer Goldschmied, er zaubert euch in Nullkommanichts einen Saphiranhänger. Würde der nicht hervorragend zu Eurem neuen blauen Kleid passen? Maribor sei Dank, dass ich mein komplettes Gefolge mitgebracht habe. Die lokalen Handwerker können meine Ansprüche weiß Gott nicht befriedigen. Aber wer kann das schon?« Sie lachte und Amilia fragte sich, wie lange das noch so weiterging.

Die Herzogin zog sie am Ärmel und sie setzten sich wieder in Bewegung. »Ich schieße manchmal übers Ziel hinaus, nicht wahr? Aber so bin ich eben, ich kann es nicht ändern. Mein Mann hat es schon vor Jahren aufgegeben, eine richtige Ehefrau aus mir zu machen. Jetzt weiß er natürlich, dass er vor allem meine Überschwänglichkeit an mir liebt. ›Keinen Moment Langeweile oder Ruhe‹, pflegt er zu sagen. Apropos Männer, habt Ihr schon einen Ritter bestimmt, der im Turnier Euer Band trägt?«

»N-nein.«

»Noch nicht? Aber die Ritter lieben es, für schöne junge Frauen wie Euch zu kämpfen. Ich wette, Ihr habt sie durch Euer langes Warten schon ganz kirre gemacht.«

Eine unerwartete Pause entstand und Amilia sagte hastig: »Aber ich wusste gar nicht, dass ich das tun muss.«

Herzogin Genevieve lachte entzückt. »Ihr seid mir ein Schatz. Einfach großartig! Ethelred sagte, Ihr wärt erst vor kurzem in den Adelsstand erhoben worden – von Maribor persönlich. Wie schön! Die Erwählte Maribors wacht über die Erbin Maribors. Was könnte besser passen?«

Sie bogen in den Korridor des Westflügels ein und eine Handvoll Mägde stob vor ihnen auseinander wie ein Schwarm Tauben vor einer Kutsche. »Ihr seid eine lebende Legende, liebe Amilia. Sämtliche Ritter des Reiches werden sich um Eure Gunst streiten. Es gibt keine begehrtere Frau mit Ausnahme der Imperatorin, aber natürlich würde niemand es wagen, nur wenige Wochen vor der Hochzeit um ihre Gunst zu bitten und Ethelred dadurch zu beleidigen! Niemand will sich den künftigen Imperator zum Feind machen. Das macht Euch zur beliebtesten Dame des ganzen Fests. Ihr habt freie Auswahl unter den verfügbaren Junggesellen. Herzöge, Prinzen, Grafen und Barone hoffen alle gleichermaßen, Euch auf sich aufmerksam zu machen oder gar durch einen Turniersieg auf dem Platz des Hochgerichts die Ehre zu erlangen, beim Bankett neben Euch sitzen zu dürfen.«

»Ich wollte eigentlich weder das Turnier noch das Bankett besuchen«, sagte Amilia.

Schon der Gedanke, Adlige könnten ihr nachstellen, verursachte ihr unvorstellbare Angst. Für Prinzessinnen und Gräfinnen mochte die Minne etwas Ehrenwertes und Romantisches sein, doch kein Adliger hatte sich einer gemeinen Frau gegenüber je ehrenwert verhalten. Ein Dienstmädchen, das die

Aufmerksamkeit eines Adligen erregte, konnte gegen seinen Willen zur Liebe gezwungen werden. Amilia selbst war zwar nie Opfer eines solchen Übergriffs geworden, aber sie hatte unzählige Freundinnen trösten und ihre Wunden verbinden müssen. Jetzt besaß sie zwar einen Adelstitel, aber ihre Abstammung war allgemein bekannt und sie fürchtete, dass ein fadenscheiniger Titel sie nicht vor einem lustgetriebenen Adligen schützte.

»Unsinn, Ihr müsst an dem Fest teilnehmen. Es ist Eure Pflicht. Eure Abwesenheit könnte einen Aufruhr verursachen! Und das wollt Ihr in den Wochen vor der Hochzeit Eurer Herrin doch wohl nicht.«

»Äh, natürlich nicht …«

»Gut, dann wäre das beschlossen. Jetzt müsst Ihr nur noch jemanden auswählen. Habt Ihr einen Favoriten?«

»Ich kenne keinen einzigen Ritter.«

»Nein? Ach du meine Güte! Werdet Ihr hier gefangen gehalten? Wie wäre es mit den Rittern Elgar oder Murthas? Auch Prinz Rudolf nimmt teil, er ist eine gute Wahl mit einer glänzenden Zukunft. Und natürlich gibt es auch noch Baron Breckton. Eine bessere Wahl könntet Ihr nicht treffen. Zugegeben, er steht im Ruf, ein wenig pedantisch zu sein. Was er natürlich auch ist. Aber nach seinem Sieg in Melengar ist er der Held der Stunde – und ein schneidiger Soldat.« Die Herzogin wackelte mit den Augenbrauen. »Ja, Breckton wäre die perfekte Wahl. Die Damen der verschiedensten Höfe himmeln ihn seit Jahren an.«

Herzogin Genevieve runzelte die Stirn. »Hm … da fällt mir etwas Wichtiges ein. Vor denen solltet Ihr Euch wohl in Acht nehmen. Ganz gewiss machen Euch alle Ritter den Hof, aber damit seid Ihr zugleich Zielscheibe der Eifersucht der adligen Damen.«

Die Herzogin legte Armilia ihren fleischigen Arm um den

Hals und zog sie zu sich, als wollte sie ihr etwas ins Ohr flüstern, doch senkte sie die Stimme kein bisschen. »Glaubt mir, diese Frauen sind gefährlich. Die Minne ist für sie kein Spiel. Ihr kennt die Intrigen bei Hof noch nicht, deshalb sage ich Euch das zu Eurem Nutzen. Diese Frauen sind die Töchter von Königen, Herzögen und Grafen und gewohnt zu bekommen, was sie wollen. Andernfalls können sie sehr rachsüchtig sein. Sie wissen ganz genau, woher Ihr kommt. Ich bin überzeugt, dass viele versuchen, Eure Familie auszuspionieren und dabei so viel Schmutz wie möglich auszugraben. Und seid versichert, wenn sie nichts finden, denken sie sich etwas aus.«

Die Herzogin zog Amilia um eine weitere Ecke zum nördlichen Nebeneingang. Von dort stiegen sie die Treppe in den dritten Stock hinauf.

»Ich verstehe nicht, was Ihr meint.«

»Es ist ganz einfach, meine Liebe. Einerseits glauben sie, dass es aufgrund Eurer niedrigen Herkunft leicht sein müsste, Euch zu diffamieren. Andererseits gelingt es ihnen nicht, weil Ihr Eure Herkunft nie verleugnet habt. Und man kann nicht jemanden für etwas demütigen, dessen er sich nicht schämt. Hört einfach nicht auf den Spott auf Eure Kosten. Man wird Euch vielleicht als Schweinehüterin und anderes beschimpfen. Was Ihr natürlich nicht seid. Vergesst nicht, Ihr seid die Tochter eines Stellmachers und Kutschenbauers, und eines sehr guten dazu. Ich meine, jeder, der etwas auf sich hält, klopft bei Eurem Vater an. Alle wollen in einer Kutsche fahren, die der Vater der Auserwählten des Maribor gebaut hat.«

»Ihr habt von meinem Vater gehört? Meiner Familie? Geht es ihr gut?« Amilia war so plötzlich stehen geblieben, dass die Herzogin erst nach vier Schritten merkte, dass sie zurückgeblieben war.

Amilia fürchtete schon seit längerem, ihre Familie könnte verhungert oder an Krankheit gestorben sein. Ihre Eltern besaßen kaum etwas. Amilia war vor zwei Jahren von zu Hause ausgezogen, damit ein Esser weniger am Tisch saß. Sie hatte immer Geld nach Hause schicken wollen, aber sie hatte nicht mit Edith Mon gerechnet.

Die Großmagd hatte behauptet, Amilias alte Kleider taugten nicht für ihre neue Stelle, und verlangt, dass sie neue kaufte. Amilia hatte ihren Lohn im Voraus beleihen müssen. Kaputte oder angeschlagene Teller, von denen es in den ersten Monaten eine Menge gab, hatten die Rechnung weiter in die Höhe getrieben. Edith fiel immer wieder etwas Neues ein, um Amilia ihren Lohn vorzuenthalten. Zuletzt hatte die Großmagd sie auch noch wegen Ungehorsams und schlechten Benehmens bestraft, so dass sie aus den Schulden nicht mehr herauskam.

Wie sehr sie Edith gehasst hatte! So grausam war das alte Scheusal gewesen, dass Amilia sie sich manchmal abends beim Einschlafen tot gewünscht hatte. Sie hatte sich vorgestellt, eine Kutsche würde Edith überfahren oder Edith würde an einem Knochen ersticken. Jetzt, wo Edith weg war, bereute sie ihre finsteren Gedanken fast schon wieder. Edith war des Hochverrats angeklagt und vor einer knappen Woche hingerichtet worden. Alle Angestellten des Palasts hatten der Hinrichtung beiwohnen müssen.

In über zwei Jahren hatte Amilia keinen Pfennig sparen und nach Hause schicken können und auch nichts von ihrer Familie gehört. Solange die Imperatorin noch in ihrem Dämmerzustand verharrt hatte, hatten die Regenten das Personal praktisch im Palast eingesperrt, damit keine Nachrichten über Modinas Befinden nach draußen gelangten. In dieser Zeit war Amilia genauso eine Gefangene gewesen wie Modina. Sie brauchte gar keine Briefe nach Hause zu schreiben. Der Gerüchteküche des Palasts zufolge wurden alle Briefe auf Befehl der Regenten verbrannt. Dann hatte Modina sich erholt und Amilia hatte weiter Briefe geschrieben, aber nie eine Antwort erhalten. Laut Berichten war in der Nähe ihres Heimatdorfes eine Seuche ausgebrochen und sie fürchtete, ihre Familie könnte daran gestorben sein. Sie hatte die Hoffnung, ihre Eltern und Geschwister je wiederzusehen, schon aufgegeben – bis jetzt.

»Natürlich geht es ihr gut, meine Liebe. Sogar bestens. Man kennt sie im ganzen Tal. Von dem Moment an, als die Imperatorin in ihrer Ansprache vom Balkon Euren Namen erwähnte, sind die Menschen scharenweise in dem Städtchen eingefallen, um der Frau die Hand zu küssen, die Euch geboren hat, und einige weise Worte von dem Mann zu vernehmen, der Euch aufgezogen hat.«

Sie waren bei den Gästezimmern im dritten Stock angekommen. In Amilias Augen standen Tränen. »Erzählt mir mehr von ihnen, bitte. Ich will alles wissen.«

»Gut, lasst mich überlegen. Euer Vater hat seine Werkstatt vergrößert, sie nimmt jetzt einen ganzen Block ein. Er hat mehrere hundert Aufträge aus ganz Avryn. Sogar Handwerker aus dem fernen Ghent wollen bei ihm als Gesellen arbeiten und er hat Dutzende davon eingestellt. Die Einwohner des Städtchens haben ihn in den Stadtrat gewählt und man munkelt sogar, dass er im kommenden Frühjahr Bürgermeister wird.«

»Und meine Mutter?«, fragte Amilia mit zitternden Lippen. »Wie geht es ihr?«

»Ausgezeichnet, meine Liebe. Euer Vater hat das prächtigste Haus des ganzen Ortes gekauft und jede Menge Diener eingestellt, so dass Eure Mutter viel Mußezeit hat. Sie hat einen kleinen Salon eröffnet, zu dem die Frauen der örtlichen Handwerker kommen. Sie plaudern hauptsächlich und essen Kuchen. Und auch Euren Brüdern geht es gut. Sie beaufsichtigen die Arbeiter Eures Vaters und haben freie Auswahl bei den Frauen, die sie heiraten wollen. Ihr seht, meine Liebe, man kann durchaus zutreffend sagen, dass es Eurer Familie bestens geht.«

Tränen liefen Amilia über das Gesicht.

»Aber meine Liebe, was fehlt Euch? Wentworth!« Sie hatten die Gemächer der Herzogin betreten. Ein Dutzend Diener, die mit verschiedenen Aufgaben beschäftigt waren, hoben die Köpfe. »Gebt mir Euer Taschentuch und holt sofort ein Glas Wasser!«

Die Herzogin führte Amilia zu einem Sofa und ließ sie Platz nehmen. Dann tupfte sie ihr mit überraschend zarten Bewegungen die Tränen von den Wangen.

»Es tut mir leid«, sagte Amilia leise. »Ich ...«

»Unsinn! Ich sollte mich entschuldigen. Ich hatte ja gar keine Ahnung, wie sehr diese Nachrichten Euch erregen würden.« Sie sprach in einem mütterlichen Ton. Dann drehte sie sich in die Richtung, in die der Diener verschwunden war, und brüllte: »Wo bleibt das Wasser!«

»Mir fehlt nichts, wirklich«, versicherte Amilia. »Ich habe nur meine Familie so lange nicht gesehen und hatte schon Angst ...«

Die Herzogin lächelte und umarmte Amilia. »Meine Liebe«, flüsterte sie ihr ins Ohr, »ich habe sagen hören, dass von überall her Menschen nach Tarin pilgern und Eure Eltern fragen, wie Ihr die Imperatorin gerettet habt. Eure Eltern pflegen darauf zu sagen, dass sie es nicht wüssten, dass sie dafür aber umso sicherer sagen könnten, dass Ihr *sie* gerettet habt.«

Amilia erbebte vor Rührung, als sie das hörte.

Die Herzogin legte das Taschentuch weg. »Wo bleibt das Wasser!«, brüllte sie wieder. Das Wasser kam und sie drückte Amilia das kalte Glas in die Hand. Amilia trank, während die Herzogin ihr die Haare aus dem Gesicht strich.

»So, jetzt ist es besser«, säuselte sie.

»Danke.«

»Nichts zu danken, meine Liebe. Fühlt Ihr Euch wieder so weit hergestellt, dass ich Euch sagen kann, warum ich Euch hierhergeholt habe?«

»Ich denke schon.«

Sie befanden sich im offiziellen Empfangszimmer der Herzogin, einem von vier Räumen ihrer Suite. Die Herzogin hatte das langweilige Zimmer neu dekorieren lassen und in einen prächtigen Salon verwandelt. Rotgoldene Vorhänge aus dicker Wolle bedeckten jeden Zoll der Wände. Gemalte Rahmen ließen die Schießscharten größer erscheinen. Ein kunstvoll aus Kirschholz geschnitzter Sims schmückte den vormals kahlen offenen Kamin. Weiche, flauschige Teppiche bedeckten den gesamten Boden in mehreren Schichten. Von den ursprünglichen Möbeln war nichts mehr zu sehen. Alles war neu und schöner als alles, was Amilia bisher gesehen hatte.

Die in Rotgold gekleideten Diener wandten sich wieder ihren Aufgaben zu. Nur ein Mann blieb stehen. Er war hochgewachsen und trug ein maßgeschneidertes Wams aus silbernem und goldenem Brokat. Auf dem Kopf saß ihm ein extravaganter Hut mit einer langen, sich bauschenden Feder.

»Vicomte«, rief die Herzogin und winkte ihn näher. »Amilia, meine Liebe, darf ich Euch Vicomte Albert Winslow vorstellen?«

»Ich bin entzückt.« Der Vicomte nahm den Hut ab und schwenkte ihn ehrerbietig.

»Albert ist ein absoluter Experte für die Organisation großer Feste. Ich habe ihn für die Somershoh-Spiele bei mir engagiert und das Ergebnis war sensationell. Ich sage Euch, der Mann ist ein Genie.«

»Ihr seid viel zu gütig, Durchlaucht«, murmelte Winslow mit einem bescheidenen Lächeln.

»Ich habe bis heute keine Ahnung, wie Ihr es geschafft habt, den Burggraben mit springenden Delfinen zu füllen. Und die vielen Wimpel am Himmel – ich habe nie etwas so Schönes gesehen. Es war die reinste Zauberei!«

»Freut mich, wenn es Euch gefallen hat, Durchlaucht.«

»Amilia, Ihr müsst Albert engagieren. Sorgt Euch nicht wegen der Kosten. Ich bestehe darauf, dass ich für seine Dienste zahle.«

»Unsinn, meine Damen. Es würde mir nicht einfallen, für ein so nobles und würdiges Vorhaben Geld zu nehmen. Meine Zeit gehört Euch und aus Verehrung für Euch beide und natürlich auch Ihre Eminenz werde ich mein Bestes geben.«

»Seht Ihr!«, rief die Herzogin. »Der Vicomte ist von Kopf bis Fuß ein Kavalier. Ihr müsst sein Angebot einfach annehmen, meine Liebe!«

Die beiden starrten Amilia an, die schließlich nickte.

»Sehr erfreut, Euch zu Diensten sein zu können, Baronesse. Wann lerne ich Eure Mitarbeiter kennen?«

»Äh …« Amilia zögerte. »Eigentlich sind wir nur zu zweit, ich und Nimbus. Ach, Nimbus! Entschuldigt, aber ich war auf dem Weg zu ihm, als Ihr mich … ich meine, als wir uns begegnet sind. Ich soll die Artisten auswählen, die uns während der Feierlichkeiten unterhalten werden, und bin schon jetzt viel zu spät.«

»Dann solltet Ihr Euch beeilen«, sagte die Herzogin. »Nehmt Albert gleich mit. Er kann mit den Artisten anfangen. Und jetzt los. Ihr braucht Euch nicht bei mir zu bedanken, meine Liebe. Mein Lohn wird Euer Erfolg sein.«

Amilia stellte fest, dass Vicomte Winslow viel weniger förmlich war, sobald sie die Herzogin verlassen hatten. Er hieß jeden Artisten freundlich willkommen, und wer nicht ausgewählt wurde, wurde respektvoll und ohne Missstimmung entlassen. Der Vicomte wusste genau, was sie brauchten, und die Auswahl ging unter seiner Aufsicht zügig voran. Insgesamt wählten sie zwanzig Nummern aus: eine für jedes der Feste vor der Hochzeit, drei für das Bankett in der Evasnacht und fünf für den Hochzeitsempfang. Für den Fall, dass ein Artist krank wurde oder sich verletzte, bestimmte der Vicomte noch vier Ersatznummern.

Amilia war ihm für seine Hilfe dankbar. So sehr sie sich inzwischen auf Nimbus verließ, so hatte er doch mit der Organisation solcher Feste keinerlei Erfahrung. Ursprünglich war der Höfling als Hauslehrer für die Imperatorin eingestellt worden, aber er hatte Modina schon lange nicht mehr in Fragen des Protokolls und Auftretens unterrichtet. Modina musste sich darin nicht auskennen, da sie ihr Zimmer ohnehin nie verließ. Stattdessen war Nimbus zum Sekretär der Gouvernante avanciert, zu Amilias rechter Hand. Er wusste, wie man seine Wünsche an einem königlichen Hof durchsetzte. Amilia hatte davon keine Ahnung.

In den Jahren, in denen Nimbus verschiedenen Adligen in Rhenydd gedient hatte, hatte er die schwierige Kunst erlernt, wie man andere unauffällig zu seinen Gunsten beeinflusst. Er versuchte, Amilia diese Kunst mit ihren Feinheiten zu vermitteln, doch diese war eine schlechte Schülerin. Hin und wieder verbesserte er sie, wenn sie einen groben Fehler machte und sich etwa vor dem Kämmerer verbeugte, sich bei einem Kammerdiener bedankte oder in Gegenwart von anderen stand, was diese wiederum zwang, ebenfalls zu stehen. Ihr ganzer Erfolg im Palast beruhte auf Nimbus' Anleitung. Einem ehrgeizigeren Mann wäre es bitter aufgestoßen, dass sie den ganzen Ruhm einheimste, aber Nimbus half ihr weiterhin selbstlos.

Amilia war aufgefallen, dass Nimbus manchmal, wenn sie etwas besonders Dummes tat oder vor Verlegenheit rot wurde, seinen Wein verschüttete oder über einen Teppich stolperte. Einmal fiel er sogar eine Treppe ein paar Stufen hinunter.

Amilia hatte ihn deshalb lange für ungeschickt gehalten, aber seit einiger Zeit hatte sie den Verdacht, dass er im Gegenteil ganz besonders raffiniert war.

Es war schon spät und sie befand sich auf dem Rückweg zu den Gemächern der Imperatorin. Die Tage, die sie fast ununterbrochen in Modinas Gesellschaft verbracht hatte, waren längst vorbei. Ihre vielen Aufgaben hielten sie ständig auf Trab, aber sie ging nie zu Bett, ohne vorher noch nach der Imperatorin zu sehen, die nach wie vor ihre beste Freundin war.

Sie bog um eine Ecke und stieß mit einem entgegenkommenden Mann zusammen.

»Verzeihung!«, rief sie und kam sich gehörig dumm vor, weil sie zu Boden geblickt hatte.

»Aber nein«, erwiderte der Mann. »Ich muss mich dafür entschuldigen, dass ich wie eine Straßensperre hier herumstehe. Bitte verzeiht mir.«

Amilia kannte ihn nicht, aber sie begegnete in diesen Tagen im Palast ständig neuen Gesichtern. Er war großgewachsen und breitschultrig und hielt sich sehr aufrecht. Sein Kinn war glattrasiert, seine Haare ordentlich geschnitten. Der Haltung und Kleidung nach gehörte er dem Adel an. Er war gut gekleidet, aber im Unterschied zu vielen anderen Wintertid-Gästen nicht übertrieben prächtig.

»Ich bin einfach ein wenig durcheinander«, fuhr er fort und sah sich um.

»Habt Ihr Euch verirrt?«, fragte Amilia.

Er nickte. »Im Wald und auf offenem Gelände finde ich mich problemlos zurecht. Ich kann mich an Mond und Sternen orientieren, aber sobald ich zwischen steinernen Wänden eingesperrt bin, bin ich hilflos und verloren.«

»Das kann ich Euch nachfühlen, ich habe mich hier früher ständig verirrt. Wohin wollt Ihr?«

»Ich wohne auf Geheiß meines Herrn im Quartier der Ritter, habe aber draußen einen Spaziergang gemacht und finde jetzt nicht mehr zurück.«

»Dann seid Ihr Soldat?«

»Ja, verzeiht, mein Ungeschick kennt keine Grenzen.« Er trat einen Schritt zurück und verbeugte sich förmlich. »Baron Breckton von Chadwick, Sohn von Baron Belstrad, stehe zu Diensten.«

»Ach, Ihr seid Baron Breckton?«

Amilia ließ sich vom Aussehen sonst nicht so beeindrucken, aber Breckton war vollkommen und genauso, wie sie sich einen Ritter vorstellte: gutaussehend, kultiviert, stark und – wie die Herzogin gesagt hatte – schneidig. Zum ersten Mal seit ihrer Ankunft im Palast wünschte sie sich, sie wäre schön.

»Der bin ich. Ihr habt demnach von mir gehört ... Gutes oder Schlechtes?«

»Selbstverständlich Gutes. Aber vorhin ...« Sie brach ab und spürte, wie sie rot wurde.

Breckton runzelte betroffen die Stirn. »Habe ich irgendwie Euer Missfallen erregt? Ich wäre untröstlich, wenn ich ...«

»Nein, überhaupt nicht. Was rede ich für dummes Zeug. Ehrlich gesagt, habe ich überhaupt erst heute von Euch gehört, und ...«

»Und?«

»Es ist so peinlich.« Ihre Verwirrung stieg noch durch die Aufmerksamkeit, mit der er sie ansah.

Das Gesicht des Ritters wurde ernst. »Wenn etwas mich entehrt hat oder Ihr durch die Verwendung meines Namens zu Schaden gekommen seid ...«

»Nein, es war überhaupt nichts Schlimmes. Die Herzogin von Rochelle meinte nur ...«

»Ja?«

Amilia wand sich. »Sie meinte, ich solle Euch bitten, im Turnier mein Band zu tragen.«

»Ach so, verstehe.« Er wirkte erleichtert. »Es tut mir leid, wenn ich Euch enttäuschen muss, aber ich bin nicht ...«

»Ich weiß schon«, fiel sie ihm rasch ins Wort, denn sie wollte lieber gar nicht hören, was er zu sagen hatte. »Ich hätte ihr das auch selbst gesagt, aber sie hat ununterbrochen geredet, wie ein Wasserfall. Die Vorstellung, ein Ritter – irgendein Ritter – könnte mein Band tragen, ist abwegig.«

Breckton schien verwirrt. »Inwiefern?«

»Seht mich doch an.« Sie trat einen Schritt zurück, damit er sie besser sehen konnte. »Ich bin nicht schön und, wie wir jetzt beide wissen, auch nicht charmant. Ich stamme nicht aus einer adligen Familie, sondern wurde als Tochter eines armen Stellmachers geboren. Ich darf wohl nicht einmal hoffen, dass der Hund des Jägers beim Bankett neben mir sitzt, ganz zu schweigen davon, dass ein berühmter Ritter wie Ihr im Turnier für mich kämpft.«

Brecktons Augenbrauen schossen in die Höhe. »Tochter eines Stellmachers? Seid Ihr etwa Baronesse Amilia von Tarin im Tal?«

»Ja, tut mir leid.« Sie legte die Hand an die Stirn und verdrehte die Augen. »Seht Ihr? Ich benehme mich wie ein Trampel. Ja, ich bin Amilia.«

Breckton betrachtete sie längere Zeit schweigend. Dann sagte er: »Ihr seid die Frau, die die Imperatorin gerettet hat?«

»Ihr seid enttäuscht, ich weiß.« Sie wartete darauf, dass er lachte und sagte, sie könne unmöglich die Auserwählte Maribors sein. Dass Modina sie in ihrer öffentlichen Ansprache ihre Retterin genannt hatte, schützte sie. Doch war der Ruhm auch eine Last und Anfechtung für ein Mädchen, das sein ganzes Leben lang der Aufmerksamkeit ausgewichen war. Schlimmer noch, sie war eine Hochstaplerin. Dass ein Gott sie dazu bestimmt hätte, die Imperatorin zu retten, war eine Lüge, eine Erfindung Saldurs, die einem politischen Zweck diente.

Zu Amilias Überraschung lachte der Ritter nicht. Stattdessen fragte er: »Und Ihr glaubt, kein Ritter würde Euer Band tragen, weil Ihr nicht adliger Abstammung seid?«

»Ja, deswegen und aus einem Dutzend anderer Gründe. Es gibt da so einige Gerüchte.«

Breckton beugte das Knie und senkte den Kopf. »Baronesse Amilia, ich flehe Euch an, gewährt mir die Ehre, im Turnier Euer Band tragen zu dürfen.«

Amilia erstarrte.

Der Ritter blickte auf. »Jetzt habe ich Euch gekränkt, ja? Ich war zu dreist. Ich wollte eigentlich gar nicht zum Turnier antreten, weil dort das Leben braver Männer aus Gefallsucht und zum Zweck bloßer Unterhaltung unnötig gefährdet wird. Doch jetzt, nachdem ich Euch kennengelernt habe, bin ich zur Teilnahme fest entschlossen, denn es geht um mehr. Die Ehre einer Frau muss verteidigt werden, und Ihr seid keine gewöhnliche Frau, sondern die Auserwählte Maribors. Für Euch würde ich gegen tausend Männer zu Felde ziehen, nur um die losen Zungen zum Schweigen zu bringen, die Euren guten Namen beschmutzen! Mein Schwert und meine Lanze gehören Euch, Baronesse, wenn Ihr mir die Gunst gewährt.«

Erst auf dem Weg zu Modinas Gemächern wurde Amilia klar, dass sie Brecktons Bitte angenommen hatte. Immer noch wie betäubt und fortwährend lächelnd stieg sie die Treppe hinauf.

Hochgestimmt traf sie bei Modinas Gemächern ein. Es war ein guter Tag gewesen, vielleicht der beste ihres Lebens. Sie hatte erfahren, dass ihre Eltern und Geschwister lebten und dass es ihnen gutging. Die Hochzeitsvorbereitungen machten unter der Aufsicht des erfahrenen und charmanten Vicomte gute Fortschritte. Und ein gutaussehender Ritter hatte vor ihr gekniet und um ihr Turnierband gebeten. Amilia öffnete die Tür.

Sie musste das alles unbedingt Modina erzählen. Doch im selben Moment, in dem die Tür aufschwang, war alles vergessen.

Modina saß wie üblich in ihrem dünnen weißen Nachthemd am Fenster und blickte auf den im Mondlicht glänzenden Schnee hinaus. Neben ihr stand ein bodenlanger ovaler Spiegel mit einem aufwendig geschnitzten Rahmen, Messingscharnieren und einem hölzernen Drehgelenk.

»Woher kommt der?«, fragte Amilia erschrocken.

Die Imperatorin schwieg.

»Wer hat ihn gebracht?«

Modina blickte flüchtig auf den Spiegel. »Schön, nicht wahr? Schade, dass sie einen so schönen gebracht haben. Wahrscheinlich wollten sie mir eine Freude bereiten.«

Amilia trat zu dem Spiegel und strich mit den Fingern über den Rand. »Seit wann habt Ihr ihn?«

»Er wurde heute Morgen gebracht.«

»Dann bin ich überrascht, dass er noch heil ist.« Amilia kehrte dem Spiegel den Rücken zu und sah die Imperatorin an.

»Ich bin nicht in Eile, Amilia, ich habe noch ein paar Wochen.«

»Ihr habt also beschlossen, bis zur Hochzeit zu warten?«

»Ja. Zuerst dachte ich, es wäre egal, aber dann wurde mir klar, dass man womöglich dich verantwortlich gemacht hätte. Wenn ich warte, sieht es aus, als sei Ethelred schuld. Alle werden glauben, die Vorstellung, von ihm berührt zu werden, sei mir unerträglich gewesen.«

»Und ist das der Grund?«

»Nein, ich empfinde ihm und auch allen anderen gegenüber keinerlei Gefühle. Du bist die einzige Ausnahme, aber dir wird nichts passieren.« Modina wandte sich vom Fenster ab und sah Amilia an. »Ich kann nicht mehr weinen. Ich habe nicht einmal geweint, als Arista gefangen genommen wurde … keine einzige Träne. Ich habe von diesem Fenster aus zugesehen, wie Saldur und die Seret-Ritter in den Turm gingen, und wusste, was das bedeutete. Nach einer Weile kamen sie wieder heraus, aber Arista nicht. Sie sitzt jetzt noch in diesem finsteren Verlies, wie ich früher. Als sie hier war, hatte ich ein Ziel, aber jetzt ist davon nichts mehr übrig. Ich bin nur noch ein Geist, der auf dieser Welt nichts mehr zu suchen hat. Ich habe den Regenten geholfen, das Imperium zu errichten. Und ich habe Euch zu einem besseren Leben verholfen. Nicht einmal Saldur kann Euch etwas tun. Ich wollte auch Arista helfen, aber das ging nicht. Jetzt ist es Zeit für mich, zu gehen.«

Amilia kniete sich neben Modina, strich ihr behutsam die Haare aus dem Gesicht und küsste sie auf die Wange. »Ihr dürft nicht so sprechen. Ihr wart doch auch einmal glücklich und könnt das wieder sein.«

Modina schüttelte den Kopf. »Ein Mädchen namens Thrace war glücklich. Sie lebte glücklich und zufrieden mit ihrer Familie in einem kleinen Dorf an einem Fluss und spielte mit ihren Freundinnen im Wald und auf den Wiesen. Dieses Mädchen glaubte an eine bessere Zukunft. Sie freute sich auf die Geschenke, die Maribor ihr bringen würde. Doch statt der Geschenke schickte Maribor Finsternis und Grauen.«

»Es gibt immer Hoffnung, Modina. Bitte, Ihr müsst mir glauben.«

»Damals, als du den Sekretär dazu gebracht hast, Stoff für ein Kleid zu bestellen, bin ich einem Mann aus meiner Vergangenheit begegnet. Er stand für die Hoffnung und hat einst Thrace gerettet. Einen kurzen Moment lang glaubte ich, er wollte auch mich retten, aber das stimmte nicht. Er verschwand und ich wusste, er war nur eine Erinnerung an die Zeit, als ich noch gelebt habe.«

Amilia nahm Modinas Hand in beide Hände und hielt sie wie einen sterbenden Vogel. Das Atmen bereitete ihr Mühe.

Ihre Unterlippe begann zu zittern und sie blickte in den Spiegel. »Ihr habt recht. Es ist wirklich schade, dass sie einen so schönen Spiegel gebracht haben.« Sie umarmte Modina und begann zu weinen.

5

Spuren im Schnee

Royce war noch einige Meilen von Medford entfernt, als er Rauch aufsteigen sah. Er machte sich auf das Schlimmste gefasst. Sonst tauchte man, wenn man den Galewyr überquerte, in die von geschäftigem Leben erfüllten Straßen der Hauptstadt ein, doch als er diesmal über die Brücke trabte, sah er vor sich eine Trümmerwüste mit verkohlten Pfosten und Steinen. Die Stadt, die er gekannt hatte, existierte nicht mehr.

Royce hatte kein Zuhause. Zuhause war für ihn etwas aus dem Märchen, wie das Paradies oder das Feenland. Aber die Schiefe Straße war von allen Orten, an denen er je gewesen war, einem Zuhause am nächsten gekommen. Neuschnee bedeckte die Stadt wie ein Laken, das die Natur über einen Leichnam gebreitet hatte. Kein einziges Gebäude war heil geblieben, viele Häuser waren bis auf die Grundmauern niedergebrannt. Die Tore des Schlosses lagen in Trümmern, die Stadtmauern waren zum Teil eingestürzt. Auch die Bäume des Hohen Viertels waren verbrannt.

Das MEDFORDHAUS in der Unterstadt war nur noch ein Haufen rauchender Balken. Lediglich die ausgebrannten Fundamente standen noch. Daneben lag ein versengtes Schild. Die Farben, mit denen es bemalt gewesen war, hatten Blasen geworfen und nur mit Mühe war noch das Bild einer Rose zu erkennen.

Royce stieg vom Pferd und näherte sich den Trümmern. Dort, wo Gwens Zimmer gewesen war, sah er unter einer eingestürzten Mauer einige bleiche Finger hervorragen. Seine Beine drohten unter ihm einzuknicken. Unbeholfen kletterte er über einige Trümmer. Er atmete Rauch ein und zog seinen Schal über Mund und Nase. Am Rand der eingestürzten Wand angekommen, versuchte er sie hochzuheben. Ein Stück brach ab, aber es reichte, um zu sehen, was darunter eingeklemmt war.

Ein leerer, cremefarbener Handschuh.

Er kehrte zum Rand der Ruine zurück und setzte sich, am ganzen Leib zitternd, auf die verkohlte Treppe. Er war es nicht gewöhnt, Angst zu haben. Im Lauf der Jahre hatte es ihn immer weniger gekümmert, ob er lebte oder tot war. Ein rascher Tod ersparte ihm wenigstens die Qualen des Lebens in einer Welt, die einem Waisenjungen kein Leben zugestand. Er war immer auf den Tod vorbereitet gewesen und hatte damit gespielt und sein Leben riskiert, in dem Wissen, dass er kein unbilliges Risiko einging. Er hatte nichts zu verlieren, nichts zu fürchten.

Mit Gwen war alles anders geworden.

Wie dumm von ihm! Er hätte sie nicht allein lassen dürfen.

Warum habe ich gewartet?

Sie hätten nach Avempartha ziehen können, wo sie sicher waren und nur er einen Schlüssel besaß. Die Imperialisten hätten gegen die Mauern anrennen können, wie sie wollten, sie wären doch nie zu ihm und seiner Familie vorgedrungen.

Einen Block entfernt flog lärmend ein Schwarm Krähen auf. Royce stand auf und lauschte. Mit dem Wind drangen Stimmen an sein Ohr. Sein Pferd war inzwischen die Straße entlanggetrottet. Warum hatte er es nicht angebunden? Hastig eilte er ihm nach. Als er es an den Zügeln zu fassen bekam, sah er einen Trupp imperialer Soldaten an der Ruine von Mason Grumons Haus vorbeimarschieren.

»Stehen bleiben!«, rief der Anführer.

Royce sprang auf sein Pferd und trat es in die Flanken. Ein dumpfer Schlag ertönte. Das Pferd taumelte und brach zusammen. In seiner Flanke steckte ein Armbrustbolzen. Royce konnte gerade noch zur Seite springen, bevor er zerquetscht wurde. Er fiel in den Schnee, sprang sofort wieder auf und zog seinen Dolch Alversten. Sechs Soldaten näherten sich ihm im Laufschritt. Der eine hielt eine Armbrust und spannte gerade die Sehne für den nächsten Schuss.

Royce machte kehrt und floh.

Er schlüpfte in eine mit Schutt gefüllte Gasse und sprang über die geborstenen Mauern des Wirtshauses ZUR DORNIGEN ROSE. Zu seiner Überraschung war die Bohlenbrücke über den Abwasserkanal hinter dem Stall des Wirtshauses noch intakt. Hinter sich hörte er Geschrei, allerdings in einiger Entfernung und durch den Schnee gedämpft. Der alte Laden stand noch. Royce sprang hoch und bekam den Fenstersims im ersten Stock zu fassen. Wenn die Soldaten ihm durch die Gasse folgten, würde sein Verschwinden sie einen Moment lang verwirren. Mehr Vorsprung brauchte er nicht. Er zog sich auf das Dach, überquerte es und kletterte auf der andere Seite wieder hinunter. Dann verwischte er noch rasch seine Spuren und eilte in Richtung Westen weiter.

Royce stand am Waldrand und überlegte, ob er der Straße folgen oder den kürzeren Weg durch den Wald nehmen sollte. Es hatte wieder angefangen zu schneien und der Wind trieb die Flocken waagrecht über den Boden. Der weiße Vorhang dämpfte die Farben und überzog die Welt mit einem grauen Schleier. Royce bewegte seine Finger. Sie waren gefühllos geworden. Weil er möglichst schnell Gwen finden wollte, hatte er schon wieder vergessen, Winterhandschuhe zu kaufen. Er zog sich die Kapuze fester um den Kopf und wickelte sich den Schal um das Gesicht. Der heftige Nordwestwind zerrte an seinem Mantel und ließ ihn knallen wie eine Peitsche. Royce stopfte ihn ein paar Mal in seinen Gürtel, gab dann aber auf – der Wind war zu stark.

Zur Winde-Abtei war es im Sommer ein guter Tagesritt. Im Winter brauchte man anderthalb Tage, aber Royce hatte keine Ahnung, wie lange er zu Fuß durch den Schnee brauchen würde. Ohne die richtige Ausrüstung schaffte er es womöglich überhaupt nicht. Er hatte fast alle seine Sachen zusammen mit seinem Pferd verloren, darunter die Decke, den Proviant und das Wasser. Nicht einmal Feuer machen konnte er. Die klügere Wahl wäre deshalb die Straße gewesen. Dort kam man leichter voran und es bestand zumindest die Aussicht, anderen Reisenden zu begegnen. Andererseits war es die längere Strecke. Also entschied er sich für die Abkürzung durch den Wald. Er hoffte, dass Gwen wie versprochen die Abtei aufgesucht hatte, aber es gab nur eine Möglichkeit, sich davon zu überzeugen. Außerdem war das Bedürfnis, sie zu sehen, übermächtig geworden.

Es wurde Nacht und Sterne funkelten über einer glitzernden weißen Welt. Das Gehen wurde durch viele umgestürzte Baumstämme und unter dem Schnee versteckte Felsen erschwert. Da sah Royce eine frische Fährte vor sich – Fußspuren. Er blieb stehen und lauschte, hörte aber nur den Wind durch die verschneiten Bäume wehen.

Gewandt sprang er auf einen Baumstamm, der sich in einem schiefen Winkel über die Erde neigte, und lief ihn hinauf, bis er einige Fuß hoch über dem Boden stand. Von dort verfolgte er die Spur unter ihm. Sie war nicht tiefer eingedrückt als seine eigene; der Mann, der hier gegangen war, trug folglich keine Rüstung, nicht einmal einen leichten Brustpanzer.

Wer kann hier mitten in der Nacht außer mir noch unterwegs sein?

Die Spur führte in dieselbe Richtung, in die auch er gehen wollte, er folgte ihr also. Dass er den anderen damit vor sich hatte, war ihm nur recht. Zu seiner Erleichterung kam er ein wenig schneller voran.

Als er auf einer Anhöhe ankam, zweigte die Spur nach rechts ab. Offenbar führte sie in die Richtung zurück, aus der er gekommen war.

»Tut mir leid, unsere Wege trennen sich wieder«, murmelte er. Sein Atem leuchtete im Mond weiß auf.

Er stieg von der Anhöhe hinunter und musste an eine Schlucht denken, die er drei Jahre zuvor mit Hadrian und Prinz Alric durchquert hatte. Auch damals hatten sie Schwierigkeiten gehabt, einen Weg zu finden. Mühsam kämpfte er sich ins Tal hinunter. Der Schnee machte jeden Schritt zur Plackerei, und je tiefer er kam, desto tiefer sank er darin ein. Er war noch keine hundert Fuß gegangen, da begegnete er erneut der Spur. Er folgte ihr und kam wieder besser voran.

Auf der anderen Talseite ging es steil bergauf. Die Spur bog nach rechts ab. Diesmal blieb Royce stehen. Ein wenig weiter links sah er einen leichteren Weg, eine V-förmige, offenbar durch Regenwasser ausgewaschene Rinne. Er wollte sich schon nach links wenden, da sah er einen in die Rinde eines jungen Baums unmittelbar vor ihm geschnitzten Pfeil, der nach rechts zeigte. Die Spuren seines Vorgängers darunter waren mit Holzspänen übersät.

»Ich soll dir also folgen«, murmelte er. »Du weißt offenbar, dass ich dir folge, und willst das auch. Beides ist nicht sehr beruhigend.« Er blickte sich um, sah aber niemanden. Von den Schneeflocken abgesehen, bewegte sich nichts. Die Stille war gespenstisch und zugleich friedlich, als warte der Wald darauf, dass er seine Entscheidung traf.

Seine Beine waren müde, seine Füße und Hände starr vor Kälte. Eigentlich nahm er solche Einladungen nur ungern an, aber vermutlich handelte es sich wieder um den leichteren Weg. Seufzend blickte er hangaufwärts. Er folgte der Spur ein paar hundert Fuß, dann baumelten an einem Ast vor ihm plötzlich ein Paar Fausthandschuhe aus Fell. Er zog sie an. Sie waren noch warm.

»Das ist nun wirklich gruselig«, sagte er laut. Noch lauter fügte er hinzu: »Jetzt hätte ich gern einen Schlauch mit Wasser, ein Steak mit Zwiebeln und vielleicht noch eine Scheibe frischgebackenes Brot mit Butter.«

Doch zwischen den schwarzen Bäumen um ihn bewegte sich nichts, nur der Schnee schwebte lautlos vom Himmel. Er zuckte mit den Schultern und stieg weiter. Nach einer Weile machte der Weg eine scharfe Linkskurve, aber er führte inzwischen nur noch sanft bergauf. Auf der Kuppe angekommen, erwartete Royce schon halb, eine warme Mahlzeit vorzufinden, aber die Kuppe war leer. In einiger Entfernung brannte allerdings ein Licht und die Spuren führten geradewegs darauf zu.

Royce ging seine Alternativen durch und kam zu keinem Schluss. Dass Soldaten des Imperiums ihn durch den Wald führten, war ausgeschlossen. Mönche konnten es auch nicht sein, dazu war die Abtei noch zu weit weg. Zwar gab es dutzendweise Sagen über Feen und Geister in den Wäldern des westlichen Melengar, aber keine über Wesen, die Fußspuren und vorgewärmte Handschuhe hinterließen.

Wie er es auch drehte und wendete, um eine Falle schien es sich nicht zu handeln. Trotzdem legte er vorsichtshalber die Hand an seinen Dolch. Dann stapfte er weiter. Beim Näherkommen stellte er fest, dass das Licht aus einer Art Baumhaus hoch in den Ästen einer gewaltigen Eiche drang. Darunter befand sich ein von einer dicken Einfriedung aus Immergrün umgebener Pferch mit einem Holzschuppen. Neben dem Schuppen stand unruhig scharrend ein dunkler Schatten, ein Pferd.

»Hallo?«, rief Royce.

»Komm herauf«, rief eine Stimme von oben. »Wenn du dazu nicht zu müde bist.«

»Wer bist du?«

»Ein Freund. Ein alter Freund – oder genauer gesagt, bist du mein Freund.«

»Wie heißt du ... Freund?« Royce starrte zu der Öffnung in der Unterseite des Baumhauses hinauf.

»Ryn.«

»Das ist aber wirklich merkwürdig. Ich habe nur wenige Freunde und keiner davon heißt Ryn.«

»Ich habe dir meinen Namen nie gesagt. Kommst du jetzt hoch und isst etwas oder klaust du mein Pferd und verschwindest? Ich persönlich würde vorschlagen, du nimmst zuerst einen Bissen zu dir.«

Royce betrachtete eine Zeitlang das Pferd, dann ergriff er das Seil mit den Knoten, das an dem Baumstamm herunterhing, und kletterte daran hinauf. An der Unterseite des Hauses angekommen, spähte er hinein. Das Zimmer war unerwartet geräumig, außerdem war es gemütlich warm. Es roch nach Fleischeintopf. Von dem Stamm standen in alle Richtungen Äste ab, die blank gerieben waren wie der Handlauf eines Treppengeländers. Daran hingen Töpfe und Tücher. Auf den hölzernen Dielen lagen mehrere Schichten von Matten und Decken.

Auf einem aus Ästen gebauten Stuhl saß ein schmächtiger Mann, der Pfeife rauchte. »Willkommen, Royce«, sagte er lächelnd.

Er trug grob aus Fellen geschneiderte Kleider. Die Mütze auf seinem Kopf sah aus wie ein alter schlaffer Sack. Seine Ohren waren nicht zu sehen, aber seine schrägstehenden Augen und die hohen Wangenknochen verrieten, dass Elbenblut in seinen Adern floss.

Auf der anderen Seite des Zimmers waren eine Frau und ein kleiner Junge damit beschäftigt, Pilze klein zu schneiden und in einen verbeulten Topf zu werfen, der über einer kleinen, mit Flusskieseln eingefassten Feuerstelle hing. Auch sie waren – wie Royce selbst – sogenannte *mir*, Mischlinge aus Mensch und Elbe. Beide schwiegen, warfen ihm aber verstohlene Blicke zu.

»Du weißt, wie ich heiße?« Royce zog die Füße nach und schloss die Tür.

»Du warst im Herbst vor drei Jahren, kurz nach dem Mord an König Amrath, in der SILBERNEN KANNE.«

Royce überlegte. *Der Hut!*

»Die beiden waren krank.« Ryn zeigte mit einem Kopfnicken auf seine Familie. »Sie hatten Fieber. Wir hatten nichts mehr zu essen und ich kaufte mit meinem letzten Geld von einem gewissen Hall etwas altbackenes Brot und eine Rübe. Ich wusste, dass das nicht reichte, aber ich hatte nicht mehr Geld.«

»Du warst der Elbe, der des Diebstahls beschuldigt wurde. Die anderen haben dir die Mütze heruntergerissen.«

Ryn nickte und zog an seiner Pfeife. »Du hast mit eurem Freund eine Gruppe von Leuten zusammengestellt, die den Prinz von Melengar befreien sollte, und mich gefragt, ob ich mitmache. Als Belohnung hast du mir einen gerechten Anteil an der Beute versprochen.«

Royce zuckte mit den Schultern. »Wir konnten jeden Mann gebrauchen.«

»Ich habe dir nicht geglaubt. Welcher Mischling würde das schon? Elben haben noch nie einen gerechten Anteil von irgendwas bekommen, aber ich war verzweifelt. Als alles vorbei war, weigerte Drake sich erwartungsgemäß, mich auszuzahlen. Aber du hast dein Wort gehalten und ihn gezwungen, mir meinen Anteil zu geben – und ein Pferd. Du hast den anderen gedroht, du würdest sie sonst töten.« Er lächelte kurz. »Drake gab mir einen fertig gesattelten Wallach, ohne nachzusehen, was in den Satteltaschen steckte. Ich glaube, er wollte mich nur noch loswerden. Ich brach auf, bevor sie ihre Meinung ändern konnten, und war schon einige Meilen geritten, bevor ich die Gelegenheit hatte, in den Satteltaschen nachzusehen. Sie enthielten Obst, Nüsse, Fleisch, Käse, eine Flasche Whisky und einen Schlauch Apfelmost. Schon das wäre ein Schatz gewesen. Aber ich fand außerdem noch warme Decken, schöne Kleider, ein Beil, ein Feuerzeug aus Stein und Eisen, ein Messer und eine *Geldbörse*, gefüllt mit Goldtalern – insgesamt zweiundzwanzig.«

»Goldtaler? Du hast das Pferd von Baron Trumbul bekommen?«

Ryn nickte. »Damit hatte ich mehr als genug Geld, um Arznei zu kaufen, und ich kehrte mit dem Pferd auch rechtzeitig zu meiner Familie zurück. Ich habe immer gehofft, dir vor meinem Tod noch danken zu können, und heute kam die Gelegenheit dazu. Ich sah dich in der Stadt, konnte dort aber nichts tun. Umso mehr freue ich mich, dass ich dich zu einem Besuch überreden konnte.«

»Die Handschuhe waren eine nette Geste.«

»Nimm bitte Platz und sei mein Gast beim Abendessen.«

Royce hängte Mantel und Schal an einen Ast und stellte seine Stiefel zum Trocknen ans Feuer. Während der Mahlzeit wurde kaum gesprochen.

Dann sammelte Ryns Frau seine leere Schale ein und sprach zum ersten Mal. »Du siehst müde aus, Royce. Können wir dir ein Lager für die Nacht richten?«

»Nein, tut mir leid, ich kann nicht bleiben.« Royce stand auf. Zu seiner Freude spürte er seine Zehen wieder.

»Bist du in Eile?«, fragte Ryn.

»Das kann man sagen.«

»Dann wirst du mein Pferd Hivenlyn nehmen«, erklärte Ryn.

Vor einer Stunde hätte Royce noch jedes Pferd gestohlen, dem er begegnet wäre. Jetzt hörte er sich zu seiner eigenen Überraschung sagen: »Nein. Ich meine, danke für das Angebot, aber nein.«

»Aber ich bestehe darauf. Ich habe es wegen dir Hivenlyn genannt. Hivenlyn bedeutet auf Elbisch *unerwartetes Geschenk*. Du siehst schon, du musst es annehmen. Es kennt in diesem Wald jeden Pfad und wird dich sicher ans Ziel bringen.« Ryn nickte in Richtung des Jungen, der gewandt durch die Falltür nach draußen kletterte.

»Du brauchst das Pferd selbst«, erwiderte Royce.

»Ich bin nicht mitten in der Nacht ohne Gepäck im Wald unterwegs. Und ich habe jahrelang ohne Pferd gelebt. Jetzt brauchst du es dringender als ich. Oder willst du im Ernst behaupten, du hättest keine Verwendung dafür?«

»Gut, dann leihe ich es aus. Ich reite damit zur Winde-Abtei. Dort gebe ich Bescheid, dass es dir gehört, und du kannst es abholen.« Royce vermummte sich in Mantel und Schal und kletterte das Seil hinunter. Unten erwartete ihn Ryns Sohn mit dem gesattelten Pferd.

Ryn kam ebenfalls herunter. »Hivenlyn gehört jetzt dir. Wenn du ihn nicht mehr brauchst, gib ihn an jemand anders weiter.«

»Du bist verrückt«, sagte Royce und schüttelte ungläubig den Kopf. »Aber ich habe keine Zeit zum Streiten.« Er stieg auf und drehte sich noch einmal zu Ryn um, der im Schnee unter seiner Hütte stand. »Hör zu, ich ... ich bin es einfach nicht gewöhnt, dass jemand ... Du weißt schon ...«

»Ich wünsche dir eine gute Reise, mein Freund.«

Royce nickte und lenkte Hivenlyn zur Straße.

Er ritt die ganze Nacht, immer der Straße nach, und musste erneut gegen den Schnee ankämpfen. Der eisige Wind zerrte an seinem Mantel und ging ihm durch Mark und Bein. Er trieb das Pferd zur Eile an und das edle Tier gehorchte willig.

Bei Sonnenaufgang machten sie im Schutz der Kiefern kurz Rast. Royce aß von dem harten, mit Pilzen gefüllten Brot, das Ryns Frau ihm mitgegeben hatte, und überließ Hivenlyn den Kanten. »Tut mir leid, dass wir uns so beeilen müssen«, sagte er zu ihm. »Aber wenn wir ankommen, kriegst du einen warmen Stall und genug zu fressen.« Dass sein Versprechen nur galt, wenn er Gwen dort antraf, erwähnte er nicht. Andernfalls war ihm egal, was das Pferd brauchte. Dann war ihm alles egal.

Das Schneetreiben hielt den ganzen Tag an. Heftige Böen bliesen den Schnee über die Straße und schoben ihn zu Gebilden zusammen, die an geisterhafte Schlangen erinnerten. Während des ganzen Ritts begegnete Royce keinem einzigen Reisenden. Wohin er auch blickte, war alles tief verschneit und leuchtete grellweiß.

Bei Einbruch der Dämmerung erreichte er schließlich die Anhöhe, auf der das Kloster stand. Hinter einem Schleier aus herabfallendem Schnee tauchte stumm und unbewegt die Abtei auf. Die Stille auf dem Gelände war beunruhigend und erinnerte ihn an seinen Besuch von vor drei Jahren. Damals hatten die Imperialisten die Kirche, in der mehrere Dutzend Mönche eingesperrt waren, bis auf die Grundmauern niedergebrannt. Panik stieg in Royce auf. Er eilte die steinerne Treppe hoch und drückte das große Portal auf. Drinnen lief er durch den Korridor des östlichen Flügels. Er suchte nach einem Menschen, den er nach Gwen fragen konnte. Wenn hier eine Gruppe von Prostituierten eingetroffen war, wussten das bestimmt alle Mönche.

Der Korridor war dunkel und dasselbe galt für den zum Kreuzgang führenden Flur. Royce öffnete die Tür zum Speisesaal der Mönche, doch der Saal mit seinen Tischen und Bänken war leer. Royce lauschte auf das dumpfe Echo seiner Schritte und die böse Vorahnung, die ihn hierhergebracht hatte, wurde stärker. Im Laufschritt eilte er zur Kirche. An der über zwei Stockwerke hohen Doppeltür angekommen, fürchtete er, sie könnte wie schon einmal mit einer Kette abgesperrt sein. Er packte die Klinke und zog daran.

Unvermutet blickte er in das langgestreckte, mit Mönchen gefüllte Kirchenschiff. Leiser Gesang hüllte ihn ein. Hinter ihm schlugen die schweren Türflügel dumpf gegen die Wände. Der Gesang verstummte und einige Dutzend Köpfe drehten sich nach ihm um.

»Royce?«, fragte eine Stimme, die Stimme einer Frau – ihre Stimme.

Die Menge braun gewandeter Mönche teilte sich und er sah Gwen in einem smaragdgrünen Kleid. Sie eilte ihm durch den Mittelgang entgegen und er schlang die Arme um sie und drückte sie so heftig, bis sie nach Luft schnappte.

»Royce Melborn, bitte«, sagte der Abt. »Wir sind mitten in der Vesper.«

6

Im Palast

Hadrian zog die Vorhänge zu und zündete auf dem Tischchen eine Kerze an. Dann wandte er sich an Albert. »Was habt Ihr herausgefunden?« In der Vergangenheit hatte Royce immer die Treffen organisiert und Hadrian versuchte sich an die vielen Kleinigkeiten zu erinnern, mit denen er dafür gesorgt hatte, dass sie geheim blieben.

Sie standen in Hadrians Zimmer in der ALTEN BURG und es war die erste Besprechung seit Royce' Aufbruch. Albert wohnte jetzt im Palast und Hadrian wollte Alberts Besuche bei ihm auf das Nötigste beschränken. Ein Gast der Imperatorin mochte eine heruntergekommene Herberge aufsuchen, um sich zu vergnügen, aber zu viele Besuche hätten Verdacht erregt.

»Genni hat mich der Gouvernante der Imperatorin vorgestellt«, sagte Albert. Er trug einen schweren Mantel aus schlichter Wolle, unter dem ein prächtiges Wams verborgen war. »Die Frau weinte Freudentränen, als Genni ihr von ihrer Familie erzählte. Ich denke, man kann sagen, dass sie die Herzogin ins Herz geschlossen hat und mir zumindest vertraut. Ihr hättet Genni sehen sollen. Sie war großartig. Und ihre Gemächer sind prächtig!«

»Und Leo?«, fragte Hadrian.

»Sagt wie immer nicht viel, spielt aber mit. Wenn Genni etwas gut findet, gilt das auch für ihn. Außerdem hat er Ethelred nie leiden können.«

Die beiden setzten sich an den Tisch. Im flackernden Schein der Kerze waren lediglich ihre Gesichter zu sehen. Hadrian hatte sich eine Woche lang in der Stadt umgehört, aber nicht viel herausgefunden. Und das Planen war nicht seine Sache, das überließ er Royce.

»Und Ihr wisst ja, wie gern Genni Intrigen spinnt«, fügte Albert hinzu. »Sie hat jedenfalls dafür gesorgt, dass ich zum offiziellen Organisator der Hochzeit ernannt wurde.«

»Ausgezeichnet. Habt Ihr etwas Nützliches herausgefunden?«

»Ich habe die Baronesse nach Unterkünften gefragt, in denen die Artisten untergebracht werden könnten. Ich sagte ihr, dass man dafür oft leere Gefängniszellen verwenden würde, weil man in Gasthäusern nur schwer Plätze findet.«

»Gute Idee.«

»Danke, aber es hat nichts gebracht. Ihr zufolge gibt es im Palast kein Verlies, nur einen Gefängnisturm.«

»Gefängnisturm klingt doch gut.«

»Aber er steht leer.«

»Leer? Seid Ihr sicher? Habt Ihr es überprüft?«

Albert schüttelte den Kopf. »Zutritt strengstens verboten.«

»Warum das, wenn er leer steht?«

Der Vicomte zuckte mit den Schultern. »Keine Ahnung, die Baronesse hat mir jedenfalls versichert, dass es so ist. Sie sagte, sie sei selbst dort gewesen. Außerdem habe ich den Turm in den vergangenen Nächten beobachtet und bin mir ziemlich sicher, dass sie recht hat. Ich habe dort nie Licht gesehen. Einmal ist allerdings ein Seret-Ritter hineingegangen.«

»Noch andere Entdeckungen?«

Albert trommelte mit den Fingern auf die Tischplatte und überlegte kurz. »Der einzige andere verbotene Gebäudetrakt ist der fünfte Stock. Dort residiert offenbar die Imperatorin.«

»Habt Ihr sie gesehen?« Hadrian beugte sich vor. »Mit ihr gesprochen?«

»Nein. Soweit ich es beurteilen kann, verlässt Modina ihr Zimmer nie. Alle Mahlzeiten werden ihr dorthin gebracht. Amilia behauptet, die Imperatorin sei mit Regieren beschäftigt und außerdem noch geschwächt. Offenbar kann sie deshalb keine Gäste empfangen. Das hat kürzlich für Verstimmung gesorgt. Alle Würdenträger, die zu Besuch hier eintreffen, wollen eine Audienz bei der Imperatorin – aber niemand bekommt eine.«

»Aber irgendjemand muss sich um sie kümmern.«

»Das ist Baronesse Amilia. Und es gibt noch eine Zofe ...« Albert suchte in seinen Kleidern und zog einige Papiere heraus, die er auf dem Tisch ausbreitete. »Ja, hier steht es. Die Zofe heißt Anna und der Türwächter ...« Er suchte in seinen Notizen. »Gerald. Anna ist die Tochter eines Stoffhändlers aus Colnora. Gerald heißt mit vollem Namen Gerald Baniff und kommt aus Chadwick. Ein alter Freund der Belstrads.« Albert blätterte durch einige weitere Seiten. »War früher der Adjutant von Breckton. Wurde für Tapferkeit ausgezeichnet und deshalb in die Ehrenwache der Imperatorin berufen.«

»Und die Regenten?«

»Könnten vermutlich auch mit ihr sprechen, tun es aber nicht, soweit ich das beurteilen kann. Zumindest hat sie von den Leuten, mit denen ich gesprochen habe, noch keiner im fünften Stock gesehen.«

»Wie kann die Imperatorin regieren, wenn sie sich nie mit Ethelred oder Saldur bespricht?«, fragte Hadrian.

»Das liegt auf der Hand, denke ich. In Wirklichkeit regieren die Regenten.«

Hadrian verzog das Gesicht und lehnte sich zurück. »Sie ist also eine Marionette.«

Albert zuckte mit den Schultern. »Vielleicht. Spielt das eine Rolle?«

»Royce und ich kannten sie – bevor sie Imperatorin wurde. Ich dachte, sie könnte uns vielleicht helfen.«

»Sieht aber nicht so aus, als hätte sie irgendeine wirkliche Macht.«

»Ist das bekannt?«

»Einige Fürsten ahnen es vielleicht, aber die meisten scheinen nichts zu wissen.«

»Aber bestimmt sind doch nicht alle so naiv.«

»Ihr dürft nicht vergessen, dass viele sehr religiös sind und außerdem überzeugte Imperialisten. Wenn man ihnen erzählt, Modina sei die von Maribor abstammende Erbin, glauben sie das. Und meinem Eindruck nach denken die Bauern überwiegend genauso. Die Diener und Palastwachen sprechen geradezu mit Ehrfurcht von ihr. Und dass sie sich nur so selten zeigt, trägt dazu noch bei. Von so was träumt jeder Staatsmann. Da sie kaum auftritt, lastet man ihr auch keine Fehler an, sondern macht stattdessen den Regenten Vorwürfe.«

»Also nur Amilia, der Türwächter und die Zofe haben Kontakt zu ihr?«

»So sieht es aus. Nein, Moment.« Albert machte eine Pause. »Nimbus auch.«

»Nimbus?«, fragte Hadrian.

»Ja, ein Höfling aus Vernes. Ich habe ihn vor einigen Jahren auf einem Fest kennengelernt. Niemand von Bedeutung, soweit ich mich erinnere, aber wohl ein anständiger Bursche. Er hat Baron Daref und mich übrigens seinerzeit Ballentyne vorgestellt, was zu Eurem Auftrag mit dem doppelten Briefdiebstahl für den Grafen von Chadwick und Alenda Lanaklin geführt hat. Nimbus ist ein lustiger Bursche, der gerne bunte

Kleider und eine gepuderte Perücke trägt. Außerdem trägt er immer eine kleine Ledertasche über der Schulter – Gerüchten zufolge bewahrt er darin Schminkzeug auf. Jedenfalls ist er intelligenter, als er wirkt. Sehr aufgeweckt – er bekommt alles mit. Baronesse Amilia hat ihn eingestellt. Er hilft ihr bei der Arbeit.«

»Wie groß ist die Wahrscheinlichkeit, dass Ihr die Imperatorin zu Gesicht bekommt?«

»Sie ist eher klein. Warum? Ich habe doch gerade gesagt, dass sie uns wahrscheinlich nicht helfen kann. Oder glaubt Ihr, Gaunt wird in ihrem Zimmer gefangen gehalten?«

»Nein.« Hadrian fuhr mit der Hand über die von flackernden Schatten bedeckte Tischplatte. »Ich, äh, wüsste einfach nur gern, wie es ihr geht. Ich habe ihrem Vater mehr oder weniger versprochen, auf sie aufzupassen – also dafür sorgen, dass es ihr gut geht.«

»Aber sie ist die Imperatorin«, sagte Albert. »Weiß er das nicht?«

»Er ist tot.«

»Ach so.« Albert schwieg.

»Es wäre mir einfach eine Erleichterung, wenn ich mit ihr sprechen könnte.«

»Suchen wir jetzt Gaunt oder die Imperatorin?«

Hadrian verzog missmutig das Gesicht. »Es sieht nicht danach aus, als würden wir Gaunt so schnell finden.«

»Aber ich glaube, ich bin schon so weit gegangen, wie ich konnte. Ich soll eine Hochzeit organisieren und kein Gefängnis bewachen. Die Leute werden misstrauisch, wenn ich sie nach Gefangenen frage.«

»Ich hätte wirklich nicht gedacht, dass es so schwer ist, Gaunt zu finden.«

Albert seufzte. »Ich werde es weiter versuchen.« Er stand auf und band seinen Mantel zu.

»Moment, wartet noch. Habt Ihr nicht bei unserer Ankunft gesagt, der Palast würde derzeit neue Wächter einstellen?«

»Ja, in rauhen Mengen. Warum?«

Hadrian antwortete nicht gleich, sondern starrte in die Kerze und rieb sich die schwieligen Hände. »Ich dachte, ich könnte mich wieder einmal als Soldat verdingen.«

Albert lächelte. »Für einen einfachen Wächter seid Ihr womöglich ein wenig überqualifiziert.«

»Dann müsste ich die Stelle doch bekommen.«

Hadrian wartete in einer Schlange von Männern mit hängenden Schultern und krummen Rücken, die sich als Wachen bewerben wollten. Die Männer traten fröstelnd von einem Bein auf das andere und pusteten in ihre aneinandergelegten Hände, um ihre Finger zu wärmen. Die Schlange reichte vom Haupttor bis zur Wachstube auf dem Palasthof. Hadrian, der als Einziger eigene Waffen mitgebracht hatte und einen anständigen Mantel trug, fühlte sich fehl am Platz. Er machte sich deshalb so klein wie möglich und ging mit schlurfenden Schritten.

Entlang der Innenmauern des freigeschaufelten Hofes häufte sich der Schnee. Vor der Wachstube der Kaserne brannte ein Feuer, an dem die Hofwachen gelegentlich stehen blieben, um sich die Hände zu wärmen oder einen Becher mit einem dampfenden Getränk entgegenzunehmen. Bedienstete eilten mit Eimern und Tragen über den Hof zum Brunnen oder zum Holzstoß und holten Wasser und Brennholz.

»Name?«, fragte eine barsche Stimme, als Hadrian den dämmrigen Raum betrat und vor einem wackligen Tisch stehen blieb.

An dem Tisch saßen drei Männer mit dicken Lederpanzern. Daneben saß ein schmächtiges Männchen, ein Sekretär, dem Hadrian schon einmal im Palast begegnet war, einer von der unangenehmen Sorte mit schütterem Haar und tintenbeschmierten Fingern. In der Hand hielt er eine Feder, vor ihm lag eine Pergamentrolle.

»Hast du einen Namen?«, fragte der Mann in der Mitte.

»Baldwin«, antwortete Hadrian. Die Feder des Sekretärs kratzte über das Pergament und ihr Ende zuckte wie der Schwanz eines nervösen Eichhörnchens.

»Baldwin, ja? Wo hast du gekämpft?«

»So ziemlich überall.«

»Warum dienst du nicht in der imperialen Armee? Bist du desertiert?«

Hadrian erlaubte sich ein Lächeln, das der Soldat nicht erwiderte. »Ganz richtig. Von den Nationalisten.«

Das machte die Männer am Tisch aufmerksam und auch einige Kandidaten in der Schlange hinter ihm. Der Sekretär hörte auf zu schreiben und hob den Kopf.

»Sie haben mich aus irgendeinem Grund nicht mehr bezahlt«, fügte Hadrian achselzuckend hinzu.

Die Mundwinkel des Soldaten verzogen sich zu einem kurzen Lächeln. »Mit der Treue scheinst du es nicht so genau zu nehmen.«

»Ich bin absolut treu ... solange ich meinen Sold bekomme.«

Jetzt lachte der Soldat leise und sah die anderen an. Der ältere Mann rechts von ihm nickte. »Setz ihn auf die Liste. Man braucht keine besondere Loyalität, um eine Menschenmenge zu beaufsichtigen.«

Der Sekretär begann wieder zu schreiben und Hadrian bekam eine hölzerne Marke.

»Geh damit nach draußen und gib sie Wachtmeister Millet. Er steht am Feuer und gibt dir, was du brauchst. Name?« Der Soldat hatte sich bereits dem nächsten Bewerber zugewandt und Hadrian kehrte nach draußen in den grellweißen Schnee zurück.

Geblendet schloss er für einen Moment die Augen. Als er

sie wieder öffnete, sah er Inquisitor Luis Guy mit fünf Seret-Rittern durch das Eingangstor traben. Ihre Blicke trafen sich. Hadrian hatte Guy seit dem Tod von Fanen Pickering in Dahlgren nicht mehr gesehen. Er hoffte, sich an Guy eines Tages für Fanens Tod rächen zu können, doch war dies der denkbar schlechteste Moment einer Begegnung.

Den Bruchteil einer Sekunde lang waren sie beide wie erstarrt. Dann lehnte Guy sich zu dem Mann neben ihm hinüber, ohne den Blick von Hadrian zu wenden.

»Los!«, rief Guy ungeduldig, als der Ritter zögerte.

Hadrian konnte sich keinen für eine Flucht ungünstigeren Ort vorstellen. Er konnte nicht einfach durch ein Fenster springen oder eine Tür hinter sich schließen. Zwischen ihm und dem Tor stand eine Schlange von sechsundzwanzig Männern, die darauf brannten, ihren Mut zu beweisen, indem sie der Palastwache halfen. Doch waren sie unbewaffnet und deshalb für Hadrian trotz ihrer Zahl die geringste Bedrohung. Viel gefährlicher waren die wie für eine Schlacht gerüsteten zehn Palastwachen. Und wenn erst Schwerter durch den Hof klirrten, würden weitere Wachen aus der Kaserne herbeieilen. Vorsichtig geschätzt musste er mindestens achtzehn Menschen töten oder verwunden, nur um den Ausgang zu erreichen, darunter vor allem Guy und seine fünf Seret-Ritter. Auch die Pferde der Ritter musste er töten, wenn er ihnen auf den Straßen der Stadt entkommen wollte. Ein weiteres Hindernis waren die acht Armbrustschützen auf der Mauer. Mindestens zwei davon, schätzte er, würden ihn treffen, wenn er durchs Tor nach draußen rannte.

»Keine Bewegung«, sagte Guy warnend. Er hatte die Hände ausgebreitet, als wollte er ein durchgegangenes Pferd aufhalten. Weder kam er näher, noch stieg er ab oder zog sein Schwert.

Das Fallgitter des Tors senkte sich.

»Es gibt kein Entkommen mehr«, rief er.

Aus einer nahen Tür kam eine Handvoll Wächter. Sie zogen ihre Schwerter und näherten sich Hadrian im Laufschritt.

»Halt!«, befahl Guy und hob mit einem Ruck die Hand. »Verteilt euch, aber geht nicht näher an ihn heran.«

Die in der Schlange anstehenden Männer sahen zwischen den Soldaten und Hadrian hin und her und wichen zurück.

»Ich weiß, was Ihr jetzt denkt, Blackwater«, sagte Guy. Es klang fast freundlich. »Aber diesmal sind wir wirklich in der Überzahl.«

Hadrian stand in einem vornehm eingerichteten Amtszimmer im vierten Stock des Palasts. Regent Saldur saß hinter seinem Schreibtisch und hantierte mit einem kleinen, edelsteinbesetzten Brieföffner, der wie ein Dolch geformt war. Der ehemalige Bischof war gegenüber dem letzten Mal, als Hadrian ihn gesehen hatte, gealtert und korpulenter. Rechts von ihm stand Luis Guy, den Blick unverwandt auf Hadrian gerichtet. Er trug die rote Soutane und den schwarzen Mantel des Inquisitors.

Sein Schwert steckte in der Scheide, die Hände hatte er auf dem Rücken verschränkt. Den dritten Mann kannte Hadrian nicht. Er trug ein vornehmes, mantelartiges Obergewand, saß an einem Schachbrett und hielt abwesend eine Schachfigur in den Fingern.

»Hadrian Blackwater«, begann Saldur. »Ich habe einige unglaubliche Dinge über Euch gehört. Setzt Euch doch.«

»Lohnt sich das überhaupt?«

»Ich fürchte ja. Und egal, wie unser Gespräch ausgeht, Ihr werdet hier im Palast bleiben.«

Hadrian betrachtete den Stuhl vor ihm, blieb aber stehen.

Der Regent lehnte sich zurück und legte die Fingerspitzen aneinander. »Ihr wollt jetzt wahrscheinlich wissen, warum Ihr hier seid statt in einer Zelle im Nordturm, oder zumindest, warum wir Euch nicht an Händen und Füßen gefesselt haben. Dafür habt Ihr Inquisitor Guy zu danken. Er hat uns unglaubliche Geschichten von Euch erzählt. Ihr habt nicht nur Seret-Ritter ermordet ...«

»Ermordet wurde damals Fanen Pickering«, fiel Hadrian ihm ins Wort. »Die Seret haben uns angegriffen.«

»Nun, wer könnte beurteilen, was damals genau passiert ist? Der Tod eines Seret wird jedenfalls streng geahndet. Herkömmlich steht darauf leider die Todesstrafe. Doch Inquisitor Guy behauptet, Ihr wärt ein Teshlor-Ritter – der Einzige, den es noch gibt –, und das wäre in der Tat ein ganz ungewöhnlicher mildernder Umstand.

Wenn ich mich recht an meinen Geschichtsunterricht erinnere, ist nur ein einziger Teshlor dem Untergang des Alten Imperiums entronnen – Jerish Grelad, der den Erben Novrons versteckt hat. Der Legende nach wurden die Fähigkeiten eines Teshlor von Generation zu Generation weitergegeben. Sie sollten die Nachfahren des Imperators schützen.

Die Familien Pickering und Killdare haben angeblich einige Kenntnisse der alten Ritter bewahrt. Sie sind mit Hilfe dieser eifersüchtig gehüteten geheimen Künste als Kämpfer berühmt geworden. Ein voll ausgebildeter Teshlor aber wäre noch viel mehr. Er wäre ... nun ja ... in einem bewaffneten Zweikampf unbesiegbar.«

Hadrian schwieg.

»Nehmen wir einmal an, Guy hätte recht. Dann verschafft Eure Anwesenheit uns eine interessante Möglichkeit, von der wir beide profitieren könnten. Und wir hatten das Gefühl, Ihr würdet Euch unseren Vorschlag bereitwilliger anhören, wenn wir euch mit einem gewissen Respekt behandeln. Deshalb haben wir Euch nicht gefesselt und ...«

Die Tür flog auf und Regent Ethelred eilte herein. Er war in prächtige königliche Gewänder aus Samt und Seide gekleidet, aber auch er wirkte gealtert und der vormals athletische Körper des früheren Königs war um die Taille erschlafft. Schnurrbart und Bart waren grau meliert und auch das schwarze Kopfhaar zeigte weiße Strähnen. Er zog seine Schleppe ins Zimmer und schlug die Tür zu.

»Das ist der Kerl ja«, rief er mit seiner dröhnenden Stimme und musterte Hadrian. »Kennen wir uns nicht?«

Hadrian sah keinen Grund, warum er hätte lügen sollen. »Ich habe in Eurer Armee gedient.«

»Richtig!« Ethelred hob in einer dramatischen Geste die Arme. »Und Ihr wart ein tüchtiger Soldat. Ihr habt damals die Stellung gehalten an ... an ...« Er schnippte ungeduldig mit den Fingern.

»An der Furt des Gravin.«

»Natürlich!« Ethelred schlug sich auf den Schenkel. »Verdammt gute Arbeit, das. Habe ich Euch nicht befördert? Zum Hauptmann oder so was? Was ist passiert?«

»Ich habe die Armee verlassen.«

»Ein Jammer. Ihr seid ein guter Soldat.« Ethelred schlug Hadrian auf die Schulter.

»Natürlich ist er das, Lanis«, erinnerte Saldur ihn. »Darum geht es doch.«

Ethelred lachte. »Ja, richtig. Hat er zugestimmt?«

»Wir konnten ihn noch nicht fragen.«

»Was wolltet Ihr mich fragen?«

»Hadrian, wir haben da ein kleines Problem«, begann Ethelred. Er ging beim Sprechen zwischen Saldurs Schreibtisch und der Tür auf und ab. Die Finger der linken Hand hatte er hinter seinem Rücken im Gürtel eingehakt, mit der rechten Hand wedelte er hin und her wie ein Dirigent mit dem Taktstock. »Der Mann heißt Archibald Ballentyne und ist ein Möchtegern und Versager. Das gilt für alle Ballentynes, aber Archibald ist außerdem noch Graf von Chadwick. Er herrscht also aufgrund seiner Geburt über eine Provinz, die völlig bedeutungslos ist, allerdings mit einer Ausnahme. Chadwick ist die Heimat von Baron Belstrad, dessen ältester Sohn Breckton ist, der vermutlich beste Ritter von ganz Avryn. Und wenn ich sage der beste, meine ich das in einem sehr umfassenden Sinn. Sein Können mit der Waffe, sein strategisches Geschick und seine Führungsqualitäten sind gleichermaßen beispiellos. Leider ist er seinem Herrn Archie Ballentyne in blinder Treue ergeben. Er dient ausschließlich ihm.«

Ethelred kehrte von der Tür zurück und setzte sich mit einem kleinen Sprung auf Saldurs Schreibtisch. Saldur zuckte zusammen.

»Ich brauche Breckton als Feldherrn, aber er weigert sich, mich als seinen Vorgesetzten zu akzeptieren, und will nur Archie gehorchen. Ich habe aber keine Zeit, ihm meine Befehle alle über diesen Versager zu übermitteln. Wir haben Breckton eine schöne Provinz und die Beförderung zum Oberbefehlshaber angeboten, wenn er Ballentyne verlässt, aber der Dummkopf war nicht interessiert.«

»Aber der Krieg ist vorbei oder wird bald vorbei sein«, erwiderte Hadrian. »Dann braucht Ihr Breckton nicht mehr.«

»Stimmt genau«, sagte Saldur.

Etwas an seinem gleichgültigen Ton jagte Hadrian eine Gänsehaut über den Rücken.

»Auch ohne Krieg brauchen wir starke Leute, die für Ruhe und Ordnung sorgen«, beharrte Ethelred. Er nahm eine kleine Figur aus Glas vom Schreibtisch und begann damit zu jonglieren.

Saldur folgte seinen Handbewegungen mit den Augen. Seine Kiefer arbeiteten.

»Breckton hat unser Angebot also abgelehnt und Archie droht sogar, uns mit Breckton und den Royalisten anzugreifen. Ist das zu fassen? Er meinte, er könnte jederzeit nach Aquesta marschieren! Er glaubt, er könnte mich herausfordern! Der Wurm ...« Ethelred schlug das Figürchen auf die Tischplatte, wo es in tausend Stücke zerbrach. »Oh ... tut mir leid, Saldi.« Saldur seufzte nur und schwieg.

Ethelred wischte die Hände aneinander ab und weitere Glassplitter regneten auf den Schreibtisch. »Wer hätte gedacht, dass ein Ritter das Angebot ablehnt, Oberbefehlshaber zu werden und ein ganzes Königreich als Lehen zu bekommen? So ein Schwachkopf! Und weshalb? Aus Treue zu Archie Ballentyne. Der ihn nicht leiden kann, noch nie leiden konnte. Ist das nicht lächerlich?«

»Womit wir beim Grund Eurer Anwesenheit wären, Blackwater«, sagte Saldur. Mit einem Spitzentaschentuch wischte er die Splitter vorsichtig von der Tischplatte und in einen Papierkorb. »Ich würde die Idee ja zu gern als meine eigene ausgeben, aber sie kommt von Guy.« Er wies mit einem Nicken auf den Inquisitor.

Guy verzog keine Miene und stand weiter vollkommen unbewegt da wie eine Statue.

»Ihm fiel bei seiner Begegnung mit Euch im Palasthof ein, das Ihr unser kleines Problem mit Baron Breckton lösen könnt.«

»Ich kann Euch nicht folgen«, sagte Hadrian.

Saldur verdrehte die Augen. »Wir dürfen nicht zulassen, dass Breckton zu seiner Armee bei Drondilsfeld zurückkehrt, denn dann wären wir für immer der Willkür Archies ausgeliefert. Solange die Armee zu Breckton hält, könnte Archie uns seine Bedingungen diktieren.«

Hadrians Verwirrung wuchs. »Und ...?«

Ethelred lachte meckernd. »Saldi, Ihr verliert Euch in Andeutungen. Der Mann ist Soldat, kein Stratege. Er braucht eine klare Ansage.« Er wandte sich an Hadrian. »Breckton ist ein ausgezeichneter Soldat und wir hatten bisher niemanden, der ihn besiegen könnte. Doch dann wies Guy uns darauf hin, dass Ihr dafür bestens geeignet wärt. Um es ganz deutlich zu sagen: Wir wollen, dass Ihr Breckton tötet.«

»Das Turnier zu Wintertid beginnt in wenigen Tagen«, nahm Saldur den Faden auf. »Breckton nimmt daran teil und Ihr sollt gegen ihn kämpfen und ihn besiegen. Seine Lanze wird stumpf sein, Eure dagegen spitz, doch ist die Spitze unter einer Hülse aus Porzellan verborgen. Wenn Ihr ihn tötet, ist unser Problem gelöst.«

»Und warum sollte ich dazu bereit sein?«

»Das hat der Regent doch schon erklärt«, sagte Guy. »Auf die Tötung eines Seret-Ritters steht normalerweise die Hinrichtung.«

»Außerdem würden wir Euch die Abmachung als Zeichen unserer Anerkennung mit hundert Goldtalern versüßen«, fügte Ethelred hinzu. »Was sagt Ihr?«

Hadrian wusste, dass er Breckton nie im Leben ermorden konnte. Er hatte ihn zwar bisher nicht persönlich kennengelernt, dafür aber seinen jüngeren Bruder Wesley. Wesley hatte zusammen mit ihm und Royce auf der *Smaragdsturm* gedient und im Palast der vier Winde an ihrer Seite gekämpft. Er war im Kampf gefallen und hatte ihnen mit seinem Opfer das Leben gerettet. Hadrian stand tief in seiner Schuld, und wenn Breckton auch nur halb so anständig war wie sein jüngerer Bruder, schuldete Hadrian ihm mindestens *ein* Leben.

»Was soll er schon sagen?«, antwortete Saldur an Hadrians Stelle. »Er hat keine andere Wahl.«

»Das würde ich nicht sagen«, erwiderte Hadrian. »Ihr habt recht, ich wurde zum Teshlor-Ritter ausgebildet und habe mir während dieses Gesprächs acht verschiedene Arten überlegt, auf die ich alle in diesem Zimmer Anwesenden töten könnte. Für drei davon brauchte ich lediglich den kleinen Brieföffner, mit dem Regent Saldur spielt.« Er ließ die Arme fallen und verlagerte sein Gewicht auf das andere Bein. Sofort hoben die beiden Soldaten Ethelred und Guy alarmiert die Hände.

»Wartet.« Saldurs Stimme bebte und sein Gesicht war angespannt. »Bevor Ihr unüberlegt handelt, bedenkt, dass Ihr nicht durch das schmale Fenster passt und die Männer draußen im Korridor Euch nicht durchlassen würden. Wenn Ihr wirklich so gut seid, wie Ihr behauptet, könntet Ihr zwar viele von ihnen mit Euch in den Tod reißen, aber selbst Ihr könntet nicht alle besiegen.«

»Ihr mögt durchaus recht haben. Wir werden es gleich wissen.«

»Seid Ihr von Sinnen?«, rief Saldur erregt. »Ihr wollt lieber tot sein? Wir bieten euch Gold und eine Begnadigung an. Was habt Ihr davon, das Angebot auszuschlagen?«

»Er meint es durchaus ernst.« Der Mann am Schachbrett hatte zum ersten Mal gesprochen. »Und es wäre ja auch gar kein schlechter Zug – er würde gleichsam einen Springer opfern für einen Springer, einen Turm und einen König. Ihr habt ihm den falschen Anreiz geboten. Gebt ihm die Prinzessin.«

»Wie bitte?« Saldur starrte ihn entgeistert an. »Wen? Arista?«

»Habt Ihr noch eine andere Prinzessin, von der ich nichts weiß?«

»Arista?«, fragte Hadrian. »Die Prinzessin von Melengar ist hier?«

»Ja, und sie soll an Wintertid hingerichtet werden«, gab der Mann zur Antwort.

Saldur schüttelte verwirrt den Kopf. »Warum sollte er sich für sie interessieren ...«

»Weil Hadrian Blackwater und sein Partner Royce Melborn, besser bekannt als Riyria, in Melengar als königliche Protektoren gearbeitet haben. Sie haben entscheidend zu fast allen Erfolgen beigetragen, die Alric oder seine Schwester in den vergangenen Jahren gehabt haben. Womöglich sind sie inzwischen sogar mit der königlichen Familie befreundet. Natürlich innerhalb der Grenzen, in denen Adlige Freundschaften mit einfachen Bürgern zulassen.«

Hadrian konzentrierte sich darauf, ganz ruhig zu atmen und keine Miene zu verziehen.

Sie haben Arista gefangen? Wie denn? Ist sie verletzt? Seit wann halten sie sie schon fest? Wer ist dieser Mann?

»Hadrian Blackwater ist im Grunde seines Herzens ein Romantiker, Euer Gnaden. Er legt großen Wert auf seine Ehre und würdige Ziele seines Handelns. Einen unschuldigen Ritter zu töten, zumal einen, der sich so verdient gemacht hat wie Breckton, wäre ... hm ... falsch. Ein Fräulein in Not zu retten fällt aber natürlich in eine ganze andere Kategorie.«

»Wäre das schwierig?«, fragte Ethelred, an Saldur gewandt.

Der Regent überlegte kurz. »Das Mädchen ist mit allen Wassern gewaschen und hat uns Probleme ohne Ende bereitet. Andererseits ... Medford ist zerstört, die Nationalisten haben sich aufgelöst und Drondilsfeld wird nicht mehr lange durchhalten. Sie stellt deshalb meiner Meinung nach keine Bedrohung mehr für das Imperium dar.«

»Na bitte«, sagte Ethelred und wandte sich wieder an Hadrian. »Also abgemacht?«

Hadrian betrachtete den Mann am Schachbrett. Er hatte sein Gesicht noch nie gesehen, trotzdem hatte er das Gefühl, ihn kennen zu müssen.

»Nein«, sagte er schließlich. »Ich will außerdem auch noch Degan Gaunt.«

»Seht ihr? Er ist der Leibwächter!«, rief Guy. »Oder bildet sich das zumindest ein. Offenbar hat Esrahaddon ihm gesagt, Gaunt sei der Erbe.«

Ethelred runzelte besorgt die Stirn. »Das kommt nicht in Frage. Wir haben den Erben Novrons jahrelang gesucht. Jetzt können wir ihn nicht einfach laufen lassen.«

»Nicht jahrelang – jahrhundertelang«, verbesserte Saldur und starrte Hadrian an. Er hatte den Mund leicht geöffnet und fuhr mit der Zungenspitze nervös an den Zähnen entlang. »Esrahaddon ist tot. Ihr habt das nachgeprüft, Guy?«

Der Inquisitor nickte. »Ich habe die Leiche ausgraben und verbrennen lassen.«

»Und was weiß Gaunt? Ihr habt meines Wissens verschiedene ›kleine Gespräche‹ mit ihm geführt.«

Guy schüttelte den Kopf. »Nicht viel, soweit ich feststellen konnte. Esrahaddon hat ihm offenbar nicht einmal gesagt, dass er der Erbe ist.«

»Aber Hadrian wird es ihm sagen«, fiel Ethelred ein.

»Und?«, erwiderte Saldur. »Was macht das? Sollen die beiden doch überall herumposaunen, Gaunt sei der Erbe. Wer hört ihnen zu? Modina leistet uns gute Dienste. Die Menschen lieben sie und erkennen sie als die wahre Erbin Novrons an. Schließlich hat sie den Gilarabrywn getötet. Auch wenn die beiden den Leuten einreden, Gaunt sei der Erbe, weder Bauern noch Adlige werden sie unterstützen. Unsere Sorge war ja auch nie Degan, sondern vor allem das, was Esrahaddon mit ihm als Marionette hätte tun können. Jetzt ist der Zauberer weg und Degan keine wirkliche Bedrohung mehr.«

»Ich weiß nicht, ob der Patriarch das billigen wird«, sagte Guy.

»Der Patriarch muss sich nicht mit einem Teshlor arrangieren wie wir.«

»Und Gaunts Kinder oder Enkel? Sie könnten in einigen Jahrzehnten versuchen, sich das zu holen, was ihnen ihrer Meinung nach durch ihre Geburt zusteht. Darum sollten wir uns kümmern.«

»Warum sich jetzt schon Sorgen um Probleme machen, die es vielleicht nie gibt? Wir müssen jetzt eine Lösung finden, meine Herren. Kümmern wir uns doch um unsere gegenwärtigen Probleme und überlassen die Zukunft anderen. Was meint Ihr, Lanis?«

Ethelred nickte.

Saldur wandte sich an Hadrian. »Wenn es Euch gelingt, Breckton im Turnier zu töten, werden wir Euch Degan Gaunt und Prinzessin Arista übergeben, unter der Bedingung, dass Ihr Avryn verlasst und versprecht, nie wieder zurückzukehren. Einverstanden?«

»Ja.«

»Ausgezeichnet.«

»Dann kann ich jetzt gehen?«

»Ich fürchte, nein«, erwiderte Saldur. »Versteht bitte, dass wir unsere kleine Abmachung gerne geheim halten wollen. Wir müssen deshalb leider darauf beharren, dass Ihr Euch bis zum Turnier mit Breckton im Palast aufhaltet. Im Palast werdet Ihr unter ständiger Beobachtung stehen. Solltet Ihr versuchen, zu fliehen oder Informationen nach draußen zu schmuggeln, verstehen wir das als Nichterfüllung Eures Teils der Abmachung. In diesem Fall werden wir Prinzessin Arista und Degan Gaunt auf dem Scheiterhaufen verbrennen.

Brecktons Tod darf kein Aufsehen erregen. Es soll wirken wie ein Turnierunfall oder schlimmstenfalls die Tat eines überehrgeizigen Ritters. Auf keinen Fall darf der Verdacht einer Verschwörung aufkommen. Da Bürger nicht am Turnier teilnehmen dürfen, müssen wir Euch zum Ritter befördern. Ihr werdet im Quartier der Ritter wohnen, an den Spielen und Banketten teilnehmen und mit anderen Adligen verkehren wie alle Ritter, die hier zu Gast sind. Damit auch nicht der leiseste Verdacht aufkommt, es könnte etwas nicht mit rechten Dingen zugehen, erhaltet Ihr einen Lehrer, der Euch hilft, Eure Rolle überzeugend zu spielen. Ab jetzt gilt: Ihr kommt aus diesem Palast nur heraus, wenn Ihr Breckton tötet.«

7

In noch tieferer Finsternis

Tropf, tropf, tropf.
Arista kratzte sich an den Handgelenken. Dort spürte sie immer noch den Schorf der Scheuermale. Während des Verhörs durch den Regenten hatte sie schwere Handeisen tragen müssen. Das Jucken hatte erst vor kurzer Zeit angefangen. Dass ihr Körper überhaupt noch die Kraft hatte, sich selbst zu heilen, wunderte sie angesichts des wenigen Essens, das sie bekam. Die Lüge über Edith Mon war riskant gewesen und sie hatte schon gefürchtet, Saldur könnte mit dem Inquisitor zurückkehren, aber seit seinem Besuch hatte sie drei Schalen Haferschleim bekommen. Offenbar hatte er ihr geglaubt.
Da hörte sie es wieder.
Ein Platschen wie von Wasser.
Leise und verhallt, als komme es durch einen langen Tunnel.
Gefolgt von einem Knarren, in regelmäßigen Abständen unterbrochen durch ein Klicken.
Bestimmt kam das Geräusch von einer Maschine, einem Foltergerät. Vielleicht handelte es sich um eine mechanische Winde, mit der man Menschen auseinanderreißen konnte, oder ein sich drehendes Rad, mit dem man das Opfer in schmutziges Wasser eintauchte. Saldur täuschte sich über ihren Mut.

Arista wusste, dass sie unter Folter sofort zusammenbrechen würde.

Die steinerne Tür des Kerkers ging rumpelnd auf und Schritte hallten durch die Gänge. Wieder einmal kam jemand, obwohl es nicht Essenszeit war.

Die Schritte kamen näher.

Es waren andere Schuhe als die von Saldur, nicht so weich, aber auch nicht die eines armen Mannes. Der Gang war entschieden soldatisch, aber die Schuhe waren nicht mit Eisen beschlagen. Die Schritte kamen nicht zu ihr, sondern gingen an ihrer Zelle vorbei und blieben erst dann stehen. Schlüssel klirrten und eine Zellentür ging auf.

»Morgen, Gaunt«, sagte eine vage vertraute und zugleich unangenehme Stimme. Sie klang wie die Erinnerung an einen schlechten Traum.

»Was wollt Ihr, Guy?«, fragte Gaunt.

Der ist es!

»Wir müssen uns noch einmal unterhalten«, sagte Guy.

»Ich habe schon unser letztes Gespräch kaum überlebt.«

»Was hat Esrahaddon Euch über das Horn von Gylindora erzählt?«

Arista hob den Kopf und näherte sich ganz langsam der Tür.

»Ich weiß nicht, wie ich es Euch noch sagen soll. Er hat mir gar nichts erzählt.«

»Aber genau deshalb sind unsere kleinen Gespräche für Euch so unangenehm. Ihr müsst besser mit uns zusammenarbeiten. Ich kann Euch nicht helfen, wenn Ihr uns nicht helft. Wir müssen dieses Horn finden, und zwar so schnell wie möglich!«

»Dann fragt doch einfach Esrahaddon.«

»Der ist tot.«

Es folgte eine lange Pause.

»Denkt nach. Er hat das Horn doch sicher einmal erwähnt. Die Zeit wird knapp. Wir haben Leute ausgeschickt, es zu suchen, und sie müssten eigentlich längst wieder da sein. Ich glaube nicht, dass sie noch kommen. Wir brauchen das Horn. Ihr habt so viel Zeit mit Esrahaddon verbracht, wie soll ich Euch also glauben, dass er nie davon gesprochen hat?«

»Er hat dieses blöde Horn mit keiner Silbe erwähnt!«

»Entweder Ihr lügt immer besser oder Ihr habt von Anfang an die Wahrheit gesagt. Ich kann nur einfach nicht glauben, dass er Euch nichts gesagt hat, es sei denn ... Alle sind fest davon überzeugt, aber ich habe seit einiger Zeit einen gewissen Verdacht.«

»Wozu dient das?«, fragte Gaunt. Er klang aufgeregt und ängstlich.

»Nur der Wahrheitsfindung. Jetzt haltet still.«

Gaunt ächzte. Dann schrie er auf. »Was macht Ihr?«

»Ihr würdet es sowieso nicht verstehen, selbst wenn ich es Euch sagen würde.«

Wieder folgte eine Pause.

»Ich wusste es!«, rief Guy. »Das erklärt einiges. Zwar hilft es weder Euch noch mir, aber es ergibt wenigstens einen Sinn. Es war töricht von den Regenten, Esrahaddon zu töten.«

»Ich verstehe Euch nicht. Wovon redet Ihr?«

»Von nichts, Gaunt. Ich glaube Euch. Er hat Euch nichts gesagt. Warum sollte er? Der Partriarch wird darüber nicht erfreut sein. Ihr werdet nicht mehr verhört werden, sondern habt bis zur Hinrichtung Eure Ruhe.«

Die Tür ging wieder zu und die Schritte entfernten sich.

Die Worte des sterbenden Esrahaddon fielen Arista ein.

Sucht das Horn von Gylindora ... dazu braucht Ihr den Erben ... es ist bei Novron in Percepliquis vergraben. Beeilt Euch ... zu Wintertid endet das Uli Vermar ... Sie werden kommen ... ohne das Horn müssen alle sterben.

Wegen dieser Worte war Arista überhaupt erst nach Aquesta gekommen und hatte ihr Leben und das von Hilfred riskiert, um Gaunt zu retten. Jetzt grübelte sie wieder einmal darüber nach, was Esrahaddon damit gemeint haben könnte.

Tropf, tropf, tropf.
Schmerzhaft drückten die steinernen Fliesen gegen die vorstehenden Knochen an Aristas Hüften, Knien und Schultern. Ihre Fingernägel waren spröde und brüchig geworden. Stehen oder auch nur sitzen konnte sie vor Entkräftung nicht mehr. Schon das Umdrehen bereitete ihr Mühe. Doch trotz ihrer Erschöpfung hatte sie Schwierigkeiten, einzuschlafen. Stundenlang lag sie wach und starrte ins Dunkel. Die Steinfliesen, auf denen sie lag, entzogen ihrem Körper die letzte Wärme. Zitternd vor Kälte versuchte sie sich ein wenig aufzurichten und das spärliche Stroh einzusammeln. Mit den Fingern strich sie über den rauhen Granit und schob die Halme, so gut es ging, zu einer klumpigen Unterlage zusammen.

Und immer wieder kreisten ihre Gedanken um Essen. In ihren Tagträumen sah sie sich nicht nur essen oder Essen berühren, sie tauchte regelrecht darin ein, badete in Sahne und schwamm in Apfelsaft. Mit all ihren Sinnen sehnte sie sich danach – nach dem Geruch von Brot, nach dem Gefühl von Butter auf der Zunge. Vorstellungen von gegrilltem Schweinefleisch, von dem die Marinade tropfte, von Rindsbraten in einer dicken, dunkelbraunen Soße und von Bergen von Hühnchen, Wachteln und Enten suchten sie heim. Vor ihrem geistigen Auge sah sie die langen, mit Speisen beladenen Tische eines Banketts und das Wasser lief ihr im Mund zusammen. In Gedanken aß sie mehrere Mahlzeiten am Tag. Sogar Gemüse, das Essen der Bauern, war ihr willkommen. Karotten, Zwiebeln und Pastinaken erschienen ihr als neu entdeckte Schätze – was hätte sie für eine Rübe gegeben.

Tropf, tropf, tropf.
Im Dunkeln gab es so viel zu bereuen und Zeit hatte sie dazu genug.

Wie gründlich hatte sie doch ein Leben verpfuscht, das so glücklich begonnen hatte. Sie dachte an die Zeit, als ihre Mutter Königin von Melengar gewesen und das Schloss von Musik erfüllt war. Zu ihrem zwölften Geburtstag hatte sie das schöne Kleid aus teurer kalischer Seide bekommen. Wie schön der Stoff im Licht geschimmert hatte, wenn sie sich vor dem Schwanenspiegel ihrer Mutter gedreht hatte! Im selben Jahr hatte der Vater ihr ein Pony aus Maranon geschenkt. Lenare war so eifersüchtig gewesen, wenn sie hinter Alric und Mauvin über die Hügel von Galilin galoppiert war. Wie sehr sie das Reiten und das Gefühl des Windes in den Haaren geliebt hatte. Wie glücklich war diese Zeit gewesen! In ihrer Erinnerung schien immer die Sonne und es war warm.

Doch in jener Nacht, in der das Schloss gebrannt hatte, hatte sich alles geändert. Ihr Vater hatte ihren Onkel Braga gerade zum Großkanzler von Melengar ernannt und es wurde bis in die Nacht gefeiert. Am Abend hatte ihre Mutter sie ins Bett gebracht. Arista hatte damals noch nicht im Turm geschlafen, sondern in einem Zimmer, das vom Schlafzimmer ihrer Eltern nur durch einen Gang getrennt war. Es sollte ihre letzte Nacht im königlichen Flügel sein.

Mitten in der Nacht war sie davon aufgewacht, dass ein Junge sie aus dem Bett ziehen wollte. In ihrer Angst und Verwirrung hatte sie sich gewehrt und gestrampelt und ihn gekratzt.

»Bitte, Hoheit, Ihr müsst mitkommen«, hatte der Junge sie angefleht.

Die Ulme vor ihrem Fenster hatte gebrannt wie eine Fackel und das Zimmer mit ihrem flackernden Schein erhellt. Von irgendwo aus dem Innern des Schlosses kam ein dumpfes Tosen. Dann hatte sie auch schon vom Rauch husten müssen.

Feuer!

Sie hatte vor Angst geschrien und sich unter ihrer Bettdecke verstecken wollen, weil sie glaubte, dort sicher zu sein. Doch der Junge packte sie erneut und zog sie heraus.

»Das Schloss brennt«, rief er. »Wir müssen raus.«

Wo ist meine Mutter? Wo sind Vater und Alric? Und wer ist dieser Junge?

Obwohl sie sich weiter wehrte, nahm er sie auf die Arme und rannte aus dem Zimmer. Die brennenden Wandteppiche hatten den Gang draußen in einen Flammentunnel verwandelt. Der Junge trug sie die Treppe hinunter und durch verschiedene Türen nach draußen in den Hof. Dort brach er zusammen, während Arista nach Luft schnappte und tief die kühle Nachtluft einatmete.

Ihr Vater hatte sich in dieser Nacht nicht im Schloss aufgehalten. Er hatte einen Streit zwischen zwei betrunkenen Freunden geschlichtet und die beiden anschließend nach Hause begleitet. Aufgrund eines glücklichen Zufalls war auch Alric nicht da. Er und Mauvin Pickering hatten sich heimlich zu einer »Nachtjagd« aus dem Schloss geschlichen, anders ausgedrückt: zum Fröschefangen. Aristas Mutter war das einzige Mitglied der königlichen Familie, das dem Feuer zum Opfer fiel.

Hilfred, der Junge, der Arista gerettet hatte, hatte auch noch die Königin retten wollen. Nachdem er die Prinzessin in Sicherheit gebracht hatte, war er noch einmal in die Flammen zurückgekehrt. Der Versuch hatte ihn fast das Leben gekostet. Monatelang hatte er danach an den Folgen seiner Verbrennungen gelitten und Albträume und heftige Hustenanfälle gehabt, bei denen er sogar Blut spuckte. Trotz der vielen Leiden, die er um Aristas willen auf sich genommen hatte, hatte Arista sich nie bei ihm bedankt. Sie hatte nur einen Gedanken fassen können: Ihre Mutter war tot und alles war anders.

Nach dem Feuer war sie in den Turm umgezogen, den einzigen Teil des Schlosses, der nicht nach Rauch stank. Ihr Vater ließ auch die Möbel ihrer Mutter – die wenigen Stücke, die das Feuer überlebt hatten – dorthin bringen. Wenn Arista vor dem Schwanenspiegel ihrer Mutter saß, brach sie oft in Tränen aus, weil ihr einfiel, wie ihre Mutter ihr immer die Haare gekämmt hatte. Als ihr Vater sie eines Tages so sah und fragte, was ihr fehle, rief sie unter Tränen: »Die Haarbürsten sind alle weg.« Von da an hatte er ihr von jeder Reise, die er machte, eine Bürste mitgebracht. Keine glich der anderen. Doch inzwischen war auch das Vergangenheit – die Bürsten, ihr Vater und sogar der Frisiertisch mit dem Schwanenspiegel.

Tropf, tropf, tropf.

Arista hätte gern gewusst, ob es Maribors Willen entsprach, dass sie allein war. Warum hatte sie, eine achtundzwanzig Jahre alte Prinzessin, nie einen richtigen Freier gehabt? Selbst den hässlichen Töchtern armer Fischhändler erging es in dieser Beziehung besser. Vielleicht war sie an ihrer Einsamkeit aber auch selbst schuld, vielleicht stieß sie andere mit ihrer Art ab. Im Dunkeln stand ihr die Antwort klar vor Augen – niemand wollte sie haben.

Emery hatte geglaubt, dass er sie liebte, aber er hatte sie im Grunde nicht richtig gekannt. Er war von ihren kühnen Ideen begeistert gewesen, wie man Rehagen den Imperialisten wegnehmen könnte, und vollends vom romantischen Bild einer Adligen, die auf der Seite des gemeinen Volkes kämpfte. Anders ausgedrückt, er hatte sich in eine Wunschvorstellung verliebt. Hilfred wiederum hatte Arista als *seine* Prinzessin verehrt. Sie war für ihn kein Mensch gewesen, sondern ein Ideal auf einem Sockel. Beiden war durch ihren frühzeitigen Tod erspart geblieben, die Wahrheit kennenzulernen.

Nur Hadrian hatte sich nicht von ihr täuschen lassen. Arista war überzeugt, dass er in ihr nur eine Einkommensquelle sah.

Wahrscheinlich konnte er sie nicht leiden, weil sie eine privilegierte Adlige war und in einem Schloss wohnte, während er nur gerade so über die Runden kam. In Anwesenheit von Adligen waren Bürgerliche immer höflich – ihre wahren Gefühle zeigten sie nur, wenn sie unter sich waren. Dann spottete Hadrian wahrscheinlich über sie und nannte sie vermutlich so abstoßend, dass nicht einmal ihre Standesangehörigen sich für sie interessierten. Ob sie nun zaubern konnte oder nicht, sie war auf jeden Fall eine Hexe. Sie verdiente es, allein zu sein und zu sterben, auf einem Scheiterhaufen zu verbrennen.

Tropf, tropf, tropf.

Schmerzen in der Seite veranlassten sie, sich ganz langsam umzudrehen. Manchmal spürte sie ihre Füße stundenlang nicht und oft kribbelten ihre Finger. Sie legte sich auf den Rücken. Da hörte sie ein Trippeln.

Die Ratte war zurückgekehrt. Arista wusste aufgrund der Dunkelheit zwar nicht, woher sie kam und wohin sie ging, aber sie hörte sie immer, wenn sie da war. Sie begriff nicht, warum die Ratte überhaupt kam, da sie das Essen, das sie bekam, stets vollständig aufaß. Und wenn sie die Suppe bis auf den letzten Rest aufgegessen hatte, leckte sie noch die Schale sauber und kaute sogar daran. Trotzdem war die Ratte ein häufiger Besucher. Manchmal berührte sie mit der Nase Aristas Füße und huschte weg, wenn Arista nach ihr trat. Arista hatte versucht, sie zu fangen, doch die Ratte war klug und schnell. Inzwischen war Arista so geschwächt, dass sie es gar nicht mehr versuchte.

Sie hörte die Ratte an der Wand der Zelle entlanghuschen. Ihre Nase und Schnurrhaare berührten sie ganz leicht an den nackten Zehen. Sie hatte nicht mehr die Kraft, nach ihr zu treten, deshalb ließ sie sie daran riechen. Die Ratte schnüffelte kurz, dann biss sie in den Zeh.

Arista schrie vor Schmerzen auf und trat nach ihr, doch ohne sie zu treffen. Wenigstens verschwand die Ratte. Zitternd lag Arista im Dunkeln auf dem Boden. Tränen der Angst und der Hilflosigkeit liefen ihr über die Wangen.

»Arista?«, fragte Degan heiser. »Was ist?«

»Eine Ratte hat mich gebissen.« Wieder erschrak sie über ihre Stimme. Sie klang so fremd.

»Jasper tut das, wenn er ...« Gaunt hustete trocken. Dann fuhr er fort: »Wenn er glaubt, Ihr wärt tot oder zu schwach, Euch zu wehren.«

»Jasper?«

»So habe ich ihn genannt. Aber ich habe auch den Steinen in meiner Zelle Namen gegeben.«

»Ich habe meine nur gezählt«, sagte Arista.

»Zweihundertvierunddreißig«, sagte Degan sofort.

»Ich habe zweihundertachtundzwanzig.«

»Habt Ihr die zerbrochenen als zwei gezählt?«

»Nein.«

Die Prinzessin lauschte dem Geräusch ihrer Atemzüge und spürte das Gewicht der Hände auf ihrer sich hebenden und senkenden Brust. Sie war gerade am Eindösen, da sprach Degan wieder.

»Arista? Seid Ihr wirklich eine Hexe? Könnt Ihr zaubern?«

»Ja«, sagte sie. »Aber nicht hier drin.«

Sie erwartete nicht, dass er ihr glaubte. Sie hatte selbst schon Zweifel an ihren magischen Kräften, nachdem sie bereits so lange davon abgeschnitten war. Die Mauern des Kerkers waren mit Runen bedeckt. Dieselben Zeichen hatten im Gutaria-Gefängnis den dort eingesperrten Esrahaddon am Zaubern gehindert. Allerdings würde Arista nicht tausend Jahre lang eingesperrt sein wie er. Denn die Runen von Gutaria hatten auch noch die Zeit angehalten. Hier taten sie das nicht. Ihr schmerzender Magen erinnerte Arista nur zu oft daran.

Erst seit dem Kampf um Rehagen begriff sie allmählich besser, was es mit der Zauberei oder der »Kunst«, wie Esrahaddon sie genannt hatte, auf sich hatte. Sobald sie an die Fäden der Wirklichkeit rührte, hatte sie das Gefühl einer komplexen Welt der unbegrenzten Möglichkeiten. Wenn man nur genug Zeit und Einsicht hatte, war alles möglich und erreichbar. Hätten die Runen an den Wänden sie nicht von der natürlichen Welt abgeschnitten, sie hätte den Boden aufreißen und den Palast zerstören können, davon war sie überzeugt.

»Seid Ihr von Geburt an eine Hexe?«

»Ich habe das Zaubern von Esrahaddon gelernt.«

»Ihr kanntet ihn?«

»Ja.«

»Wisst Ihr, wie er gestorben ist?«

»Von der Hand eines Auftragsmörders.«

»Ach. Hat er je von mir gesprochen? Hat er Euch gesagt, warum er mir helfen wollte?« Degan klang aufgeregt.

»Hat er Euch das nie gesagt?«

»Nein. Ich ...« Degan bekam wieder einen Hustenanfall. »Ich hatte damals, als wir uns kennenlernten, noch nicht viele Gefolgsleute, aber das änderte sich dann schlagartig. Er brachte die Menschen dazu, sich uns anzuschließen und mir zu folgen. Ich selbst brauchte gar nicht viel zu tun. Esrahaddon plante alles und sagte mir, was ich tun sollte. Es war alles wunderbar, solange es andauerte. Ich hatte immer genug zu essen und die Leute salutierten vor mir und behandelten mich mit Respekt. Sogar ein Pferd besaß ich und ein Zelt, so groß wie ein Haus. Ich hätte wissen müssen, dass ein solcher Traum irgendwann platzt. Ich hätte merken müssen, dass er mich reinlegen wollte. Aber warum? Was habe ich ihm getan?« Seine Stimme war leiser geworden und sein Atem ging stoßweise.

»Besitzt Ihr eine Halskette, Degan? Mit einem kleinen silbernen Anhänger?«

»Ja – aber jetzt nicht mehr.« Er schwieg längere Zeit, und als er wieder sprach, klang er ein wenig erholt. »Meine Mutter hat sie mir geschenkt, als ich von zu Hause auszog – als Amulett. Man hat sie mir weggenommen, bevor ich hierherkam. Warum fragt Ihr?«

»Weil Ihr der Erbe Novrons seid. Esrahaddon hat die Kette vor fast neunhundert Jahren gemacht. Es gab zwei davon, eine für den Erben und eine für seinen Leibwächter. Sie schützten ihre Träger über Generationen vor Magie und davor, erkannt zu werden. Esrahaddon hat mir einen Zauber beigebracht, mit dessen Hilfe man die jeweiligen Träger der Ketten finden kann. Ich habe ihm geholfen, Euch zu finden. Er wollte Euch wieder auf den Thron bringen.«

Degan schwieg eine Weile. »Wenn ich einen Leibwächter habe, wo ist er? Jetzt könnte ich ihn brauchen.«

Wieder fühlte Arista Selbsthass in sich aufsteigen. »Er heißt Hadrian. Es ist alles meine Schuld, Degan. Er weiß nicht, wo Ihr seid. Esrahaddon und ich wollten Euch suchen und ihm dann Bescheid geben, aber ich habe alles verpfuscht. Nach Esrahaddons Tod glaubte ich, ich könnte Euch aus eigener Kraft befreien. Ich habe versagt.«

»Na, solange es nur um mein Leben geht – das ist ja nicht so wichtig.« Und nach einer Pause: »Arista?«

»Ja?«

»Was ist das für ein Horn, von dem Guy gesprochen hat? Hat Esrahaddon es Euch gegenüber je erwähnt? Wenn wir den Regenten darüber etwas erzählen könnten, töten sie uns vielleicht nicht.«

Arista spürte, wie sich die Härchen auf ihren Armen aufrichteten.

Ist das eine Falle? Arbeitet er für die Regenten?

Schwach und erschöpft, wie sie war, konnte sie nicht mehr klar denken. Und im Dunkeln fühlte sie sich verletzlich und orientierungslos – genau das wollten ihre Gegner.

Ist das überhaupt Gaunt? Oder wussten die Regenten von An-

fang an, dass ich kommen würde, und haben einen Spion eingeschleust? Oder haben sie den wirklichen Gaunt ausgetauscht, während ich geschlafen habe? Ist das noch dieselbe Stimme?

Sie versuchte angestrengt, sich zu erinnern.

»Arista?«, rief Gaunt wieder.

Sie wollte etwas sagen, hielt aber inne und überlegte es sich anders.

»Mein Gedächtnis macht mir Schwierigkeiten. Mein Kopf ist wie Watte. Esrahaddon hat an dem Tag, an dem ich Eurer Schwester begegnet bin, von dem Horn gesprochen. Ich weiß noch, dass er sie vorstellte ... Wie hat er noch gleich gesagt? ›Arista‹, sagte er, ›das ist ... das ist ...‹ Nein, ich kann mich nicht erinnern. Helft mir, Degan. Ich komme mir so dumm vor. Wie hat Eure Schwester noch gleich geheißen?«

Schweigen.

Arista wartete und lauschte. Sie bildete sich ein, eine Bewegung außerhalb ihrer Zelle zu hören, war sich aber nicht sicher.

»Degan?«, fragte sie, nachdem einige Minuten vergangen waren. »Ihr kennt doch wohl den Namen Eurer eigenen Schwester?«

»Warum wollt Ihr ihn wissen?«, fragte Degan. Er sprach leiser und sein Ton war kälter geworden.

»Ich habe ihn einfach nur vergessen. Ich dachte, Ihr könntet mir helfen, mich an das Gespräch zu erinnern.«

Degan schwieg so lange, dass sie schon fürchtete, er würde überhaupt nicht mehr antworten. Dann sagte er endlich: »Was hat man Euch dafür geboten, mich über meine Schwester auszuhorchen?«

»Was soll das heißen?«

»Vielleicht seid Ihr ja Arista Essendon, aber vielleicht seid Ihr auch eine Imperialistin, die mich ausspionieren soll.«

»Woher weiß ich, dass Ihr kein Spion seid?«

»Ihr seid doch angeblich gekommen, um mich zu befreien. Und jetzt habt Ihr Zweifel an meiner Identität?«

»Ich wollte Degan Gaunt befreien, aber wer seid *Ihr*?«

»Ich verrate Euch den Namen meiner Schwester nicht.«

»Dann schlafe ich jetzt.« Sie hatte damit eigentlich nur bluffen wollen, aber als das Schweigen andauerte, döste sie tatsächlich ein.

8

Ritter Hadrian

Hadrian saß auf der Kante seines Feldbetts und betrachtete unschlüssig den Wappenrock. Der Rock war vorn und hinten jeweils mit einem diagonalen roten Streifen verziert. Je nachdem, wie er ihn anzog, begann der Streifen entweder an der rechten oder der linken Schulter. Wie sollte er ihn also tragen?

Er war gerade zu einer Entscheidung gelangt und hatte sich den Wappenrock über den Kopf gezogen, da klopfte es leise und die Tür ging zaghaft einen Spalt auf. Ein Gesicht, aus dem eine schnabelähnliche Nase ragte, spähte herein. Nach oben wurde es durch eine stutzerhafte, weiß gepuderte Perücke abgeschlossen. »Entschuldigt, ich suche Ritter Hadrian.«

»Glückwunsch, Ihr habt ihn gefunden«, antwortete Hadrian.

Der Mann kam herein, dicht gefolgt von einem Jungen, der an der Tür stehen blieb. Der Mann, ein langes, dürres Gestell, trug Kniehosen aus glänzendem Satin und ein aufwendig gerüschtes Hemd. Aber auch ohne seine exzentrische Kleidung hätte er einen komischen Anblick geboten. Seine in Schnallenschuhen steckenden Füße wirkten übergroß, seine Glieder überlang. Der junge Bursche hinter ihm war konventioneller in ein braunes Hemd und eine ebensolche Hose gekleidet.

»Ich bin Nimbus von Vernes, der Hauslehrer Ihrer Majestät

der Imperatorin. Regent Saldur meinte, dass Ihr vielleicht eine Unterweisung in höfischem Protokoll und in den ritterlichen Tugenden benötigt. Er hat mich beauftragt, Euch zu helfen.«

»Sehr erfreut, Euch kennenzulernen.« Hadrian stand auf und streckte Nimbus die Hand hin. Nimbus schien zuerst verwirrt, dann ergriff er sie und schüttelte sie.

Er zeigte auf den Wappenrock, den Hadrian trug, und nickte. »Ich verstehe jetzt, warum ich gerufen wurde.«

Hadrian blickte an sich hinunter und zuckte mit den Schultern. »Na ja, eine Fünfzig-Prozent-Chance hatte ich.« Er zog den Rock aus und drehte ihn um. »Ist es so besser?«

Nimbus unterdrückte ein Lächeln und hielt sich ein Spitzentaschentuch an den Mund. Der Junge war nicht so beherrscht. Er schnaubte und platzte lachend heraus. Daraufhin verlor auch Nimbus die Beherrschung und zuletzt musste auch Hadrian selbst lachen.

»Verzeiht, das ist höchst ungehörig von mir«, entschuldigte Nimbus sich, nachdem er sich wieder gefasst hatte. »Ich bitte um Verzeihung.«

»Keine Ursache. Sagt mir einfach, was ich falsch mache.«

»Nun, zunächst einmal wird dieses Kleidungsstück nur zu Übungskämpfen getragen. Kein Ritter, der etwas auf sich hält, würde darin bei Hof erscheinen.«

Hadrian zuckte mit den Schultern. »Ach so, gut zu wissen. Ich habe nichts anderes gefunden. Was könnte ich sonst anziehen?«

Nimbus ging zu einem Vorhang hinter dem Bett und zog ihn zur Seite. Dahinter kam ein offener Kleiderschrank zum Vorschein, angefüllt mit Hemden, Jacken, Mänteln, Umhängen, Wämsern, gepolsterten Röcken, Westen, Schecken, Wehrgehängen, Gürteln, Kniehosen, Strümpfen, Stiefeln und Schuhen.

Hadrian betrachtete die Garderobe stirnrunzelnd. »Ich konnte ja nicht wissen, was da alles hinter dem Vorhang steckt.«

»Fangen wir doch damit an, Euch standesgemäß einzukleiden«, schlug Nimbus vor und bedeutete Hadrian, etwas auszuwählen.

Hadrian griff nach einer Wollhose, aber ein Hüsteln von Nimbus unterbrach ihn.

»Nein?«, fragte er.

Nimbus schüttelte den Kopf.

»Gut, was sollte ich Eurer Meinung nach anziehen?«

Nimbus betrachtete die Garderobe längere Zeit, wählte verschiedene Stücke aus, verglich sie, legte eins wieder zurück und nahm ein anderes. Zuletzt entschied er sich für ein weißes Hemd, einen goldenen Rock, purpurfarbene Kniehosen und glänzende schwarze Schuhe mit Messingschnallen. Er legte die Kleider auf das Bett.

»Soll das ein Witz sein?«, fragte Hadrian und starrte die Auswahl an. »Dazu ratet Ihr mir? Gold und Purpur stehen mir nun wirklich nicht. Und was spricht gegen Wollhosen?«

»Sie sind für die Jagd gedacht und genauso wenig wie der Wappenrock als Kleidung bei Hof angemessen. Gold und Purpur ergänzen einander. Sie zeigen, dass Ihr ein Mann seid, der keine Ausflüchte macht.«

Hadrian hielt die Kleider mit einer Grimasse hoch. »Eine knallige Kombination. Unangenehm knallig.«

»Vornehm und edel«, verbesserte Nimbus. »Eigenschaften, von denen Ihr, mit Verlaub, profitieren könnt. Ich weiß, dass Ritter die Räuber und Unruhestifter, gegen die sie kämpfen, durch ihre Kleidung einschüchtern wollen, und zu diesem Zweck mag es angehen, die Kleidung aufgrund ihrer Nützlichkeit auszuwählen.« Er warf einen prüfenden Blick auf Hadrians Kleider. »Aber hier seid Ihr im Palast und verkehrt mit einer höherrangigen Klasse von ... Banditen. Da reichen ein starker Arm und eine laute Stimme nicht. Ihr müsst Euch den Rittern, die Ihr einschüchtern wollt, angemessen präsentieren, genauso den Frauen, mit denen Ihr schlafen wollt, den Herren, die Ihr beeindrucken wollt, und dem gemeinen Volk, das im Turnier Euren Namen rufen soll. Die letzte Gruppe ist besonders wichtig, da sie Euer Prestige bei den Standesgenossen erhöht. Ein Ritter, der gut kämpfen kann, überlebt vielleicht in der Schlacht, aber nur wer andere überzeugt, gewinnt die Hand der Königstochter und Macht und Reichtum. Erfolgreiche Ritter halten oft sogar mehrere Lehensgüter und sind im Alter so reich wie Fürsten.«

Nimbus senkte die Stimme. »Regent Saldur meinte, Euch fehle, was die höfische Gesellschaft angeht, womöglich noch der letzte Schliff.« Er machte eine kurze Pause. »Ich denke, wir stimmen darin überein, dass er damit nicht unrecht hat. Euer Benehmen zu verfeinern mag eine gewisse Zeit dauern. Bis dahin wollen wir den Mangel durch Kleidung ausgleichen. Wir blenden die anderen, damit sie den Schmutzfleck auf Eurer Wange nicht sehen.«

Hadrian fasste sich unwillkürlich an die Wange.

»Das war bildlich gesprochen«, erklärte Nimbus. »Obwohl ich bei näherer Betrachtung ein Bad für durchaus angemessen halten würde.«

»Ein Bad? Es ist eiskalt draußen. Ihr sollt mich herausputzen, nicht umbringen.«

»Es mag Euch überraschen, aber in der zivilisierten Gesellschaft baden wir drinnen, und zwar in Wannen mit warmem Wasser. Das könnte Euch sogar gefallen.« Nimbus wandte sich an den Jungen in seiner Begleitung. »Renwick, bring die Wanne und lass dir von anderen Dienern beim Tragen der Eimer helfen. Wir brauchen außerdem eine Bürste, Seife, Öle und ... ach ja, eine Schere.«

Der Bursche entfernte sich im Laufschritt und kehrte schon bald mit einer ganzen Schar weiterer Diener zurück, die eine hölzerne Wanne schleppten. Anschließend entfernten die Diener sich wieder und holten mit heißem Wasser gefüllte Eimer. Sie füllten die Wanne, dann verschwanden alle mit Ausnahme Renwicks, der sich in Erwartung weiterer Befehle an der Tür postierte.

Hadrian entkleidete sich und prüfte das Wasser vorsichtig mit dem Fuß.

»Habt Ihr eine ungefähre Vorstellung vom Zweck des Badens?«, fragte Nimbus. »Oder soll ich Euch anleiten?«

Hadrian bedachte ihn mit einem finsteren Blick. »Danke, ich komme schon zurecht.« Er tauchte in das Wasser ein. Die Wanne lief über und eine Lache breitete sich auf dem Boden aus. Hadrian schnitt eine Grimasse. »Tut mir leid.«

Nimbus schwieg und wandte sich ab, damit Hadrian einigermaßen ungestört baden konnte.

Das heiße Bad war herrlich. Hadrian hatte ein nach innen gelegenes Zimmer bekommen, zweifellos deshalb, weil es keine Fenster hatte. Darin standen ein schlichtes Bett, zwei einfache Stühle und ein bescheidener Tisch. Einen Kamin gab es nicht, deshalb war es kalt. Für den Fall, dass er zu sehr fror, hatte das Aufenthaltszimmer am Ende des Flurs zwar eine große Feuerstelle und dort gab es auch Teppiche und ein Schachbrett. Doch Hadrian bevorzugte trotz der Kälte die Abgeschiedenheit seines Zimmers. Da ihm seit Tagen nicht mehr richtig warm gewesen war, tauchte er jetzt so tief wie möglich ins Wasser ein.

»Sind das Eure?«, fragte Nimbus und zeigte auf Hadrians Schwerter, die in der Ecke des Zimmers an der Wand lehnten.

»Ja, und ich weiß, dass sie genauso verschrammt und schmutzig sind wie ich.«

Nimbus hob mit spürbarer Ehrfurcht das Langschwert mitsamt der ledernen Scheide hoch, wandte es vorsichtig hin und her und fuhr mit den Fingerspitzen über Heft, Griff und Knauf. »Das ist sehr alt«, sagte er wie zu sich selbst. »Es steckt nur in der falschen Scheide.« Er legte das Schwert auf das Fußende des Betts.

»Ich dachte, Ihr wärt ein Höfling. Offenbar kennt Ihr Euch auch mit Schwertern aus.«

»Ihr werdet feststellen, dass es am Hof viele Waffen gibt. Und wer dort überleben will, muss die anderen aufgrund der wenigen Anhaltspunkte, die sie bieten, einschätzen können.«

Hadrian zuckte mit den Schultern. »Im Kampf gilt dasselbe.«

»Das Leben bei Hofe ist ein Kampf«, sagte Nimbus. »Nur die Umgebung ist anders und man braucht andere Fähigkeiten.«

»Wie würdet Ihr mich denn einschätzen?«

»Regent Saldur sagte, Eure Herkunft unterliege strengster Vertraulichkeit und ein Verstoß dagegen hätte mein – mit Sicherheit unschönes – Ableben zur Folge. Er informierte mich lediglich darüber, dass Ihr erst vor kurzem zum Ritter geschlagen worden wärt. Was Ihr tut und wer Eure Vorfahren sind, weiß ich dagegen nicht. Der Regent erwähnte nur, dass Ihr die höfische Etikette nicht kennt, und beauftragte mich, das bis zu den Wintertid-Feiern nachzuholen.«

Hadrian sah den Hauslehrer unverwandt an. »Ihr habt meine Frage nicht beantwortet.«

Nimbus lächelte. »Ihr wollt es also wirklich wissen? Ihr spielt nicht nur mit mir?«

Hadrian nickte.

Nimbus wandte sich an den Pagen. »Renwick?«

»Ja, Herr?«

»Hole Ritter Hadrian vom Verwalter in der Küche einen Becher Wein.«

»Es gibt auch im Aufenthaltsraum Wein, Herr, und der ist näher.«

Nimbus sah ihn streng an. »Ich will eine Zeitlang ungestört sein, Renwick.«

»Ach so, verstehe. Natürlich, Herr.«

»Also gut«, sagte Nimbus, sobald der Junge gegangen war. Er schürzte die Lippen und klopfte mit dem Zeigefinger dagegen. »In Wirklichkeit seid Ihr kein Ritter. Ihr habt auch nie als Schildknappe oder Page gedient. Ich glaube auch nicht, dass Ihr Euch schon einmal länger als ein paar Minuten in einem Schloss aufgehalten habt. Doch habt Ihr – und darauf kommt es an – eine vornehme Gesinnung.«

Hadrian hörte auf, sich mit der Bürste abzuschrubben. »Und warum glaubt Ihr das alles?«

»Ihr wusstet nicht, wo die Garderobe war, Ihr habt noch nie im Winter gebadet, Ihr habt mir bei der Begrüßung die Hand gegeben und Ihr habt Euch entschuldigt, als das Badewasser überlief. So verhält sich kein Ritter, dem von Geburt an eingetrichtert wurde, dass er etwas Besseres ist als andere und sich entsprechend zu verhalten hat.«

Hadrian roch an der parfümierten Seife und legte sie weg.

»Am aufschlussreichsten war der Händedruck. Ihr habt mir die Hand gegeben, nur weil Ihr mich begrüßen wolltet. Es war ein Händedruck ohne Hintergedanken, ohne Schmeichelei und Falschheit. Ihr wart auch nicht verunsichert oder fühltet Euch mir aufgrund meiner Kleider und meines Benehmens irgendwie unterlegen. Was seltsam ist, wenn man bedenkt, dass Ihr nicht als Adliger erzogen wurdet.« Nimbus blickte wieder auf das auf dem Bett liegende Schwert. »Es ist ein Erbstück, nicht wahr?«

Hadrian nahm eine Ölflasche, entstöpselte sie, roch daran und schien zufrieden. Er gab ein wenig davon auf die Borsten der Bürste. »Mein Vater hat es mir vermacht.«

Der Hauslehrer strich mit der Hand über die Scheide. »Ein bemerkenswertes Schwert – das Schwert eines Ritters, gezeichnet von Alter und Reisen. Ihr benützt es nicht so oft wie die anderen beiden. Das Bastardschwert und das Kurzschwert sind für Euch Werkzeuge, aber das hier – ah, das ist etwas anderes, etwas ganz Besonderes. Es ist in einer armseligen Scheide versteckt wie unter Kleidern, die nichts mit ihm zu tun haben. Eigentlich gehört es in eine andere Zeit und an einen anderen Ort, ist es Teil einer glorreichen Welt, in der Ritter noch anders waren – vornehmer und tugendhafter. Es steckt in der falschen Scheide, weil die richtige verloren gegangen ist. Oder vielleicht wartet es darauf, dass seine Mission zu Ende geführt wird, dass endlich der Moment eintritt, an dem es in seiner ganzen Pracht in Erscheinung treten kann. Erst wenn Traum und Schicksal einander am hellen Tag begegnen, wird es zu seiner Bestimmung finden, zu seiner ehrenhaften Aufgabe, der einen, würdigen und schicksalhaften Herausforderung, für die es geschaffen wurde und von der so viel abhängt. Im Kampf um die Entscheidung wird sich sein Schicksal erfüllen. Ob nun zum Guten oder Bösen, es wird standhalten oder brechen. Doch das unstete Herumziehen, das Warten und das Verstecken wird endlich beendet sein. Es wartet auf den Tag, an dem es das Königreich retten und die Hand der Dame gewinnen kann.«

Hadrian starrte abwesend vor sich hin. Die Bürste hatte er fallen lassen, ohne es zu merken.

Nimbus tat so, als bemerke er es nicht, und setzte sich zufrieden lächelnd auf das Bett. »Sollen wir uns jetzt, solange Ihr mir zuhört, der Aufgabe zuwenden, wegen der ich eigentlich hier bin?«

Hadrian nickte.

»Dann sagt mir doch, was Ihr schon über das Rittertum wisst, damit ich weiß, wo ich anfangen soll.«

»Das Rittertum ist ein Verhaltenskodex für Ritter«, sagte Hadrian und suchte auf dem Boden der Wanne nach der hinuntergefallenen Bürste.

»Ja, doch – Ihr habt im Wesentlichen recht. Was besagt dieser Kodex?«

»Dass man anständig sein soll, tapfer, so was in der Art.«

»So was in der Art? Dann fürchte ich, wir müssen ganz von vorn anfangen. Also, hört mir gut zu und vergesst nicht, auch die Fußsohlen zu reinigen.«

Hadrian runzelte die Stirn, hob aber gehorsam den Fuß an.

»Die ritterlichen Tugenden leiten sich von einem Verhaltenskodex ab, der aus der Zeit des ursprünglichen Imperiums überliefert wurde. Es gibt acht Tugenden. Die erste ist die Tüchtigkeit. Sie ist am einfachsten zu erlangen, denn sie bezieht sich nur auf den geschickten Umgang mit Waffen, den man durch Übung und Beobachtung erreicht. Der Abnutzung Eurer Waffen nach zu schließen, habt Ihr Euch schon gründlich mit dieser Tugend beschäftigt.«

»Ich komme zurecht.«

Nimbus nickte. »Ausgezeichnet. Dann käme als Nächstes eine besonders wichtige Tugend, die Tapferkeit. Man kann sie nicht einfach dadurch erlangen, dass man sich gegen eine erdrückende Übermacht von Feinden tollkühn in den Kampf stürzt. Sie kann viele Formen annehmen. Zum Beispiel kann es auch mutig sein, das Leben dem Tod vorzuziehen, zumal wenn man mit einem schweren Verlust leben muss. Mut kann auch die Bereitschaft sein, alles für ein Ziel zu riskieren, das so vornehm ist, dass es unbedingt erreicht werden muss. Manchmal zeugt es auch von Mut, wenn man sich ergibt – und dadurch etwas erhält, das nicht verloren gehen darf.

Die dritte ritterliche Tugend ist die Ehrlichkeit. Sie erreicht der Ritter, indem er zu anderen Menschen ehrlich ist, egal ob groß oder klein, gut oder schlecht, vor allem aber zu sich selbst. Ein Ritter kennt keine Ausflüchte.«

Hadrian hielt den Blick starr auf seine Füße gerichtet und schrubbte sie angestrengt.

»Die Rechtschaffenheit ist eine Tugend, die Treue und Anstand in sich vereint. Wer sie besitzt, hält seine Versprechen oder folgt einem bestimmten Grundsatz. Den guten Ritter zeichnet die Treue zu seinem Herrn aus. Doch kann Rechtschaffenheit auch darin bestehen, dass man denen hilft, die sich nicht selbst helfen können. Ein Ritter soll an dritter Stelle für seinen König kämpfen, an zweiter Stelle für das Wohl des Königreichs, an erster Stelle aber immer für das, was richtig ist.«

»Und woher weiß er, was richtig ist?«, fiel Hadrian ihm ins Wort. Er legte die Bürste weg und stellte den Fuß wieder auf den Boden der Wanne. »Also, wenn ich mich nun zwischen zwei Übeln entscheiden muss? Jemand könnte zu Schaden kommen, egal wie ich mich entscheide. Was tue ich also?«

»Der wahre Adel ist der des Herzens. Ihr müsst tun, was Eurer inneren Überzeugung nach richtig ist.«

»Woher weiß ich, dass ich nicht nur aus Egoismus handle?«

»Aha, das bringt uns zur nächsten Tugend – dem Glauben. Dabei handelt es sich nicht einfach um den Glauben an die Dogmen der Kirche, sondern den Glauben an die Tugend an sich. Ein Ritter kritisiert nicht, er glaubt an das Gute in allen Menschen, einschließlich seiner eigenen Person. Er vertraut auf diesen Glauben, auf das Wort anderer, auf die Verdienste seines Herrn, die Richtigkeit seiner Befehle und auf seinen eigenen Wert.«

Hadrian nickte, obwohl die Worte sein Gewissen nicht erleichterten.

»Die sechste Tugend ist die Großzügigkeit. Ein Ritter sollte freigiebig gegenüber dem Adligen wie dem gemeinen Mann sein. Wichtiger als die materielle Großzügigkeit ist die geistige Großzügigkeit. Ein Ritter glaubt an das Beste im anderen und entscheidet im Zweifelsfall immer zugunsten des Angeklagten. Er klagt nicht an und unterstellt keine Missetat. Doch gegenüber sich selbst lässt er keine Nachsicht walten und er fragt ständig, ob er selbst Schuld hat.

Achtsamkeit ist die Tugend, die das Verhalten zu anderen bestimmt. Ein Ritter handelt nicht gedankenlos. Er verletzt niemanden durch Leichtfertigkeit, durch achtlose Worte oder törichtes Benehmen. Er ahmt nicht das schlechte Benehmen anderer nach, sondern benützt es als Gelegenheit, seine Tugend zu zeigen.«

Nimbus machte eine Pause. »Darum braucht Ihr Euch vermutlich auch keine großen Sorgen zu machen.« Er lächelte, dann fuhr er fort.

»Die letzte Tugend ist die Aufrichtigkeit, die nur schwer zu fassen ist. Es geht hier um den Adel der Seele, der weder gelehrt noch erlernt werden kann. Man kann ihn nur annehmen und in sich wachsen lassen. Diese Tugend zeigt sich durch Haltung statt Pose, Selbstvertrauen statt Arroganz, Güte statt Mitleid, Glaube statt Bevormundung und Wahrhaftigkeit statt Anmaßung.«

Nimbus machte eine kurze Pause. »Das also sind die Tugenden, die den Verhaltenskodex der Ritter ausmachen«, schloss er, »den Weg des Guten und Wahren, nach dem edle Menschen streben. Die Wirklichkeit sieht natürlich oft ganz anders aus.«

Wie auf ein Stichwort flog die Tür auf und drei Männer stürzten herein – stämmige, brutal aussehende Kerle in seidegefütterten Westen. Der erste von ihnen, der einen stutzerhaften Spitzbart trug, blieb stehen und zeigte auf Hadrian.

»Das ist er!«, rief er.

»Bestimmt, denn dieser Hanswurst kann es nicht sein«, rief der zweite und versetzte Nimbus einen so heftigen Schubs, dass der Höfling nach hinten auf das Bett fiel. Er war der größte der drei und trug einen Stoppelbart. Die Männer lachten, als sie Nimbus' verängstigtes Gesicht sahen.

»Wie heißt Ihr denn, Puderlocke?«, fragte der Mann mit dem Spitzbart.

»Nimbus von Vernes«, antwortete Nimbus, der hastig wieder aufgestanden war und mühsam um Fassung rang. »Ich bin der Hauslehrer von ...«

»Hauslehrer? Er hat einen Hauslehrer!«

Die drei brachen erneut in Gelächter aus.

»Verratet uns doch, Puderlocke, was bringt Ihr dem Landei bei?«, fragte der Hüne. »Wie man sich den Hintern putzt? Ist das Eure Aufgabe? Hab Ihr ihm schon gezeigt, wie man einen Nachttopf benützt?«

Nimbus schwieg, presste die Lippen zusammen und starrte den grobschlächtigen Kerl grimmig an.

»Oh, jetzt hast du aber jemanden wütend gemacht«, sagte der dritte Mann. Er war glattrasiert und hielt in der Hand einen Weinkelch, an dem er ab und zu nippte. »Vorsicht, Elgar, er macht schon Fäuste.«

»Ist das die Möglichkeit!« Elgar blickte auf die Hände des Hauslehrers, die tatsächlich zu Fäusten geballt waren. »Du meine Güte! Habe ich Euch in Eurer heiligen pädagogischen Ehre gekränkt? Bekomme ich jetzt eine Ohrfeige, weil ich so frech war?«

»Wenn er ganz weit ausholt, spürst du die Ohrfeige womöglich«, sagte der Glattrasierte.

»Ich habe Euch etwas gefragt, Puderlocke«, beharrte Elgar.

»Wenn Ihr einverstanden seid, setzen wir unser Gespräch ein anderes Mal fort«, sagte Nimbus zu Hadrian. »Offenbar habt Ihr Gäste.«

Er wollte gehen, doch Elgar trat ihm in den Weg und schubste ihn wieder. Nimbus landete erneut auf dem Bett.

»Lasst ihn in Ruhe«, befahl Hadrian. Er stand auf und griff nach einem Handtuch.

»Ah, das Landei in seiner ganzen königlichen Pracht!«, rief der Mann mit dem Ziegenbart entzückt. »Na, so königlich auch wieder nicht!«

»Wer seid Ihr?« Hadrian stieg aus der Wanne und wickelte sich das Handtuch um die Hüften.

»Ich bin Ritter Murthas und der gutaussehende Herr neben mir ist Ritter Gilbert. Der schneidige Bursche da drüben, der so angeregt mit Puderlocke plaudert, ist kein Geringerer als Ritter Elgar. Wir sind die drei besten Ritter des Reiches, Ihr werdet es bald feststellen. Wir wollen Euch in aller Freundschaft im Palast willkommen heißen und Euch Glück im Turnier wünschen – das Ihr auch brauchen werdet, wenn Ihr schon sonst nichts zu bieten habt.«

Nimbus schnaubte. »Die sind hier, weil sie gehört haben, dass ein Bad bestellt wurde, und weil sie Eure Narben sehen wollen. Da sie Euch nicht kennen, wollten sie wissen, ob Ihr noch nicht verheilte Wunden und Verletzungen habt, die ihnen im Turnier womöglich nützen können. Außerdem wollen sie Euch einschüchtern, denn ein Mann in der Badewanne ist immer im Nachteil. Durch Einschüchterung kann man ein Turnier gewinnen, bevor es überhaupt angefangen hat.«

Ritter Elgar packte Nimbus und zog ihn an seinem Hemd zu sich. »Ganz schön geschwätzig, du Wicht.« Er hob die Faust, doch im selben Moment traf ihn ein klatschnasses Handtuch ins Gesicht.

»Verzeihung«, sagte Hadrian. »Elgar, nicht wahr? Ich hatte mir gerade den Hintern abgetrocknet, da bemerkte ich einen Fleck an Eurer Wange.«

Elgar schleuderte das Handtuch auf den Boden und zog sein Schwert. In nur zwei Schritten war er bei Hadrian und hielt ihm die Spitze an die Kehle. Hadrian, der nackt vor ihm stand, zuckte nicht mit der Wimper.

»Mut habt Ihr, das muss ich zugeben«, sagte Elgar. »Aber das macht Euch auf dem Turnierplatz nur zu einem leichten Opfer. Bewahrt das Badewasser ruhig auf, Ihr werdet es noch brauchen, wenn ich Euch in den Morast stoße.« Er steckte das

Schwert ein und verließ zusammen mit seinen Gefährten das Zimmer. An der Tür wäre er fast mit Renwick zusammengestoßen, der einen mit Wein gefüllten Kelch in der Hand trug.

»Alles in Ordnung?«, fragte Hadrian und nahm sich ein frisches Handtuch.

»Ja, selbstverständlich«, antwortete Nimbus zittrig und strich sich das Hemd glatt.

»Euer Wein, Herr«, sagte Renwick zu Hadrian.

Nimbus nahm ihm den Kelch ab und leerte ihn in einem Zug. »Wie ich bereits sagte, die Wirklichkeit sieht oft ganz anders aus.«

9

Die Winde-Abtei

Royce stand am Fenster der Kammer, betrachtete die schlafende Gwen und dachte an ihre gemeinsame Zukunft. Doch dann schüttelte er den Kopf und unterdrückte ein Lächeln. Sich eine solche Zukunft auch nur vorzustellen, brachte Unglück. Die Götter – wenn es sie denn gab – verabscheuten das Glück. Er drehte sich um und blickte auf den Kreuzgang hinaus.

Der Schneesturm der vergangenen Nacht hatte alles mit einem makellos weißen Überzug bedeckt, unterbrochen nur von einer Fußspur, die sich vom Schlafsaal der Mönche zu einer steinernen Bank zog. Dort saß eine vertraute, in eine Mönchskutte gehüllte Gestalt. Sie war allein, doch ihre Handbewegungen und das Kopfnicken zeigten an, dass sie mit großer Eindringlichkeit sprach. Ihr gegenüber stand ein kleiner Baum. Myron hatte ihn gleich nach seiner Rückkehr ins Kloster nach dem großen Brand gepflanzt. Er war inzwischen stolze acht Fuß groß, aber so schmächtig, dass seine Äste sich unter dem Gewicht des Schnees bogen. Natürlich bogen Bäume sich auch im Wind und waren sehr elastisch, trotzdem fragte Royce sich, wie lange die Äste dem Gewicht des Schnees noch standhalten würden. Schließlich hatte alles seine Grenze. Myron schien seine Gedanken zu lesen, denn er stand auf und schüttelte den Baum vorsichtig. Da er sich dazu unmittelbar darunterstellen musste, fiel ihm ein großer Teil des Schnees auf den Kopf. Die Äste schnappten nach oben und der Baum sah, von der Last des Schnees befreit, wieder mehr aus wie früher. Myron kehrte zu der Bank und seinem Gespräch zurück. Royce wusste, dass er nicht mit dem Baum sprach, sondern mit seinem Jugendfreund, der darunter begraben war.

»Du bist früh auf«, sagte Gwen. Ihr Kopf lag auf einem Kissen, um das sie den Arm geschlungen hatte, und unter der Decke konnte man den eleganten Schwung ihrer Hüften erkennen. »Ich dachte, du würdest nach gestern Abend lange schlafen.«

»Wir sind früh ins Bett gegangen.«

»Aber wir haben nicht geschlafen«, erwiderte sie neckend.

»Das war besser als Schlafen. Außerdem hat man hier schon verschlafen, wenn es beim Aufwachen hell ist. Myron sitzt schon draußen.«

»Er tut das, um ungestört reden zu können.« Gwen lächelte und schlug einladend die Decke zurück. »Ist es so nah am Fenster nicht kalt?«

»Du hast einen schlechten Einfluss auf mich.« Er legte sich neben sie und nahm sie in die Arme. Wie wunderbar weich ihre Haut war! Gwen zog die Decke über sie beide und legte den Kopf an seine Brust.

Sie hatten in einem der größeren Gästezimmer übernachtet, das dreimal so groß war wie eine Mönchszelle. Gwen hatte Medford eine Woche vor Brecktons Angriff verlassen und ihren gesamten Hausrat mitgebracht, sogar das Himmelbett, die Teppiche und die Wandbehänge. Wenn Royce sich umsah, fühlte er sich in die Schiefe Straße zurückversetzt. Es war wie zu Hause, allerdings nicht wegen der Einrichtung. Er brauchte nur Gwen.

»Ich habe einen schlechten Einfluss auf dich?«, fragte sie scherzhaft.

»Ja.«

Er strich mit den Fingern über ihre nackte Schulter und das verschlungene Tattoo. »Hadrian und ich sind auf unserer letzten Reise nach Calis gekommen und waren auch im Dschungel unterwegs. Wir haben in einem Dorf der Tenkin gewohnt und dort habe ich eine ungewöhnliche Frau kennengelernt.«

»Ach ja? War sie hübsch?«

»Ja, sehr.«

»Tenkinfrauen können sehr attraktiv sein.«

»Stimmt. Und diese Frau hatte ein Tattoo, das …«

»Hat Hadrian den Erben gefunden?«

»Nein – oder doch, aber auf ganz unerwartete Weise. Wir haben durch Zufall erfahren, dass die Regenten ihn in Aquesta gefangen halten. An Wintertid soll er hingerichtet werden. Also, dieses Tattoo …«

»Hingerichtet?« Gwen stützte sich auf den Ellbogen und sah ihn überrascht an – und ihre Überraschung wirkte echt, nicht nur wie ein Vorwand, seiner Frage auszuweichen. »Solltest du dann nicht Hadrian helfen?«

»Das will ich ja, auch wenn mir nicht ganz klar ist, warum. Auf der letzten Reise konnte ich ihm kaum helfen und musste ihn auch nicht retten. Deine kleine Prophezeiung hat sich nicht bewahrheitet.«

Er hatte geglaubt, es würde Gwen beruhigen, zu wissen, dass die von ihr vorausgesagte Katastrophe nicht eingetreten war. Stattdessen schob sie ihn von sich weg – und sah ihn mit einem traurigen Blick an, den er schon kannte.

»Dann musst du sofort zu ihm«, sagte sie entschieden. »Ich habe mich vielleicht im Zeitpunkt geirrt, aber ich weiß ganz gewiss, dass Hadrian sterben muss, wenn du nicht zu seiner Rettung da bist.«

»Hadrian passiert schon nichts, bis ich wieder zurück bin.«

Gwen zögerte, dann holte sie tief Luft, legte den Kopf wieder an seine Brust und schwieg. Er konnte ihr Gesicht nicht sehen.

»Was ist?«, fragte er.

»Ich habe wirklich einen schlechten Einfluss auf dich.«

»Darüber würde ich mir keine Gedanken machen«, sagte er. »Ich persönlich kann von diesem schlechten Einfluss nicht genug kriegen.«

Eine lange Pause folgte. Royce sah zu, wie Gwens Kopf sich im Rhythmus seiner Atemzüge hob und senkte. Er fuhr ihr mit den Fingern durch die Haare und konnte sich nicht an ihr sattsehen. Dann berührte er wieder das Tattoo.

»Royce, können wir nicht eine Weile einfach so daliegen?« Sie drückte ihn und rieb die Wange an seiner Brust. »Ohne etwas zu sagen. Wir hören nur dem Wind zu und bilden uns ein, dass er es nicht auf uns abgesehen hat, sondern an uns vorbeibläst.«

»Tut er das nicht?«

»Nein, aber ich will es mir wenigstens einbilden.«

»Es wurde kaum gekämpft«, sagte Magnus.

Royce hatte schon immer gefunden, dass die Stimme des Zwergs für eine Person seiner Größe eigentlich zu laut und tief klang. Sie saßen an einem langen Tisch im Speisesaal der Mönche. Jetzt, wo Royce wusste, dass Gwen in Sicherheit war, war sein Appetit zurückgekehrt. Die Mönche hatten ein vorzügliches Mahl zubereitet und dazu den ersten guten Wein kredenzt, den er seit einer Ewigkeit getrunken hatte.

»Alric ist gleich geflohen«, fuhr Magnus fort und wischte mit einem Stück Brot die Reste eines Eis von seinem Teller. Obwohl er so klein war, aß er wie ein Scheunendrescher und er ließ keine Gelegenheit zum Essen aus. »Deshalb hat Breckton mit seiner Armee alles erobert außer Drondilsfeld, aber das kriegt er auch bald noch.«

»Wer hat Medford niedergebrannt?«, fragte Royce.

»Es wurde niedergebrannt?«

»Als ich vor ein paar Tagen durchkam, war nur noch Asche übrig.«

Der Zwerg zuckte mit den Schultern. »Wenn ich raten müsste, würde ich auf von der Kirche angestiftete Fanatiker aus Chadwick oder vielleicht auch Dunmore tippen. Die ziehen seit der Eroberung plündernd durchs Land und jagen Elben.«

Er hatte zu Ende gegessen, lehnte sich zurück und legte die Beine auf einen Schemel. Gwen, die neben Royce saß, hatte dessen Arm genommen, als gehöre er ihr. Die Vorstellung, ihr zu gehören, war so ungewohnt, dass sie ihn verwirrte, doch zu seiner Überraschung fand er sie sehr anziehend.

»Wie lange bleibst du?«, fragte der Zwerg. »Habe ich Zeit, nach Alversten zu sehen …«

»Ich gehe, sobald Myron fertig ist.« Auf einen Blick von Gwen hin fügte Royce hinzu: »Er braucht bestimmt nur wenige Tage.«

»Was tut er?«

»Er zeichnet eine Karte. Er sagte, er hätte früher einmal einen Grundriss des Palasts gesehen, und den zeichnet er jetzt aus dem Gedächtnis nach. Der ursprüngliche Grundriss muss sehr alt gewesen sein … er scheint aus der Zeit Glenmorgans zu stammen.«

»Wenn du wieder aufbrichst, nimm dein Pferd mit«, sagte Gwen. »Lass Ryns Pferd für Myron da.«

»Was sollte Myron damit anfangen?«, fragte Royce. Doch Gwen lächelte nur, und da wusste er, dass es keinen Zweck hatte, weiter nachzufragen. »Na gut, aber ich warne dich. Er wird es nach Strich und Faden verwöhnen.«

Myron saß an seinem Pult in der Nische der Schreibstube, seinem Lieblingsplatz überhaupt. Das Pult mit der schrägen Platte und der kleine Hocker nahmen den größten Teil der Nische zwischen den steinernen Säulen ein. Links von ihm blickte man durch ein halbmondförmiges Fenster in den Kreuzgang.

Draußen war es klirrend kalt. Der Wind heulte am Fenster vorbei und hinterließ Spuren von Schnee in den Ecken der Bleiverglasung. Die Büsche am Hang oberhalb des Klosters bäumten sich unter der Wucht seiner Stöße auf. Umso mehr genoss Myron die behagliche Wärme seiner Nische. Er fühlte sich in ihr geborgen wie ein Nagetier in seinem Bau. Er hatte sich oft vorgestellt, wie es wohl wäre, ein Maulwurf oder eine Spitzmaus zu sein, eine ganz gewöhnliche Spitzmaus. Wie schön es wäre, unter der Erde zu leben, in einer versteckten Kammer, in der man geborgen war und es warm hatte. Wenn er durch das Fenster auf die Welt draußen blickte, empfand er Respekt, aber auch ein gewisses Behagen, weil er wusste, dass er nicht in die Kälte hinausmusste.

Er stellte die Zeichnung für Royce fertig und kehrte zur Arbeit an den letzten Seiten des *Elquin* zurück. Dieses Buch war das Hauptwerk des Dichters Orintine Fallon aus der fünften Dynastie, einen dicken Band mit Reflexionen über den Zusammenhang der in der Natur erkennbaren Muster mit denen des Lebens. Nach seiner Fertigstellung würde es das zwanzigste Buch der Bibliothek der Winde-Abtei sein, das Myron restauriert hatte. Blieben nur noch dreihundertzweiundfünfzig weitere Bücher – nicht eingerechnet die fünfhundertvierundzwanzig Schriftrollen und tausendzweihundertdreizehn Pergamente. Für die Arbeit von zwei Jahren mochten zwanzig Bücher wenig erscheinen, aber Myron kam nur im Winter den ganzen Tag über zum Schreiben. In den wärmeren Monaten half er beim Wiederaufbau des Klosters.

Die neue Abtei war fast fertig. Für die meisten sah sie genauso aus wie die alte, aber Myron wusste es besser. Sie hatte die gleiche Art von Fenstern, Türen, Tischen und Betten, aber es waren eben nicht dieselben. Das Dach war genauso, wie er es in Erinnerung hatte, und doch anders – genau wie die Menschen. Er vermisste seine Mitbrüder Ginlin, Helson und die anderen. Nicht, dass er mit seiner neuen Familie unzufrieden gewesen wäre. Er mochte den neuen Abt, Harkon. Bruder Bendlton war ein ausgezeichneter Koch, Bruder Zephyr konnte gut zeichnen und half Myron bei vielen Buchmalereien. Sie waren alle wunderbare Menschen, aber – wie die Fenster, Türen und Betten – einfach nicht dieselben.

»Nein, zum letzten Mal!«, rief Royce. »Nein!« Er betrat die Schreibstube, gefolgt von Magnus.

»Nur ein, zwei Tage«, bat Magnus. »So lange kannst du den Dolch doch entbehren. Ich will ihn mir nur genau ansehen. Ihm passiert dabei nichts.«

»Lass mich in Ruhe.«

Die beiden schlängelten sich zwischen den Pulten hindurch und näherten sich Myron. In der Stube standen zwei Dutzend solcher Pulte, aber nur Myron benutzte seines mit einiger Regelmäßigkeit.

»Ah, Royce, ich bin gerade fertig. Aber warte noch, bis die Tinte getrocknet ist.«

Royce hob die Zeichnung ins Licht und betrachtete sie einige Minuten lang eingehend.

Myron sah ihn besorgt an. »Stimmt was nicht?«

»Ich kann einfach nicht fassen, wie du das alles im Kopf behalten konntest. Unglaublich. Und du sagst, das ist ein Grundriss des Palasts?«

»Laut der Überschrift ist es die ›Burg von Warric‹«, sagte Myron.

»Das ist kein Grundriss«, bemerkte Magnus mürrisch mit einem Blick auf das Pergament. Royce hielt es rasch hoch.

»Woher willst du das wissen?«

»Weil das Baupläne sind. Man sieht das an den Anmerkungen des Baumeisters.«

Royce senkte das Pergament und Magnus zeigte darauf. »Seht hier. Hier hat der Baumeister notiert, wie viele Steine er braucht.«

Royce blickte zwischen dem Zwerg und Myron hin und her. »Stimmt das?«

Myron zuckte mit den Schultern. »Könnte sein. Ich weiß nur, was ich gesehen habe, nicht, was es bedeutet.«

Royce wandte sich wieder an Magnus. »Du kannst diese Anmerkungen und Symbole also lesen.«

»Natürlich, das ist ein ganz einfacher Bauplan.«

»Und kannst du mir aufgrund des Plans auch sagen, wo der Kerker liegt?«

Der Zwerg nahm das Pergament und legte es auf den Boden, denn das Pult war ihm zu hoch. Er zeigte auf eine Kerze und Royce brachte sie ihm. Magnus studierte den Plan eine Weile, dann erklärte er: »Nein, kein Kerker.«

Royce runzelte die Stirn. »Das verstehe ich nicht. Ich kenne keine Burg und keinen Palast, der nicht irgendeine Art von Gefängnis hätte.«

»Das ist nicht das einzige Seltsame an diesem Plan.«

»Inwiefern?«

»Es ist keinerlei Keller eingezeichnet, nicht einmal ein Rübenkeller.«

»Und?«

»Man kann tonnenschwere Mauern nicht direkt auf die Erde setzen. Die sinken ein oder der Regen spült die Erde weg. Irgendwann stürzen sie ein.«

»Aber der Palast steht noch«, sagte Myron. »Und diese Pläne sind mehrere hundert Jahre alt.«

»Genau das verstehe ich nicht. Die Pläne zeigen keinerlei

stützendes Fundament. Keine in den Untergrund gerammten Pfähle oder Pfeiler, nichts, was das Gebäude tragen könnte. Zumindest ist auf den Plänen nichts eingezeichnet.«

»Was bedeutet das also?«

»Ich bin nicht sicher, aber wenn ich raten sollte, würde ich sagen, es wurde auf etwas anderem erbaut. Man hat vermutlich ein schon bestehendes Fundament benutzt.«

»Wenn das so ist … könntest du vor Ort herausfinden, wo sich der Kerker befindet?«

»Gewiss. Ich müsste mir nur ansehen, auf was der Palast steht, und den Boden darum herum abhören. Ich habe ja auch den Tunnel nach Avempartha gefunden.«

»Gut, dann pack deine Sachen. Du kommst mit mir nach Aquesta.«

»Und was ist mit dem Dolch?«

»Ich verspreche dir, dass ich ihn dir bei meinem Tod vererbe.«

»Solange kann ich nicht warten.«

»Keine Bange, wenn es so weitergeht wie bisher, dauert es nicht mehr lange.« Royce wandte sich an Myron. »Danke für deine Hilfe.«

»Royce?«

Der Dieb, der schon hatte gehen wollen, blieb stehen. »Ja?«

Myron wartete, bis Magnus gegangen war. »Kann ich dich etwas zu Gwen DeLancy fragen?«

Royce hob die Augenbrauen. »Stimmt etwas nicht? Hat der Abt etwas dagegen, dass sie und die Mädchen hier sind?«

»Aber nein, überhaupt nicht. Sie sind ganz reizend. Es ist schön, nicht nur Brüder, sondern auch Schwestern zu haben. Und Frau DeLancy hat wirklich eine schöne Stimme.«

»Eine schöne Stimme?«

»Der Abt hat dafür gesorgt, dass wir nicht mit den Frauen zusammenkommen, deshalb sehen wir sie nur selten. Sie essen zu verschiedenen Zeiten und schlafen in eigenen Schlafsälen, aber zur Vesper hat der Abt sie zugelassen. Einige kommen, darunter Frau DeLancy. Sie kommt immer verschleiert und mit bedecktem Kopf und sagt nichts. Nur manchmal höre ich sie ein Gebet flüstern. Die Gottesdienste beginnen immer mit einem Lied und Frau DeLancy singt mit. Sie singt ganz leise, aber ich höre sie trotzdem. Sie hat eine wunderschöne Stimme, die man nicht so leicht vergisst – eine schöne und zugleich traurige Stimme wie die einer Nachtigall.«

»Aha.« Royce nickte. »Gut. Freut mich, dass es keine Probleme gibt.«

»Ich würde es nicht ein Problem nennen, aber ...«

»Aber?«

»Ich sehe sie oft morgens, wenn ich zum Eichhörnchenbaum gehe, um mit Renian zu sprechen. Frau DeLancy besucht manchmal den Kreuzgang und sie wechselt bei dieser Gelegenheit immer ein paar Worte mit uns.« Myron machte eine Pause.

»Und?«

»Also, eines Morgens nahm sie meine Hand und betrachtete sie eine Weile.«

»Oje«, murmelte Royce.

»Ja.« Myron sah ihn mit großen Augen an.

»Was hat sie gesagt?«

»Sie sagte, ich würde zwei Reisen machen – beide ganz plötzlich und unerwartet. Ich würde Angst haben, aber das brauchte ich nicht.«

»Angst wovor?«

»Das sagte sie nicht.«

»Typisch.«

»Dann sagte sie noch etwas und sie klang so traurig wie beim Singen.«

»Was?«

»Sie sagte, sie wolle mir schon jetzt danken und es sei nicht meine Schuld.«

»Und das hat sie auch nicht näher erklärt?«

Myron schüttelte den Kopf. »Aber der Ton, in dem sie es sagte, hat mich sehr beunruhigt. Sie klang so ernst. Weißt du, was ich meine?«

»Nur zu gut.«

Myron richtete sich auf seinem Schemel auf und holte tief Luft. »Du kennst sie. Muss ich mir Sorgen machen?«

»Ich mache mir ständig welche.«

Royce ging im ersten Morgenlicht draußen auf dem Gelände der Abtei spazieren. Er hatte die Angewohnheit, früh aufzustehen, und um Gwen nicht zu wecken, war er leise aus dem Zimmer geschlüpft. Hier und da standen noch Gerüste, aber die meisten Abteigebäude waren fertiggestellt. Den Wiederaufbau hatte Alric bezahlt – als Lohn dafür, dass Riyria seine Schwester Arista vor einem Mordanschlag ihres Onkels Braga gerettet hatte. Magnus beaufsichtigte die Bauarbeiten. Er schien sich aufrichtig zu freuen, die Abtei samt Inventar in ihrer früheren Pracht wiedererstehen zu lassen, auch wenn die Arbeit mit Myron seine Geduld auf eine harte Probe stellte. Myron deckte ihn ständig mit genauesten Maßangaben sogar zur Höhe eines Butterstampfers, zur Breite eines bestimmten Buches oder zur Länge eines Löffels ein. Trotzdem wuchsen die Gebäude in die Höhe und Royce fand, dass der Mönch und der Zwerg ausgezeichnete Arbeit geleistet hatten.

Als Royce an diesem Tag seine morgendliche Runde drehte, war der Boden dick vereist und der Himmel hatte sich zu einem leuchtend klaren Blau aufgehellt. Myron hatte die Pläne fertiggestellt und Royce wusste, dass es Zeit war, aufzubrechen, doch er zögerte noch. Er genoss es, morgens neben Gwen aufzuwachen und später mit ihr Spaziergänge zu unternehmen.

Die Sonne ging über den Dächern auf und er kehrte nach drinnen zurück. Gwen war inzwischen bestimmt auch aufgestanden und das gemeinsame Frühstück war der Höhepunkt des Tages. Doch als er ins Zimmer zurückkehrte, lag Gwen noch mit dem Rücken zur Tür im Bett.

»Gwen? Alles in Ordnung?«

Sie drehte sich zu ihm um. In ihren Augen standen Tränen. Er eilte zu ihr. »Was ist, was fehlt dir?«

Sie streckte die Hände aus und zog ihn zu sich. »Es tut mir so leid, Royce. Ich wünschte, wir hätten mehr Zeit und ...«

»Gwen? Was ...«

Jemand schlug an die Tür und die Tür ging auf. Draußen standen, ein wenig verlegen, der beleibte Abt und ein Fremder.

»Was ist denn?«, fragte Royce barsch und musterte den Fremden.

Er war jung und trug schmutzige Kleider. Wangen und Nase waren vom Wind und von der Kälte gerötet.

»Entschuldigt bitte, Royce Melborn«, sagte der Abt. »Dieser Mann ist in höchster Eile von Aquesta hierhergeritten, um Euch eine Nachricht zu überbringen.«

Royce warf Gwen einen Blick zu und stand auf, obwohl Gwen ihn nicht loslassen wollte. »Was für eine Nachricht?«

»Albert Winslow sagte, Ihr würdet mir einen zusätzlichen Goldtaler zahlen, wenn ich schnell bin. Ich habe keine Pause gemacht.«

»Was für eine Nachricht?« Royce' Stimme war kalt geworden.

»Hadrian Blackwater wurde gefangen genommen und im imperialen Palast eingesperrt.«

Royce fuhr sich mit den Händen durch die Haare. Er bekam nicht mehr mit, wie Gwen dem Mann dankte und ihn auszahlte.

Sonnenlicht durchflutete den Stall, als Royce eintrat. Die Bretter der Boxen waren noch nicht vergraut und leuchteten hellgelb. Der Geruch des Sägemehls mischte sich aufs Angenehmste mit dem Geruch von Mist, Stroh und Heu.

»Ich hätte wissen müssen, dass du hier bist«, sagte Royce. Myron, der zwischen den beiden Pferden stand, fuhr erschrocken hoch.

»Guten Morgen, ich habe einen Segen über dein Pferd gesprochen. Da ich nicht wusste, welches du nimmst, habe ich beide gesegnet. Außerdem brauchen sie beide ein wenig Zuwendung. Bruder James macht hier alles gründlich sauber, aber er nimmt sich nie Zeit, sie am Hals zu kraulen oder an der Schnauze zu liebkosen. Adwhite schreibt in *Beringers Lied: Jeder hat Anspruch auf ein wenig Glück*. Das stimmt, findest du nicht?« Myron streichelte dem dunklen Pferd die Nase. »Dich kenne ich, Maus, aber wer ist der?«

»Er heißt Hivenlyn.«

Myron legte den Kopf schräg, dachte angestrengt nach und bewegte dabei die Lippen. »Und war er das?«, fragte er schließlich.

»Was?«

»Ein unerwartetes Geschenk?«

Royce lächelte. »Ja ... doch, das war er. Er gehört jetzt übrigens dir.«

»Mir?«

»Ja, mit herzlichen Grüßen von Gwen.«

Royce sattelte seine Stute Maus und befestigte die Satteltaschen. Der Abt hatte sie mit Proviant füllen lassen, während Royce sich von Gwen verabschiedete. Sie hatten sich über die Jahre schon viel zu oft voneinander verabschieden müssen und jeder weitere Abschied fiel ihnen noch schwerer.

»Du brichst also auf, um Hadrian zu helfen?«

»Und wenn ich damit fertig bin, hole ich Gwen und verschwinde mit ihr irgendwohin. Denn, wie du gesagt hast, ›jeder hat Anspruch auf ein wenig Glück‹, stimmt's?«

Myron lächelte. »Auf jeden Fall. Nur ...«

»Nur was?«

Der Mönch machte eine Pause und kraulte Maus ein letztes Mal am Hals. Dann fuhr er fort: »Glück kommt daher, dass man sich einer Person oder Sache nähert. Wenn man sich dagegen entfernt, nimmt man sein Unglück oft mit.«

»Wen zitierst du jetzt?«

»Niemanden. Das weiß ich aus eigener Erfahrung.«

10

Das Adelsbankett

Die zweiwöchigen Feierlichkeiten zu Wintertid begannen offiziell mit dem Adelsbankett im Festsaal des Palasts. An der Decke des Saals hingen in einer Reihe siebenundzwanzig bunte Fahnen, jede mit dem Wappen eines Adelshauses aus Avryn. Fünf fehlten, erkenntlich an den Lücken, die sie hinterließen: der blaue Turm auf weißem Grund des Hauses Lanaklin von Glouston, die rote Raute auf schwarzem Grund des Hauses Hestle von Bernum, die weiße Lilie auf grünem Grund des Hauses Exeter von Hanlin, das goldene Schwert auf grünem Grund des Hauses Pickering von Galilin und der Falke mit der goldenen Krone auf rotem Grund des Hauses Essendon von Melengar. In Friedenszeiten hatten sich alle zweiunddreißig Familien zum Feiern hier versammelt. Die Lücken erinnerten an den Preis des Krieges.

Der Palast war aus Anlass der Feierlichkeiten festlich geschmückt. An Wänden und Fenstern hingen Kränze und Girlanden. Das Licht der prächtigen, mit roten und goldenen Luftschlangen geschmückten Kronleuchter spiegelte sich auf dem polierten Marmorboden. In den vier gewaltigen Kaminen des Saals brannten orangefarben leuchtende Feuer. Und durch die Reihen hoher Bogenfenster, eingerahmt von mit Schneeflocken bestickten Vorhängen, fiel das letzte Licht der Abendsonne.

Auf einem Podium am Kopfende des Saals stand entlang der Wand ein Tisch, von dem wie Sonnenstrahlen drei lange Tische ausgingen, die mit fantasievollen Tafelaufsätzen aus Stechpalmenzweigen und Pinienzapfen dekoriert waren.

An die fünfzig Adlige waren bereits im Saal eingetroffen, alle angetan mit ihren schönsten Kleidern. Einige standen in Gruppen zusammen und ihre herrischen Stimmen tönten durch den ganzen Saal. Andere standen in dämmrigen Ecken und unterhielten sich flüsternd. Die meisten aber saßen plaudernd an den Tischen.

»Schön anzusehen, nicht wahr?«, sagte Nimbus leise zu Hadrian. »Aber Schlangen sehen im richtigen Licht auch schön aus. Geht genauso mit ihnen um. Haltet Abstand, beobachtet ihre Blicke und lasst sie in Ruhe, wenn Ihr spürt, dass Ihr sie reizt. Tut das und Ihr dürftet den Abend heil überstehen.«

Er betrachtete Hadrian ein letztes Mal prüfend und klopfte ein unsichtbares Stäubchen von seiner Schulter. Hadrian trug das Kostüm in Gold und Purpurrot – und kam sich damit höchst lächerlich vor.

»Ich wollte, ich hätte meine Schwerter dabei. Ich sehe nicht nur dämlich aus, sondern fühle mich auch nackt.«

»Ihr habt immer noch den schönen juwelenbesetzten Dolch«, sagte Nimbus lächelnd. »Das ist ein Bankettsaal, keine Schenke. Ein Ritter tritt nicht bewaffnet vor seinen Herrn. Es wäre nicht nur unverschämt, sondern röche geradezu nach Hochverrat. Und diesen Eindruck wollen wir doch nicht erwecken. Behaltet einen klaren Kopf und sagt möglichst wenig. Je mehr Ihr redet, desto mehr Munition liefert Ihr den anderen. Und denkt daran, was ich zu den Tischmanieren gesagt habe.«

»Sitzt Ihr nicht neben mir?«, fragte Hadrian.

»Ich werde neben Baronesse Amilia am Kopftisch sitzen.

Wenn Ihr in Schwierigkeiten geratet, kommt zu mir, ich tue dann, was ich kann. Also, Ihr sitzt am dritten Tisch auf der linken Seite, vierter Stuhl vom Ende her. Viel Glück.«

Nimbus verschwand und Hadrian betrat den Saal. Sofort bereute er es, denn er wusste auf einmal nicht, wo links war, welcher Tisch der dritte war und von welchem Ende er zählen sollte. Gesichter sahen ihm entgegen und ihr Blick erinnerte ihn an die Stunden nach der Schlacht von RaMar. Als er über das Schlachtfeld gelaufen war, waren bereits Aasgeier über die Leichen hergefallen. In der Hoffnung, sie zu vertreiben, hatte er auf sie geschossen und einen getötet. Es verursachte bei ihm Abscheu, dass die anderen Vögel sofort über den frischen Kadaver ihres gefallenen Artgenossen hergefallen waren. Ihn hatten sie mit schräggelegten Köpfen angesehen, wie um zu sagen, dass er hier gefälligst verschwinden sollte. Dieselben Blicke sah er jetzt in den Augen der Adligen seiner näheren Umgebung.

»Und wer seid Ihr, werter Ritter?«, fragte eine Dame links von ihm.

Ausschließlich darauf konzentriert, seinen Platz zu finden, und vom allgemeinen Stimmenlärm schon ganz durcheinander, beachtete er die Frage nicht.

»Es ist unhöflich, einer Dame nicht zu antworten«, sagte eine männliche Stimme. Sie klang scharf und war unmöglich zu überhören.

Hadrian drehte sich danach um. Ein junger Mann und eine junge Frau sahen ihn empört an, offenbar Zwillinge, denn sie waren beide blond und hatten stechend blaue Augen.

»Und außerdem gefährlich«, fuhr der Mann fort, »wenn es sich bei der Frau um eine Prinzessin des Königreichs Alburn handelt.«

»Ich ... äh ... Verzeihung ...«, stotterte Hadrian, doch der Mann ließ ihn nicht ausreden.

»Da hast du es, der Ritter hat dich gekränkt, weil er offenbar nicht richtig sprechen kann! Ihr seid doch ein Ritter? Bitte sagt, dass Ihr einer seid. Ein Bauer und Naturbursche, der von seinem Herrn im Vollrausch und nur zum Scherz zum Ritter geschlagen wurde, weil er ein Eichhörnchen aus dem Herrenhaus verjagt hat. Ich könnte es nicht ertragen, wenn Ihr noch ein unehelicher Sohn eines Grafen oder Herzogs wärt, der aus einer Bierschenke gekrochen ist und jetzt hier den Adligen spielt.«

»Lass den Mann doch selbst sprechen, wenn er kann«, sagte die Frau. »Er leidet doch offensichtlich an einer Krankheit, die ihn daran hindert, richtige Wörter zu bilden. Über so etwas macht man sich nicht lustig, lieber Bruder, es ist ein ernsthaftes Leiden. Vielleicht hat er es sich auf dem Schlachtfeld zugezogen. Ich habe gehört, dass Kieselsteine im Mund oft dagegen helfen. Wollt Ihr das probieren, werter Ritter?«

»Ich brauche keine Kieselsteine, danke«, erwiderte Hadrian kühl.

»Aber Ihr braucht auf jeden Fall Hilfe. Ich meine, Ihr leidet doch an einer Krankheit. Warum hättet Ihr mich sonst so völlig ignoriert? Oder bereitet es Euch Vergnügen, eine Dame zu kränken, deren einziges Vergehen darin besteht, nach Eurem Namen gefragt zu haben?«

»Ich wollte auf keinen Fall ... ich meine, ich habe ...«

»Du meine Güte, da geht es wieder los«, sagte sie mit einem mitleidsvollen Blick. »Ein Diener soll bitte sofort ein paar Kiesel bringen.«

»Mit Verlaub, dazu ist jetzt keine Zeit«, fiel ihr Bruder ein. »Vielleicht kann er ja stattdessen an einem dieser Pinienzapfen lutschen. Glaubst du, das könnte auch helfen?«

»Der hat kein Problem mit dem Sprechen«, sagte Ritter Murthas, der zu ihnen getreten war. Er hatte die Daumen im Gürtel eingehakt und grinste breit.

»Nein?«, fragten Prinz und Prinzessin gleichzeitig.

»Nein, beileibe nicht, er weiß sich einfach nur nicht zu benehmen. Deshalb hat er einen eigenen Lehrer. Als ich Ritter Hadrian kennengelernt habe – so heißt der Rüpel übrigens –, hatte er gerade Unterricht im Baden. Könnt Ihr Euch das vorstellen? Der arme Trampel weiß nicht mal, wie man sich wäscht.«

»Nein, wie furchtbar.« Die Prinzessin fächelte sich mit einem Klappfächer Luft zu.

»So ist es. Er war davon so überfordert, dass er sein Handtuch auf Ritter Elgar geworfen hat!«

»Die Unhöflichkeit ist ihm also angeboren?«, fragte die Prinzessin.

»Hört mir zu, ich …«, begann Hadrian, nur um sofort wieder unterbrochen zu werden.

»Vorsicht, Beatrice«, warnte Murthas. »Ihr regt ihn auf und er fängt womöglich gleich an, Euch anzuspucken oder vollzusabbern. Und wer weiß, zu welchen Abscheulichkeiten ein solcher Flegel noch imstande ist? Ich verwette mein Geld darauf, dass er sich als Nächstes in die Hose macht.«

Hadrian ging gerade einen Schritt auf ihn zu, da kam Nimbus herbeigeeilt.

»Prinzessin Beatrice, Prinz Rudolf und Ritter Murthas, ich wünsche Euch allen ein wunderschönes Fest!«

Die drei drehten sich nach dem Hauslehrer um, der die Arme ausgebreitet hatte und sie strahlend anlächelte. »Wie ich sehe, habt Ihr unseren angesehenen Gast Ritter Hadrian schon kennengelernt. Er ist ja so bescheiden und hat Euch bestimmt nicht erzählt, wie er vor kurzem auf dem Schlachtfeld zum Ritter geschlagen wurde. Schade, denn es ist eine wunderbare und spannende Geschichte. Ihr würdet sie bestimmt gern hören, Prinz Rudolf, und im Gegenzug von Euren Heldentaten in der Schlacht erzählen. Nein, verzeiht, ich vergaß – Ihr habt ja nie an einer richtigen Schlacht teilgenommen, nicht wahr?«

Der Prinz erstarrte.

»Und Ihr, Ritter Murthas, erzählt uns doch bitte, wo Ihr wart, als die Soldaten der Imperatorin um ihr Leben gekämpft haben. Ich vergesse es immer wieder. Bestimmt könnt auch Ihr uns von Euren Taten des vergangenen Jahres berichten und wie es Euch ergangen ist, während andere brave Ritter für die Sache Ihrer Eminenz der Imperatorin gefallen sind.«

Murthas öffnete den Mund, aber Nimbus kam ihm zuvor. An die Prinzessin gewandt, fuhr er fort: »Und Euch, Gnädigste, möchte ich versichern, dass Ihr Ritter Hadrian die Kränkung nicht übelzunehmen braucht. Kein Wunder, dass er Euch nicht beachtet hat. Er weiß wie wir alle, dass keine Dame von Ehre es je wagen würde, das Wort an einen fremden Mann zu richten wie eine gemeine Hure, die sich auf der Straße feilbietet.«

Die drei starrten den Hauslehrer sprachlos an.

»Wenn Ihr noch Euren Platz sucht, Ritter Hadrian, er ist da vorn«, sagte Nimbus und nahm Hadrian ins Schlepptau. »Und noch einmal, ich wünsche Euch allen ein wunderschönes Fest!«

Nimbus dirigierte Hadrian zu einem Stuhl am Ende eines Tischs, an dem noch niemand saß.

»Donnerwetter«, sagte Hadrian andächtig. »Ihr habt diese Männer soeben Feiglinge und die Prinzessin eine Hure genannt.«

»Ja, aber in ausgesucht höflichen Worten«, erwiderte Nimbus mit einem Augenzwinkern. »Versucht jetzt möglichst, weiteren Ärger zu vermeiden. Setzt Euch einfach und lächelt. Ich muss wieder gehen.« Er entfernte sich durch die Menge und winkte im Gehen verschiedenen Leuten zu.

Hadrian hatte das Gefühl, auf einem Meer von Eierschalen zu treiben. Er blickte zurück und sah, wie die Prinzessin und Murthas in seine Richtung zeigten und lachten. Unweit davon fielen ihm zwei Männer auf, die ihn beobachteten. Sie lehnten mit verschränkten Armen an einem mit roten Bändern umwickelten Pfeiler und fielen insofern auf, als sie als einzige Gäste Schwerter trugen. Hadrian kannte sie, denn er hatte sie schon oft gesehen. Sie standen immer in einer dunklen Nische, auf der anderen Seite eines Zimmers und vor einer Tür – als seine ständigen Begleiter und Bewacher.

Er wandte sich ab und setzte sich. Dabei versuchte er an alles zu denken, was Nimbus ihm beigebracht hatte: *aufrecht sitzen, nicht herumzappeln, immer lächeln, kein Gespräch anfangen, nichts tun, was man sonst nicht tut, und Augenkontakt vermeiden, es sei denn, man wird in ein Gespräch verwickelt.* Wenn er jemandem vorgestellt wurde, sollte er sich vor den Männern verbeugen, statt ihnen die Hand zu geben. Hielt eine Dame ihm die Hand hin, sollte er sie nehmen und behutsam den Handrücken küssen. Nimbus hatte ihm geraten, sich verschiedene Vorwände auszudenken, um Gesprächen auszuweichen, und Gruppen ab drei Personen möglichst zu meiden.

Irgendwo im Eingangsbereich spielten Lauten, aber er konnte die Musiker im hin- und herwogenden Gedränge der Gäste nicht sehen. Immer wieder ertönte gekünsteltes Lachen. Er hörte spitze Bemerkungen. Die Frauen waren darin viel besser als die Männer. »Oh, meine Liebe, wie ich Euer Kleid bewundere!« Hadrian hätte nicht sagen können, woher die hohe, ein wenig schrille Frauenstimme kam. »Bestimmt ist es wahnsinnig bequem, weil es ja so schlicht geschnitten ist. Auf meinem kann man wegen der vielen Stickereien kaum sitzen.«

»Ihr habt vollkommen recht«, antwortete eine Frau. »Aber das ist ein kleiner Preis für ein Kleid, das die körperlichen Fehler und Mängel seiner Besitzerin durch seinen raffinierten, weiten Schnitt so meisterhaft kaschiert.«

Vom Versuch, den Spitzen und Kontern der Gespräche um ihn zu folgen, bekam Hadrian Kopfschmerzen. Wenn er die Augen schloss, hörte er geradezu das Klirren der aufeinandertreffenden Schwerter. Zu seiner Erleichterung setzten sich Prinzessin Beatrice, Prinz Rudolf und Ritter Murthas an einen anderen Tisch. Ihm gegenüber nahm ein Mann in einem einfachen Mönchshabit Platz. Er passte noch weniger hierher als Hadrian. Sie nickten einander stumm zu. Die Stühle rechts und links von Hadrian waren noch frei.

Am Kopftisch nahm neben einem mächtigen, leeren Thron Ethelred Platz. Die restlichen Plätze wurden von Königen und Königinnen gefüllt. Am einen Ende saß neben Baronesse Amilia Nimbus. Die Baronesse trug ein atemberaubendes blaues Kleid und hielt den Kopf ein wenig gesenkt.

Die Musik verstummte.

»Achtung, Achtung!«, rief ein korpulenter Mann in einem leuchtend gelben Rock, und schlug einen Stock mit einer Messingspitze donnernd auf den Boden. Schlagartig verstummte der Stimmenlärm. »Die Herrschaften möchten bitte ihre Plätze einnehmen. Das Bankett wird gleich beginnen.«

Stühlescharren erfüllte den Saal und der Adel Avryns nahm an den Tischen Platz. Auf die linke Seite des Mönchs setzte sich ein beleibter Mann mit einem grauen Bart. Rechts von ihm saß, angetan mit einem blassblauen Wams, kein Geringerer als Baron Breckton. Die Ähnlichkeit zu Wesley war unverkennbar. Der Ritter stand auf und verbeugte sich, während eine korpulente Frau mit einem überschwänglichen Lächeln sich auf Hadrians linke Seite setzte – Genevieve Hargrave von Rochelle, ein willkommener Anblick.

»Verzeiht, mein Herr«, rief sie in komischer Verzweiflung, während sie sich in den Sessel zwängte. »Dieser Platz war wohl eher für eine zierliche Prinzessin als eine ausgewachsene Herzogin gedacht! Ihr habt bestimmt auch auf eine Prinzessin gehofft.« Sie zwinkerte ihm zu.

Hadrian wusste, dass eine Antwort von ihm erwartet wurde, und beschloss, auf Nummer sicher zu gehen.

»Meine Hoffnung richtet sich darauf, mich beim Essen nicht zu bekleckern. Weiter habe ich noch nicht gedacht.«

»Da seid Ihr der Erste, mein Lieber.« Sie blickte über den Tisch zu Breckton. »Heute Abend habt Ihr Konkurrenz, Baron Breckton, wenn ich das sagen darf.«

»Inwiefern?«, fragte Breckton.

»Der junge Mann neben mir kann Euch an Bescheidenheit und Tugend offenbar das Wasser reichen.«

»Dann ist es mir eine Ehre, mit ihm am selben Tisch zu sitzen, und ein noch größeres Vergnügen, Euch gegenüber zu haben.«

»Und ich bedaure heute Abend alle Prinzessinnen, habe ich doch von allen Frauen das größte Glück, weil ich zwischen Euch beiden sitze. Wie heißt Ihr, werter Herr?« Sie sah Hadrian an. Hadrian, der noch saß, erkannte seinen Fehler. Er hätte wie Breckton zur Begrüßung der Herzogin aufstehen müssen. Verlegen stand er auf und machte eine ungeschickte Verbeugung. »Ich bin … Ritter Hadrian«, sagte er und wartete darauf, dass die Herzogin die Hand ausstreckte. Als sie es schließlich tat, deutete er einen Kuss auf den Handrücken an, obwohl er sich dabei sehr dumm vorkam. Dann setzte er sich wieder. Er rechnete schon damit, ausgelacht zu werden, aber niemand schien daran Anstoß zu nehmen.

»Ich bin Genevieve, die Herzogin von Rochelle.«

»Sehr erfreut, Euch kennenzulernen«, sagte Hadrian.

»Ihr kennt gewiss Baron Breckton?«, fragte die Herzogin.

»Nicht persönlich.«

»Er ist der Feldherr der nördlichen imperialen Armee und der große Favorit im Turnier diese Woche.«

»Favorit von wem, Hoheit?«, fragte Ritter Elgar. Er zog den Stuhl neben Breckton heraus und ließ sich mit der Anmut eines Elefanten darauf fallen. »Ich glaube, in diesem Jahr bin ich Maribors Favorit.«

»Ihr mögt das denken, Ritter Elgar, aber nach so vielen Jahren unausgesetzter Übung beherrscht Ihr die Kunst der Selbstdarstellung vermutlich besser als die des Reitens«, erwiderte die Herzogin. Der Mönch lachte leise.

»Mit Verlaub, Hoheit«, sagte Breckton vollkommen ernst, »aber Ritter Elgar hat insofern recht, als nur Maribor über den Sieger des Turniers entscheidet, und noch weiß niemand, auf wen seine Wahl fallen wird.«

»Ich brauche Eure Fürsprache und Mildtätigkeit nicht«, brummte Elgar. »Erspart mir Eure Tugendhaftigkeit und Euer mönchisches Gerede.«

»Verachtet mir die Mildtätigkeit nicht und bringt nicht voreilig einen Mönch zum Schweigen«, sagte der Mann in der Kutte gegenüber von Hadrian leise. »Wie wollt Ihr sonst den Willen Gottes erfahren?«

»Verzeiht, guter Mönch. Ich habe nicht gegen Euch gesprochen, sondern gegen den anmaßenden Predigtton dieses weltlichen Möchtegernpriesters.«

»Wo immer das Wort Maribors gesprochen wird, hört zu.«

Ein gedrungener, birnenförmiger Mann setzte sich auf den Platz neben der Herzogin. Er küsste sie auf die Wange und nannte sie »meine Teuerste«. Hadrian kannte Leopold nicht persönlich, aber aufgrund von Alberts Beschreibung war er leicht zu identifizieren. Während Hadrian noch mit ihm beschäftigt war, tauchte ein weiteres vertrautes Gesicht auf.

»Ein schönes Fest allerseits!« Albert begrüßte die am Tisch Sitzenden mit einem eleganten Armschwung, der Hadrian neidisch machte. Er war überzeugt, dass Albert ihn gesehen hatte, doch der Vicomte ließ sich nicht anmerken, dass er ihn kannte.

»Albert!« Die Herzogin strahlte. »Wie schön, dass Ihr an unserem Tisch sitzt.«

»Ah, Herzogin Genevieve und Herzog Leopold. Ich hatte ja keine Ahnung, dass ich auf der Liste Ihrer Eminenz einen so prominenten Platz besetze, dass ich die Ehre habe, mit so angesehenen Herrschaften zu speisen.«

Albert trat vor die Herzogin, verbeugte sich mit einer eleganten Bewegung und küsste ihr die Hand.

»Erlaubt, dass ich Euch Ritter Hadrian vorstelle«, sagte die Herzogin. »Ein ganz wunderbarer Mensch, wie mir scheint.«

»Tatsächlich?« Albert machte eine Pause. »Und ein Ritter, sagt Ihr?«

»Das muss sich erst noch herausstellen«, fiel Elgar ein. »Er beansprucht den Titel zwar, aber ich habe noch nie von ihm gehört. Kennt ihn sonst jemand?«

»Der Großmut verbietet es, einen Menschen zu verurteilen, bevor er einem dazu Anlass gibt«, sagte Breckton. »Das wisst Ihr als tugendhafter Ritter sicher auch, Elgar.«

»Noch einmal: Ich brauche Eure Belehrungen nicht. Ich will einfach nur wissen, woher Ritter Hadrian kommt und wer ihn zum Ritter geschlagen hat.«

Alle Blicke wandten sich Hadrian zu.

Er versuchte krampfhaft, sich daran zu erinnern, was man ihm eingebläut hatte, ohne sich seine Aufregung anmerken zu lassen. »Ich komme aus ... Barmore. Zum Ritter hat mich Baron Dermont geschlagen für meine Verdienste im Kampf um Rehagen.«

»Ach wirklich?«, fragte Ritter Gilbert zuckersüß, der ebenfalls aufgetaucht war. »Dass wir damals gesiegt hätten, ist mir neu. Ich hatte vielmehr den Eindruck, die Schlacht sei verloren gegangen und Baron Dermont gefallen. Für was wurdet Ihr denn zum Ritter befördert und wie um alles in der Welt hat der Baron den Ritterschlag vollzogen? Ist seine Seele über Euch geflogen, hat Euch mit einem Himmelsschwert berührt und gerufen: ›Steht auf, braver Ritter, gehet hin und verliert weitere Schlachten im Namen des Imperiums, der Imperatorin und des großen Gottes Maribor‹?«

Hadrian wurde abwechselnd heiß und kalt. Albert sah ihn angespannt und in offensichtlicher Hilflosigkeit an. Sogar die Herzogin schwieg.

»Guten Abend, werte Gäste«, ertönte hinter ihnen die Stimme von Regent Saldur und die Spannung war gebrochen. Hadrian spürte die Hand des Regenten auf der Schulter.

Zusammen mit Saldur war Archibald Ballentyne gekommen, der Graf von Chadwick. Er setzte sich rechts von Hadrian. Die bereits Sitzenden nickten dem Regenten ehrerbietig zu.

»Ich wollte dem Grafen gerade seinen Platz zeigen und habe dabei Euer Gespräch über Ritter Hadrian von Barmore mitgehört. Die Imperatorin persönlich hat darauf bestanden, dass er an dem Bankett heute Abend teilnimmt, und ich bitte ihn jetzt um das Vergnügen, auf die Fragen des verehrten Ritters Gilbert antworten zu dürfen. Darf ich, Ritter Hadrian?«

»Bitte«, antwortete Hadrian steif.

»Danke.« Saldur räusperte sich und fuhr dann fort: »Ritter Gilbert hat recht, dass Baron Dermont in der Schlacht gefallen ist, aber seine Adjutanten haben berichtet, was vorgefallen ist. Die Reiterei konnte aufgrund des dreitägigen Dauerregens nicht angreifen und die unübersehbaren und scheinbar unaufhaltsamen Horden der Nationalisten taten ein Übriges. Jedenfalls zog sich der Baron, von der Vergeblichkeit eines Waffengangs überzeugt, in sein Zelt zurück.

Ohne seine Führung aber breitete sich in der imperialen Armee Verwirrung aus, als der gegnerische Angriff erfolgte. In dieser Situation gab Ritter Hadrian – damals noch Hauptmann Hadrian von der Fünften Berittenen Wache des Imperiums – den Männern neuen Mut. Er hob die Fahne und ritt ihnen voraus gegen den Feind. Zuerst folgte ihm nur eine Handvoll Getreuer, im Grunde nur die, die unter ihm dienten, denn nur sie kannten seinen Mut aus eigener Erfahrung. Ritter Hadrian ließ sich davon nicht beirren. Er befahl sich Maribor an und stürzte sich in den Kampf.«

Hadrian senkte den Blick und nestelte an einem widerspenstigen Knebelknopf seines Rocks, während die anderen dem Regenten wie gebannt lauschten.

»Obwohl es Selbstmord schien, preschte Hauptmann Hadrian an der Spitze seiner Männer durch den Morast. Erdklumpen flogen durch die Luft und Wasser spritzte, als er durch eine riesige Pfütze galoppierte, und in den Wassertropfen leuchtete ein prächtiger Regenbogen auf. Ohne an seine eigene Sicherheit zu denken, hielt er geradewegs auf die Mitte der gegnerischen Armee zu.«

Saldur war lauter geworden und sein Ton eindringlicher. Er sprach jetzt mit dem melodramatischen Pathos einer Predigt. An den anderen Tischen drehten sich die ersten Adligen um.

»Die Fußsoldaten der Nationalisten gerieten angesichts seines unerschrockenen Angriffs in Panik und wichen angstvoll zurück. Er sprengte weiter durch ihre Reihen, bis sein Pferd schließlich in den Morast einsank und stürzte. Doch er sprang sofort auf, hob Schwert und Schild und stürmte weiter. Wie besessen schlug er um sich und rief den Namen der Imperatorin. ›Für Modina! Modina! Modina, die Erbin Novrons!‹«

Saldur machte eine Pause und Hadrian blickte auf. Die am Tisch sitzenden Gäste blickten gefesselt zwischen dem Regenten und ihm hin und her.

»Da endlich besann sich der Rest der imperialen Armee, beschämt durch die Tapferkeit dieses einen Hauptmanns. Maribor um Vergebung anrufend, hoben die Soldaten ihre Schwerter und Speere und stürzten ihm nach. Doch noch bevor sie ihn erreichten, wurde er verwundet und ging zu Boden. Seine Leute trugen ihn vom Schlachtfeld und in das Zelt von Baron Dermont. Dort berichteten sie von seinem Mut und der Baron schwor bei Maribor, dass er Hadrian für seinen Opfermut belohnen und zum Ritter schlagen werde.

›Nein, mein Herr!‹, rief Hauptmann Hadrian, der verwundet und blutend vor ihm lag. ›Schlagt mich nicht zum Ritter, denn ich bin unwürdig. Ich habe versagt.‹ Daraufhin nahm Dermont sein Schwert und rief so laut, dass alle Umstehenden es hörten: ›Ihr habt den vornehmen Titel des heldenhaften Ritters mehr verdient, als ich es verdient habe, Mensch genannt zu werden!‹ Und damit schlug er ihn zum Ritter.«

»Mein Gott!«, entfuhr es der Herzogin.

Hadrian begann unter den Blicken der anderen zu schwitzen. Er fühlte sich noch nackter als damals, als Elgar ihn beim Bad überrascht hatte.

»Baron Dermont dankte Ritter Hadrian dafür, dass er ihm ermöglicht hatte, seine Ehre vor Maribor zu retten, und rief nach seinem Pferd. An der Spitze seiner Getreuen ritt er in die Schlacht und fiel mit fast allen seiner Männer unter den Speeren der Nationalisten.

Ritter Hadrian wollte trotz seiner Wunden zum Schlachtfeld zurückkehren, verlor aber unterwegs das Bewusstsein. Die Nationalisten siegten und ließen ihn liegen in der Annahme, er sei tot. Nur dank einer glücklichen Vorsehung kam er mit dem Leben davon. Als er aufwachte, lag er im Morast. Hungrig und durstig kroch er in den nahen Wald und gelangte zu einer ärmlichen Behausung. Dort gab ein geheimnisvoller Mann ihm zu essen und versorgte seine Wunden. Sechs Tage lange ruhte der Ritter sich aus. Am siebten Tag brachte der Mann ihm ein Pferd und gebot ihm, damit nach Aquesta zu reiten und sich bei Hofe vorzustellen. Kaum hatte er Hadrian die Zügel übergeben, da krachte ein Donnerschlag und eine weiße Feder schwebte vom wolkenlos blauen Himmel nieder. Der Mann fing sie auf, bevor sie den Boden berührte, und verschwand mit einem glücklichen Lächeln.«

Saldur machte eine Pause und ließ den Blick über die anderen Tische wandern, deren Aufmerksamkeit er ebenfalls erregt hatte. »Abschließend, verehrte Gäste, möchte ich noch wahrheitsgemäß wiedergeben, was die Imperatorin zu mir sagte, als sie mich zwei Tage vor Ritter Hadrians Ankunft aufsuchte. ›Ein Ritter auf einem Schimmel wird vor dem Palast eintreffen‹, sagte sie. ›Lasst ihn ein und nehmt ihn in Ehren auf, denn er wird der größte Ritter des Neuen Imperiums sein.‹ Seitdem wohnt Ritter Hadrian hier und erholt sich von seinen Wunden. Inzwischen ist er wieder voll hergestellt und heute sitzt er hier, um mit uns zu feiern. Doch jetzt entschuldigt mich bitte, ich muss zu meinem Platz, weil das Bankett gleich anfangen wird.«

Saldur verbeugte sich und ging. Eine Zeitlang sagte niemand etwas. Alle starrten nur fasziniert Hadrian an, auch Albert, dessen Mund weit offen stand.

Die Herzogin verlieh den Gedanken aller schließlich durch Worte Ausdruck. »Bei Euch kommt man vor Überraschungen ja nicht aus dem Staunen heraus!«

Das Essen wurde aufgetragen. Hadrian hatte so etwas noch nie erlebt. Fünfzig im Gleichschritt marschierende Diener trugen dampfende Schüsseln mit exotischen, kunstvoll arrangierten Speisen herein. Zwei Pfauen waren auf großen Platten angerichtet. Der eine hatte wie überrascht den Kopf erhoben, der andere hatte den Kopf wie schlafend nach hinten gedreht. Darum herum waren saftige Fleischscheiben drapiert. Auf anderen Platten lagen ähnlich zubereitet Enten, Gänse, Wachteln, Turteltauben und Rebhühner. Ein strahlend weißer Trompetenschwan hatte gar die Flügel ausgebreitet, als wollte er gleich losfliegen. Glasiertes, mageres Wildbret, dunkles Wildschwein und marmoriertes Rindfleisch waren mit Ringen von Nüssen, Beeren und Kräutern angerichtet. Brot der verschiedensten Farben von Schneeweiß bis fast Schwarz war zu hohen Stapeln aufgeschichtet. Mächtige Käseecken, Butterblöcke, sieben Sorten Fisch, in Mandelmilch gedünstete Austern, Fleischpasteten, Puddings und mit Honig beträufeltes Gebäck bedeckten jeden freien Zoll der Tische. Kellner servierten mit ihren vielen Gehilfen zudem in endloser Folge Wein, Bier und Met.

Hadrian versuchte sich an die Vorschriften zur Etikette bei Tisch zu erinnern, die Nimbus ihm beigebracht hatte, und begann zu schwitzen. Es war eine lange Liste gewesen, aber gegenwärtig konnte er sich nur an zwei Regeln erinnern: dass er sich nicht in das Tischtuch schnäuzen und nicht mit dem Messer in den Zähnen herumstochern sollte. Seine Angst verflog allerdings rasch, als er sah, wie die Gäste nach dem Gebet zu Maribor, das Saldur sprach, über das Festmahl herfielen. Sie rissen Beine von Schweinen ab und Köpfe von Vögeln. Fleischstückchen flogen durch die Luft und das Fett spritzte. Alle waren bemüht, möglichst von jedem Gericht zu kosten, damit sie nicht etwas versäumten, von dem hinterher alle sprachen.

Hadrian hatte den Großteil seines Lebens von Schwarzbrot, dunklem Bier, Hartkäse, Salzfisch und Gemüseeintopf gelebt. Hier erwarteten ihn ganz neue Genüsse. Er kostete von dem Pfau, der schön aussah, aber trocken war und nicht annähernd so gut schmeckte wie erwartet. Das in Hickoryholz geräucherte Wildbret schmeckte dagegen köstlich. Doch bei weitem am besten waren die in Zimt gebackenen Äpfel. Mit dem Beginn des Essens verstummten die Gespräche. Zu hören waren nur noch eine Laute, ein einsamer Sänger und die Kaugeräusche der vielen Dutzend Gäste.

*Lang ist der Tag unter des Sommers Sonne,
lang ist das Lied, das ich spiele hier.
Ich gedenke deiner in meinem Herzen,
bis du dereinst kehrst zurück zu mir ...*

Die Melodie war schön und seltsam bewegend und erfüllte den Saal mit einem milden Glanz, der gut zum Schein der Kaminfeuer und dem Flackern der Kerzen passte. Mit Sonnenuntergang verwandelten sich die Fenster in schwarze Spiegel und die Atmosphäre im Saal wurde intimer. Von Essen, Getränken und Musik getröstet, vergaß Hadrian den Grund seines Hierseins und begann das Fest zu genießen – bis der Graf von Chadwick ihn in die Wirklichkeit zurückholte.

»Werdet Ihr am Turnier teilnehmen?«, fragte er. Seinem Ton und glasigen Blick nach zu schließen, hatte Archibald Ballentyne mit dem Trinken bereits lange vor dem Bankett angefangen.

»Äh, ja ... ja, Herr ... ich meine, Herr Graf.«

»Dann tretet Ihr womöglich gegen meinen Ritter an, Breckton, er sitzt da drüben.« Der Graf hob die Hand und zeigte in eine unbestimmte Richtung. »Er nimmt auch am Turnier teil.«

»Dann habe ich wahrscheinlich keine Chance.«

»Nein«, bestätigte der Graf. »Aber gebt trotzdem Euer Bestes. Die Zuschauer wollen unterhalten sein.« Er beugte sich vertraulich vor. »Aber sagt doch, stimmt das, was Saldur uns erzählt hat?«

»Ich würde nie ein Wort des Regenten in Zweifel ziehen«, erwiderte Hadrian.

Archibald lachte laut. »Ihr wolltet vermutlich sagen: ›nie einem Wort des Regenten vertrauen‹. Wusstet Ihr, dass man mir Melengar versprochen hat und dann einfach so ...« Er versuchte, mit den Fingern zu schnippen. »... einfach so ...« Er versuchte es noch einmal. »... einfach ...« Auch das dritte Mal ging daneben. »Na ja, Ihr wisst, was ich meine. Man hat es mir wieder weggenommen, obwohl man es mir versprochen hat. Ihr versteht also, warum ich misstrauisch bin. Dass die Imperatorin Euch erwartet hat, stimmt das?«

»Keine Ahnung, Herr. Wie sollte ich das wissen?«

»Ihr habt sie also nicht kennengelernt, die Imperatorin?«

Hadrian schwieg kurz und dachte an ein Mädchen namens Thrace. »Nein, die *Imperatorin* habe ich nicht kennengelernt. Sollte sie nicht eigentlich da oben sitzen?«

Der Graf machte ein verdrossenes Gesicht. »Man lässt den Thron ihr zu Ehren leer. Sie nimmt nie an öffentlichen Banketten teil. Ehrlich gesagt, ich wohne seit einem halben Jahr in diesem Palast und habe sie erst bei drei Gelegenheiten gesehen: einmal im Thronsaal, einmal bei ihrer öffentlichen Ansprache und einmal, als ich ... Na ja, entscheidend ist, dass sie ihr Zimmer offenbar kaum verlässt. Ich habe mich schon oft gefragt, ob die Regenten sie da oben gefangen halten. Ich hätte die Arme entführen sollen ... befreien.«

Archibald straffte sich und sagte wie zu sich selbst: »Genau das sollte ich tun und da sitzt auch der Mann, mit dem ich reden muss.« Er pflückte eine Walnuss aus dem Tafelaufsatz und warf sie auf Albert.

»Vicomte Winslow«, rief er lauter als nötig, »ich habe Euch längere Zeit nicht gesehen.«

»So ist es, Graf Chadwick, viel zu lange nicht.«

»Habt Ihr denn noch Kontakt zu diesen beiden ... Nachtgespenstern? Ihr wisst schon, diesen Zauberern, die Briefe verschwinden lassen und genauso todgeweihte Prinzessinnen aus Gefängnissen retten können?«

»Tut mir leid, aber nach dem, was sie Euch angetan haben, habe ich den Kontakt zu ihnen abgebrochen.«

»Stimmt ... das war wirklich ...«, lallte der Graf und starrte in seinen Becher. »Bragas Kopf haben sie mir in den Schoß gelegt! Während ich geschlafen habe! Wusstet Ihr das? Ein schreckliches Erwachen, kann ich Euch versichern.« Er wurde leiser und murmelte etwas in sich hinein.

Hadrian biss sich auf die Lippen.

»Das wusste ich nicht. Ich bitte vielmals um Entschuldigung«, sagte Albert aufrichtig überrascht. Der Graf hörte ihn allerdings nicht. Er hatte den Kopf in den Nacken gelegt und trank aus dem Becher.

Neue Musiker kamen und spielten einen Tusch, und die Herren, darunter Gilbert und Elgar, fassten die Damen an der Hand und führten sie zur Tanzfläche. Hadrian hatte vom Tanzen keine Ahnung. Nimbus hatte nicht einmal versucht, es ihm beizubringen. Auch der Herzog und die Herzogin von Rochelle standen auf und gesellten sich zu den Tänzern. Jetzt saß niemand mehr zwischen Albert und Hadrian.

»Ihr seid also Ritter Hadrian?«, fragte der Vicomte und setzte sich auf den leeren Stuhl der Herzogin. »Nehmt Ihr zum ersten Mal an einem Bankett teil?«

»Jawohl.«

»Der Palast ist groß und hat eine eindrucksvolle Geschichte. Ihr hattet während Eurer Genesung bestimmt noch keine Gelegenheit zu einer eingehenden Besichtigung. Wenn Ihr nicht tanzen wollt, wäre ich gerne bereit, Euch ein wenig herumzuführen. Es gibt einige schöne Gemälde und die Fresken im zweiten Stock sind ein Augenschmaus.«

Hadrian warf seinen Bewachern einen verstohlenen Blick zu.

»Ihr habt bestimmt recht, Vicomte, aber es wäre vermutlich unhöflich, das Fest schon so früh zu verlassen. Unsere Gastgeber könnten mir deshalb gram sein.« Er nickte in Richtung des Kopftisches, an dem Saldur und Ethelred saßen. »Ich möchte nicht zu einem so frühen Zeitpunkt der Feierlichkeiten ihren Unwillen auf mich ziehen.«

»Das verstehe ich vollkommen. Seid Ihr im Palast nach Euren Vorstellungen untergebracht?«

»Auf jeden Fall, ja. Ich habe ein eigenes Zimmer im Ritterflügel. Regent Saldur war überaus großzügig, über mein Quartier kann ich mich nicht beklagen.«

»Aber über etwas anderes schon?«, fragte Albert.

Hadrian überlegte kurz. »Beklagen wäre das falsche Wort. Ich mache mir nur Gedanken über meine Teilnahme an dem bevorstehenden Turnier. Ich werde gegen viele berühmte Ritter antreten, darunter auch Baron Breckton, und es ist von größter Wichtigkeit, dass ich mich gut schlage. Einigen hochrangigen Leuten ist sehr daran gelegen.«

»Seid unbesorgt«, erwiderte Breckton. »Wenn Ihr Euch an die ritterlichen Tugenden haltet, wird Maribor Eure Hand führen. Was andere denken mögen, zählt auf dem Turnierplatz nichts. Die Wahrheit bleibt die Wahrheit und Ihr wisst, ob Ihr im Einklang mit ihr lebt oder nicht. Und dieses Wissen wird Eure Stärke oder Schwäche sein.«

»Danke für Eure freundlichen Worte, aber ich werde nicht nur im eigenen Namen kämpfen. Der Turniersieg entscheidet auch über Menschen, die mir nahestehen ... mein, äh, Gefolge.«

Albert nickte.

Baron Breckton beugte sich vor. »Ihr sorgt Euch um den Ruf Eurer Knappen und Burschen?«

»Sie sind mir so teuer wie eine Familie«, antwortete Hadrian.

»Das ist höchst bewundernswert. Ich bin noch keinem Ritter begegnet, dem das Wohl derer, die ihm dienen, so am Herzen liegt.«

»Ich sage Euch ganz ehrlich, dass ich hauptsächlich zu ihrem Wohl antrete. Hoffentlich machen sie mir keine Schande. Einige von ihnen handeln zuweilen unüberlegt und überstürzt – natürlich in der Regel um meinetwillen. Doch in diesem Fall wäre es mir lieber, wenn sie nur die Feiertage genießen würden.«

Albert nickte erneut und trank den letzten Schluck Wein.

Auch Ballentyne trank wieder. Er schluckte und rülpste laut, dann stützte er die Ellbogen auf den Tisch und legte den Kopf in die Hände. Hadrian vermutete, dass er demnächst vollends einschlafen würde. Der Mönch und der Graubärtige wünschten eine gute Nacht und gingen. Sie unterhielten sich über die Legende von Kile, die Bedeutung von Saldurs Bericht und die Identität des Mannes, dem Hadrian angeblich im Wald begegnet war.

»Es war mir ein Vergnügen, mit Euch zu speisen«, sagte Albert und stand ebenfalls auf. »Aber ich bin so üppige Speisen nicht gewöhnt und der Wein ist mir zu Kopf gestiegen. Wenn ich noch länger bleiben würde, würde ich wohl einen Narren aus mir machen, deshalb ziehe ich mich zurück.«

Die beiden Ritter wünschten ihm Lebewohl und Hadrian sah ihm nach. Albert drehte sich nicht mehr um.

Hadrian wandte sich an Breckton, dem einzigen übriggebliebenen Gesprächspartner. »Ist Euer Vater nicht gekommen oder sitzt er anderswo?«

Breckton, dessen Aufmerksamkeit den vorderen Bereich des Saals gegolten hatte, brauchte einen Moment, um zu antworten. »Mein Vater wollte nicht kommen. Ich wäre auch nicht gekommen, wenn mein Herr« – er zeigte auf den Grafen, der nicht reagierte – »mich nicht darum gebeten hätte. Uns ist beiden nicht nach Feiern zumute. Wir haben erst vor kurzem erfahren, dass mein jüngerer Bruder Wesley im Dienst der Imperatorin den Tod gefunden hat.«

»Das tut mir sehr leid«, antwortete Hadrian ernst. »Es war bestimmt ein ehrenvoller Tod.«

»Danke. Man muss als Soldat natürlich immer mit dem Tod rechnen, aber es wäre ein Trost, die näheren Umstände zu ken-

nen. Wesley starb im fernen Ausland, er diente auf der *Smaragdsturm*, die auf See verschollen ist.« Breckton erhob sich.
»Bitte entschuldigt, ich möchte mich ebenfalls verabschieden.«
»Natürlich. Ich wünsche Euch noch einen schönen Abend.«
Hadrian sah ihm nach. Breckton hatte denselben Gang wie sein Bruder und Hadrian musste daran denken, dass die Alternativen, vor denen er stand, beide gleich unangenehm waren. Doch selbst von seiner gefühlsmäßigen Bindung abgesehen, waren zwei Leben wertvoller als eins. Und Breckton war Soldat und musste als solcher, wie er selbst gesagt hatte, mit dem Tod im Dienst rechnen. Hadrian hatte keine andere Wahl, aber er hatte deshalb trotzdem ein schlechtes Gewissen.

Ballentynes Kopf rutschte von den Händen ab und schlug dumpf auf die Tischplatte.

Hadrian seufzte. Adelsbankette waren wie das Rittertum nicht so glanzvoll, wie er gedacht hatte.

11

Ritterliche Tugenden

Mit aufgesetzter Kapuze und den Mantel fest um sich gewickelt, eilte Albert Winslow durch Aquesta. Er bereute, dass er nicht noch Stiefel angezogen hatte, da er mit seinen Schnallenschuhen auf dem vereisten Pflaster ständig ausrutschte. Natürlich hätte er auch fahren können, vor dem Palast standen einige Mietdroschken. Doch zu Fuß konnte er leichter überprüfen, ob ihm jemand folgte. Er blickte verstohlen zurück. Die Straße war leer.

Er kam beim Gasthaus ALTE BURG an und trat ein. Das Feuer im Gästeraum war heruntergebrannt. Ein alter Mann saß davor und war eingeschlafen. Das Gläschen Branntwein, das er im Schoß hielt, lief fast über. Albert stieg rasch die Treppe zu seinem Zimmer hinauf. Er würde eine Nachricht schreiben, sie auf den Tisch legen und dann zum Palast zurückkehren. In Gedanken war er bereits mit der Formulierung beschäftigt. Er zog einen Schlüssel aus der Tasche und sperrte die Tür auf.

Wie soll ich erklären, was ich soeben erlebt habe?

Das Zimmer, das er betrat, war nicht kalt und dunkel. Im Kamin flackerte ein Feuer, auf dem Tisch brannten Kerzen und auf seinem Bett lag mit angezogenen Stiefeln ein Zwerg.

»Magnus?«

Die Tür fiel ins Schloss und er fuhr herum. Royce war hinter ihm ins Zimmer getreten. »Ihr solltet immer die Tür abschließen«, sagte der Dieb.

Albert grinste. »Das verdient nicht einmal eine Antwort. Wann seid Ihr zurückgekehrt?«

»Erst gerade eben«, brummte Magnus. »Ich konnte noch gar nicht ausruhen. Royce hat uns wie besessen angetrieben.«

»Vorsicht mit den Stiefeln«, sagte Albert und klopfte mit dem Handrücken darauf.

»Wo ist Hadrian?«, fragte Royce scharf. Er hatte die Kapuze nicht abgesetzt.

Bei seiner ersten Begegnung mit Royce war der Vicomte ein Trinker gewesen, der in einer Scheune außerhalb von Colnora hauste. Seine Kleider hatte er nach und nach für Rum verkauft, deshalb hatte er nur noch ein seidenes Nachthemd und einige alte Lumpen besessen. Er hatte Royce und Hadrian sein Leid mit seinem Vater geklagt, der das Familienvermögen durchgebracht hatte, und ihnen das Nachthemd für fünf Kupferpfennige zum Kauf angeboten. Doch Royce hatte ihm ein besseres Angebot gemacht. Riyria brauchte einen Adligen als Verbindungsmann zu den Reichen und Privilegierten – ein ehrenwertes Gesicht, das ihre nicht so ehrenwerten Dienste vermitteln sollte. Also ließen sie ihn ein Bad nehmen, kauften ihm neue Kleider und statteten ihn mit allem aus, was ein erfolgreicher Vicomte brauchte. Sie gaben ihm seine Würde zurück und machten ihn wieder zum Adligen. Von da an betrachtete Albert Royce als seinen Freund. Doch manchmal – wenn Royce die Kapuze aufbehielt und so schroff klang wie eben – hatte sogar der Vicomte Angst vor ihm.

»Ja?«, setzte Royce nach und kam näher. Albert wich unwillkürlich einen Schritt zurück. »Sitzt er im Gefängnis? Haben sie ...«

»Was? Nein!« Albert schüttelte den Kopf. »Ihr werdet nicht glauben, was Ihr jetzt hört. Ich komme gerade vom Adelsbankett, das die Festlichkeiten zu Wintertid eröffnet. Alle waren da, Könige, Bischöfe, Ritter, wer Ihr wollt.«

»Kommt zur Sache, Albert.«

»Tu ich doch. Hadrian war auch da.«

Royce ballte die Fäuste. »Was haben sie mit ihm gemacht?«

»Nein, nichts Schlimmes – sie haben ihn verköstigt. Er war … sie haben ihn zum Ritter geschlagen, Royce … zu einem Ritter des Imperiums. Ihr hättet die Kleider sehen sollen, die er trug.«

Sogar der Zwerg hatte sich aufgesetzt.

»Was? Was redet Ihr da für dummes Zeug, Ihr …«

»Ich schwöre, es ist die Wahrheit! Regent Saldur kam sogar zu uns an den Tisch und erzählte eine vollkommen verrückte Geschichte. Hadrian soll in der Schlacht um Rehagen auf der Seite der Imperialisten gekämpft haben und für seine Verdienste zum Ritter befördert worden sein. Könnt Ihr das glauben?«

»Nein, keinen Moment. Habt Ihr wieder getrunken?«

»Nur einen Schluck Wein. Ich bin nüchtern, ich schwöre es.«

»Aber warum sollten sie das tun? Konntet Ihr mit ihm sprechen? Was sagt er?«

»Er konnte nicht frei sprechen, aber er gab mir zu verstehen, dass er überwacht wird. Und er scheint am Turnier teilzunehmen. Es klang, als hätten die Regenten eine Art Abmachung mit ihm getroffen.«

»Am Turnier auf dem Platz des Hochgerichts?«

»Ja. Und er sagte ziemlich deutlich, dass wir uns nicht einmischen und ihm nicht helfen sollten.«

»Das verstehe ich nicht.«

»Damit sind wir schon zu zweit.«

»Ich komme mir so lächerlich vor«, sagte Amilia leise zu Nimbus und schob ihren Teller zurück.

Hundertdreiundzwanzig Augenpaare waren auf sie gerichtet. Sie kannte die genaue Zahl und wusste, welche Fürsten ihre Frauen mitgebracht hatten und welche ihre Kurtisanen. Sie wusste, wer empfindlich auf Zugluft reagierte und wem es am Kaminfeuer zu heiß war, welcher Prinz nicht neben welcher Prinzessin sitzen wollte und wer mächtig war und wer nur eine Marionette. Sie kannte jede Eigenheit und Marotte der Gäste, jede Vorliebe und Abneigung und sämtliche Namen und Titel – aber kein einziges Gesicht.

Die Gäste waren bisher nur handliche Zettel gewesen, aber jetzt saßen sie leibhaftig vor ihr – und gafften sie an. Nein, »gaffen« war das falsche Wort und viel zu harmlos für die Bösartigkeit und Verachtung in ihren Blicken. Amilia wusste, was sie dachten: *Wie kann es sein, dass die da – die Tochter eines armen Stellmachers – am Tisch der Imperatorin sitzt?* Ihr war zumute, als stünde sie vor einer Meute von hundertdreiundzwanzig Wölfen, die alle die Zähne fletschten.

»Ihr seht wunderbar aus«, sagte Nimbus. Er klopfte mit den Fingern den Rhythmus der Pavane und schien den Hass nicht zu spüren, der ihnen von drunten entgegenschlug.

Amilia seufzte. Dann musste sie eben zusehen, wie sie den Abend einigermaßen überstand. Sie straffte sich und versuchte, möglichst ruhig und tief zu atmen, was angesichts des engen Mieders gar nicht so einfach war.

Sie trug die Robe, die die Herzogin ihr am Morgen geschenkt hatte. Dabei handelte es sich keineswegs um ein gewöhnliches Kleid, sondern vielmehr um ein Kunstwerk aus blauer Seide. In die Vorderseite war aus Bändern ein verschlungenes Muster eingearbeitet, das an Schwäne erinnerte. Das taillierte Mieder drückte ihren Bauch flach und mündete in einen wogenden Rock, der bei jeder Bewegung schimmerte wie geriffeltes

Wasser. Der tiefe Halsausschnitt ließ den Ansatz ihrer Brüste frei. Zum Bedauern der Herzogin trug Amilia allerdings ein Halstuch, das die Brüste und ebenso die kostbare, juwelenbesetzte Kette bedeckte, welche die Herzogin ihr geliehen hatte. Vielleicht um zu verhindern, dass den Diamantohrringen ein ähnliches Schicksal widerfuhr, hatte die Herzogin drei Friseure geschickt, die fast zwei Stunden daran gearbeitet hatten, Amilias Haare hochzustecken. Anschließend hatten zwei Kosmetikerinnen ihr Lippen, Augenlider, Wangen und sogar die Fingernägel angemalt. Amilia trug sonst keinerlei Schminke, richtete sich nie die Haare und zeigte erst recht nicht ihre Brüste in der Öffentlichkeit. Sie machte nur mit, weil sie die Herzogin nicht kränken wollte, aber sie kam sich vor wie ein Clown – dessen Anblick die hundertdreiundzwanzig Augenpaare unterhalten sollte.

Hundertvierundzwanzig, verbesserte sie sich. In letzter Minute war ein Gast dazugekommen.

»Wo sitzt er denn?«, fragte sie Nimbus.

»Wer? Ritter Hadrian? Ich habe ihn da drüben reingezwängt. Er ist der Mann in Purpurrot und Gold. Saldur gibt ihn als Ritter aus, aber ich kenne niemanden, der so wenig mit einem Ritter gemein hat.«

»Ist er arrogant?«

»Überhaupt nicht. Er ist höflich und rücksichtsvoll, sogar zu Dienern. Er beklagt sich weniger als ein Mönch und kann zwar bestimmt mit einem Schwert umgehen, wirkt aber so wenig gewalttätig wie eine Maus. Er trinkt mäßig, betrachtet eine Schale Haferbrei bereits als Festmahl und steht im Morgengrauen auf. Er ist kein Ritter, sondern das, was ein Ritter sein sollte.«

»Er kommt mir irgendwie bekannt vor«, sagte Amilia, aber sie konnte ihn nicht einordnen. »Wie macht er sich?«

»Es geht langsam. Ich hoffe nur, es fällt ihm nicht ein, zu

tanzen. Ich hatte noch keine Zeit, ihm Schritte beizubringen, und er hat bestimmt noch nie getanzt.«

»Aber Ihr könnt tanzen?«, fragte Amilia.

»Ich bin ein begnadeter Tänzer, Baronesse. Soll ich Euch auch unterrichten?«

Amilia verdrehte die Augen. »Ich glaube nicht, dass ich das jemals brauchen werde.«

»Bestimmt nicht? Will nicht Baron Breckton Euer Band im Turnier tragen?«

»Aus Mitleid.«

»Mitleid? Seid Ihr sicher? Vielleicht ...« Nimbus brach ab. »Du meine Güte, wen haben wir denn da?« Ritter Murthas kam zwischen den Tischen geradewegs auf sie zu. Er war mit seinem gerippten burgunderroten Wams mit schmaler Taille und breiten, gepolsterten Schultern eine imposante Erscheinung. Um den Hals trug er eine vornehme Goldkette, an der ein Rubin hing. Sein Spitzbart war sorgfältig gestutzt, seine dunklen Augen passten zu seinen kohlschwarzen Haaren.

»Baronesse Amilia, ich bin Ritter Murthas von Alburn.« Er streckte die Hand aus, deren Finger von Ringen bedeckt waren.

Amilia starrte verwirrt darauf, bis er sie verlegen wieder fallen ließ. Amilia bemerkte, wie Nimbus sich neben ihr wand. Sie hatte etwas Ungehöriges getan, wusste aber nicht, was.

»Ich hatte gehofft, Ihr würdet mir die Ehre eines Tanzes geben«, fuhr Ritter Murthas beherzt fort.

Amilia erstarrte vor Schreck und sah ihn nur stumm an.

Nimbus kam ihr zu Hilfe. »Ich glaube, die Baronesse ist gegenwärtig nicht für einen Tanz zu gewinnen, Ritter Murthas. Vielleicht ein anderes Mal?«

Murthas bedachte den Hauslehrer mit einem geringschätzigen Blick, dann wandte er sich wieder an Amilia und seine Miene besänftigte sich. »Darf ich fragen, warum nicht? Wenn Ihr Euch nicht wohl fühlt, darf ich Euch zu einem Balkon begleiten, auf dem Ihr ein wenig frische Luft schnappen könnt? Wenn Euch die Musik nicht gefällt, sorge ich dafür, dass etwas anderes gespielt wird. Wenn euch die Farbe meines Rocks nicht gefällt, ziehe ich gerne einen anderen an.«

Amilia brachte immer noch kein Wort heraus.

Murthas warf Nimbus einen Blick zu. »Hat er schlecht von mir gesprochen?«

»Ich habe Euch mit keinem Wort erwähnt«, erwiderte der Hauslehrer, aber der Ritter ließ sich nicht anmerken, ob er ihn überhaupt gehört hatte.

»Vielleicht gefällt ihr der Rattenschwanz an Eurem Kinn nicht, Murthas«, rief Ritter Elgar dröhnend und trat ebenfalls an den Tisch. »Oder sie wartet darauf, dass ein richtiger Mann sie auffordert. Was meint Ihr, Baronesse? Erweist Ihr mir die Ehre?« Er ließ den kleineren Murthas wie einen Zwerg aussehen und schob ihn mit seiner ausgestreckten Hand zur Seite.

»Ich ... es tut mir leid«, stotterte Amilia schließlich. »Ich will lieber nicht tanzen.«

Elgars Miene verfinsterte sich, aber er sagte nichts.

»Meine Herren, sie wartet auf mich«, rief Ritter Gilbert und trat vor. »Verzeiht, Baronesse, dass ich erst jetzt komme und Euch von dieser Gesellschaft befreie.«

Amilia schüttelte nur den Kopf, stand auf und eilte weg. Sie wusste nicht, wohin sie wollte, und es war ihr auch egal. In ihrer Angst und Verlegenheit wollte sie nur weg. Um nicht von einem weiteren Ritter angesprochen zu werden, hielt sie den Blick gesenkt, und so kam es, dass sie erneut mit Baron Breckton zusammenstieß.

»O mein Gott.« Sie blickte zu ihm auf. »Ich ... ich ...«

»Das scheint ja zur Gewohnheit zu werden«, sagte Breckton lächelnd.

Amilia fühlte sich so gedemütigt und beschämt, dass ihr Tränen in die Augen traten und die Wangen hinunterliefen.

Augenblicklich hörte Breckton auf zu lächeln. Er beugte das Knie und neigte den Kopf. »Verzeiht, Baronesse, wie dumm von mir. Eine unbedachte Äußerung.«

»Nein, überhaupt nicht«, erwiderte Amilia und fühlte sich noch schlechter. »Ich will nur in mein Zimmer, bitte. Ich ... ich habe genug vom Feiern.«

»Wie Ihr wünscht. Nehmt meinen Arm und ich geleite Euch sicher dorthin.«

Amilia hatte keine Kraft mehr, die Bitte abzulehnen, und nahm willenlos seinen Arm. Je weiter sie sich von der lärmenden Menge entfernten, desto mehr kam sie zu sich. Sie ließ Brecktons Arm los und wischte sich die Tränen ab.

»Danke, Baron Breckton, aber Ihr braucht mich nicht auf mein Zimmer zu bringen. Ich wohne schon lange im Palast und kenne den Weg. Seid versichert, ich werde unterwegs keinen Drachen oder sonstigen Ungeheuern begegnen.«

»Natürlich nicht. Verzeiht meine Anmaßung, ich dachte nur, weil ...«

Amilia nickte. »Ich weiß, aber ich war ein wenig eingeschüchtert. Ich bin so viel Aufmerksamkeit nicht gewöhnt. Trotz meines Titels bin ich ein einfaches Mädchen geblieben und Ritter ... machen mir Angst.«

Breckton sah sie gekränkt an und trat einen Schritt zurück. »Ich würde Euch nie etwas antun, Baronesse!«

»Nein, schon wieder. Ich komme mir so dumm vor.« Amilia hob verzweifelt die Hände. »Ich ... kann mich einfach nicht wie eine Adlige benehmen. Egal, was ich sage, es ist falsch. Alles, was ich tue oder auch nicht tue, ist falsch.«

»Nicht Ihr habt etwas falsch gemacht, sondern ich«, versicherte Breckton. »Ich bin als einfacher Soldat das Leben am Hof nicht gewöhnt. Deshalb bitte ich Euch erneut um Verzeihung und lasse Euch allein, da ich Euch offensichtlich so viel Angst mache.«

»Nein, das macht Ihr nicht. Ihr seid so gütig. Es liegt an den anderen ... Ihr seid der Einzige, der ...« Amilia seufzte. »Bitte, es wäre mir eine Ehre, wenn Ihr mich zu meinem Zimmer begleiten würdet.«

Breckton salutierte zackig, verbeugte sich und bot ihr erneut seinen Arm an. Stumm gingen sie zur Treppe und stiegen in den fünften Stock hinauf. Sie kamen an einigen Wachen vorbei und blieben vor einer Tür stehen. Breckton nickte Gerald lächelnd zu und Gerald salutierte – was Amilia ihn noch nie hatte tun sehen.

»Ihr werdet gut beschützt«, bemerkte Breckton.

»Nicht ich. Nebenan liegen die Gemächer der Imperatorin. Ich sehe immer noch nach ihr, bevor ich mich zurückziehe. Ihr dürftet diesen Stock eigentlich gar nicht betreten.«

»Dann will ich mich sofort verabschieden.«

Er wandte sich zum Gehen.

»Wartet«, sagte Amilia und fasste ihn am Arm. »Hier.« Sie nahm ihr Halstuch ab und gab es ihm.

Breckton lächelte breit. »Ich werde es stolz im Turnier tragen und Euch Ehre machen.«

Er nahm ihre Hand und küsste sie sacht. Dann verbeugte er sich und ging. Amilia sah ihm nach, bis er an der Treppe ankam und verschwand. Als sie sich umdrehte, sah sie Gerald grinsen. Sie hob die Augenbrauen und das Grinsen verschwand augenblicklich.

Sie betrat das Schlafgemach der Imperatorin. Modina lag in ihrem dünnen, weißen Nachthemd am Fenster auf dem steinernen Boden. Sie sah aus wie tot. Amilia fand sie abends meist so vor. Doch der Spiegel war noch heil und Modina schlief nur. Trotzdem dachte Amilia unwillkürlich, dass die Imperatorin irgendwann ... Sie schob den Gedanken zur Seite.

»Modina?«, sagte sie leise und fasste die Imperatorin an der Schulter. »Kommt, auf dem Boden ist es zu kalt.«

Modina blickte traurig zu ihr auf und nickte. Amilia half ihr ins Bett, deckte sie zu und gab ihr einen Kuss auf die Stirn. Dann ließ sie sie allein.

Hadrian zerdrückte geschmolzenes Kerzenwachs zwischen den Fingern und lauschte auf das regelmäßige Schnarchen des Grafen. Selbst seine Beschatter sahen müde aus, obwohl sie inzwischen die Schicht gewechselt hatten. Er überlegte, wann er sich zurückziehen konnte, ohne Anstoß zu erregen.

Er sah, dass Baron Breckton wieder im Saal war, doch war der Ritter nicht auf seinen Platz zurückgekehrt, sondern hatte stattdessen Nimbus in ein Gespräch gezogen. Hadrian sah den beiden eine Weile zu, dann bemerkte er eine Bewegung am Kopftisch. Zu seinem Missfallen war Regent Saldur aufgestanden und steuerte mit einem Weinglas in der Hand direkt auf ihn zu.

»Ihr habt Eure Sache gut gemacht«, sagte der Regent und setzte sich ihm gegenüber. »Oder wenigstens hatte ich von meinem Platz aus diesen Eindruck. Inquisitor Guy und Baron Marius haben eine hohe Meinung von Euch.«

»Baron Marius? Meint Ihr Merrick Marius?«

»Ihr erinnert Euch an ihn, nicht wahr? Er war bei unserem kleinen Gespräch zugegen. Nein, wie dumm von mir. Haben wir etwa vergessen, ihn vorzustellen? Marius meinte, er sei sehr beeindruckt von einem Auftrag, den Ihr zusammen mit Eurem Partner vor kurzem für ihn erledigt hättet. Seinen Worten nach zu urteilen, war der Auftrag ziemlich schwer. Er meinte sogar, nur Ihr beide hättet ihn erfolgreich durchführen können.«

Hadrian biss die Zähne zusammen.

»Ich habe nachgedacht... Wenn die Sache mit Breckton über die Bühne gegangen ist, würdet Ihr vielleicht lieber für das Imperium arbeiten, als mit Gaunt ins Exil zu gehen. Ich denke praktisch, Hadrian, und fände es durchaus nützlich, wenn jemand wie Ihr uns bei unserer großen Aufgabe helfen würde. Bestimmt habt Ihr viele schreckliche Dinge über mich gehört und über das, was ich getan haben soll. Aber Ihr müsst begreifen, dass ich Probleme zu lösen habe, die uns alle angehen, das gemeine Volk und den Adel. Die Straßen sind vernachlässigt worden. Man kann im Frühjahr kaum noch reisen, ohne im Morast zu versinken. Wegelagerer treiben überall ihr Unwesen und behindern den Handel und damit den Wohlstand. Die Städte ersticken im Unrat und nur wenige verfügen über sauberes Trinkwasser. Im Norden gibt es nicht genug Arbeit, im Süden nicht genug Arbeiter, und das Essen ist überall knapp.«

Hadrian blickte durch den Saal und sah Breckton und Nimbus zusammen gehen. Wenige Momente später tranken auch Murthas, Elgar und Gilbert aus und verschwanden in dieselbe Richtung.

»Die Welt der Menschen hat viele Feinde«, leierte Saldur weiter. »Unbedeutende Könige bekriegen einander und schwächen sich durch ihre kindischen Fehden gegenseitig. Ich bin schon seit langem der Überzeugung, dass dadurch Angriffen von außen Tür und Tor geöffnet werden. Ihr wisst vielleicht nicht, dass die Ghazel und Daccer bereits plündernd durch den Süden ziehen. Wir hängen das natürlich nicht an die große Glocke, deshalb kennen nur wenige den Ernst der Lage, aber sie haben sogar Tur Del Fur überfallen.«

Hadrian verzog das Gesicht. »Wenn Ihr die Ghazel nicht zu Nachbarn wollt, hättet Ihr sie nicht einladen dürfen.«

Saldur musterte ihn einen Augenblick lang scharf, dann sagte er: »Ich habe getan, was notwendig war. Wo war ich stehen geblieben? Ach ja, wenn sich alles ändert, kann nicht jeder behalten, was er hat. Es müssen Opfer gebracht werden. Ich bin zwar bestrebt, alles in vertretbaren Grenzen zu halten, aber wenn ein Bein entzündet ist und nicht gerettet werden kann, muss man es abnehmen, um den restlichen Körper zu retten. Ihr könnt hoffentlich über die kleinen Opfer hinweg das große Ganze sehen. Ich bin kein schlechter Mensch, Hadrian. Die Welt zwingt mich zur Grausamkeit, aber ich bin nicht grausamer als ein Vater, der sein Kind nötigt, eine bittere Medizin zu schlucken. Das wisst Ihr doch?«

Er sah Hadrian erwartungsvoll an.

»Darf ich gehen?«, fragte Hadrian. »Ich meine, den Saal verlassen?«

Saldur lehnte sich mit einem Seufzer zurück. »Ja, geht. Ihr müsst viel schlafen. Das Turnier beginnt übermorgen.«

Pinienzapfen und Stechpalmengirlanden, die Hinterlassenschaft betrunkener Gäste, lagen auf den Gängen verstreut, die zum Quartier der Ritter führten. Als Hadrian um eine Ecke bog, sah er Nimbus zusammengesackt an einer Wand sitzen. Sein Rock war zerrissen und er blutete aus der Nase. Über ihm stand grinsend Ritter Gilbert. Durch die Tür des Aufenthaltsraums sah Hadrian Sir Breckton. Er verteidigte sich nur mit dem Dolch seiner Ausgehuniform gegen Murthas und Elgar, die beide außer ihren Dolchen noch Schwerter in der Hand hielten.

»Seht mal, wer da mitmachen will«, rief Gilbert, als Hadrian näher kam.

»Wie viel Großzügigkeit muss ich gegenüber diesen Rittern walten lassen?«, fragte Hadrian Nimbus, ohne den Blick von Gilbert abzuwenden.

Im Aufenthaltsraum führte Murthas einen Hieb nach Breckton, der das Schwert jedoch mit seinem kleinen Dolch abfing und zur Seite schlug.

»Die Tugend der Großzügigkeit findet in dieser Situation meiner Meinung nach keine Anwendung«, antwortete Nimbus hastig.

»So ist es!«, rief Breckton. »Diese Halunken haben das Recht auf eine ehrenhafte Behandlung verwirkt.«

Hadrian lächelte. »Das erleichtert die Sache um einiges.« Er zog seinen Dolch, zielte auf Gilberts Schenkel und warf. Der Ritter schrie, fiel auf die Knie und hob verwirrt den Kopf. Hadrian schlug ihm mit der Faust ins Gesicht und Gilbert brach vollends zusammen. Hadrian nahm seinen Dolch und das Schwert von Gilbert an sich und rückte weiter vor.

Elgar wandte sich ihm mit einem höhnischen Grinsen zu und überließ Breckton Murthas.

»Im Turnier kämpft Ihr hoffentlich besser als mit dem Schwert«, sagte Hadrian.

»Wir kämpfen doch noch gar nicht gegeneinander, Ihr Narr«, brüllte Elgar.

»Das brauchen wir auch gar nicht. Ihr haltet das Schwert wie eine Frau. Nein, falsch, ich kenne Frauen, die mit dem Schwert kämpfen können. Was Ihr macht, spottet jeder Beschreibung.«

»Was mir an Stil fehlt, gleiche ich durch Kraft aus.« Elgar hob das Schwert über den Kopf und wollte sich auf Hadrian stürzen. Seine ganze Brust war ungeschützt. Hadrian, der Berufssoldat, wollte ihm schon das Schwert ins Herz stoßen, er hätte ihn damit augenblicklich getötet. Doch er widerstand dem Drang und senkte die Waffe. Saldur und Ethelred hätten es nicht gebilligt. Außerdem war Elgar betrunken. Hadrian wich also nur zur Seite aus, ließ aber das Bein stehen. Elgar fiel darüber und schlug mit dem Kopf auf dem Boden auf. Hadrian rollte den Koloss auf den Rücken.

»Ist er tot?«, fragte Nimbus.

»Nein, aber er könnte die Bodenfliesen beschädigt haben. Hat der einen harten Schädel!«

Hadrian setzte sich neben Nimbus und untersuchte dessen Verletzungen.

»Solltet Ihr nicht Baron Breckton helfen?«

Hadrian sah zu Murthas hinüber, der gerade wieder angriff.

»Ich glaube, das ist nicht nötig. Es wäre auch gar nicht angemessen, sich in den Kampf eines anderen einzumischen. Allerdings ...« Er hob Elgars Schwert auf. »Breckton!«, brüllte er und warf es durch den Aufenthaltsraum. Breckton fing es auf und Murthas wich einen Schritt zurück und wirkte auf einmal deutlich verunsichert.

»Fahrt zur Hölle!«, schrie er, führte einen letzten Hieb und floh.

Hadrian konnte der Versuchung nicht widerstehen, auch ihm ein Bein zu stellen, als er durch die Tür kam. Murthas stürzte, rappelte sich wieder auf und verschwand.

»Danke«, sagte Breckton mit einem knappen Nicken.

»Murthas sollte mir danken«, erwiderte Hadrian.

Breckton lächelte. »In der Tat.«

»Das verstehe ich nicht«, sagte Nimbus. »Er hat doch verloren. Wofür sollte er Euch danken?«

»Dass er noch lebt«, erklärte Hadrian.

»Ach so«, sagte Nimbus nur.

Hadrian versorgte Nimbus' Wunden. Die Nase des Hauslehrers schien nicht gebrochen zu sein. Trotzdem wollte keiner der drei in den Festsaal zurückkehren. Hadrian und Breckton begleiteten Nimbus zu seinem Zimmer und der Höfling bedankte sich für ihre Hilfe. Anschließend kehrten Breckton und Hadrian zum Ritterflügel zurück.

»Ihr kämpft gut«, sagte Breckton.

»Warum haben die Ritter Euch angegriffen?«

»Sie waren betrunken.«

»Dort, wo ich herkomme, können betrunkene Ritter nur grölen und schlafen mit hässlichen Frauen. Aber sie überfallen keine anderen Ritter oder Höflinge.«

Breckton schwieg kurz, dann fragte er: »Woher kommt Ihr in Wahrheit, Ritter Hadrian?«

»Saldur hat das doch …«

»Einige Männer, die unter Baron Dermont gekämpft und überlebt haben, sind anschließend nach Norden gekommen und dienen seitdem unter mir. Einer von ihnen ist Hauptmann Lowell. Was er von jenem Tag berichtet, klingt ganz anders als Regent Saldurs Version. Ich wollte das nicht vor den anderen sagen und den Regenten oder Euch bloßstellen, aber jetzt, wo wir allein sind …«

Hadrian schwieg.

»Lowell sagte, die gesamte imperiale Armee sei an jenem regnerischen Morgen praktisch im Schlaf überrascht worden. Die meisten hätten ihr Schwert nicht mehr umschnallen und erst recht kein Pferd besteigen können.«

»An diesem Tag ging alles drunter und drüber«, bestätigte Hadrian nur.

»Das sagt Ihr, aber vielleicht wart Ihr ja gar nicht dabei. Dass ein Ritter ein fremdes Verdienst beansprucht, ist in höchstem Maße ehrlos.«

»Ich versichere Euch, ich war dabei«, erwiderte Hadrian mit Nachdruck. »Und ich bin an diesem Morgen an der Spitze meiner Männer durch den Morast und in die Schlacht geritten.«

Breckton blieb an der Tür seines Zimmers stehen und studierte Hadrians Gesicht. »Dann verzeiht bitte meine Unhöflichkeit. Ihr habt mir heute Abend geholfen und ich mache Euch Vorwürfe. Es schickt sich nicht für einen Ritter, einem anderen Ritter Dinge vorzuwerfen, die er nicht beweisen kann. Es soll nicht wieder passieren. Gute Nacht.«

Er verabschiedete sich mit einem kurzen Nicken und ließ Hadrian auf dem Korridor stehen.

12

Die Nachfolgeregelung

Die Sonne stand bereits im Zenit, aber Arcadius Vintarus Latimer, Professor für Überlieferung an der Universität von Sheridan, wartete immer noch in der großen Eingangshalle des imperialen Palasts. Er war schon früher hier gewesen, aber damals hatte der Palast noch Burg von Warric geheißen und war die Residenz des mächtigsten Königs von Avryn gewesen. Jetzt war er die Zentrale des Neuen Imperiums. Das in den weißen Marmorfußboden eingelassene imperiale Wappen erinnerte auf Schritt und Tritt daran. Arcadius las die Inschrift, die kreisförmig um das Mittelfeld lief, und schüttelte empört den Kopf. »Nicht einmal *Ehre* konnten sie richtig schreiben«, sagte er laut, obwohl er allein war.

Endlich kam ein Kammerdiener und bedeutete Latimer, ihm zu folgen. »Regent Saldur kann Euch jetzt empfangen, Herr.«

Wieder eine Hürde genommen, dachte Arcadius, während sie zur Treppe gingen. Der Diener eilte voraus und war schon fast im vierten Stock angekommen, als Arcadius den zweiten Treppenabsatz erreichte.

»Entschuldigung«, rief er zu ihm hinauf. Er stützte sich auf das Geländer, nahm die Brille ab und wischte sich den Schweiß von der Stirn. »Soll das Gespräch wirklich da oben stattfinden?«

»Der Regent sagte, ich solle Euch in sein Amtszimmer bringen.«

Der Professor nickte. »Gut, ich komme gleich.«

Wieder etwas geschafft.

Zwar war es unwahrscheinlich, dass Saldur in seinen Vorschlag einwilligen würde, aber seine Chancen verdreifachten sich mit jedem Treppenabsatz. In einem Audienzsaal voller geschwätziger Höflinge hätte er nur ungern gesprochen. Allerdings machte er sich auch unabhängig vom Ort des Gesprächs nur wenig Hoffnung. Wenn das Gespräch jedoch günstig verlief, brauchte er immerhin keine Schuldgefühle mehr zu haben und konnte die Last der Verantwortung abgeben. Eine Unterredung unter vier Augen mit dem Regenten war die beste Lösung. Saldur war ein Verstandesmensch, und Arcadius würde an seinen Sinn für Bildung appellieren. Doch als er oben ankam, war Saldur nicht allein.

»Aber natürlich brauchen wir eine Verteidigung im Süden«, sagte Ethelred gerade, als der Diener die Tür öffnete. »Dort lebt ein ganzes Volk von Goblins. Ihr kennt sie nicht, Saldi. Ihr wisst nicht ... äh ... ja? Was ist?«

»Hier ist Arcadius Latimer, Professor für Überlieferung an der Universität von Sheridan«, verkündete der Kammerdiener.

»Ach ja, der Lehrer«, sagte Ethelred.

»Er ist schon etwas mehr als ein Lehrer, Lanis«, verbesserte Saldur.

»Aber nein, überhaupt nicht«, wehrte Arcadius tapfer lächelnd ab. »Junge Menschen zu unterrichten ist meine vornehmste Aufgabe. Ich fühle mich geehrt.«

Er verbeugte sich vor den vier im Zimmer anwesenden Männern. Zu den beiden Regenten kamen noch zwei ihm unbekannte Personen. Eine davon trug allerdings die Kleidung eines Inquisitors der Kirche.

»Ihr hattet einen weiten Weg von Sheridan, Professor«, sagte Saldur, der an einem großen Schreibtisch saß. »Seid Ihr wegen der Festlichkeiten gekommen?«

»Nein, Euer Gnaden. In meinem Alter braucht es schon etwas mehr als Glockengebimmel und Zuckerwerk, um einen aus der warmen Stube in die winterliche Kälte hinauszulocken. Ich weiß nicht, ob Ihr es schon bemerkt habt, aber draußen liegt eine Menge Schnee.«

Arcadius sah sich um. An den Wänden standen Glasschränke mit kleinen Schlüssellöchern, gefüllt mit einigen hundert Büchern. Auf dem Boden lag, teilweise verdeckt durch Saldurs Schreibtisch, ein schöner, ziemlich bunter Teppich. Darauf war dargestellt, wie Novron die Welt erobert und Maribor seine Schwerthand führt.

»Euer Zimmer ist ... sehr aufgeräumt«, bemerkte er.

Saldur hob die Augenbrauen und lachte leise. »Richtig, jetzt erinnere ich mich an meinen Besuch bei Euch. Ich glaube, ich bin gar nicht durch die Tür gekommen.«

»Ich habe ein einzigartiges Ablagesystem.«

»Ich will ja nicht drängen, Professor, aber wir haben viel zu tun«, sagte Ethelred. »Weshalb habt Ihr Euch denn nun so weit in die Kälte hinausgewagt?«

»Also«, begann Arcadius und lächelte Saldur an, »ich hoffte eigentlich, Euch unter vier Augen zu sprechen, Euer Gnaden.« Er warf den beiden unbekannten Männern einen demonstrativen Blick zu. »Ich möchte über ein heikles Thema sprechen, das die Zukunft des Imperiums betrifft.«

»Das ist Inquisitor Luis Guy und neben ihm steht Baron Merrick Marius. Unseren künftigen Imperator Ethelred kennt Ihr vermutlich schon. Wenn Ihr über die Zukunft des Imperiums sprechen wollt, sind sie die richtigen Ansprechpartner.«

Arcadius machte eine längere Pause, nahm die Brille ab und säuberte sie langsam mit dem Ärmel. »Na ja, dann.« Er setzte die Brille wieder auf und ging zu einem Sessel. »Darf ich? Wenn ich zu lange stehe, tun mir die Füße weh.«

»Aber bitte«, sagte Ethelred sarkastisch. »Fühlt Euch wie zu Hause.«

Arcadius setzte sich mit einem Seufzer und holte tief Luft. »Ich habe über das Neue Imperium nachgedacht, das Ihr errichtet, und muss sagen, es gefällt mir.«

Ethelred schnaubte. »Na, Saldi, dann können wir ja wieder besser schlafen, jetzt, wo die Wissenschaft ihren Senf dazugegeben hat.«

Arcadius musterte ihn böse über den Rand seiner Brille. »Ich meinte, dass die Idee einer Zentralgewalt sinnvoll ist. Sie beendet die Streitigkeiten der Königreiche untereinander und schafft aus Chaos Harmonie.«

»Aber?«, fragte Saldur auffordernd.

»Aber was?«

»Ich spüre doch, dass Ihr etwas auszusetzen habt«, sagte Saldur.

»Richtig, aber greift mir bitte nicht vor, sonst geht die ganze Wirkung verloren. Ich bin tagelang durch Schnee und Eis geritten, habe mich auf dieses Gespräch vorbereitet und möchte die Dramatik meiner Worte jetzt auch voll auskosten.«

Arcadius zupfte seine Ärmel zurecht und wartete genau so lange, bis er wieder die volle Aufmerksamkeit der anderen hatte. »Mich würde interessieren, ob Ihr Euch schon Gedanken um einen Nachfolger gemacht habt.«

»Einen Nachfolger?«, platzte Ethelred heraus, der sich auf die Kante von Saldurs Schreibtisch gesetzt hatte.

»Richtig, also einen Erben, der einmal die Herrschaft übernehmen kann. Die meisten Throne gehen wieder verloren, weil man das nicht genügend bedacht hat.«

»Ich bin noch nicht einmal gekrönt und Ihr jammert schon, dass ich noch keinen Erben in die Welt gesetzt habe?«

Arcadius seufzte. »Es geht mir nicht um *Euren* Erben. Das Imperium ruht auf einem Fundament des Glaubens – des Glaubens daran, dass ein Nachfahre Novrons auf den Thron zurückgekehrt ist. Wenn dieser Stammbaum aber abbricht, könnte der Zusammenhalt des Reiches gefährdet sein.«

»Was wollt Ihr damit sagen?«, fragte Ethelred.

»Nur eins: Wenn Modina ein Unglück zustoßen sollte und sie kein leibliches Kind hinterlässt, hättet Ihr Euren größten Trumpf verloren. Der Stammbaum Novrons würde enden und ohne diese selbst schon etwas weit hergeholte Rechtfertigung könnte das Reich zerfallen. Das Imperium von Glenmorgan hatte nur drei Generationen lang Bestand. Wie lange wird das neue Reich sich halten, wenn nur ein Sterblicher an der Spitze steht?«

»Wie kommt Ihr darauf, der Imperatorin könnte etwas zustoßen?«

Arcadius lächelte. »Sagen wir nur, ich kenne die Menschen, und wer etwas ändern will, muss Opfer bringen. Mich treibt die Furcht um, Ihr könntet irrtümlich glauben, Modina nicht mehr zu brauchen, sobald Ethelred den Thron bestiegen hat. Ich möchte Euch eindringlich davor warnen, diesen schweren, womöglich tödlichen Fehler zu begehen.«

Saldur wechselte einen Blick mit Ethelred, was den Professor in seinem Verdacht bestätigte.

»Doch habt Ihr nichts zu fürchten, meine Herren, denn ich kann Euch eine Lösung vorschlagen.« Arcadius schenkte ihnen ein entwaffnendes Lächeln, das die Lachfältchen an seinen Augen betonte und genauso seine runden Wangen, die, wie er vermutete, noch von der Reise gerötet waren. »Sie besteht darin, dass Modina bereits ein Kind geboren hat.«

»Wie bitte?«, sagte Ethelred. Er stand auf und auf seinem

Gesicht wechselten sich die verschiedensten Gefühle ab.

»Soll das heißen, meine Verlobte, die Imperatorin, hatte eine Affäre?«

»Ich will nur sagen, wenn sie schon ein Kind hätte – ein Kind, das schon vor Jahren geboren wurde und nicht mehr auf die Mutter angewiesen ist –, könnte das nicht nur Euch das Leben wesentlich erleichtern. Es würde auch die künftige Einheit des Reiches unter einem leiblichen Nachkommen Novrons sicherstellen.«

»Drückt Euch klarer aus, Mann!«, rief Ethelred erregt. »Wollt Ihr etwa andeuten, es gebe ein solches Kind?«

»Ich sage nur, es könnte ein solches Kind geben.« Arcadius ließ den Blick über die Gesichter der Anwesenden wandern und wandte sich Saldur zu. »Modina ist genauso wenig ein Nachkomme Novrons wie ich, aber das spielt keine Rolle. Entscheidend ist allein, was ihre Untertanen glauben. Wenn sie glauben, dass Modina ein Kind hat, kann man den Vorwand des Erben aufrechterhalten, und die Massen werden zufrieden sein. Wenn die Thronfolge sichergestellt ist, wäre ein Unfall der Imperatorin nicht mehr ganz so schlimm. Ihre Freunde würden sie natürlich betrauern, aber es bestünde weiter Hoffnung – Hoffnung in Gestalt eines Kindes, das ihr eines Tages auf den Thron nachfolgen kann.«

»Ihr sprecht da eine interessante Frage an«, sagte Ethelred. »Modina war in letzter Zeit öfter … krank, aber sie könnte bestimmt noch lange genug leben, um ein Kind auszutragen, was meint Ihr, Saldi?«

»Ich sehe keinen Grund, der dagegen spräche. Das ließe sich arrangieren.«

Der Professor schüttelte den Kopf wie über die falsche Antwort eines Schülers. »Aber wenn sie während der Geburt stirbt? So etwas passiert oft und wäre in diesem wichtigen Fall ein zu großes Risiko. Wollt Ihr wirklich alles aufs Spiel setzen, was Ihr erreicht habt? Ein Kind, das die Imperatorin geboren hat, bevor sie Ethelred kannte, müsste Ethelreds Ruf auch gar nicht schaden. Im Gegenteil, es würde seine Stellung festigen. Ethelred könnte erklären, seine Liebe zu Modina sei so groß, dass er das Kind aufziehen würde wie sein eigenes. Die Menschen würden ihn dafür lieben.«

Arcadius machte eine Pause, dann fuhr er fort: »Nehmt ein gesundes Kind und unterrichtet es in Philosophie, Theologie, Poesie, Geschichte und Mathematik. Lehrt es, das Gemeinwesen, die Wirtschaft und die Kultur zu verstehen. Macht es zum gebildetsten Anführer, den die Welt je hatte. Stellt Euch vor, was ein Reich leisten kann, das von einer Geistesgröße regiert wird und nicht von dem Gauner mit dem größten Stock.

Wenn Ihr ein besseres Reich wollt, müsst Ihr ihm auch einen besseren Herrscher geben. Den könnt Ihr von mir bekommen. Ich kann Euch ein Kind geben, mit dessen Erziehung ich bereits begonnen habe und die ich auch weiterführen werde. Ich kann dieses Kind in Sheridan aufziehen, weit entfernt vom Getriebe des Hofes. Wir brauchen schließlich kein von Geburt an verwöhntes und verdorbenes Kind, sondern einen starken, teilnahmsvollen Anführer ohne Verbindungen zum Adel.«

»Der tut, was Ihr ihm sagt«, fügte Luis Guy vorwurfsvoll hinzu.

Arcadius lachte leise. »Es stimmt, dass ein solches Kind mich womöglich mag. Aber auch wenn ich für jemanden meines Alters eine ziemlich gute Figur mache, bin ich doch ein alter Mann, der bald sterben wird. Wahrscheinlich bin ich längst tot, wenn das Kind den Thron besteigt, Ihr braucht meinen Einfluss also nicht zu fürchten.

Außerdem will ich gar nicht der einzige Lehrer des Kindes sein. Das wäre auch ganz unmöglich, wenn die Erziehung erfolgreich sein soll. Eine Aufgabe dieser Größe würde die Mitarbeit von Historikern, Ärzten, Ingenieuren und sogar Kaufleuten erfordern. Ihr könntet nach Belieben Eure eigenen Lehrer schicken. Ich würde hoffen, dass auch Ihr selbst zu ihnen gehört, Regent Saldur. Schließlich habe ich den Eindruck, dass ein Großteil der Vision des Neuen Imperiums von Euch stammt. Wenn die Hochzeit erst vorbei ist und alles seinen geordneten Weg nimmt, könntet Ihr Euch zu uns nach Sheridan gesellen. Ihr könntet sie in Dingen unterrichten, für die Ihr der beste Lehrer seid.«

»Sie?«, fragte Ethelred.

»Wie bitte?« Arcadius sah ihn wieder über seine Brille hinweg an.

»Ihr sagtet *sie*. Sprecht Ihr von einem Mädchen?«

»Ja, doch. Das Kind, das ich vorschlage, ist ein Waisenmädchen, das ich vor einiger Zeit in meine Obhut genommen habe. Sie ist außergewöhnlich intelligent und kann mit fünf bereits lesen und schreiben. Es handelt sich um ein ganz reizendes und außergewöhnlich vielversprechendes Kind.«

»Aber ... ein *Mädchen*?« Ethelred klang verächtlich. »Was nützt uns ein Mädchen?«

»Mein Amtskollege hat leider recht«, sagte Saldur. »Sobald sie heiratet, würde ihr Mann regieren und Eure ganze Erziehungsarbeit wäre umsonst. Bei einem Jungen dagegen ...«

»Es gibt genügend Waisenjungen«, erklärte Ethelred. »Findet uns einen, der gut aussieht, und wir machen dasselbe mit ihm.«

»Mein Angebot gilt nur für *dieses* Mädchen.«

»Warum?«, fragte Guy.

Der Ton seiner Frage gefiel Arcadius nicht. »Weil sie meiner Meinung nach das Zeug zu einer außergewöhnlichen Herrscherin hat, einer Herrscherin, die ...«

»Aber sie ist ein Mädchen«, beharrte Ethelred.

»Wie die Imperatorin Modina auch.«

»Soll das heißen, Ihr würdet Euch weigern, ein anderes Kind zu unterrichten?«, fragte Saldur. »Ein Kind unserer Wahl?«

»Ja.« Arcadius legte seine ganze Überzeugung in dieses eine Wort und es klang wie ein Ultimatum. Durch den Wert des Wissens, das nur er vermitteln konnte, wollte er die anderen für sich gewinnen, aber er sah die Antwort auf ihren Gesichtern, noch bevor sie ausgesprochen wurde.

Wenigstens zeigte Saldur eine gewisse Rücksicht und dankte ihm höflich dafür, dass er sie auf das Problem aufmerksam gemacht hatte. Er wurde nicht eingeladen, zu Wintertid zu bleiben, und der Blick, mit dem Luis Guy ihn ansah, als er ging, verursachte ihm Unbehagen.

Er war mit seinem Plan gescheitert.

Royce wartete geduldig.

Er hatte am Morgen auf dem Platz des Imperiums mit Händlern gesprochen, die den Palast regelmäßig mit Lebensmitteln belieferten, als der alte Einspänner an ihm vorbei und durch das Tor zum Palast gefahren war. Er hatte ihn sofort erkannt und sich gewundert, was sein Besitzer hier zu suchen hatte.

Der Hof des Palasts bot nicht genug Platz für die vielen Kutschen der Besucher, die zu Wintertid eintrafen, der Einspänner war deshalb schon bald zurückgekehrt und hatte an der Umfassungsmauer Halt gemacht. Neben den anderen, vornehmen Kutschen wirkte er mit seinen Rädern, von denen die Farbe abgeblättert war, den verschrammten Seiten und den zerknitterten Vorhängen fehl am Platz.

Royce wartete geduldig. Erst einige Stunden später sah er den alten Mann aus dem Palast kommen und zu seinem Gefährt zurückkehren.

»Was zum ...«, begann Arcadius und fuhr zurück. In der Kutsche saß Royce.

Der Dieb hielt den Finger an die Lippen.

»Was habt Ihr hier zu suchen?«, flüsterte Arcadius. Er stieg ein und schloss die Tür hinter sich.

»Dieselbe Frage wollte ich Euch stellen«, sagte Royce ruhig.

»Wohin, Professor?«, rief der Kutscher und kletterte auf den Bock. Der Wagen schwankte unter seinem Gewicht.

»Äh ... fahrt einfach einmal um die Stadt herum, Justin.«

»Um die Stadt, Herr?«

»Ja. Ich würde sie mir vor der Abreise gerne noch ansehen.«

»Wie Ihr wünscht, Herr.«

Der Wagen setzte sich mit einem Ruck in Bewegung. »Und?«, setzte Royce nach.

»Rektor Lambert wurde an dem Tag krank, an dem er zu den Feierlichkeiten nach Aquesta aufbrechen wollte. Er konnte nicht fahren, hielt aber eine persönliche Entschuldigung für angemessen und bat ausgerechnet mich, sein Bedauern zu übermitteln. Und Ihr?«

»Wir haben den Erben gefunden.«

»Ach ja?«

»Ja, obwohl Ihr meintet, das sei schwer.« Royce setzte seine Kapuze ab und zog die Handschuhe einzeln von den Fingern ab. »Und als Hadrian herausfand, dass er der Leibwächter des Erben war, wusste er auch, was er sich als Geschenk zu Wintertid wünschte – den Erben Novrons.«

»Und wo ist dieses geheimnisvolle Fabelwesen?«

»Unmittelbar unter uns, wie sich herausgestellt hat. Wir ermitteln den genauen Aufenthaltsort zwar noch, aber vermutlich schmachtet Gaunt im Kerker des Palasts. Er soll an Wintertid hingerichtet werden. Wir wollten ihn eigentlich davor befreien.«

»Degan Gaunt ist der Erbe?«

»Schöne Ironie, was? Der Anführer der Nationalisten, der gegen das Imperium kämpft, ist in Wirklichkeit zu dessen Herrscher bestimmt.«

»Ihr sagtet, Ihr wolltet ihn eigentlich befreien ... ist dieser Plan also nicht mehr aktuell?«

»Nein. Hadrian hat mit den Regenten eine Abmachung getroffen. Die Regenten haben ihn zum Ritter befördert, ausgerechnet. Offenbar haben sie ihm versprochen, Gaunt freizulassen, wenn er das Turnier gewinnt. Ich weiß allerdings nicht, ob ich ihnen trauen kann.«

Die Kutsche rollte durch die Straßen und einen Hügel hinauf. Das Pferd wurde langsamer und eine offene Reisetasche von Arcadius fiel auf den Boden, wo sich bereits seine restlichen Kleider, ein Haufen Bücher, Schuhe und ein Berg von Decken versammelt hatten.

»Habt Ihr in Eurem Leben überhaupt schon mal etwas weggeworfen?«, fragte Royce.

»Nein, warum? Ich würde es ja doch gleich wieder zurückholen. Hadrian ist also im Palast – aber was macht Ihr hier? Wie ich hörte, wurde Medford niedergebrannt. Solltet Ihr nicht nach Gwen sehen?«

»Das habe ich schon getan. Es geht ihr gut. Sie ist vorübergehend in die Winde-Abtei gezogen. Da fällt mir ein: Bleibt hier in der Gegend. Wenn alles gut geht, könnt Ihr uns zur Hochzeit begleiten.«

»Welcher Hochzeit?«

»Meiner. Ich habe Gwen endlich gefragt, und ob Ihr es glaubt oder nicht, sie hat zugestimmt.«

»Tatsächlich?« Arcadius langte nach einer Decke und zog sie sich über die Beine.

»Ja, obwohl wir doch beide glaubten, sie würde es nicht tun. Könnt Ihr Euch mich als Ehemann und Vater vorstellen?«

»Vater? Ihr habt über Kinder gesprochen?«

»Sie will welche und hat sogar schon Namen ausgesucht.«

»Ach ja? Und was sagt Ihr dazu? Ein Alltag mit quengelnden Kindern könnte die größte Herausforderung werden, vor der Ihr bisher gestanden habt. Und wenn Euch das nicht zusagt, könnt Ihr nicht einfach verschwinden.« Der Alte legte den Kopf in den Nacken und sah Royce mit leicht geöffnetem Mund über seine Brille hinweg an. »Seid Ihr sicher, dass Ihr das wollt?«

»Ihr habt mir jahrelang zugesetzt, ich solle mir eine brave Frau suchen. Und jetzt wollt Ihr mir Gwen madig machen? Ich weiß, dass ich keine bessere finde.«

»Nein, das wollte ich nicht. Ich kenne nur Euer Temperament und weiß nicht, ob die Rolle des Familienvaters Euch ausfüllen würde.«

»Wollt Ihr mich von der Ehe abschrecken? Ich dachte, ich sollte sesshaft werden. Außerdem war ich, als Ihr mich kennenlerntet, ein ganz anderer Mensch.«

»Ich weiß«, sagte der Zauberer nachdenklich. »Ihr wart wie ein tollwütiger Hund, der nach allem und jedem schnappt. Mein genialer Einfall, Euch Hadrian zum Gefährten zu geben, hat offensichtlich Wunder gewirkt. Ich wusste, dass seine hochherzige Gesinnung Euch milder machen würde.«

»Na ja, man braucht nur lange genug mit jemandem zu reisen und schon übernimmt man dessen schlechte Gewohnheiten. Ihr habt ja keine Ahnung, wie oft ich Hadrian am Anfang unserer gemeinsamen Arbeit am liebsten getötet hätte. Ich habe es nie getan, weil ich dachte, einer unserer Aufträge würde das für mich tun, aber irgendwie hat er überlebt.«

»Ich freue mich jedenfalls, dass Ihr zueinandergefunden habt. Gwen ist eine wunderbare Frau und du hast ganz recht – besser hättest du es nicht treffen können.«

»Ihr wartet also?«

»Leider nein. Ich habe Befehl, sofort zurückzukehren.«

»Aber Ihr kommt doch später noch zur Winde-Abtei, ja? Ohne Euch wäre es ja wie ohne meinen Va ... zumindest ohne einen Onkel.«

Arcadius lächelte, aber es wirkte angestrengt. Nach einem

kurzen Moment des Schweigens verschwand das Lächeln wieder.

»Was ist?«, fragte Royce.

»Äh ... nichts.«

»Na, ich kenne diesen Blick doch. Was habt Ihr, alter Knabe?«

»Ach ... wahrscheinlich gar nichts.«

»Heraus damit.«

»Ich habe gerade mit den Regenten gesprochen. Bei ihnen waren ein Inquisitor namens Luis Guy und ein zweiter Mann, der nichts gesagt hat. Ich habe ihn noch nie gesehen, kannte aber seinen Namen. Ihr habt früher oft von ihm gesprochen.«

»Wer ist es?«

»Er wurde mir als Baron Merrick Marius vorgestellt.«

13

Das Haus in der Heidestraße

Minte zitterte vor Kälte.

Der frühmorgendliche Wind drang durch den groben Leinenstoff um seine Schultern wie durch ein Fischernetz. Seine Nase lief, die Ohren spürte er schon gar nicht mehr. Die Finger, die er inzwischen unter die Achseln gesteckt hatte, waren nicht mehr taub, sondern brannten. Er hatte vor den eisigen Böen Zuflucht im zurückgesetzten Eingang einer Hutmacherei gesucht, aber seine Füße standen in tiefen Schneewehen und waren nur durch eine doppelte, mit Stroh ausgestopfte Lage Stoff geschützt. Doch hatte die Mühe sich gelohnt, wenn er herausbekam, wer im Haus gegenüber wohnte und ob er genauso hieß wie der, nach dem der Fremde mit der Kapuze sich erkundigt hatte.

Der Fremde, der Grim hieß – oder Baldwin? –, hatte demjenigen fünf Silbertaler versprochen, der den Mann ausfindig machte, den er suchte. Angesichts der vielen Fremden in der Stadt war es keine leichte Aufgabe, eine einzelne Person zu finden, aber Minte kannte die Stadt wie seine Westentasche. Grim – wenn er denn Grim hieß – hatte den Gesuchten als vornehm gekleideten Herrn beschrieben, der oft den Palast aufsuchte. Minte hatte deshalb sofort das Gefühl gehabt, dass er im Bergviertel suchen musste. Elbrecht überprüfte die Herbergen und Brand beobachtete den Eingang zum Palast, aber Minte war überzeugt, dass jemand mit Verbindungen zum Palast am ehesten in der Heidestraße wohnte.

Er betrachtete das Haus auf der anderen Straßenseite. Eingeklemmt zwischen zwei anderen Häusern, war es sehr schmal und hatte nur zwei Stockwerke. Es war nicht so prächtig wie andere Residenzen, aber immer noch stattlich, ganz aus Stein erbaut und mit mehreren Glasfenstern, durch die man tatsächlich hindurchsehen konnte. Von den anderen Häusern der Straße unterschied es sich hauptsächlich durch das Relief eines Dolchs mit Eichenlaub über der Tür und den auffälligen Mangel an Schmuck für Wintertid. Zwischen den anderen, mit Wimpeln und Girlanden herausgeputzten Häusern wirkte es geradezu kahl. Früher hatte es Baron Dermont gehört, der allerdings im vergangenen Sommer im Kampf um Rehagen gefallen war. Minte hatte die Kinder, die in der Straße bettelten, nach dem jetzigen Besitzer gefragt, doch sie wussten nur, dass er in einer schönen Kutsche fuhr und einen Kutscher in der Livree des Imperiums und drei Bedienstete hatte. Sowohl der Hausherr als auch seine Angestellten waren neu in Aquesta und lebten sehr zurückgezogen.

»Es muss das richtige Haus sein«, murmelte Minte und vor seinem Mund bildete sich eine kleine Wolke. Er stand an diesem Morgen unter einigem Druck, denn er musste die Belohnung unbedingt bekommen – um Kines willen.

Minte lebte auf der Straße, seit er sechs war. Damals war es noch leicht gewesen, Almosen zu bekommen, doch das wurde mit jedem Jahr schwerer. Die Konkurrenz in der Stadt war groß, vor allem jetzt, mit den vielen Flüchtlingen. Dass er noch lebte, verdankte er Elbrecht, Brand und Kine. Elbrecht hatte ein Messer und Brand hatte in einem Kampf um ein Hemd schon einmal einen Jungen getötet, weshalb andere es sich zweimal überlegten, bevor sie sich mit ihm anlegten. Am engsten befreundet war Minte allerdings mit Kine, dem besten Taschendieb der vier.

Kine war vor ein paar Wochen krank geworden. Er erbrach sich ständig und schwitzte, als sei es Sommer. Sie gaben ihm alle von ihrem Essen ab, aber es ging ihm trotzdem nicht besser. In den vergangenen drei Tagen hatte er ihr Versteck überhaupt nicht mehr verlassen können. Jedes Mal, wenn Minte ihn sah, wirkte er noch kränker, bleicher, dünner und fleckiger. Und er zitterte ständig. Elbrecht kannte die Krankheit und meinte, sie sollten kein Essen mehr an ihn verschwenden, weil er sowieso bald sterben würde. Minte gab ihm trotzdem weiter von seinem Brot ab, aber sein Freund aß es kaum noch. Er aß überhaupt nicht mehr viel.

Minte überquerte die Straße; um sich vor dem eisigen Wind zu schützen, duckte er sich in den Windschatten rechts der Eingangstreppe des Hauses. Er sank unerwartet tief in den Schnee ein und fiel, mit den Armen um sich schlagend, eine kurze Treppe hinunter, die offenbar zu einem Rübenkeller führte. Auf dem Rücken blieb er liegen. Geblendet von der Schneewolke, die er aufgewirbelt hatte, streckte er tastend die steifgefrorenen Hände aus. Er spürte eine Türangel, suchte weiter und berührte ein großes Schloss, mit dem die Tür abgesperrt war.

Er stand auf und klopfte sich den Schnee von den Kleidern. Dabei fiel sein Blick auf einen Spalt unter der Treppe, eine Art Abfluss. Durch seinen Sturz hatte er ihn freigelegt. Da er in diesem Moment den Wagen des Fleischers kommen hörte, schlüpfte er rasch hinein.

»Was darf es heute sein?«
»Gans.«
»Kein Rind? Kein Schwein?«
»Da morgen die Blutwoche beginnt, warte ich damit noch.«

»Ich kann Euch auch einige schmackhafte Tauben und zwei Wachteln anbieten.«

»Dann nehme ich die Wachteln. Die Tauben könnt Ihr behalten.«

Minte hatte seit dem Morgen des Vortags nichts mehr gegessen und bei dem Gespräch über das Essen meldete sich sein Magen.

»Sehr wohl, Jenkins. Und Ihr seid sicher, dass Ihr sonst nichts braucht?«

»Ja, das ist alles.«

Jenkins, dachte Minte, so heißt wahrscheinlich der Diener, nicht der Hausherr.

Schritte kamen die Treppe herunter und Minte hielt die Luft an. Der Diener fegte mit einem Besen den Schnee von der Kellertür und schloss sie auf, damit der Fleischer seine Sachen hineintragen konnte.

»Es ist eisig hier draußen«, brummte Jenkins und verschwand außer Sicht.

»Jawohl, Herr, in der Tat.«

Der Gehilfe des Fleischers trug die bereits gerupfte und geköpfte Gans in den Keller hinunter und kehrte zum Wagen zurück, um die Wachteln zu holen. Die Kellertür stand offen. Ob nun wegen der Kälte, vor Hunger oder weil die fünf Silbertaler ihn lockten – oder aus allen drei Gründen –, jedenfalls huschte Minte, einer spontanen Eingebung folgend, wieselflink in den Keller. Er duckte sich hinter einige nach Kartoffeln riechende Säcke und unterdrückte sein Keuchen. Der Fleischergehilfe kam mit den Wachteln, hängte sie an den Füßen auf und verschwand wieder. Die Tür schlug zu und Minte hörte, wie das Schloss sich drehte.

Nach der grellen Sonne und dem weißen Schnee sah er zunächst gar nichts mehr. Er tat keinen Mucks und lauschte. Über seinem Kopf hörte er die Schritte des Dieners, aber sie wurden rasch leiser. Dann war es ganz still. Er wusste, dass er nicht unbemerkt aus dem Keller entkommen konnte, wollte sich darum aber noch keine Sorgen machen. Er würde einfach bei der nächsten Lieferung nach draußen schlüpfen. Wenn er die anderen überraschte, gelang ihm das bestimmt, und wenn er erst draußen war, holte ihn niemand mehr ein.

Er stellte fest, dass seine Augen sich an das schwache Licht gewöhnt hatten, das durch die Ritzen der Kellertür drang, und sah sich um. Der Keller war kalt, allerdings mild im Vergleich zur Straße, und überall standen Kisten, Säcke und Krüge. Von der Decke hingen Speckseiten und in einer kleinen, mit Stroh ausgepolsterten Kiste lagen mehr Eier, als er zählen konnte. Er schlug eins davon über seinem Mund auf und verspeiste es. Daneben sah er einen Krug mit Milch. Er nahm zwei große Schlucke, die vor allem aus dickem, süßem Rahm bestanden. Vor Wonne begann er zu grinsen. Er ließ den Blick über die vielen verschiedenen Gefäße wandern. Ihm war, als hätte er sich in eine Schatzkammer verirrt. Er konnte hier bleiben, sich hinter den Stapeln von Nahrungsmitteln verstecken, auf den Säcken schlafen und sich mit Essen vollstopfen, bis er dick und rund war. Auf der Suche nach weiteren Köstlichkeiten stieß er in einem Regal auf einen Topf mit Sirup. Er wollte ihn gerade öffnen, da hörte er über sich Schritte und gedämpfte Stimmen. »Ich werde den restlichen Tag im Palast verbringen.«

»Ich lasse sofort die Kutsche vorfahren, Herr.«

»Und ich will, dass Ihr zusammen mit Poe diesen Anhänger zum Silberschmied bringt. Er soll ein Duplikat davon anfertigen. Aber lasst ihn nicht mit dem Anhänger allein. Bleibt bei ihm und seht ihm bei der Arbeit zu. Der Anhänger ist äußerst wertvoll.«

»Jawohl, Herr.«

»Und heute Abend bringt Ihr ihn wieder mit. Wahrscheinlich müsst ihr damit ein paar Mal zum Silberschmied.«

»Aber Euer Abendessen, Herr. Poe kann doch bestimmt allein ...«

»Ich esse im Palast. Poe will ich etwas so Wichtiges nicht anvertrauen. Er kommt nur zu Eurem Schutz mit.«

»Aber er ist doch noch kaum erwachsen, Herr ...«

»Das ist egal, tut einfach, was ich sage. Wo ist Dobbs?«

»Er macht die Schlafzimmer sauber.«

»Nehmt ihn ebenfalls mit. Ihr werdet den ganzen Tag weg sein und ich will nicht, dass er allein hierbleibt.«

»Jawohl, Herr.«

Herr, Herr!, hätte Minte am liebsten ärgerlich gerufen. *Nennt den Kerl doch beim Namen!*

Er lauschte längere Zeit, bis er zu dem Schluss kam, dass das Haus leer war. Dann ging er durch den Keller, stieg die Treppe hinauf und drückte die Klinke der Tür zum Haus. Die Tür ging auf. Lautlos schlüpfte er hindurch. Ein Dielenbrett knarrte unter seinem Gewicht und er erstarrte in Panik, doch nichts weiter geschah.

Er stand allein in der Küche. Überall lag Essen: Brot, Essiggurken, Eier, Käse, Rauchfleisch und Honig. Minte nahm sich im Vorbeigehen von allem etwas. Natürlich aß er auch sonst Brot, aber dieses war im Vergleich mit dem drei Tage alten Zwieback, den er gewöhnt war, wunderbar weich. Die Gurken schmeckten würzig und der Käse war köstlich. Das Fleisch war vom Räuchern zwar etwas hart, aber ebenfalls eine seltene Delikatesse. Auch ein kleines Fass Bier entdeckte er, das beste Bier, das er je getrunken hatte. Beim Verlassen der Küche war er beschwipst und pappsatt. In der einen Hand hielt er ein Stück Pastete, in der anderen eine Käseecke. In seiner Tasche steckte ein Streifen Räucherfleisch.

Innen war das Haus viel prächtiger als außen. Die Wände waren mit Stuck, Holzschnitzereien, erlesenen Wandteppichen und Seidenvorhängen geschmückt. Im Salon brannte ein Feuer. Die Scheite knackten leise und erfüllten das ganze Erdgeschoss mit ihrer Wärme. Ein Schränkchen aus Kirschholz beherbergte Kristallgläser, auf Tischen standen dicke Kerzen und Figürchen und die Regale waren mit Büchern gefüllt. Minte hatte noch nie ein Buch in der Hand gehalten. Er aß die Pastete auf, stopfte den Käse in die andere Tasche und zog eins heraus. Es war dick und schwerer, als er erwartet hatte. Als er es öffnen wollte, rutschte es ihm durch die fettigen Finger und fiel mit einem dumpfen Schlag auf den Boden. Der Schlag hallte durch das ganze Haus. Minte erstarrte, hielt die Luft an und wartete auf Schritte oder Rufe.

Stille.

Er hob das Buch auf, strich über den gewölbten Rücken aus Leder und bewunderte die goldenen Buchstaben auf dem Deckel. Unwillkürlich stellte er sich vor, es handle sich um magische Worte, mit deren Hilfe man zu Wohlstand und ewigem Leben gelangen konnte. Ein wenig bedauernd stellte er das Buch ins Regal zurück und ging zur Treppe.

Er stieg zum ersten Stock hinauf, in dem verschiedene Schlafzimmer lagen. Das größte davon schloss an ein Studierzimmer mit einem Schreibtisch und weiteren Büchern an. Auf dem Schreibtisch lagen Pergamente mit noch mehr geheimnisvollen Worten. Er nahm eins davon hoch, drehte es hin und her und stellte es auf den Kopf, um vielleicht aus einem anderen Blickwinkel in das Geheimnis der Buchstaben einzudringen. Doch leider vergeblich. Er ließ das Pergament fallen und wollte schon gehen, da erregte etwas Helles seine Aufmerksamkeit.

Aus einem Kleiderschrank drang ein seltsamer Schein. Minte starrte den Schrank längere Zeit an, bevor er es wagte, ihn zu öffnen. Er war mit Westen, Röcken und Mänteln gefüllt. Doch dann sah Minte das Gewand – jemand hatte es ganz nach hinten geschoben und es schimmerte wie aus eigener Kraft. Fasziniert streckte Minte die Hand aus und berührte es zögernd. Noch nie hatte sich ein Stoff so angefühlt – glatter als polierter Stein und weicher als eine Daunenfeder. Im selben Moment, in dem er den Stoff anfasste, änderte dieser seine Farbe von einem dunklen, silbrig schimmernden Ton zu einem verführerischen Purpurrot. An der Stelle, an der seine Finger den Stoff berührten, leuchtete er am hellsten.

Minte sah sich aufgeregt um. Er war immer noch allein. Einem Impuls folgend, zog er das Gewand, eine Art Mantel, heraus, und da der Saum über die Dielen schleifte, hängte er es sich über den Arm. Es erschien ihm nicht als richtig, dass es den Boden berührte. Er wollte es schon anziehen und hatte bereits einen Arm in den Ärmel gesteckt, da hielt er inne. Der Mantel fühlte sich kalt an und hatte sich dunkelblau, fast schwarz verfärbt. Er zog den Arm wieder heraus und sofort leuchtete der Mantel wieder herrlich purpurrot.

Minte erinnerte sich daran, dass er nicht hier war, um etwas zu stehlen.

Dabei hatte er prinzipiell nichts gegen das Stehlen. Er klaute die ganze Zeit aus den Taschen anderer und auf Märkten und raubte sogar Betrunkene aus. Aus einem Haus hingegen hatte er noch nie etwas entwendet – erst recht nicht aus einem Haus in der Heidestraße. Adligen etwas zu stehlen war gefährlich, wobei ihm die Behörden noch am wenigsten Sorgen machten. Wenn die Diebeszunft ihm auf die Schliche kam, bestrafte sie ihn schlimmer als jeder Richter. Niemand regte sich auf, wenn ein halb verhungerter Junge etwas zu essen klaute, aber ein Mantel war etwas anderes. Die vielen Bücher und Pergamente im Haus ließen außerdem vermuten, dass der Besitzer ein Zauberer oder Hexenmeister war.

Es war zu riskant.

Was soll ich auch damit anfangen?

Auch wenn er Brand den Unerschrockenen damit in den Schatten stellen konnte, er konnte das Gewand sowieso nicht anziehen. Es war ihm zu groß und er hätte sich nie getraut, es zu kürzen. Und selbst wenn er das hingekriegt hätte, hätte er damit doch in der Stadt sämtliche Blicke auf sich gezogen. Nein, das Risiko war ihm zu hoch. Er wollte es schon zurückhängen, da verfärbte der Stoff sich erneut blauschwarz. Er zog den Arm, mit dem er es hielt, aus dem Schrank und es leuchtete wieder auf. Verwirrt, aber entschlossen hängte er es zurück. Doch sobald er es losließ, fiel es hinunter. Er hängte es wieder auf und es fiel wieder hinunter.

»Na gut, dann bleib eben liegen«, sagte er und wandte sich zum Gehen.

Augenblicklich erstrahlte das Gewand in einem grellen Weiß. Jeder Winkel des Zimmers war hell ausgeleuchtet. Minte fuhr erschrocken herum und kniff geblendet die Augen zusammen.

»Ist ja gut, hör auf!«, rief er und aus dem Weiß wurde wieder ein dunkles Blau.

Minte rührte sich nicht, sondern starrte nur das im Schrank liegende Gewand an. Der Schein pulsierte, wurde abwechselnd stärker und schwächer, als atme der Stoff. Er betrachtete es eine Weile, fand aber keine Erklärung.

Langsam trat er näher und hob es auf. »Soll ich dich mitnehmen?«

Das Gewand leuchtete in schönstem Purpurrot.

»Kann ich dich tragen?«

Dunkelblau.

»Ich soll dich also einfach nur klauen?«

Purpurrot.

»Du gehörst nicht hierher?«

Blau.

»Du bist hier gegen deinen Willen eingesperrt?«

Das Gewand leuchtete in einem so kräftigen Rot auf, dass Minte wieder die Augen zusammenkneifen musste.

»Aber auf dir ... na, du weißt schon ... liegt kein Fluch? Du tust mir nichts, oder?«

Blau.

»Hast du was dagegen, wenn ich dich zusammenfalte und in mein Hemd stopfe?«

Purpurrot.

So groß das Gewand auch war, es ließ sich ganz leicht zusammenlegen. Minte stopfte es sich oben ins Hemd und sah damit aus wie ein Mädchen mit einem großen Busen. Und weil er schon das Gewand klaute, ließ er gleich noch eine Handvoll Pergamente mitgehen und stopfte sie ebenfalls in sein Hemd. Solange die Bewohner weg waren, erfuhr er sowieso nicht, wer hier wohnte, und er wollte auch nicht bleiben, bis sie den Diebstahl entdeckten. Außerdem sah dieser Grim aus wie ein Mann, der lesen konnte oder zumindest jemanden kannte, der es konnte. Vielleicht fand er den gesuchten Namen in den Pergamenten, so dass Minte seine Belohnung bekam.

Royce saß auf der Tribüne auf dem Platz des Imperiums und beobachtete das Treiben der Stadt. Bis Wintertid waren es nicht einmal mehr zwei Wochen und in der Stadt wimmelte es von Pilgern. Sie bevölkerten den Platz mit seinen Geschäften und Straßenhändlern und erfüllten die Luft mit ihrem Geschrei. Wohlhabende, in Decken gehüllte Kaufleute waren in Kutschen unterwegs und bestaunten die verschiedenen Sehenswürdigkeiten. Fahrende Handwerker, die ihre Werkzeuge geschultert hatten, sahen sich nach Arbeit um und wurden von ihren ortsansässigen Konkurrenten misstrauisch beäugt. Ärmlich gekleidete Bauern, die Aquesta besuchten, um die heilige Imperatorin zu sehen, standen in Gruppen zusammen und bestaunten ehrfürchtig ihre Umgebung.

Verrat in Medford, las Royce auf einem Plakat vor einem kleinen Theater. Das Stück sollte in der Woche vor dem Wintertid-Abend täglich aufgeführt werden. Den Ausrufern auf der Straße zufolge handelte es sich um eine imperiumsfreundliche Version des populären Stückes *Der Thron von Melengar*, das von den Behörden verboten worden war. In der neuen Version beschlossen der intrigante Prinz und seine Schwester, eine Hexe, offenbar, ihren Vater zu ermorden, und nur der brave Großherzog wehrte sich gegen ihre finsteren Machenschaften.

Vier achtköpfige Patrouillen waren auf den Straßen unterwegs und überprüften sämtliche Plätze im Stundentakt. Sie griffen schnell und mit aller Härte durch. Schwerbewaffnet und in Kettenhemden, schlugen sie jeden Unruhestifter oder Verdächtigen brutal zusammen und schafften ihn weg. Ihre Opfer ließen sie gar nicht erst zu Wort kommen. Wer wem etwas getan hatte und ob die erhobenen Vorwürfe stimmten oder nicht, war ihnen egal. Sie sollten für Ordnung sorgen, nicht für Gerechtigkeit.

Ihre Tätigkeit hatte einen interessanten Nebeneffekt, der komisch gewesen wäre, hätte er nicht so hässliche Folgen gehabt: Die einheimischen Straßenhändler verbündeten sich und bezichtigten ihre auswärtigen Konkurrenten erfundener Vergehen. Schon bald versammelten sie sich zu diesem Zweck kurz vor Eintreffen einer Patrouille auf dem jeweiligen Platz. Die gewalttätigen Aktionen der Soldaten wurden zu einer weiteren Attraktion der Feiertage.

Zwei große Schweine, die dem Schicksal entkommen wollten, das ihnen in der Blutwoche zugedacht war, rannten über den Platz, gefolgt von einer Horde von Kindern und zwei kläffenden Promenadenmischungen. Ein Fleischer mit einer blutbesudelten Schürze blieb vom Laufen erschöpft stehen und wischte sich den Schweiß von der Stirn. Dann bemerkte Royce den Jungen, der sich geschickt durch die Menge schlängelte und kurz wartete, um die den Schweinen hinterherjagenden Kinder vorbeizulassen. Ihre Blicke trafen sich. Der Junge kam wie beiläufig zur Tribüne geschlendert. Royce stellte erleichtert fest, dass ihm offenbar niemand folgte.

»Suchst du mich?«, fragte er.

»Ja, Herr«, antwortete Minte.

»Du hast ihn gefunden?«

»Weiß nicht – vielleicht – hab keinen Namen und weiß auch nicht, wie er aussieht. Dafür habe ich die.« Er zog einige Pergamente aus seinem Hemd. »Die habe ich aus einem Haus in der Heidestraße. Das Haus hat einen neuen Besitzer. Könnt Ihr lesen?«

Royce ignorierte die Frage und überflog die Pergamente. Die Handschrift war unverkennbar. Er steckte sie in seinen Mantel.

»Wo genau liegt das Haus?«

Minte lächelte. »Ich habe ihn gefunden, ja? Bekomme ich die Belohnung?«

»Wo liegt es?«

»In der Heidestraße, am südlichen Ende in Richtung Hafen, ein kleines Haus gegenüber einer Hutmacherei. Ihr könnt es nicht verfehlen. Über der Tür ist ein Wappen mit einem Dolch und Eichenlaub angebracht. Was ist jetzt mit dem Geld?«

Royce ging nicht darauf ein, sondern starrte auf das ausgebeulte Hemd des Jungen, das leuchtete, als hätte er damit einen Stern eingefangen.

Minte bemerkte es und verschränkte sofort die Arme und senkte den Kopf. »Hör auf!«, flüsterte er eindringlich.

»Hast du noch etwas anderes aus dem Haus mitgenommen?«

Er schüttelte den Kopf. »Das hat mit Euch nichts zu tun.«

»Wenn du es aus demselben Haus mitgenommen hast, gib es mir lieber.«

Minte schob trotzig die Unterlippe vor. »Es ist nichts und gehört mir. Ich bin ein Dieb, okay? Ich habe es für mich mitgenommen, für den Fall, dass ich das falsche Haus erwischt habe. Ich wollte nicht Kopf und Kragen riskieren und mit leeren Händen dastehen. Also ist das meine Versicherung. Profidiebe arbeiten nun mal so, ob es Euch gefällt oder nicht. Wir hatten eine Abmachung und ich habe meinen Teil erfüllt. Kommt mir also nicht moralisch, Moral kriege ich von den Mönchen schon genug zu hören.«

Der Schein wurde heller und begann zu blinken.

Royce war beunruhigt. »Was ist das denn?«

»Wie gesagt, es geht Euch nichts an«, rief Minte abwehrend und trat einen Schritt zurück. Er blickte wieder an sich hinunter und zischte: »Hör schon auf! Die Leute sehen es und dann bekomme ich Schwierigkeiten.«

»Hör zu, es macht mir nichts, wenn du etwas geklaut hast«, sagte Royce. »Du kannst mir vertrauen. Aber wenn du aus diesem Haus etwas Wertvolles mitgenommen hast, wärst du gut beraten, es mir zu geben. Das klingt vielleicht nach einer List, aber ich will dir nur helfen. Du weißt nicht, mit wem du es zu tun hast. Der Besitzer wird dich finden. Er ist ein ziemlicher Pedant.«

»Was bedeutet das ... Pedant?«

»Sagen wir einfach, er ist ziemlich nachtragend. Er wird dich, Elbrecht und Brand töten und vorsichtshalber auch noch alle, mit denen ihr regelmäßig verkehrt.«

»Ich behalte es trotzdem!«, rief Minte empört.

Royce verdrehte die Augen und seufzte.

Der Junge beugte sich vor und schlang die Arme um die Brust, weil man das ausgebeulte Hemd nicht sehen sollte. Das Licht blinkte jetzt schneller und wechselte zudem die Farbe.

»Bei Maribor, gebt mir doch einfach das Geld, bevor eine Wache mich sieht.«

Royce gab ihm fünf Silbermünzen und sah ihm nach. Der Junge eilte vornübergebeugt über den Platz und das schnell blinkende Licht wurde schwächer und verging schließlich vollends.

Minte stieg zum Dach des Speichergebäudes hinauf, entfernte ein loses Brett am Ende des Dachbodens und kroch durch das Loch. Das »Nest«, wie die Jungen ihr Versteck nannten, war infolge eines Baufehlers entstanden, als eine Firma für irgendwelche Kleinteile und Zubehör ihren Speicher unmittelbar an die Remise und Schmiede der Firma Bingham angebaut hatte. Aufgrund eines Messfehlers war eine Lücke entstanden, die dann mit Brettern abgedichtet wurde. Im Lauf der Jahre hatte das Holz sich verzogen.

Elbrecht hatte einmal versucht, über den Dachboden in den Speicher einzusteigen, und bei dieser Gelegenheit durch eine Ritze zwischen den Brettern den versteckten Raum dahinter bemerkt. In den eigentlichen Speicher hatte er nicht eindringen können, dafür hatte er das perfekte Versteck gefunden. Die kleine Dachkammer war drei Fuß hoch und fünf Fuß breit und zog sich an der ihr und der Schmiede gemeinsamen Wand entlang. Dank der langen Arbeitszeit der Schmiede, die gewöhnlich auch Feuer machten, war sie auch ein wenig geheizt.

Im »Nest« sammelten die Jungen die Schätze, die sie im Müll der Stadt fanden, darunter mottenzerfressene Kleider, angekohlte Holzstücke, von den Gerbern weggeworfene Lederreste, gesprungene Töpfe und angeschlagene Tassen.

Kine lag mit angezogenen Knien vor dem Kamin. Minte hatte ihm ein Lager aus Stroh gemacht und ihn mit ihrer wärmsten Decke zugedeckt, aber er zitterte trotzdem vor Kälte. Der kleine Teil seines Gesichts, der unter der Decke herauslugte, war leichenblass und seine Lippen waren blau angelaufen und zitterten ebenfalls.

»Wie geht's?«, fragte Minte.

»K-k-kalt«, murmelte Kine schwach.

Minte legte die Hand an den aus Ziegeln gemauerten Kamin. »Die Blödmänner sparen wieder Kohle.«

»Gibt es was zu essen?«, fragte Kine.

Minte holte das Stück Käse aus der Tasche. Kine nahm einen Bissen und erbrach ihn sofort. Anschließend würgte er noch eine Weile, obwohl nichts mehr kam. Dann sank er erschöpft wieder auf sein Lager.

»Ich habe dasselbe wie Tibith, stimmt's?«, flüsterte er.

»Nein«, log Minte und setzte sich neben ihn, um ihn mit seinem Körper zu wärmen. »Sobald die unten Feuer machen, geht es dir wieder gut, du wirst sehen.«

Er holte das Geld aus seiner anderen Tasche und zeigte es Kine. »Da, sieh, ich habe Geld – fünf Silbermünzen! Ich könnte dir eine warme Mahlzeit kaufen, wie wär's?«

»Nein«, erwiderte Kine. »Verschwende das Geld nicht.«

»Warum? Seit wann ist eine warme Suppe Verschwendung?«

»Ich habe dasselbe wie Tibith. Suppe hilft nicht.«

»Ich habe doch gesagt, du hast was anderes«, beharrte Minte und ließ die Münzen in einen Becher fallen, den er, einem spontanen Einfall folgend, als Aufbewahrungsort verwenden wollte.

»Ich spüre meine Füße nicht mehr, Minte, und meine Hände kribbeln. Mir tut alles weh, ich habe Kopfschmerzen und … und … heute habe ich in die Hose gemacht. Hast du gehört … ich habe in die Hose gemacht! Mir geht's genauso wie Tibith. Ich habe dasselbe wie er und werde genauso sterben wie er.«

»Ich sagte doch, nein. Und jetzt hör auf damit!«

»Meine Lippen sind blau, ja?«

»Sei still, Kine, einfach …«

»Bei Maribor, Minte, ich will nicht sterben!« Kine begann zu weinen und noch stärker zu zittern.

Minte spürte einen Knoten im Magen und auch ihm liefen

Tränen über die Wangen. Patienten, deren Lippen sich blau verfärbten, wurden nicht mehr gesund.

Er sah sich nach etwas um, mit dem er seinen Freund noch zudecken konnte, und das Gewand fiel ihm ein.

»Da«, murmelte er und breitete es über Kine. »Du hast mir bisher nur Schwierigkeiten gemacht, sei wenigstens jetzt zu etwas nütze. Wärme ihn, sonst werfe ich dich in der Schmiede ins Feuer.«

»W-was?«, jammerte Kine.

»Nichts, schlaf jetzt.«

Royce hörte, wie der Schlüssel sich im Schloss drehte. Der Riegel wurde zurückgeschoben und die Tür schwang auf gutgeölten Angeln auf. Vier Paar Füße gingen knirschend über die Steinfliesen des Eingangsflurs. Die Tür fiel ins Schloss, Stoff raschelte und ein Mantel wurde geöffnet. Zwei Füße hielten mit einem plötzlichen Scharren an, als hätte ihr Besitzer überraschend festgestellt, dass er am Rand eines Abgrunds stand.

»Jenkins«, sagte Merricks Stimme, »ich will, dass Ihr und Dobbs den restlichen Abend freinehmt.«

»Aber Herr, ich ...«

»Keine Widerrede, geht einfach. Bitte, Jenkins. Ich sehe Euch hoffentlich morgen früh.«

»Hoffentlich?« Diese Stimme klang vertraut, sie gehörte Poe, dem Hilfskoch von der *Smaragdsturm*. Royce nickte. »Was soll das heißen, wir ... Wartet. Ist *er* hier? Woher wisst Ihr das?«

»Geh bitte auch, Poe.«

»Nicht, wenn er hier ist. Dann braucht Ihr jemanden, der Euch beschützt.«

»Wenn er mich töten wollte, läge ich jetzt schon in einer Blutlache. Ich gehe also davon aus, dass mir nichts passiert. Bei dir ist das anders. Ich glaube nicht, dass er wusste, dass du hier sein würdest. Jetzt, wo er weiß, dass du für mich arbeitest, wird er dich nur deshalb verschonen, weil ihm ein Gespräch mit mir wichtiger ist, als dir die Kehle durchzuschneiden, zumindest vorerst.«

»Soll er es doch versuchen. Ich denke doch …«

»Überlass das Denken mir, Poe. Und provoziere ihn nicht! So jemand lässt nicht mit sich spielen. Glaub mir, er würde dich töten, ohne mit der Wimper zu zucken. Ich weiß es, ich habe mit ihm zusammengearbeitet. Wir waren auf Auftragsmord spezialisiert und er ist darin noch besser als ich – vor allem bei spontanen Aktionen, wozu du ihn, so wie du redest, geradezu herausforderst. Verschwinde also, solange du noch kannst. Tauche sicherheitshalber gleich eine Weile unter.«

»Wie kommt Ihr darauf, dass er überhaupt weiß, dass ich hier bin?«, fragte Poe.

»Er sitzt in diesem Augenblick im Salon und hört unserem Gespräch zu. Er sitzt in dem blauen Sessel mit dem Rücken zur Wand und wartet darauf, dass ich mich zu ihm setze. Bestimmt hat er sich ein Glas von dem Wein aus Montemorcey eingeschenkt, den ich extra für ihn gekauft und in die Speisekammer gestellt habe. Er hält es in der linken Hand, damit er es nicht zuerst abstellen muss, wenn er aus irgendeinem Grund seinen Dolch ziehen muss. Denn er will auf keinen Fall den Montemorcey verschütten. Er wirbelt ihn im Glas herum, lässt ihn atmen und hat ihn noch nicht gekostet, obwohl er schon eine Weile hier ist. Er trinkt erst, wenn ich ihm gegenübersitze – und auch ein Glas in der Hand halte.«

»Argwöhnt er, dass Ihr den Wein vergiftet habt?«

»Nein, er hat noch nicht getrunken, weil es … ja, weil es unhöflich wäre. Und er hat mir ein Glas Apfelmost eingeschenkt, weil er weiß, dass ich keinen Alkohol mehr trinke.«

»Und woher wisst Ihr das alles?«

»Weil ich ihn kenne, so wie ich dich kenne. Du unterdrückst gerade das Verlangen, im Salon nachzusehen, ob ich recht habe. Tu es nicht. Du würdest den Salon nicht mehr verlassen und ich will keine Flecken auf meinem neuen Teppich. Geh jetzt. Ich melde mich, wenn ich dich brauche.«

»Seid Ihr sicher? Nein, schon klar, dumme Frage.«

Die Tür ging auf und wieder zu und draußen stieg jemand die Treppe hinunter.

Es folgte eine Pause, dann fiel Licht in den dunklen Salon. Merrick Marius hatte ihn mit einer Kerze in der Hand betreten. »Es macht dir hoffentlich nichts aus, aber ich sehe meine Gesprächspartner gerne auch.«

Er entzündete vier Wandleuchter, warf einige Scheite ins Feuer und stocherte mit einem Schürhaken in der Asche, bis wieder Flammen aus ihr schlugen. Er betrachtete sie nachdenklich, dann hängte er den Schürhaken wieder an die Wand und setzte sich Royce gegenüber auf den Platz, neben dem ein mit Most gefülltes Glas stand.

»Auf alte Freundschaft?«, fragte er und hob das Glas.

»Auf alte Freundschaft«, willigte Royce ein und die beiden tranken.

Merrick trug einen knielangen Rock aus burgunderrotem Samt, eine schön bestickte Weste und ein strahlend weißes Rüschenhemd.

»Du lässt es dir gutgehen«, bemerkte Royce.

»Ich kann nicht klagen. Ich bin jetzt Stadtvogt von Colnora. Hast du davon gehört?«

»Nein. Dein Vater wäre stolz auf dich.«

»Er sagte, ich würde es nie zu etwas bringen, weißt du noch? Er meinte, ich würde mir mit meinem Verstand nur selbst ein Bein stellen.« Merrick nahm wieder einen Schluck. »Du bist vermutlich wütend wegen Tur Del Fur.«

»Du hast eine Grenze überschritten.«

»Ich weiß und es tut mir leid. Aber du warst der Einzige, der dafür infrage kam. Wenn ich jemand anderen gefunden hätte ...« Merrick schlug die Beine übereinander und blickte Royce über sein Glas hinweg an. »Du bist nicht hier, um mich zu töten, also geht es vermutlich um Hadrian.«

»Steckst du hinter dieser Abmachung?«

Merrick schüttelte den Kopf. »Nein, das hat sich Guy ausgedacht. Hadrian sollte zuerst dazu gebracht werden, Breckton für Geld und einen Titel zu töten. Mein einziger Beitrag war, ihm den richtigen Anreiz zu bieten.«

»Man will Gaunt hängen?«, fragte Royce.

Merrick nickte. »Und die Hexe von Melengar.«

»Arista? Wann wurde sie gefangen genommen?«

»Das ist jetzt ein paar Monate her. Sie und ihr Leibwächter wollten Gaunt befreien. Der Leibwächter starb, sie wurde gefangen genommen.«

Royce nahm einen Schluck und stellte das Glas ab. »Und Hadrian wollen sie auch töten, stimmt's?«

»Ja. Die Regenten wissen, dass sie ihn nicht gehen lassen können. Wenn er Breckton getötet hat, wollen sie ihn wegen Mordes verhaften, ins Gefängnis werfen und an Wintertid zusammen mit Gaunt und Arista hinrichten.«

»Warum soll Breckton sterben?«

»Sie haben ihm Melengar angeboten, um ihn von Ballentyne zu trennen. Er hat sich geweigert und jetzt fürchten sie, der Graf von Chadwick könnte mit Brecktons Hilfe versuchen, sie zu stürzen. Sie haben Angst bekommen und sehen ihre einzige Chance darin, Breckton mit Hilfe eines Teshlor-Ritters zu töten. Wer hätte so jemanden nicht gerne als Partner – gute Wahl.«

Royce nippte an seinem Wein und überlegte. »Kannst du ihn retten?«

»Hadrian?« Merrick machte eine Pause. »Ja.«

Das Wort hing zwischen ihnen.

»Was willst du dafür?«, fragte Royce.

»Interessant, dass du das fragst. Zufällig habe ich noch einen Auftrag, für den du die perfekte Besetzung wärst.«

»Was für eine Art von Auftrag?«

»Eine Suche und Beschaffung. Näheres kann ich dir noch nicht sagen, aber es ist gefährlich. Zwei andere Gruppen sind bereits gescheitert. Natürlich war ich an ihnen nicht beteiligt und du hast die Ermittlungen nicht geleitet. Wenn du den Auftrag übernimmst, sorge ich dafür, dass Hadrian nichts passiert.«

»Ich habe mich zur Ruhe gesetzt.«

»Von diesem Gerücht habe ich gehört.«

Royce trank aus und stand auf. »Ich überlege es mir.«

»Lass dir nicht zu lange Zeit, Royce. Wenn ich Hadrian retten soll, brauche ich ein paar Tage Vorbereitung. Und glaub mir, du bist auf meine Hilfe angewiesen. Aus dem Kerker kannst du ihn nicht befreien. Er wurde von Zwergen erbaut.«

14

Das Turnier beginnt

Das klagende Geschrei der Todgeweihten tönte durch die Morgendämmerung. Mit Äxten und Hämmern wurde das Vieh geschlachtet, dessen Futter ausgegangen war, und der Schnee färbte sich davon rot. Die Blutwoche wurde einmal jeden Winter veranstaltet. An welchem Tag genau sie begann, hing vom Ertrag der Ernte im Herbst ab. Für einen Waisen in Aquesta war diese Woche die beste Zeit im Winter.

Nichts wurde verschwendet. Füße, Schnauzen und sogar die Knochen wurden verkauft. Aber bei so vielen geschlachteten Tieren konnten die Fleischer nicht jedes Stück im Auge behalten. Die Armen der Stadt umkreisten die Fleischereien wie Geier in Menschengestalt und suchten nach einem unaufmerksamen Fleischergehilfen. Die meisten Fleischer stellten zusätzliche Arbeiter ein, aber sie unterschätzten regelmäßig die Gefahren. Es gab nie genügend Arme, um das Fleisch in Sicherheit zu bringen, oder genügend Augen, um es zu bewachen. Bei manchen besonders mutigen Aktionen verschwanden sogar ganze Rinderkeulen. Einige verzweifelte Fleischer heuerten nach ein paar Tagen, wenn ihre Gehilfen müde waren, sogar dieselben Diebe an, vor denen sie sich eigentlich schützen wollten.

Minte hatte das »Nest« schon in aller Frühe verlassen, um irgendwo etwas zum Frühstück zu klauen. Die Sonne war gerade erst über der Stadtmauer aufgegangen, da fiel ihm ein schönes Stück Rindfleisch aus Gilims Schlachterei in die Hände. Gilim hatte mit seinem Fleischerbeil besonders heftig zugeschlagen und ein Stück Keule rutschte über den glitschigen Tisch, fiel in den Schnee und kollerte hangabwärts. Minte stand zufällig im richtigen Augenblick an der richtigen Stelle. Er schnappte sich das faustgroße, blutige Stück, steckte es in seinen Kittel und rannte los. Wer ihn sah, hätte denken können, er sei tödlich verwundet.

Er hatte einen Mordshunger, aber seine Beute zu zeigen, hätte womöglich geheißen, sie an größere Jugendliche zu verlieren. Schlimmer noch, ein Fleischer oder Wächter konnte ihn sehen. Er wünschte sich, Brand und Elbrecht wären bei ihm. Sie waren zu den Schlachtereien drunten am Coswall gegangen, wo der größte Teil der Arbeit abgewickelt wurde. Dort war das Fleisch besonders hart umkämpft. Außer den Waisen stritten sich auch Erwachsene um die Abfälle und Minte war dafür noch zu klein. Selbst wenn er etwas ergattert hätte, wäre es ihm doch sofort wieder abgenommen worden und er wäre dazu noch verprügelt worden. Die beiden anderen Jungen konnten sich besser behaupten. Elbrecht war inzwischen so groß wie die meisten erwachsenen Männer und Brand war noch größer. Minte dagegen musste sich mit den kleineren Fleischereien begnügen.

Er kehrte nach Hause zurück. Vor der Remise von Bingham blieb er stehen. Er wollte zum »Nest« hinaufsteigen, aber der Gedanke daran, was er dort vorfinden würde, hielt ihn zurück. In seiner Eile, früh loszukommen, hatte er Kine ganz vergessen. In den vergangenen Tagen hatte Kines rasselnder Atem ihn oft geweckt, dagegen konnte er sich nicht erinnern, ihn an diesem Morgen gehört zu haben.

Minte war mit dem Tod schon viel zu oft in Berührung gekommen. Acht Jungen in seiner Bekanntschaft waren an Kälte, Krankheit oder Hunger gestorben, immer im Winter. Die Leichen waren steif gefroren gewesen. Jede war einmal ein Mensch gewesen, der lachte, scherzte, herumrannte und weinte – und dann plötzlich nur noch ein Ding, wie eine zerrissene Decke oder eine zerbrochene Lampe. Minte zog die sterblichen Überreste, wenn er welche fand, zu dem Holzstoß, auf dem die Leichen verbrannt wurden – im Winter gab es immer einen. Egal wie kurz die Entfernung war, über die er die Leiche ziehen musste, sie kam ihm immer endlos lange vor. Er erinnerte sich in diesem Moment an die guten Zeiten, die sie zusammen verbracht hatten. Dann blickte er wieder auf das steife, bleiche Ding in seinen Händen.

Bin ich eines Tages auch so ein Ding? Zieht dann jemand mich zum Scheiterhaufen?

Er biss die Zähne zusammen, betrat die Gasse, kletterte zum Dach hinauf und zog das Brett zur Seite. Dann kroch er aus der hellen Sonne in das dunkle Loch. Im ersten Moment sah er nichts. Im »Nest« war alles still. Keine Atemzüge waren zu hören, wie rasselnd auch immer. Tastend streckte er die Hände aus und sah im Geist schon Kines steifen Körper vor sich. Bei diesem Gedanken begannen seine Hände zu zittern, doch er zwang sich, weiterzusuchen. Er berührte den Seidenstoff des Mantels und erschrak, als der Mantel zu leuchten begann.

Kine war nicht da.

Der Mantel lag auf dem Boden, als habe Kine sich über Nacht verflüchtigt. Minte zog ihn zu sich her. Das Leuchten wurde stärker und erfüllte jeden Winkel der Kammer. Minte war allein, Kine verschwunden. Nicht einmal seine Leiche war da.

Minte überlegte und ein Verdacht beschlich ihn. Erschrocken ließ er den Mantel fallen und stieß ihn mit dem Fuß weg. Der Schein begann zu pulsieren und wurde schwächer.

»Du hast ihn gefressen!«, rief Minte. »Und du hast mich angelogen. Auf dir liegt nämlich doch ein Fluch!«

Der Schein erlosch und Minte wich so weit wie möglich zurück. Er durfte dem mörderischen Mantel nicht zu nahe kommen, doch der Mantel lag zwischen ihm und dem Ausgang.

Eine Silhouette schob sich vor die Öffnung und verdeckte für einen Moment die Sonne.

»Minte?«, sagte Kines Stimme. »Sieh doch, ich hab mir Lammkoteletts geholt!«

Kine kam herein und schob das Brett wieder vor die Spalte. Minte starrte seinen Freund an. Er hielt zwei blutige Knochen in der Hand und sein Kinn war rot. »Ich hätte dir eins abgegeben, aber ich konnte dich nicht finden. Bei Maribor, hatte ich einen Hunger!«

»Geht's dir gut, Kine?«

»Ja, ganz prima. Ich habe zwar immer noch Hunger, aber davon abgesehen fühle ich mich wunderbar.«

»Aber gestern Abend ...«, begann Minte. »Gestern Abend, da ... da ging es dir überhaupt nicht gut.«

Kine nickte. »Stimmt, da hatte ich merkwürdige Träume.«

»Was für Träume?«

»Hm? Ach, nur so wirres Zeug. Ich wäre beinahe in einem schwarzen See ertrunken. Ich bekam keine Luft, weil mir jedes Mal, wenn ich atmen wollte, Wasser in den Mund lief. Dann wollte ich schwimmen, konnte aber Arme und Beine nicht bewegen – wirklich ein schrecklicher Albtraum.« Kine bemerkte das Stück Rinderkeule, das Minte in der Hand hielt. »Moment, du hast auch Fleisch beschafft? Willst du es kochen? Ich habe immer noch Hunger.«

»Wie? Ja, klar.« Minte gab Kine das Fleisch und blickte auf den Mantel hinunter.

»Die Blutwoche ist schon eine tolle Einrichtung, findest du nicht?«

Trompeten schmetterten und Trommeln rollten und die Standarten von einundzwanzig Adelshäusern knatterten in der spätmorgendlichen Brise. An diesem Tag sollte das große Wintertid-Turnier von Avryn eröffnet werden und die Besucher strömten zur Tribüne auf dem Platz des Hochgerichts. Das Turnier dauerte zehn Tage und endete mit dem Fest der Zeiten. Die Läden und Werkstätten der Stadt hatten in dieser Zeit geschlossen, nur Fleisch wurde weiter geräuchert und gepökelt, da die Blutwoche in diesem Jahr zeitgleich mit dem Turnier stattfand und die Schlachtung nicht einmal für ein so erhabenes Ereignis ausgesetzt werden konnte. Viele glaubten, dass es im Turnier wegen dieser Überschneidung mehr Unfälle geben würde, was die allgemeine Spannung noch erhöhte. Jedenfalls wollten die Zuschauer wie jedes Jahr Blut sehen.

Vor zwei Jahren war Baron Linder von Maranon ums Leben gekommen, weil die abgebrochene Lanze von Ritter Gilbert durch das Visier seines Helms gedrungen war. Im selben Jahr hatte Ritter Dulnar aus Rhenydd in der letzten Runde des Schwertwettkampfs die rechte Hand verloren. Nichts konnte sich jedoch mit dem erbitterten Kampf messen, den sich Ritter Jervis und Francis Stanley, Graf von Harborn, vor fünf Jahren geliefert hatten. Im letzten Lanzenstechen des Turniers hatte Ritter Jervis, der dem Grafen von Anfang an nicht grün gewesen war, statt mit der traditionellen Turnierlanze mit einer Kriegslanze gekämpft. Der Graf hatte der Herausforderung auf Leben und Tod gegen den Rat anderer zugestimmt. Jervis' Lanze war durch Stanleys Harnisch gefahren wie durch Pergament und hatte sich tief in seine Brust gebohrt. Doch auch der Ritter kam nicht davon. Stanleys Lanze war ihm durch den Helm ins Auge gefahren. Beide stürzten tot zu Boden. Der Schiedsrichter erklärte den Grafen zum Sieger mit einem Punkt Vorsprung aufgrund des Kopftreffers.

Jahrhunderte zuvor hatte auf dem Turnierplatz das oberste

Adelsgericht von Avryn getagt. Der Streit mit Worten war unweigerlich ausgeartet, bis Kläger und Beklagter aufeinander losgingen, um im Kampf zu entscheiden, wer recht hatte. Schon bald entschied nur noch der bessere Krieger. Doch das Königreich von Avryn wuchs und die Reisen zum Hochgericht wurden beschwerlicher. Die monatlichen Sitzungen wurden auf halbjährliche Treffen reduziert, bei denen innerhalb von zwei Wochen sämtliche Beschwerden geregelt wurden. Die Treffen fanden während der Feiertage von Somershoh und Wintertid statt, weil man glaubte, Maribor sei zu diesen Zeiten aufgeschlossener für die Probleme der Menschen.

Über die Jahre wurde die Veranstaltung immer weiter ausgebaut. Die Teilnehmer kämpften nicht mehr nur um ihre Ehre, sondern auch um Ruhm und Gold. Ritter kamen von weither, um sich miteinander zu messen und die höchste Ehre zu erringen, die Avryn zu vergeben hatte: den Sieg in den Spielen vom Hochgericht.

Gesäumt war der Platz mit den aufwendig geschmückten Zelten der adligen Teilnehmer, jeweils in den Farben der Besitzer. Knappen, Stallknechte und Pagen brachten die Waffen ihrer Herren auf Hochglanz und striegelten ihre Pferde. Ritter wärmten sich mit Schwert und Schild in Übungskämpfen gegen ihre Knappen auf. Turnierrichter schritten die Pfosten für das Ringstechen ab, an denen handtellergroße Ringe hingen. Sie maßen die Höhe sämtlicher Pfosten und die Winkel, in denen die Ringe hingen, die von Reitern im Galopp mit Lanzen aufgespießt werden mussten. Schützen übten mit ihren Bögen, mit Speeren bewaffnete Krieger nahmen immer wieder auf dem Sand Anlauf, um seine Haftung zu überprüfen, und unbewaffnete Ritter trabten mit ihren schnaubenden Pferden über den großen Turnierplatz.

Hadrian stand inmitten dieses Treibens an einen Pfosten gelehnt, während Wilbur mit einem großen Hammer auf seine

Brust einschlug. Nimbus hatte den Schmied kommen lassen, um die Rüstung anzupassen, die Hadrian geliehen hatte. Eine Rüstung zu bekommen war leicht gewesen, sie passend zu machen dagegen sehr aufwendig.

»Bitte sehr, Herr.« Renwick hielt ihm einige dicke Lagen Stoff hin.

»Für was ist das?«, fragte Hadrian.

Renwick sah ihn verwirrt an. »Das ist die Polsterung, Herr.«

»Du sollst es ihm nicht geben, Bursche«, rief Wilbur ungeduldig. »Stopf es rein!«

Der Junge wurde rot und machte sich daran, die Stofffetzen in die breite Lücke zwischen dem stählernen Brustpanzer und Hadrians Hemd zu schieben.

»Aber ganz fest!«, schimpfte Wilbur. Er nahm ein Tuch und stopfte es mit aller Macht in den Spalt.

»Das ist aber ein wenig zu eng«, beklagte sich Hadrian.

Wilbur musterte ihn von der Seite. »Wenn Ritter Murthas Euch mit seiner Lanze trifft, werdet Ihr das nicht mehr denken. Ich will nicht später hören, ich hätte Euch schlecht vorbereitet, nur weil dieser Kerl Euch nicht richtig gepolstert hat.«

»Ritter Hadrian«, sagte Renwick zögernd, »ich habe überlegt, ob … es wohl möglich wäre, dass ich am Turnier der Knappen teilnehme.«

»Ich wüsste nicht, was dagegen spricht. Bist du denn gut?«

»Nein, aber ich würde es trotzdem gerne versuchen. Ritter Malness hat es mir nie erlaubt. Er wollte nicht blamiert werden.«

»Bist du denn so schlecht?«

»Ich durfte nie üben. Der Ritter hat mir verboten, sein Pferd zu benutzen. Er sagte immer, von einem Pferd sieht man die Welt aus einem bestimmten Blickwinkel und ein Junge wie ich sollte sich gar nicht daran gewöhnen, weil er sonst nur enttäuscht wird.«

»Scheint ja ein richtig netter Mensch gewesen zu sein«, meinte Hadrian.

Renwick lächelte unbehaglich und wandte sich ab. »Ich habe schon so oft zugesehen und alles ganz genau beobachtet ... und ich bin auch schon geritten, nur noch nie mit einer Lanze.«

»Dann nimm dir mein Pferd und ich sehe mir an, wie du dich anstellst.«

Renwick nickte und eilte fort, um das Pferd zu holen. Ethelred hatte Hadrian ein braunes Schlachtross namens Wüterich zur Verfügung gestellt, ein ausdauerndes, wendiges Pferd mit einem Kopfschutz zur Abwehr schlecht gezielter Lanzenstöße. Wüterich war trotz seines martialischen Namens ein schönes, starkes und temperamentvolles Tier. Er war nicht bissig und trat auch nicht aus. Stattdessen hatte er bei der ersten Begegnung mit Hadrian voller Zuneigung den Kopf an dessen Brust gerieben.

»Hinauf mit dir«, sagte Hadrian zu Renwick, und der Knappe kletterte grinsend in den Sattel mit der hohen Rückenlehne. Hadrian reichte ihm eine Übungslanze und den Schild mit den grünen und weißen Feldern, den die Regenten ihm gegeben hatten.

»Beug dich vor und klemm dir die Lanze fest an die Seite. Drück auch mit dem Ellbogen dagegen, damit sie ruhig steht. Jetzt reite im Kreis und lass dich ansehen.«

Der Junge versuchte krampfhaft, die lange Stange zu halten und zugleich das Pferd zu lenken, und wirkte trotz seiner anfänglichen Begeisterung auf einmal verunsichert.

»Die Steigbügel sind zu lang«, sagte Baron Breckton, der hinter ihnen aufgetaucht war.

Er saß auf einem mächtigen weißen Ross mit einer prächtigen, gold-blau gestreiften Schabracke. An der Spitze seiner Lanze, die er auf dem Steigbügel abgestellt hatte, flatterte ein Wimpel in passenden Farben. Er trug eine glänzend polierte

Rüstung und hatte einen Helm mit einem Helmbusch unter den Arm geklemmt. Um den anderen Arm hatte er ein leuchtend blaues Tuch gebunden.

»Ich wollte Euch viel Erfolg wünschen«, sagte er zu Hadrian.

»Danke.«

»Ihr tretet gegen Murthas an, ja? Er kann gut mit der Lanze umgehen, unterschätzt ihn nicht.« Breckton musterte Hadrian mit gerunzelter Stirn. »Ihr tragt einen sehr leichten Harnisch. Das ist mutig.«

Hadrian blickte verwirrt an sich hinunter. Er hatte noch nie einen schweren Panzer getragen und mit der Lanze noch nie im Turnier, sondern nur in richtigen Schlachten gekämpft, in denen man es selten mit Rittern zu tun hatte. Schon durch den Harnisch fühlte er sich beengt und unbehaglich.

Breckton zeigte auf eine Metallplatte an seiner Seite. »Solche Platten bieten an besonders gefährdeten Stellen einen zusätzlichen Schutz. Und wo ist Euer Rüsthaken?«

Hadrian sah ihn verwirrt an. »Ach so, der ausklappbare Haken am Brustpanzer? Der Schmied hat ihn auf meine Anweisung entfernt. Er hat mich beim Halten der Lanze gestört.«

Breckton lachte leise. »Aber Ihr wisst schon, dass er zum Einhaken der Lanze gedacht ist?«

Hadrian zuckte mit den Schultern. »Ich habe noch nie in einem Turnier gekämpft.«

»Verstehe.« Baron Breckton nickte. »Wärt Ihr gekränkt, wenn ich Euch ein paar Tipps gebe?«

»Nein, nur zu.«

»Haltet den Kopf hoch und beugt Euch vor. Stützt Euch für heftige Stöße in den Steigbügeln ab. Fangt Stöße, die Euch treffen, mit der Rückenlehne des Sattels ab. Dann fallt Ihr nicht gleich vom Pferd.«

»Noch einmal, danke.«

»Gern geschehen, es freut mich, wenn ich von Nutzen sein konnte. Wenn Ihr noch Fragen habt, beantworte ich sie gerne.«

»Wirklich?« Hadrian grinste listig. »Dann hätte ich noch eine: Was bedeutet das Band an eurem Arm?«

Breckton blickte auf seinen Arm. »Das ist der Schal von Baronesse Amilia von Tarin im Tal. Ich reite heute für sie – für sie und ihre Ehre.« Er blickte auf den Platz hinaus. »Das Turnier scheint gleich zu beginnen. Wie ich sehe, nimmt Murthas gerade seinen Platz ein und Ihr seid als Erster dran. Möge Maribor den Arm des Würdigen führen.« Breckton nickte ehrerbietig und ritt weiter.

Renwick kehrte zurück und stieg ab.

»Das hast du gut gemacht«, sagte Hadrian und stieg an seiner Stelle auf. »Du brauchst nur noch etwas mehr Übung. Wenn ich das Lanzenstechen überlebe, arbeiten wir weiter daran.«

Der Bursche nahm mit der einen Hand Hadrians Helm, mit der anderen packte er die Zügel des Pferdes und führte es durch das Tor auf den Turnierplatz und am Rand der Bahn entlang. Vor einer kleinen Bühne blieben sie stehen.

Eine ganze Armee von Arbeitern hatte die Arena in wochenlanger Arbeit vom Schnee befreit und mit Sand bestreut. Darum herum saßen die Zuschauer, eingeteilt in verschiedene, farblich gegliederte Abschnitte. In Purpurrot saßen der Herrscher und seine nächsten Angehörigen. Blau war für den Hochadel reserviert, Rot für kirchliche Würdenträger, Gelb für den niederen Adel, Grün für Handwerker und Weiß für die Bauern, der größte Abschnitt, der als einziger nicht überdacht war.

Hadrian war von seinem Vater zu den Spielen mitgenommen worden, allerdings nicht zum Vergnügen. Beim Turnier zuzusehen hatte zu seiner Ausbildung gehört. Hadrian hatte die Kämpfe stets fasziniert verfolgt und wie die anderen den Siegern zugejubelt. Sein Vater sprach mit ihm dagegen nur über die Verlierer, die Gewinner interessierten ihn nicht. Er hatte Hadrian nach jedem Kampf gefragt, was der Verlierer falsch gemacht hatte und wie er hätte siegen können.

Hadrian hatte ihm nur mit einem Ohr zugehört, zu sehr hatte das Spektakel seine Aufmerksamkeit beansprucht – die Ritter in ihren glänzenden Rüstungen, die Frauen in farbigen Gewändern und die unglaublichen Pferde. Er wusste, dass der Sattel eines Ritters mehr wert war als das Haus und die Schmiede seines Vaters zusammen. Wie prächtig die Menschen im Vergleich zu seinem Vater gekleidet waren! Es wäre ihm nie eingefallen, dass Danbury Blackwater jeden Ritter besiegen konnte.

Als Jugendlicher hatte er praktisch ständig davon geträumt, auf dem Platz des Hochgerichts zu kämpfen. Anders als der Palast der vier Winde war dieser Ort ihm heilig. Die Gegner respektierten einander – sie kämpften nicht bis zum Tod. Die Schwerter waren stumpf, die Bogenschützen schossen auf Zielscheiben und das Lanzenstechen wurde mit Turnierlanzen durchgeführt. Wer seinen Gegner tötete, verlor Punkte. Man konnte sogar vom Turnier ausgeschlossen werden, nur weil man das Pferd des Gegners verletzt hatte. Hadrian hatte das damals nicht verstanden, auch nicht, als sein Vater ihm erklärt hatte, dass das Pferd ja unschuldig sei. Jetzt verstand er es.

Ein hochgewachsener Mann stand auf einem Podest vor der purpurroten Tribüne und sprach mit lauter Stimme zu der versammelten Menge: »Es tritt an der vornehmste Ritter von Alburn, Sohn des Grafen von Fentin und berühmt für sein Geschick auf dem Turnierplatz wie am Hofe. Hier ist – Ritter Murthas!«

Die Zuschauer brachen in Beifall aus und trampelten mit den Füßen auf den Brettern der Tribüne. Ethelred und Saldur saßen zu beiden Seiten des Throns, der wie der Thron im Bankettsaal leer war. Herolde hatten bereits am Morgen verkündet, dass die Imperatorin sich nicht wohl fühle und daher nicht erscheinen werde.

»Sein Gegner kommt aus Rhenydd«, fuhr der Mann auf dem Podest fort und zeigte auf Hadrian. »Er wurde erst vor kurzem auf dem Schlachtfeld von Rehagen zum Ritter geschlagen und ist weit gereist, um heute hier antreten zu können, in seinem ersten Turnier. Hier ist – Ritter Hadrian!«

Von der Tribüne kam dünner Höflichkeitsapplaus. In den Augen der Zuschauer war der Kampf bereits entschieden.

Hadrian hatte noch nie eine Turnierlanze in der Hand gehalten. Sie war leichter als die Kriegslanze mit ihrer Eisenspitze und ganz aus Holz gefertigt. Die gespreizte Spitze wirkte klobig, doch sie bestand immerhin aus massiver Eiche und war nicht zu unterschätzen. Hadrian überprüfte, ob seine Füße in den Steigbügeln steckten, und umklammerte das Pferd mit den Beinen.

Am anderen Ende der mit Sand bestreuten Bahn wartete Ritter Murthas auf seinem grauen Schlachtross, einem starken, angriffslustig tänzelnden Tier mit einer Schabracke aus Damast mit schwarzen und weißen Vierecken und dazu passenden Troddeln. Murthas hielt einen rhombusförmigen Schild in der Hand und trug dazu passend einen mit schwarzen und weißen Rauten gemusterten Wappenrock und Mantel. Gerade klappte er sein Visier zu und im selben Augenblick schmetterten die Trompeten eine Fanfare und der Starter hob die Fahne.

Hadrian ließ den Blick fasziniert von der Tribüne zu den knatternden Standarten und den Trommlern mit ihren großen Trommeln wandern. Hadrian konnte ihre donnernden Schläge förmlich in der Brust spüren, doch wurden sie vom Geschrei der Zuschauer noch übertönt. Viele waren in ihrer Erregung aufgesprungen, hunderte blickten wie gebannt auf die beiden Reiter. Als Junge hatte Hadrian inmitten dieses Lärms seinen Vater an der Hand gefasst. Sie hatten auf der weißen Tribüne gesessen und er hatte sich gewünscht, einer der Ritter zu sein, die an den gegenüberliegenden Enden des Turnierplatzes standen – unterwegs zu Ruhm und Ehre. Aber das konnte natürlich nur ein Junge träumen, der von der Welt fast gar nichts wusste – es war ein Traum, der nicht in Erfüllung gehen konnte und an den er sich erst jetzt wieder erinnerte.

Die Trommeln brachen ab, die Fahne wurde hinuntergeschlagen und Murthas gab seinem Pferd die Sporen und galoppierte los.

Überrumpelt und mit einiger Verspätung trieb Hadrian sein Pferd ebenfalls an und galoppierte Murthas entgegen. Weitere Zuschauer sprangen auf und starrten ihn entgeistert an. Einige schrien erschrocken auf. Hadrian beachtete sie nicht, sondern konzentrierte sich auf seinen Gegner.

Instinktiv nahm er den Rhythmus des Pferdes auf und verschmolz mit ihm. Er drückte die Fußballen nach unten, bis die Steigbügel straff gespannt waren, und drückte das Kreuz gegen die Lehne des Sattels. Langsam und bedächtig legte er die Lanze an, die sich im Rhythmus des Pferdes hob und senkte. Er überschlug, wann er mit seinem Gegner zusammentreffen würde.

Der Wind sauste ihm in den Ohren und stach ihm in die Augen. Wüterich wurde immer schneller und wirbelte bei jedem Schritt eine Sandwolke von der weichen Bahn auf. Murthas kam ihm genauso schnell und mit flatterndem schwarzweißem Mantel entgegen. Mit geblähten Nüstern und klirrenden Geschirren flogen die Pferde aufeinander zu.

Ein dumpfer Schlag ertönte.

Hadrian spürte den gewaltigen Ruck, der durch seine Lanze ging, und wie sie splitterte. Am Ende der Bahn angelangt, ließ er das abgebrochene Stück fallen und hielt an. Seine anfängliche Verspätung war ihm peinlich und Murthas sollte ihm nicht ein zweites Mal zuvorkommen. Er wendete hastig, um sich als Erster die nächste Lanze zu holen, da sah er Murthas' Pferd reiterlos über die Bahn traben. Zwei Knappen und ein Stallbursche rannten hinter ihm her. Murthas selbst lag auf dem Rücken im Sand und versuchte gerade, sich aufzusetzen. Männer eilten zu ihm, um ihm zu helfen. Hadrian sah sich nach Renwick um und bemerkte erst jetzt die tobenden Zuschauer. Alle waren aufgesprungen und klatschten und pfiffen. Einige riefen sogar seinen Namen. Offenbar hatten sie nicht damit gerechnet, dass er die erste Runde überleben würde.

Er erlaubte sich ein Lächeln und der Jubel der Menge wurde noch lauter.

»Herr!«, brüllte Renwick und kam zu ihm gerannt. »Ihr habt den Helm nicht aufgesetzt!« Er hielt den Helm mit dem Helmbusch hoch.

»Tut mir leid«, entschuldigte Hadrian sich. »Das habe ich ganz vergessen. Ich habe nicht damit gerechnet, dass es so schnell losgeht.«

»Nein? Aber ... aber zum Lanzenstechen muss man doch einen Helm tragen.« Renwick starrte ihn fassungslos an. »Er hätte Euch töten können!«

Hadrian blickte zu Murthas hinüber, der gerade humpelnd und mit Hilfe zweier Männer die Bahn verließ, und zuckte mit den Schultern. »Ich habe ja überlebt.«

»*Überlebt?* Murthas hat Euch nicht einmal berührt und Ihr habt ihn vernichtend geschlagen. Das ist viel besser als nur *überlebt*. Und das Ganze ohne *Helm!* Das habe ich noch nie gesehen. Und wie Ihr ihn aus dem Sattel gefegt habt. Als sei er mit dem Pferd gegen eine Mauer galoppiert. Wahnsinn!«

»Anfängerglück vermutlich. Ich bin hier also fertig?«

Renwick nickte und schluckte ein paar Mal. »Übermorgen kommt die zweite Runde.«

»Gut. Wollen wir uns jetzt ansehen, wie du dich beim Ringstechen und mit der Stechpuppe anstellst? Bei der Stechpuppe musst du aufpassen. Wenn du sie nicht richtig triffst, schwingt sie zurück und stößt dich vom Pferd.«

»Ich weiß«, sagte Renwick, aber sein Gesicht zeigte, dass er immer noch unter Schock stand. Sein Blick wanderte in einem fort von Hadrian zu Murthas und zurück zu der immer noch applaudierenden Menge.

Amilia hatte noch nie bei einem Ritterturnier zugesehen. Und jetzt, wo sie auf der Tribüne saß, fiel ihr ein, dass sie seit über einem Jahr nicht einmal den Palast verlassen hatte. Entsprechend freute sie sich, trotz der Kälte. Sie saß auf einem dicken Samtkissen, hatte sich eine flauschige Decke über den Schoß gebreitet und hielt einen Becher mit heißem Apfelmost in den Händen. Alles war so schön und so viele bunte Farben belebten die ansonsten winterlich trübe Welt. Um sie saßen nach ihrem Rang geordnet weitere Adlige. Gegenüber drängten sich hinter einem Zaun die Armen, eine graue Masse, die sich kaum von dem schmutzig weißen Schnee dahinter abhob. Sie hatten keine Sitzplätze, sondern mussten im Matsch stehen. Frierend traten sie von einem Bein aufs andere. Die Hände hatten sie gegen die Kälte in die Ärmel gesteckt. Trotzdem wirkten sie vergnügt und schienen das Turnier zu genießen.

»Das sind drei gebrochene Lanzen für Prinz Rudolf!«, kreischte die Herzogin und klatschte begeistert. »Wirklich höchst unterhaltsam. Aber natürlich nicht mit dem Ritt von Ritter Hadrian zu vergleichen. Wir dachten schon, sein letztes Stündlein hätte geschlagen. Ich kann immer noch nicht glauben, dass er ohne Helm geritten ist! Und wie er Ritter Murthas aus dem Sattel gehoben hat ... In diesem Jahr steht uns auf jeden Fall ein spannendes Turnier bevor, Amilia.«

Sie zog Amilia am Ärmel und streckte die Hand aus. »Da, sie ziehen die blau-goldene Flagge auf. Das sind Baron Brecktons Farben. Er ist als Nächster dran. Ja, da kommt er schon, und seht doch, an seinem Arm, er trägt Euer Band. Wie aufregend! Die anderen Damen sabbern schon. Nein, seht nicht hin, meine Liebe, sie starren Euch alle an. Wenn Augen Dolche wären und Blicke töten könnten ...« Sie verstummte vielsagend. »Sie wissen alle, wen Ihr erobert habt, und hassen Euch dafür. Herrlich.«

»Wirklich?« Amilia merkte erst jetzt, von wie vielen Frauen sie angestarrt wurde. Sie senkte den Kopf und blickte in ihren Schoß. »Ich will nicht, dass man mich hasst.«

»Unsinn. Bei solchen Turnieren kämpfen nicht nur die Ritter, sondern auch die Zuschauer, und es kann nur einen Sieger geben. Der einzige Unterschied ist, dass die Ritter am hellen Tag kämpfen und die Damen bei Kerzenschein. Ihr habt die erste Runde gewonnen, aber jetzt müssen wir sehen, ob Eure Eroberung klug war, weil Euer Sieg von Baron Brecktons Können abhängt. Breckton tritt gegen Gilbert an, und das dürfte ein ebenbürtiger Gegner sein. Vor ein paar Jahren hat Gilbert sogar einen Gegner getötet. Es war natürlich ein Unfall, aber er wird deshalb von seinen Gegnern immer noch gefürchtet. Gerüchten zufolge soll er sich vorgestern Abend allerdings am Bein verletzt haben. Na, wir werden sehen.«

»Getötet?« Amilia spürte einen Knoten im Magen. Eine Trompete ertönte und die Fahne ging hinunter.

Hufgetrappel erschütterte den Boden und Amilias Herz begann vor Panik zu klopfen. Vor dem Zusammenprall schloss sie die Augen.

Ein dumpfer Schlag.

Die Menge tobte.

Amilia öffnete die Augen. Gilbert saß noch auf dem Pferd, schwankte aber. Baron Breckton trabte unverletzt zu seinem Bahnende zurück.

»Das wäre eine Lanze für Breckton«, bemerkte Leo, an niemanden gerichtet.

Der Herzog saß auf der anderen Seite von Genevieve und wirkte gesprächiger, als Amilia ihn je erlebt hatte. Die Herzogin konnte stundenlang über alles Mögliche plaudern, Leopold dagegen schwieg meist. Wenn er sprach, dann so leise, dass Amilia das Gefühl hatte, seine Worte seien nur an Maribor gerichtet.

Nimbus saß rechts von ihr und warf ihr immer wieder Blicke zu. Er wirkte angespannt, was ihn unendlich sympathisch machte.

»Seht Euch an, wie sie diesen Gilbert stützen«, plapperte die Herzogin weiter. »Er sollte wirklich nicht noch einmal antreten. Oh, er nimmt die Lanze wieder auf – wie tapfer von ihm.«

»Er muss die Spitze hochhalten«, bemerkte Leo.

»Richtig, Leo, du hast wie immer vollkommen recht. Aber er hat nicht mehr die Kraft dazu. Und seht Euch Breckton an. Wie ungeduldig er ist und wie die Sonne auf seiner Rüstung blitzt! Er putzt sie sonst nicht. Er ist Soldat, kein Turnierritter, aber er suchte eine Schmiede auf und ließ sie polieren, dass sogar der Wind sich darin spiegeln könnte. Warum, glaubt Ihr, tut ein Mann, der sich seit Monaten nicht mehr die Haare gekämmt hat, so etwas?«

Amilia war in einem Ausmaß aufgeregt, verlegen und glücklich, das sie nicht für möglich gehalten hätte. Die Fanfare ertönte und wieder galoppierten zwei Pferde aufeinander zu.

Eine Lanze zerbrach und Gilbert fiel aus dem Sattel. Breckton war auch diesmal nichts passiert. Die Zuschauer jubelten und Amilia war zu ihrer eigenen Überraschung wie die anderen aufgesprungen. Sie hatte ein Lächeln im Gesicht, gegen das sie nichts tun konnte.

Breckton vergewisserte sich, dass Gilbert nicht verletzt war, dann trabte er zur Tribüne. Vor Amilias Platz im für den Adel reservierten Abschnitt hielt er an. Er warf die abgebrochene Lanze weg, nahm den Helm ab, stellte sich in die Steigbügel und verbeugte sich vor ihr. Ohne nachzudenken, stieg sie die Stufen zum Geländer hinunter. Als sie unter dem Dach hervor und in die Sonne trat, wurde der Beifall noch lauter, besonders auf der Seite, auf der das gemeine Volk saß.

»Für Euch, Baronesse«, sagte Breckton.

Er schnalzte mit der Zunge und auch sein Pferd verbeugte sich, wieder zum Jubel der Menge. Amilia fühlte sich wunderbar leicht, ihr Kopf war wie leergefegt und es zählte nichts mehr als dieser eine Moment in der Sonne. Sie spürte Nimbus' Hand auf ihrem Arm und drehte sich um. Saldur blickte finster zu ihr herunter.

»Es ist nicht ratsam, zu lange in der Sonne zu stehen, Baronesse«, mahnte Nimbus. »Ihr könntet Euch die Haut verbrennen.«

Der Ausdruck auf Saldurs Gesicht holte Amilia in die Wirklichkeit zurück und sie ging zu ihrem Platz. Die anderen adligen Damen starrten sie giftig an.

»Meine Liebe«, sagte die Herzogin ungewöhnlich leise, »dafür, dass Ihr die Regeln dieses Spiels nicht kennt, habt Ihr Euch heute genauso bemerkenswert geschlagen wie Ritter Hadrian.«

Die noch folgenden Lanzenstechen ließ Amilia stumm und abwesend über sich ergehen. Dann waren die Turnierveranstaltungen des Tages beendet und sie verließen die Tribüne. Nimbus ging voraus, die Herzogin folgte mit Amilia und hielt sich an deren Arm fest.

»Ihr begleitet uns doch zur Jagd in der Evasnacht, nicht wahr, meine Liebe?«, fragte sie, als sie über die Wiese zu den wartenden Kutschen gingen. »Ihr müsst mitkommen. Lois soll die ganze Woche an einem wunderschönen weißen Kleid und dazu passenden Wintermantel arbeiten, dann habt Ihr etwas Neues anzuziehen. Wo kriegen wir bloß einen schneeweißen Pelz für die Kapuze her?« Sie schwieg kurz, dann wischte sie den Gedanken mit einer ungeduldigen Handbewegung beiseite. »Ach was, das soll Lois sich überlegen. Bis dann, lebt wohl!« Die herzogliche Kutsche fuhr an, und sie warf Amilia eine Kusshand zu.

Der Junge stand einfach nur da.

Er wartete auf der anderen Straßenseite, und Amilias Blick fiel auf ihn, als die herzogliche Kutsche wegfuhr. Ein Straßenjunge in verdreckten Kleidern, der sie mit einer Mischung aus Schrecken und Entschlossenheit anstarrte. In den Armen hielt er ein schmutziges Bündel. Als sie seinen Blick erwiderte, schien er seinen ganzen Mut zusammenzunehmen und schlüpfte durch den Zaun.

»Ba-baronesse Ami …«, brachte er noch heraus, dann packte ihn ein Soldat unsanft und stieß ihn zurück. Der Junge fiel in den Schnee, richtete sich wieder auf und sah Amilia verzweifelt an. »Bitte, ich …«

Die Wache versetzte ihm einen Tritt in den Magen und der Junge blieb zusammengekrümmt vor ihren Füßen liegen. Ein zweiter Soldat trat ihn in den Rücken und er schloss die Augen vor Schmerzen.

»Aufhören!«, rief Amilia. »Lasst ihn in Ruhe!«

Die Wachen sahen sie verwirrt an.

Der auf dem Boden liegende Junge holte mühsam Luft.

»Helft ihm aufzustehen!« Sie wollte zu ihm gehen, aber Nimbus hielt sie am Arm fest.

»Vielleicht nicht hier, Baronesse.« Er wies mit einem Nicken auf die Schaulustigen, die sich an den wartenden Kutschen versammelt hatten. Viele wollten sehen, wen die Wachen ergriffen hatten. »Ihr habt Regent Saldur heute schon einmal verärgert.«

Amilia überlegte und sah den Jungen an. »Setzt ihn in meinen Wagen«, befahl sie den Wachen.

Die Männer zerrten den Jungen hoch und versetzten ihm einen Stoß in den Rücken. Er ließ sein Bündel fallen, konnte es gerade noch aufheben und kletterte hastig in die Kutsche. Amilia warf Nimbus einen Blick zu und Nimbus zuckte die Schultern. Sie stiegen hinter dem Jungen ein und setzten sich.

Der Junge kauerte auf dem Sitz gegenüber und starrte sie in Panik an.

Der Höfling musterte ihn kritisch. »Ich schätze ihn auf zehn, höchstens zwölf. Bestimmt ein Waise, der seinem Aussehen nach auf der Straße lebt. Was wohl in dem Bündel ist? Eine tote Ratte?«

»Hört auf, Nimbus«, sagte Amilia vorwurfsvoll. »Natürlich nicht. Wahrscheinlich nur sein Mittagessen.«

»Meine ich ja«, nickte der Lehrer.

Amilia sah ihn wütend an. »Pst, Ihr macht ihm Angst.«

»Ich? *Er* ist doch mit seinem schmutzigen Bündel zu uns gekommen.«

»Du brauchst keine Angst zu haben«, sagte Amilia leise.

Der Junge nickte kaum merklich. Sein Blick wanderte unablässig durch den Innenraum der Kutsche, kehrte aber wie magisch angezogen immer wieder zu Amilia zurück.

»Das mit den Wachen tut mir leid. Sie waren wirklich schrecklich grob. Nimbus, habt Ihr ein paar Pfennige, die wir ihm geben könnten?«

Der Höfling sah sie ratlos an. »Tut mir leid, Baronesse. Ich habe nie Geld dabei.«

Amilia seufzte enttäuscht, zwang sich aber zu einem Lächeln. »Was wolltest du mir denn sagen?«

Der Junge fuhr sich mit der Zunge über die Lippen. »Ich ... ich will der Imperatorin etwas schenken.« Er blickte auf das Bündel.

»Was denn?« Amilia wollte sich lieber nicht vorstellen, was das sein mochte.

»Ich habe gehört ... also ... es hat geheißen, sie könnte heute nicht zum Turnier kommen, weil sie krank ist. Da dachte ich, dass ich ihr das hier bringen muss.« Er klopfte auf das Bündel.

»Was denn? Was ist da drin?«

»Etwas, das sie wieder gesund macht.«

»Oh nein, also doch eine tote Ratte, stimmt's?« Nimbus erschauerte.

Der Junge schlug das Bündel auf und zog ein zusammengefaltetes, schimmerndes Gewand heraus, wie Amilia es noch nie gesehen hatte. »Es hat meinem besten Freund das Leben gerettet ... ihn über Nacht geheilt, wirklich. Es ist ein ... ein Zaubermantel!«

»Vielleicht eine Reliquie?«, überlegte Nimbus.

Amilia lächelte den Jungen an. »Wie heißt du?«

»Die anderen nennen mich Minte, Herrin. Meinen wirklichen Namen kenne ich nicht, aber Minte ist gut.«

»Also, Minte, das ist wirklich ein tolles Geschenk. Aber der Mantel sieht sehr teuer aus. Meinst du nicht, du solltest ihn behalten? Er sieht viel besser aus als das, was du anhast.«

Minte schüttelte den Kopf. »Ich glaube, er will, dass ich ihn der Imperatorin schenke – damit sie wieder gesund wird.«

»*Er?*«, fragte Amilia.

»Das ist schwer zu erklären.«

»Das sind solche Dinge immer«, warf Nimbus ein.

»Könnt Ihr ihn also der Imperatorin geben?«

»Vielleicht sollte er ihn selbst überreichen«, schlug Nimbus vor.

Amilia sah ihn erstaunt an. »Im Ernst?«

»Ihr wolltet ihn doch für die grobe Behandlung durch die Wachen entschädigen. Für Leute wie ihn wiegt eine Begegnung mit der Imperatorin ein paar Prellungen bei weitem auf. Und er ist ja nur ein kleiner Junge. Niemand wird daran Anstoß nehmen.«

Amilia überlegte kurz und betrachtete den Jungen, der ihren Blick mit aufgerissenen Augen erwiderte. »Was meinst du, Minte? Möchtest du dein Geschenk der Imperatorin selbst überreichen?«

Der Junge schien gleich in Ohnmacht fallen zu wollen.

Drei Monate zuvor war Modina in ihrem Schlafzimmer einer Maus begegnet. Sie hatte die Lampe angezündet, und die Maus hatte, in Panik erstarrt, mitten im Zimmer gesessen. Modina hatte sie aufgehoben und gespürt, wie die kleine Brust sich hob und senkte. Die Maus hatte sie in schrecklicher Angst mit ihren schwarzen Knopfaugen angestarrt. Modina hatte schon gefürchtet, sie könnte vor Angst sterben. Auch nachdem sie sie wieder auf den Boden gesetzt hatte, machte sie keinen Mucks. Erst nachdem Modina das Licht gelöscht und eine Weile gewartet hatte, hörte sie die Maus weghuschen. Sie war nie mehr aufgetaucht – erst heute wieder.

Der Junge war zwar keine Maus, sah sie aber mit demselben Blick an. Er hatte kein Fell und keine Schnurrhaare, aber die Augen waren unmissverständlich. Wie erstarrt stand er vor ihr und nur seine Brust hob und senkte sich und seine Arme und Beine zitterten.

»Wie heißt er gleich? Maus?«

»Minte«, verbesserte Amilia. »So heißt du doch?«

Der Junge schwieg und drückte das Bündel an sich.

»Ich bin ihm nach dem Turnier begegnet. Er will Euch etwas schenken. Los, Minte.«

Statt etwas zu sagen, streckte Minte der Imperatorin mit beiden Händen das Bündel hin.

»Er will Euch das schenken, weil Saldur verkündet hat, Ihr wärt krank und könntet das Turnier nicht besuchen. Er meint, es könnte Euch heilen.«

Modina nahm das Bündel, öffnete es und zog das Gewand heraus. Obwohl der Junge es in einen alten, schmutzigen Sack eingewickelt hatte, schimmerte es und hatte keine einzige Falte und keinen einzigen Fleck.

»Das ist ja schön«, sagte sie in aufrichtiger Bewunderung. Sie hielt es hoch und sah zu, wie das Licht mit dem Stoff spielte. »Es erinnert mich an jemanden, den ich früher kannte. Ich werde gut darauf aufpassen.«

Als der Junge das hörte, liefen ihm Tränen über die schmutzigen Wangen. Er fiel vor Modina auf die Knie und drückte die Stirn an den Boden.

Verwirrt sah Modina Amilia an, doch die zuckte nur mit den Schultern. Die Imperatorin musterte den Jungen, dann sagte sie zu Amilia: »Er sieht halb verhungert aus.«

»Soll ich mit ihm in die Küche gehen?«

»Nein, er soll hier bleiben. Lass etwas zu essen heraufbringen.«

Amilia ging und Modina legte den Mantel auf einen Stuhl. Dann setzte sie sich auf die Bettkante und betrachtete den Jungen. Er hatte sich nicht bewegt und kniete weiter mit gesenkter Stirn auf dem Boden. Nach einer Weile hob er den Kopf, sagte aber nichts.

»Im Schweigen bin ich auch ziemlich gut«, sagte Modina schließlich freundlich. »Wenn du willst, können wir tagelang hier sitzen und schweigen.«

Die Lippen des Jungen begannen zu zittern. Er öffnete den Mund, wie um etwas zu sagen, und hielt inne.

»Nur zu, sprich frei heraus.«

Der Junge begann zu sprechen und die Worte sprudelten nur so aus ihm heraus, als müsste er alles in einem einzigen Atemzug sagen. »Ich will nur, dass es Euch wieder gut geht, wirklich. Ich habe Euch den Mantel gebracht, weil er Kine gerettet hat. Ich sage Euch, er hat ihn über Nacht geheilt. Kine lag im Sterben und wäre am Morgen ganz bestimmt tot gewesen. Aber der Mantel hat ihn geheilt. Als es heute Morgen dann hieß, Ihr wärt zu krank für das Turnier, wusste ich, dass ich ihn Euch bringen muss, damit es Euch wieder gut geht.«

»Es tut mir leid, Minte, aber was ich habe, kann der Mantel leider nicht heilen.«

Der Junge runzelte die Stirn. »Aber ... Kine hat er auch geheilt und der hatte schon blaue Lippen.«

Modina ging zu dem Jungen und setzte sich vor ihm auf den Boden.

»Ich weiß, dass du es gut meinst, und es ist wirklich ein wunderschönes Geschenk, aber manche Dinge kann man eben nicht mehr heil machen.«

»Aber ...«

»Kein Aber. Du darfst dir keine Sorgen um mich machen, hast du verstanden?«

»Warum nicht?«

»Du darfst es einfach nicht. Kannst du das für mich tun?«

Der Junge hob den Kopf und erwiderte ihren Blick. »Für Euch würde ich alles tun.«

Er klang aufrichtig und überzeugt. Vollkommen überrascht sah sie ihn an.

»Ich liebe Euch«, fügte er hinzu.

Die drei Worte erschütterten sie, und obwohl sie auf dem Boden saß, musste sie sich mit der Hand abstützen.

»Nein«, sagte sie. »Unmöglich. Du hast mich doch eben erst ...«

»Doch.«

Modina schüttelte den Kopf. »Nein, tust du nicht!«, erwiderte sie heftig. »Das tut niemand!«

Der Junge zuckte zusammen, als hätte sie ihn geschlagen. Er schlug den Blick wieder nieder, fügte aber leise hinzu: »Aber ich schon. Alle tun das.«

Die Imperatorin starrte ihn an.

»Was soll das heißen – ›alle‹?«

»Alle eben«, wiederholte der Junge verwirrt. Er zeigte zum Fenster.

»Du meinst die Leute in der Stadt?«

»Ja, die, aber nicht nur die von hier, sondern von überall. Alle lieben Euch. Die Menschen sind von überall in die Stadt gekommen. Ich habe sie reden hören. Sie sind gekommen, weil sie Euch sehen wollen. Und sie sagen, dass jetzt alles besser wird, weil Ihr da seid. Und dass sie für Euch sterben würden.«

Modina starrte ihn entgeistert an, dann stand sie langsam auf.

Sie trat zum Fenster und blickte in die Ferne – über die Dächer der Stadt zu den Hügeln und schneebedeckten Bergen dahinter.

»Habe ich etwas Falsches gesagt?«, fragte Minte.

Modina drehte sich zu ihm um. »Nein, überhaupt nicht. Es ist nur ….« Sie machte eine Pause. Dann trat sie vor den Spiegel und fuhr mit den Fingern über die Scheibe. »Wir haben noch zehn Tage bis Wintertid, nicht wahr?«

»Ja. Warum?«

»Weil du mir etwas geschenkt hast, würde ich dir auch gerne etwas schenken, und es sieht so aus, als bliebe mir dazu noch Zeit.«

Sie ging zur Tür und öffnete sie. Davor wartete wie immer Gerald. »Gerald«, sagte sie, »kannst du mir einen Gefallen tun?«

15

Die Jagd

»Schöne Evasnacht, Ritter Hadrian«, sagte eine junge Frau munter, als er den Kopf aus dem Zimmer steckte. Sie gehörte zu den kichernden Zofen, die ihm seit dem ersten Lanzenstechen ständig zulächelten und vor ihm knicksten. Nach dem zweiten Stechen verbeugten sich die Pagen vor ihm und die Wachen nickten in seine Richtung. Sein dritter Sieg war genauso deutlich ausgefallen wie die beiden vorangegangenen, hatte aber insofern schlimmere Folgen, als jetzt auch sämtliche Ritter und Adligen im Palast auf ihn aufmerksam wurden. Nach dem Turnier konnte er jeweils wählen, ob er in seinem Zimmer bleiben oder in den Festsaal gehen wollte. Da er lieber allein war, bevorzugte er gewöhnlich sein Zimmer.

Auch an diesem Morgen wanderte er wieder, wie an den meisten Tagen, durch die Gänge des Palasts. Bei einigen Gelegenheiten hatte er von ferne Albert gesehen, aber sie hatten darauf verzichtet, miteinander zu sprechen. Royce blieb spurlos verschwunden. Auf dem Weg durch die große Eingangshalle blieb er stehen. Die mit Kerzen und Schnitzwerk geschmückte Treppe führte im Zickzack nach oben. Irgendwo vier Stockwerke über ihm lag das Mädchen, das er einst als

Thrace kennengelernt hatte, wahrscheinlich noch schlafend im Bett. Er setzte den Fuß auf die erste Stufe.

»Ritter Hadrian?«, sprach ihn ein Mann an, den er nicht kannte. »Großartiger Sieg gestern. Ihr habt Louden einen Stoß versetzt, den er nicht so schnell vergessen wird. Das Splittern war bis ganz nach oben auf der Tribüne zu hören. Es heißt, Louden brauche einen neuen Brustpanzer, und zwei Rippen habt Ihr ihm auch gebrochen! Was für ein Treffer, was für ein Sieg! Ich habe bei den ersten drei Stechen einen Haufen Geld verloren, weil ich gegen Euch gewettet habe, aber inzwischen habe ich alles zurückgewonnen. Jetzt bleibe ich Euch bis zum Finale treu. Ich glaube fest an Euch. Wohin wollt ihr?«

Hadrian zog den Fuß hastig zurück. »Nirgendwohin. Ich vertrete mir ein wenig die Beine.«

»Jedenfalls wollte ich Euch nur sagen, macht weiter so. Ich drücke Euch die Daumen.«

Der Mann ließ Hadrian am Fuß der Treppe stehen und verschwand durch den Haupteingang.

Was soll ich tun? Unangekündigt in ihre Gemächer marschieren? Es ist über ein Jahr her, dass ich mit ihr gesprochen habe. Ob sie wütend auf mich ist, weil ich nicht früher Kontakt zu ihr aufgenommen habe? Erinnert sie sich überhaupt an mich?

Hadrian blickte die Treppe hoch.

Vielleicht geht es ihr ja auch gut. Dass man sie nie sieht, hat nicht unbedingt etwas zu bedeuten.

Schließlich war Modina die Imperatorin, bestimmt behandelte man sie einigermaßen anständig. In Dahlgren war sie auch glücklich gewesen, und das war ein ärmliches Dorf gewesen, in dem ein schreckliches Ungeheuer jede Nacht Menschen getötet hatte.

Kann das Leben in einem Palast schlimmer sein?

Er sah sich um und sein Blick fiel auf die beiden schattenhaften Gestalten, die bewegungslos am Eingang zum Thronsaal an der Wand lehnten. Mit einem Seufzer wandte er sich von der Treppe ab und ging in Richtung Wirtschaftsflügel.

Die Sonne war noch nicht aufgegangen, aber in der Küche herrschte bereits reger Betrieb. Von gewaltigen Kesseln stiegen dicke Dampfwolken auf und an den Wänden lief das Wasser hinunter. Fleischer klopften auf Hackblöcken Fleisch weich und erteilten ihren Gehilfen Anweisungen. Die Gehilfen riefen etwas zurück und rannten mit Eimern hin und her. Mägde schrubbten Besteck, Pfannen und Schüsseln. Die verschiedensten Gerüche erfüllten die Luft – wunderbare Düfte, zum Beispiel nach frischgebackenem Brot, aber auch abstoßende, nach Schwefel stinkende Ausdünstungen. Anders als im übrigen Palast waren Wände und Tische nicht festlich geschmückt. Hier, hinter den Kulissen, erinnerten an Wintertid lediglich die zum Abkühlen auf Tischen und Bänken stehenden Tabletts mit kandierten Äpfeln und Plätzchen, die wie Schneeflocken geformt waren.

Fasziniert blieb Hadrian stehen, und die Bediensteten drehten sich nach ihm um. Die Arbeit verlangsamte sich und kam schließlich ganz zum Erliegen. Es wurde so still, dass nur noch die blubbernden Töpfe, das Knacken der Herdfeuer und das von einer Kelle tropfende Wasser zu hören waren. Diener und Mägde starrten ihn an, als hätte er zwei Köpfe oder drei Arme.

Er setzte sich auf einen Hocker an einem leeren Tisch. Hier schien das Küchenpersonal zu essen. Er versuchte ganz zwanglos zu tun, was ihm aber angesichts der auf ihn gerichteten Blicke nicht gelang.

»Was ist hier los?«, rief eine dröhnende Stimme. Sie gehörte einem Koch, einem Hünen mit einem dicken Bart und Augen, die von einem Kranz aus Lachfältchen umgeben waren. Der Hüne sah Hadrian und seine Augen verengten sich. Einen kurzen Moment lang war zu spüren, dass er auch eine andere

Seite hatte, ähnlich wie ein verspielter Hund, der plötzlich einen Fremden anknurrt.

»Was kann ich für Euch tun, Herr?«, fragte er und kam mit einem Fleischerbeil in der Hand näher.

»Ich will nicht stören, ich hoffte nur, hier etwas zu essen zu finden.«

Der Koch betrachtete ihn näher. »Ihr seid ein Ritter?«

Hadrian nickte.

»Und ein Frühaufsteher, wie ich sehe. Wenn Ihr etwas zu essen wünscht, lasse ich es Euch in den Bankettsaal bringen.«

»Ich würde eigentlich lieber hier essen. Geht das?«

»Wie bitte?« Der Koch klang verwirrt. »Mit Verlaub, warum sollte ein adliger Herr wie Ihr in einer heißen, schmutzigen Küche essen wollen, inmitten von scheppernden Töpfen und schwatzenden Mägden?«

»Weil ich mich hier wohler fühle«, erklärte Hadrian. »Und man soll sich beim Essen doch wohl fühlen. Aber wenn es natürlich Schwierigkeiten macht ...« Er stand auf.

»Ihr seid Ritter Hadrian, nicht wahr? Ich hatte keine Zeit, zum Lanzenstechen zu gehen, aber die meisten meiner Angestellten waren dort, wie Ihr gemerkt habt. Ihr seid eine Berühmtheit. Ich habe alle möglichen Geschichten über Euch und Eure Karriere bei Hof gehört. Sind sie wahr?«

»Das kann ich nicht beurteilen, aber dass ich Hadrian heiße, stimmt.«

»Freut mich, Euch kennenzulernen. Ich bin Ibis Feinlein. Setzt Euch, ich bringe Euch etwas zu essen.«

Der Koch eilte weg und ermahnte unterwegs seine Leute, an die Arbeit zurückzukehren. Doch viele warfen Hadrian weiterhin verstohlene Blicke zu, wenn Feinlein sie nicht sehen konnte. Wenig später kehrte er mit einem Tablett mit Hühnerfleisch, Spiegeleiern und Brötchen und einem mit dunklem Bier gefüllten Becher zurück. Das Fleisch war so heiß, dass

Hadrian es kaum halten konnte, und die Brötchen dampften, als er sie teilte.

»Ich danke Euch«, sagte Hadrian und biss in ein Brötchen.

Ibis sah ihn überrascht an und lachte leise. »Bei Mar! Ein Ritter, der sich bei einem Koch bedankt! An den Geschichten scheint doch etwas Wahres dran zu sein.«

Hadrian zuckte mit den Schultern. »Wahrscheinlich vergesse ich einfach nur immer wieder, dass ich jetzt ein Adliger bin. Früher, als gewöhnlicher Bürger, wusste ich ganz genau, was ›adlig‹ ist, aber jetzt nicht mehr.«

Der Koch lächelte. »Baronesse Amilia hat dasselbe Problem. Ich muss sagen, es gefällt mir, zu sehen, wie anständige Leute es in der Welt zu etwas bringen. Es heißt, Ihr wärt der beste Ritter des Turniers und hättet bisher noch jeden Gegner besiegt. Wie ich höre, habt Ihr beim ersten Stechen gegen Ritter Murthas sogar ohne Helm gekämpft!«

Hadrian nickte und verlagerte das Fleisch, das er im Mund hatte, vorsichtig von einer Seite auf die andere, um sich nicht die Zunge zu verbrennen.

»Wer so kämpft und von einfachen Leuten abstammt wie wir«, fuhr Ibis fort, »macht sich beim Volk beliebt. Leute wie wir, die sich ihren Lebensunterhalt sauer verdienen müssen, bewundern jemanden wie Euch.«

Hadrian wusste nicht, was er darauf antworten sollte, und begnügte sich damit, das Fleisch hinunterzuschlucken. Der tosende Applaus der Menge hatte ihn von Runde zu Runde begleitet, doch lag ihm gar nichts daran. Er hatte eine andere, geheime Aufgabe, die überhaupt nicht ehrenhaft war. Nach den Regeln des Turniers gehörten ihm die Pferde der fünf Ritter, die er aus dem Sattel gehoben hatte, doch er hatte von diesem Recht keinen Gebrauch gemacht. Nicht nur weil er keine Verwendung für die Pferde hatte, sondern weil er sie nicht verdiente. Alles, was er wollte, war das Leben von Arista und

Gaunt. Die Abmachung mit den Regenten hatte für ihn etwas Anrüchiges, deshalb wollte er an seinen Siegen auch nichts verdienen und sich nicht einmal daran freuen. Trotzdem jubelten die Zuschauer jedes Mal, wenn er ein Pferd ablehnte, weil sie glaubten, dass er es aus ritterlicher Demut und Bescheidenheit tat. Dabei war er nicht einmal ein richtiger Ritter, sondern ein Auftragsmörder.

»Jetzt seid nur noch Ihr und Breckton übrig, stimmt's?«, fragte Ibis.

Hadrian nickte trübsinnig. »Wir kämpfen morgen. Für heute ist eine Art Jagd geplant.«

»Oh ja, die Beizjagd. Ich werde für das Bankett heute Abend jede Menge Vögel zu braten haben. Nehmt Ihr denn nicht daran teil?«

»Ich bin nur zum Turnier hier«, sagte Hadrian, der den Mund schon wieder voll hatte, kauend.

Ibis bückte sich ein wenig und betrachtete ihn genauer. »Für jemanden, der erst vor kurzem zum Ritter geschlagen wurde und Aussichten hat, das große Wintertid-Turnier zu gewinnen, wirkt Ihr nicht besonders glücklich. Es liegt hoffentlich nicht am Essen.«

Hadrian schüttelte den Kopf. »Das Essen schmeckt ausgezeichnet. Hoffentlich darf ich heute Mittag auch wieder hier essen.«

»Ihr seid jederzeit willkommen. Aber was rede ich da. Ich klinge ja schon wie ein Wirt oder Schlossherr. Dabei bin ich nur der Koch.« Er zeigte mit dem Daumen über die Schulter. »Gut, diese Leute zittern, wenn sie meine Stimme hören, aber Ihr seid ein Ritter. Ihr könnt nach Belieben kommen und gehen. Trotzdem ... wenn mein Essen Euch in eine großzügige Stimmung versetzt hat, würde ich Euch gern um einen Gefallen bitten.«

»Was für einen?«

»Baronesse Amilia ist mir besonders ans Herz gewachsen. Sie ist ein herzensguter Mensch und für mich wie eine Tochter. Vor kurzem scheint sie Gefallen an Baron Breckton gefunden zu haben. Ein braver Mann, wohlgemerkt, der sich darauf versteht, mit der Lanze umzugehen, aber nach dem, was ich höre, werdet Ihr ihn vermutlich besiegen. Ich will nun überhaupt nichts gegen Euch sagen – für jemanden meines Standes wäre es töricht, auch nur eine Andeutung in dieser Richtung zu machen, aber ...«
»Aber?«
»Manche Ritter wollen ihre Gegner möglichst schwer verletzen und zielen etwa auf ihr Visier. Wenn Breckton aber etwas zustoßen würde ... ich will einfach nicht, dass Amilia leiden muss. Sie hatte bisher nicht viel vom Leben. Sie stammt aus einer armen Familie und musste immer nur hart arbeiten. Selbst jetzt lässt dieser ... ich meine, lässt Regent Saldur sie Tag und Nacht schuften. Trotzdem war sie in letzter Zeit glücklich und das soll sie doch weiterhin sein dürfen.«
Hadrian hatte den Blick auf seinen Teller gesenkt und schien ganz damit beschäftigt, mit einem Stück Brot Eigelb aufzutunken.
»Wenn es also irgendwie möglich wäre, Breckton ein wenig zu schonen, wäre das sehr freundlich von Euch. Also, damit er nicht verletzt wird, meine ich. Ich weiß natürlich, dass sich das nicht immer einrichten lässt, bei Maribor, nein. Aber unser Gespräch zeigt mir, dass Ihr ein anständiger Mensch seid. Doch was rede ich da schon wieder! Ich weiß gar nicht, warum ich davon angefangen habe. Ihr werdet schon das Richtige tun, ich spüre es. Jetzt bringe ich Euch noch ein Bier.«
Er nahm Hadrians Becher und entfernte sich. Doch Hadrian war der Appetit vergangen.

Amilia kam sich in mancher Hinsicht vor wie ein Kind, das Saldur an dem Tag in die Welt gesetzt hatte, an dem er sie in der Küche in den Adelsstand erhoben hatte. Sie war kaum mehr als ein Säugling, immer noch damit beschäftigt, einfache Aufgaben zu bewältigen. Und sie machte viele Fehler. Niemand sagte etwas oder lachte sie aus, aber es gab wissende Blicke und verstohlenes Lächeln. Sie fühlte sich fehl am Platz, denn ohne Gebrauchsanweisung hatte sie Mühe, den zahlreichen Fallen und Gefahren des höfischen Lebens auszuweichen.

Wenn ein vornehm gekleideter Adliger sie als *Baronesse* titulierte, fühlte sie sich unbehaglich. Dass eine Wache salutierte, wenn sie an ihr vorbeiging, kam ihr seltsam vor. Zumal dieselben Soldaten vor einem guten Jahr bei ihrem Anblick noch anzüglich gegrinst hatten. Sie war überzeugt, dass die Soldaten das immer noch taten und die Adligen sie immer noch auslachten, allerdings hinter einer Fassade der Höflichkeit. Und sie glaubte, dass sie das lautlose Kichern nur zum Verstummen bringen konnte, indem sie sich anpasste. Wenn sie beim Gehen nicht stolperte, beim Trinken keinen Wein verschüttete, nicht zu laut sprach, nicht die falsche Farbe trug, nicht lachte, wenn es nicht passte, und nicht stumm blieb, wenn sie eigentlich lachen sollte, dann vergaßen die anderen vielleicht, dass sie früher eine Spülmagd gewesen war. Jeder Umgang mit Adligen war für Amilia eine Anfechtung, aber wenn dazu noch eine ungewohnte Umgebung kam, wurde ihr regelrecht übel. Am Morgen der Beizjagd aß sie deshalb nichts.

Der gesamte Hof nahm an der ganztägigen Veranstaltung teil. Ritter, Grafen, Edeldamen und Knappen ritten gemeinsam in den Wald und auf die Wiesen. Hunde liefen hinter ihnen her. Amilia hatte noch nie auf einem Pferd gesessen, nicht einmal auf einem Pony, einem Maultier oder auch nur einem Ochsen. Jetzt saß sie in schwindelerregender Höhe auf einem gewaltigen Schimmel. Sie trug das wunderschöne weiße Gewand mit dazu passendem Mantel, das Herzogin Genevieve für sie hatte anfertigen lassen und das – keineswegs zufällig – vollendet zum Fell ihres Pferdes passte. Ihr rechtes Bein war in einer Gabel zwischen zwei Hörnern eingeklemmt, der Fuß des linken ruhte auf einer Stütze. Sich in dieser Haltung auf dem Rücken des Pferdes zu halten, war eine Herausforderung. Amilia bekam bei jedem Ruckeln Herzklopfen und klammerte sich an der zu Zöpfen geflochtenen Mähne fest. Einige Male wäre sie fast nach hinten vom Pferd gekippt. Sie stellte sich vor, wie sie bei einem Sturz mit dem eingeklemmten Bein hängen bleiben würde, während ihr der Rock über das Gesicht fiel und das Pferd sich aufbäumte. Diese Vorstellung machte ihr eine solche Angst, dass sie kaum zu atmen wagte und wie erstarrt dasaß, den Blick unverwandt auf den Boden gerichtet. Während des zweistündigen Ritts sagte sie kein Wort und blickte nur auf, wenn der Jäger etwas ankündigte.

Aus dem dunklen Wald gelangten sie auf eine sonnenbeschienene Ebene. Durch die Schneedecke ragten hohe, braune Binsen, dazwischen glitzerte in der Morgensonne ein Bach. Kein Lüftchen regte sich und es war eigenartig still. Der Jäger wies die Gesellschaft an, sich am Waldrand zu verteilen und auf das Sumpfgelände hinauszublicken.

Amilia fühlte Erleichterung und Stolz. Offenbar waren sie am Ziel angelangt und sie war nicht vom Pferd gefallen. Sie holte tief Luft, doch dann näherte sich ihr der Falkner.

»Welchen Vogel wollt Ihr heute einsetzen, Baronesse?«, fragte er. Er trug eine rote Haube und an den Händen dicke Handschuhe.

Amilia schluckte. »Äh … was schlagt Ihr vor?«

Der Falkner sah sie überrascht an und Amilia hatte das Gefühl, einen Fehler gemacht zu haben.

»Nun, es gibt viele Vögel, aber keine feste Zuordnung. Der Gerfalke ist traditionell für den König reserviert, der Falke für einen Prinzen oder Herzog, der Wanderfalke für einen Grafen, der Bussard für einen Baron, der Sakerfalke für einen Ritter, der Habicht für einen Adligen, der Terzel für einen, der sich nichts Besseres leisten kann, der Sperber für einen Priester, der Turmfalke für einen Diener und der Merlin für eine vornehme Dame, aber in der Praxis geht es mehr darum ...«

»Sie nimmt Nemesis«, rief die Herzogin von Rochelle und kam neben sie getrabt.

»Natürlich, Hoheit.« Der Falkner verbeugte sich und machte eine rasche Handbewegung. Ein Diener, der einen riesigen Vogel auf der Faust hielt, eilte zu ihm. »Euer Handschuh, Baronesse«, sagte der Falkner und hielt ihr einen Handschuh aus grobem Elchleder hin.

»Zieht den über die linke Hand, meine Liebe«, sagte die Herzogin mit einem beruhigenden Lächeln und spitzbübisch funkelnden Augen.

Amilia nahm den Handschuh mit klopfendem Herzen und zog ihn an.

»Jetzt haltet die Hand hoch, meine Liebe«, befahl die Herzogin. »Vom Gesicht weg.«

Der Falkner nahm dem Diener den Vogel ab und trug ihn zu Amilia. Es handelte sich um ein prächtiges Habichtweibchen, das eine lederne, mit einer kurzen Feder verzierte Haube über den Augen trug, so dass es nichts sehen konnte. Der Falkner reichte es Amilia und es breitete seine mächtigen Flügel aus, schlug damit zwei Mal und packte mit seinen starken Krallen den Handschuh. Der Habicht war leichter, als Amilia erwartet hatte, deshalb hatte sie auch keine Mühe, ihn hochzuhalten. Doch statt der Angst, vom Pferd zu fallen, hatte sie jetzt vor dem Vogel Angst. Starr vor Schreck sah sie zu, wie der Falkner ihr eine Fessel um das Handgelenk schlang und sie dadurch mit dem Habicht verband.

»Ein schöner Vogel«, hörte sie eine Stimme sagen.

»Bestimmt«, antwortete sie hastig und drehte den Kopf. Links von ihr stand Baron Breckton mit seinem Pferd. Ihr war, als müsste sie gleich in Ohnmacht fallen.

»Er gehört der Herzogin von Rochelle. Sie ...« Amilia sah sich suchend um. Die Herzogin war verschwunden und hatte sie allein gelassen. Panik stieg in ihr auf. So freundlich die Herzogin auch war, Amilia bekam allmählich den Verdacht, dass es ihr Vergnügen bereitete, sie zu quälen.

Sie zwang sich zur Ruhe. Neben ihr stand der einzige Mann auf der ganzen Welt, bei dem sie einen guten Eindruck machen wollte. Doch dann merkte sie, dass in der Kälte ihre Nase anfing zu laufen. Mit einer Hand hielt sie den Vogel, mit der anderen umklammerte sie die Zügel. Schlimmer konnte der Tag nicht werden. Da schienen die Götter sich ihrer zu erbarmen und es ertönte die Stimme des Jägers.

»Alle bitte vorrücken!«

Danke, Maribor!

Ihr Pferd stolperte auf dem unebenen, vom Frost aufgesprungenen Boden und sie verlor das Gleichgewicht. Der plötzliche Ruck schreckte auch den Habicht auf und er breitete die Flügel aus, um nicht hinunterzufallen. Dabei zog er Amilias Arm mit, an dessen Handgelenk er festgebunden war. Amilia hätte sich womöglich im Sattel halten können – doch der Vogel zerrte sie unerbittlich nach hinten.

Mit einem Schrei kippte sie rückwärts vom Sattel. Ihr Albtraum wurde Wirklichkeit. Doch bevor sie ganz aus dem Sattel rutschen konnte, wurde ihr Fall plötzlich gestoppt. Baron Breckton hatte ihr den Arm um die Hüfte geschlungen. Obwohl er keine Rüstung trug, fühlte der Arm sich so fest und unnachgiebig an wie ein stählernes Band. Behutsam schob er sie in den Sattel zurück. Der Habicht schlug noch zweimal mit den Flügeln, dann beruhigte er sich und setzte sich wieder auf Amilias Handschuh.

Breckton hielt Amilia fest, bis sie sich wieder zurechtgesetzt und den linken Fuß auf die Stütze gestellt hatte. Er sagte kein Wort. Zutiefst gedemütigt und knallrot im Gesicht, wich sie seinem Blick aus.

Warum musste das ausgerechnet vor ihm passieren!

Sie wollte ihn nicht ansehen und dasselbe herablassende Lächeln ertragen müssen, das sie von so vielen anderen kannte. Den Tränen nahe, wünschte sie sich verzweifelt in den Palast zurück, zum Töpfeputzen in der Küche. Sie hätte sich in diesem Augenblick lieber von Edith Mon oder ihrem rachsüchtigen Geist schikanieren lassen, als so vor Baron Breckton gedemütigt zu werden. Tränen sammelten sich in ihren Augen und sie presste die Lippen aufeinander und holte tief Luft, um sie zurückzuhalten.

»Hat das Habichtweibchen einen Namen?«

Brecktons Frage kam so unerwartet, dass Amilia sie in Gedanken zweimal wiederholen musste, bis sie sie verstand.

»Nemesis«, antwortete sie und dank Maribor versagte ihre Stimme nicht.

»Das passt irgendwie.« Es folgte eine Pause, dann fuhr Breckton fort: »Schöner Tag, nicht wahr?«

»Ja.« Amilia überlegte krampfhaft, was sie noch sagen konnte, aber es fiel ihr nichts ein.

Warum sagt er das? Warum redet er über das Wetter?

Der Ritter seufzte schwer.

Amilia blickte zu ihm auf und stellte fest, dass er nicht hämisch grinste, sondern niedergeschlagen wirkte. Ihre Blicke trafen sich zufällig, während sie sein Gesicht betrachtete, und er sah sofort weg. Seine Finger trommelten einen Marsch auf dem Sattelhorn.

»Aber kalt«, sagte er und fügte rasch hinzu: »Es könnte zumindest wärmer sein, meint Ihr nicht auch?«

»Doch.« Amilia nickte. Bestimmt klang sie mit ihren kurzen Antworten reichlich einfältig. Sie hätte gern mehr gesagt, wäre gern klug und geistreich gewesen, aber ihr Verstand war genauso tiefgefroren wie der Boden.

Sie fing wieder einen Blick Brecktons auf. Diesmal schüttelte er den Kopf, dann seufzte er erneut.

»Was ist?«, fragte sie ängstlich.

»Ich weiß nicht, wie Ihr es anstellt«, sagte er.

Die aufrichtige Bewunderung in seinen Augen verwirrte sie noch mehr.

»Ihr reitet auf einem Schlachtross im Damensattel und mit einem Habicht auf dem Arm über den vom Frost löchrigen Boden und schafft es doch, dass ich mir vorkomme wie ein Schildknappe, der zum ersten Mal ein Schwert in der Hand hält. Baronesse, Ihr seid ein unergründliches Wunder, vor dem ich größte Hochachtung habe.«

Amilia merkte, dass sie ihn schon längere Zeit unverwandt anstarrte. Sofort befahl sie ihren Augen, sich abzuwenden, doch sie wollten ihr nicht gehorchen. Sie wusste nicht, was sie antworten sollte, hatte aber sowieso keine Luft, um zu sprechen. Zu atmen schien in diesem Moment überhaupt unwichtig. Als sie sich schließlich zwang, Luft zu holen, merkte sie, dass sie lächelte. Im nächsten Augenblick wusste sie, dass Baron Breckton es auch bemerkt hatte, denn er hörte schlagartig auf, mit den Fingern auf das Sattelhorn zu trommeln, und straffte sich.

»Baronesse«, rief der Gehilfe des Falkners, »es ist Zeit, den Habicht loszulassen.«

Amilia betrachtete den Raubvogel und überlegte angestrengt, wie um alles in der Welt sie das anstellen sollte.

»Darf ich helfen?«, fragte Baron Breckton. Er langte herüber, entfernte die Haube des Habichts und löste die Fessel.

Der Diener bedeutete Amilia mit einer Armbewegung, sie solle die Hand ruckartig anheben. Amilia gehorchte und der

Habicht breitete die Flügel aus und drückte sich ab. Über ihr kreisend, stieg er zum Himmel auf. Amilia sah ihm nach. Dann spürte sie, dass Breckton den Blick auf sie gerichtet hatte.

»Habt Ihr keinen Vogel?«, fragte sie.

»Nein. Ich hatte nicht erwartet, dass ich an einer Falkenjagd teilnehmen würde. Aber in Wahrheit habe ich auch schon seit Jahren nicht mehr gejagt. Ich hatte schon ganz vergessen, wie viel Vergnügen es bereitet – erst jetzt fällt es mir wieder ein.«

»Ihr könnt also jagen?«

»Oh ja, natürlich. Als Jugendlicher habe ich oft in der Umgebung von Chadwick gejagt. Ich verbrachte mit meinem Vater und meinem Bruder Wesley ganze Wochen damit, Vögel aus ihren Nestern aufzuschrecken und Kaninchen aus ihren Bauten zu treiben.«

»Werdet Ihr schlecht von mir denken, wenn ich Euch sage, dass heute mein erstes Mal ist?«

Breckton wurde ernst und sie bekam schon einen Schrecken, doch dann sagte er: »Baronesse, seid versichert, auch wenn ich bis zu dem Tag leben würde, an dem die Sonne nicht mehr aufgeht, die Flüsse nicht mehr fließen und die Winde nicht mehr wehen, würde ich doch niemals schlecht von Euch denken.«

Amilia unterdrückte wieder ein Lächeln. Auch diesmal gelang es ihr nicht ganz und Baron Breckton bemerkte es erneut.

»Vielleicht könnt Ihr mir helfen, weil mich das alles sehr verwirrt.« Amilia zeigte auf ihre Umgebung.

»Es geht ganz einfach. Die Vögel *warten an* – das heißt, sie schweben über unseren Köpfen und warten darauf, anzugreifen, ähnlich wie Soldaten, die zur Schlacht angetreten sind. Unsere Gegner sind schlau. Sie haben sich auf dem Gelände zwischen uns und dem Fluss versteckt. Da wir mit den Pferden hier stehen, werden sie nicht versuchen, in unsere Richtung zu fliehen, was sie sonst natürlich tun würden – weil sie im Wald sicher sind.«

»Aber wie finden wir unsere Gegner, wenn sie sich versteckt halten?«

»Wir müssen sie aus ihrem Versteck treiben oder, in unserem Fall, aufscheuchen. Seht Ihr dort? Da kommt der Jäger mit den Hunden.«

Amilia drehte sich um. Geführt von einem Dutzend Pagen aus dem Palast, hatte sich eine Meute ungeduldiger Hunde am Waldrand versammelt. Die Hunde wurden losgelassen und verschwanden im hohen Gras. Ohne zu bellen verteilten sie sich über das verschneite Gelände und nur ihre erhobenen Schwänze tauchten gelegentlich zwischen den Binsenstengeln auf.

Der Jäger gab dem Falkner mit einer blauen Flagge ein Signal und der Falkner bedeutete den Reitern mit einem Winken, dass sie langsam in Richtung Fluss reiten sollten. Amilia, die ohne den Vogel besser mit ihrem Pferd zurechtkam, schloss sich den anderen an. Stumm rückten sie vor. Amilia spürte ein aufgeregtes Kribbeln, obwohl sie keine Ahnung hatte, was gleich passieren würde.

Der Falkner hob die Hand und die Reiter blieben stehen. Amilia blickte zum Himmel auf. Die Vögel waren zusammen mit ihnen vorgerückt. Der Falkner schwenkte eine rote Flagge und der Jäger blies in eine Pfeife. Die Hunde brachen durch das Gras, und im nächsten Moment explodierte die Wiese förmlich. Schwärme von Wachteln stiegen flatternd zum Himmel auf. Bei ihrer panischen Flucht vor den riesigen Hunden übersahen sie ganz die tödliche Gefahr, die sie dort erwartete. Die Habichte gingen im Sturzflug auf ihre Opfer nieder, schlugen die Krallen in sie hinein und flogen mit ihnen zum Boden hinunter. Ein Habicht trug seine Beute sogar bis zum Fluss und traf dort zusammen mit der Wachtel auf dem Wasser auf.

»Das war Nemesis!«, rief Amilia erschrocken. Sie hatte den kostbaren Vogel der Herzogin in tödliche Gefahr gebracht! Sofort trat sie ihrem Pferd in die Flanken und das Pferd machte einen Satz nach vorn. Sie galoppierte über die Wiese. Als sie sich dem Fluss näherte, sah sie, dass bereits ein Hund zu den beiden Vögeln hinausschwamm. Ein zweiter Hund sprang in die eisigen Fluten und folgte ihm. Draußen kämpften die Vögel flügelschlagend und spritzend miteinander.

Amilia wollte schon in das Wasser hineinreiten, doch Breckton bekam ihr Pferd am Zaumzeug zu fassen und zog es zurück.

»Wartet!«

»Aber der Vogel!«, stieß Amilia keuchend hervor, den Blick unverwandt auf die Gischtwolke gerichtet.

»Dem passiert nichts«, versicherte Breckton. »Seht doch.«

Der erste Hund war bei dem Habicht angekommen und nahm ihn ohne zu zögern ins Maul. Er hielt ihn hoch, wendete und kehrte zum Ufer zurück. Währenddessen schwamm der zweite Hund zu der Wachtel hinaus und packte sie. Während die Wachtel verzweifelt flatterte, wehrte sich der Habicht zu Amilias Erstaunen überhaupt nicht.

»Wie Ihr seht, wurden Hunde und Vögel dazu erzogen, einander zu vertrauen und zu beschützen. Es ist genauso wie bei den Soldaten.«

Der erste Hund kletterte mit dem Habicht im Maul aus dem Wasser. Amilia und Breckton stiegen ab und der Hund brachte ihnen den Vogel. Er öffnete das Maul und der Habicht hüpfte auf Amilias Faust. Dort öffnete er die Flügel und schüttelte sie, dass die Wassertropfen durch die Luft flogen.

»Ihm fehlt nichts!«, rief Amilia erstaunt.

Ein Junge rannte zu ihr. In der Hand hielt er eine tote Wachtel, deren Füße mit einer Schnur zusammengebunden waren.

»Eure Wachtel, Baronesse.«

Als Hadrian später am Tag in die Küche zurückkehrte, stand dort mehr als nur ein Teller für ihn bereit. Der ganze Tisch war mit einem Sortiment von Fleisch, Käse und Brot beladen. Außerdem hatte man saubergemacht. Leere Säcke waren verschwunden, die Regale abgestaubt und der Boden gewischt. Die Kerzen auf dem Tisch waren neu, der Hocker war durch einen größeren Sessel ersetzt worden. Vermutlich ging das alles nicht nur auf Ibis zurück. Die Nachricht von seinem Besuch hatte sich verbreitet und die Zahl der Bediensteten war gegenüber dem Morgen auf das Doppelte angewachsen – die meisten davon standen untätig herum.

Ibis unterhielt sich diesmal nicht mit ihm. Er war fieberhaft damit beschäftigt, die Unmengen von Wild zu verarbeiten, die die Adligen von der Jagd mitgebracht hatten. Mägde rupften Wachteln, Fasane und Enten. Die Vögel hingen geköpft an einer langen Schnur, die sich wie eine Girlande durch den Raum zog. Ibis legte selbst mit Hand an und häutete Kaninchen. Doch trotz der vielen Arbeit ließ er das Messer sofort sinken, als Amilia eintrat.

»Ibis, sieh mal! Ich habe zwei!«, rief sie und hielt die beiden Vögel hoch. Sie war in ein hübsches weißes Gewand und einen dazu passenden Pelzmantel gekleidet.

»Kommt her und lasst mich Eure Schätze begutachten.«

Hadrian hatte die Baronesse bereits bei den Banketten aus der Ferne gesehen, doch jetzt sah er sie zum ersten Mal aus der Nähe. Sie war hübscher, als er sie in Erinnerung hatte, und deutlich besser gekleidet. Sie wirkte auch lebhafter, was an ihrem beschwingten Schritt oder den von der Kälte geröteten Wangen liegen mochte.

»Das sind ja wirklich Prachtexemplare«, sagte Ibis.

»Sie sind klein und mager, aber sie gehören mir!« Die Baronesse ließ ihren Worten ein unbeschwertes, glückliches Lachen folgen.

»Darf ich aus Eurer Stimmung schließen, dass Ihr nicht allein auf der Jagd wart?«

Amilia lächelte nur stumm. Dann tanzte sie mit auf dem Rücken verschränkten Armen und schwingendem Rock durch die Küche.

»Na los, spannt mich nicht auf die Folter.«

Amilia lachte und drehte sich im Kreis. »Er hat mir fast den ganzen Tag Gesellschaft geleistet. Ein vollendeter Kavalier, muss ich sagen, und ich glaube ...« Sie zögerte.

»Ihr glaubt was? Heraus damit.«

»Ich glaube, er mag mich.«

»Ach was! Natürlich mag er Euch. Aber was hat er gesagt? Hat er offen mit Euch gesprochen? Oder in Versen? Oder hat er Euch gleich an Ort und Stelle geküsst?«

»*Mich geküsst?* Für so etwas Ordinäres ist er viel zu anständig, aber er war sehr nervös ... und fast schon albern. Und er musste mich die ganze Zeit ansehen!«

»Albern? Baron Breckton? Dann habt Ihr ihn an der Angel. Ein schöner Fang, muss ich sagen, wirklich ein schöner Fang.«

Amilia konnte sich nicht beherrschen und lachte wieder. Diesmal warf sie übermütig den Kopf zurück und ließ ihren Rock wieder im Kreis schwingen. Dabei fiel ihr Blick auf Hadrian und sie blieb stehen.

»Entschuldigt«, sagte Hadrian, »ich nehme nur ein spätes Mittagessen zu mir. Ich bin gleich wieder weg.«

»Aber nein, Ihr müsst nicht gehen. Ich habe Euch nur nicht bemerkt. Abgesehen von den Bediensteten komme nur ich in die Küche – dachte ich zumindest.«

»Ich finde es hier angenehmer als im Bankettsaal«, erklärte Hadrian. »Beim Turnier muss ich mich ständig mit den anderen Rittern messen, da will ich nicht auch noch bei den Mahlzeiten mit ihnen wettstreiten.« Amilia kam näher und sah ihn erstaunt an. »Ihr redet nicht wie ein Ritter.«

»Das ist Ritter Hadrian«, sagte Ibis.

»Ach!«, rief sie. »Ihr habt Baron Breckton und meinem armen Nimbus geholfen, als sie überfallen wurden. Das war sehr freundlich. Und Ihr seid der Ritter, der im Turnier ohne Helm gekämpft hat. Ihr ... Ihr habt jeden Gegner gleich beim ersten Mal aus dem Sattel geworfen und seid selbst kein einziges Mal getroffen worden. Also müsst Ihr wohl sehr gut sein.«

»Und morgen kämpft er gegen Baron Breckton um den Sieg«, erinnerte Ibis sie.

»Richtig!« Amilia hob erschrocken die Hand an die Lippen. »Seid Ihr überhaupt schon einmal vom Pferd geworfen worden?«

Hadrian zuckte verlegen mit den Schultern. »Nicht, seit ich Ritter bin.«

»Oh, ich wollte nicht ... also ich ... ich habe mich nur gefragt, ob das nicht schrecklich wehtut. Angenehm ist es bestimmt nicht. Mit einer Stange von einem galoppierenden Pferd gestoßen zu werden, ist bestimmt trotz der Rüstung und der vielen Polster sehr schmerzhaft.« Ihre Stirn bewölkte sich. »Aber den anderen Rittern ist ja nichts Schlimmes passiert. Ich habe Murthas und Elgar erst heute bei der Falkenjagd gesehen. Sie lachten und scherzten, also geht das Turnier bestimmt gut aus, egal wer gewinnt. Ich weiß, dass morgen das letzte Stechen stattfindet und dass es eine große Ehre ist, das Turnier zu gewinnen. Und ich weiß aus eigener Erfahrung, dass man sich gegenüber denen beweisen will, die einen verachten. Aber bitte bedenkt, dass Baron Breckton ein guter Mensch ist – ein sehr guter sogar. Er würde Euch nie etwas antun, wenn er es vermeiden kann. Ich hoffe, Ihr denkt genauso.« Sie lächelte ein wenig angestrengt.

Hadrian ließ die Hand mit dem Brot, das er gerade aß, sinken. Ihm war plötzlich übel und er beschloss, nicht mehr in der Küche zu essen.

Die Akrobaten bauten in Windeseile eine Menschenpyramide auf. Einer nach dem anderen sprangen sie in die Luft, schlugen Saltos und landeten mit den Füßen auf den Schultern des Mannes unter ihnen. Immer höher wuchs die Pyramide, bis der letzte Mann mit der ausgestreckten Hand die Decke des Festsaals berührte.

Amilia sah ihnen allerdings nicht zu, so packend und gefährlich ihre Vorstellung auch war. Sie kannte die Nummer schon vom Vorspielen und von den Proben. Stattdessen war ihr Blick auf das Publikum gerichtet. Je näher Wintertid rückte, desto großartiger und ausgefallener wurden die auf den Banketten gebotenen Auftritte.

Gespannt wartete sie, bis die Zuschauer zu klatschen begannen.

Es hat ihnen gefallen!

Sie sah sich nach Vicomte Winslow um und entdeckte ihn unter den Gästen. Er hatte die Hände beim Klatschen über den Kopf erhoben. Die beiden wechselten ein breites Grinsen.

»Gegen Ende wäre ich vor Aufregung fast gestorben«, flüsterte Nimbus, der neben ihr saß. Die Prellungen in seinem Gesicht waren fast verheilt und das lästige Pfeifen beim Einatmen durch die Nase war verschwunden.

»Das war wirklich ausgezeichnet«, lobte König Roswort von Dunmore.

Nimbus saß wie immer links von Amilia, das Königspaar rechts.

Der König war ein Hüne von Gestalt und selbst der Herzog und die Herzogin von Rochelle wirkten neben ihm wie Zwerge. Auf dem massigen Körper saß ein dazu passendes Gesicht. Der Körper schien unter seinem eigenen Gewicht zusammenzusacken. Amilia stellte sich vor, dass selbst dann alles bei ihm durchhängen würde wie bei einem alten Reitpferd, wenn er schlank gewesen wäre. Im Vergleich zu ihm wirkte seine Frau Freda schlank, obwohl auch sie keine Bohnenstange war. Sie machte einen spröden und vertrockneten Eindruck und sah auch genauso aus. Zum Glück sagten die beiden nicht viel, wenigstens nicht bis zum dritten Glas Wein. Amilia hatte nicht mitgezählt, vermutete aber, dass sie mindestens bei Nummer drei angelangt waren.

Der König beugte sich vor und sah Amilia an. »Sind die Akrobaten Freunde von Euch?«, fragte er.

»Freunde? Nein, ich habe sie nur engagiert«, erwiderte Amilia.

»Also Freunde von Freunden?«

Amilia schüttelte den Kopf.

»Aber Ihr kennt sie?«, beharrte der König.

»Ich habe sie beim Vorspielen zum ersten Mal gesehen.«

»Rossie«, sagte Freda, »die Baronesse will sich doch nur von diesen Leuten distanzieren, weil sie jetzt selber zum Adel gehört. Das kann man ihr nicht verdenken. Mit denen will doch niemand zu tun haben. Sie sollen ruhig in der Gosse leben, da gehören sie auch hin.«

»Aber ich …«, begann Amilia, doch der König fiel ihr ins Wort.

»Aber heutzutage gibt es viele Aufstiegsmöglichkeiten, meine Königin. Einige Straßenhändler sind so wohlhabend wie Fürsten.«

»Das ist auch ein schrecklicher Zustand.« Freda verzog angewidert ihre dünnen, rot geschminkten Lippen. »Ein Adelstitel bedeutet nicht mehr dasselbe wie früher.«

»Ich stimme Euch zu, meine Königin. Einige Ritter haben überhaupt keinen Stammbaum mehr. Sie sind im Grunde nur Bauern mit Schwertern. Heutzutage braucht man nur Geld, um eine Rüstung und ein Pferd zu kaufen, und simsalabim, ist man ein Adliger. Sogar lesen lernt das gemeine Volk. Könnt Ihr lesen, Baronesse?«

»Ja.«

»Seht Ihr!« Der König warf die Hände in die Luft. »Ihr gehört jetzt natürlich dem Adel an, aber ich vermute doch, Ihr habt schon vorher lesen gelernt? Es ist wirklich grotesk. Ich weiß nicht, wo das hinführen soll.«

»Wenigstens hat sich die Lage in Bezug auf die Elben gebessert«, sagte seine Frau. »Ethelred hat ihre Zahl deutlich verringert, das müsst Ihr ihm zubilligen. Wir werden in Dunmore lange nicht so gut mit ihnen fertig.«

»Was heißt das?«, fragte Amilia, aber das Königspaar hatte sich in Rage geredet und hörte sie nicht.

»Wenn sie nur ein Fünkchen Verstand hätten, würden sie freiwillig gehen«, schimpfte der König. »Kann man ihnen denn noch deutlicher zu verstehen geben, dass wir sie nicht wollen? Die Zünfte weigern sich, sie zu irgendeinem Handwerk zuzulassen, sie bekommen in keiner Stadt die Bürgerrechte und die Kirche hat sie schon vor Jahren für unrein und zu Feinden Novrons erklärt. Sogar den Bauern ist es erlaubt, gegen sie vorzugehen. Aber die Elben kapieren nichts. Sie vermehren sich fleißig weiter und bevölkern die Elendsviertel der Städte. Hunderte sterben jedes Jahr während der von der Kirche zugelassenen Tage der Reinigung, aber sie machen stur weiter wie bisher. Warum ziehen sie nicht weg? Warum gehen sie nicht woandershin?«

Dem König war die Puste ausgegangen, deshalb übernahm die Königin. »Sie sind wie Ratten, die sich in jedem Winkel einnisten. Das Zusammenleben mit ihnen ist ein Fluch. Es hat das Ende des ersten Imperiums herbeigeführt. Sie als Sklaven zu halten, war ebenfalls ein Fehler. Und ich sage Euch eins: Wenn wir sie nicht alle loswerden, bis kein einziger Elbe mehr unsere Städte und Dörfer bevölkert, dann ist dieses Reich ebenfalls zum Untergang verurteilt.«

»Das ist nur zu wahr, die alten Herrscher waren zu weich. Sie dachten, sie könnten die Elben gefügig machen ...«

»Von wegen!«, rief Freda. »Wie absolut lächerlich! Man kann die Pest nicht gefügig machen. Man kann nur vor ihr davonlaufen oder sie ausrotten.«

»Ich weiß, meine Liebe, und stimme Euch aus ganzem Herzen zu. Aber jetzt bekommen wir eine zweite Chance und Ethelred machte seine Sache bisher gut.«

Amilia hatte gemerkt, dass die beiden nur ein Gespräch abspulten, das ihnen so vertraut war wie ein getragenes Paar Schuhe, und sie nickte nur noch höflich, ohne ihnen zuzuhören. Sie war erst einmal in ihrem Leben Elben begegnet. Damals, als sie noch in Tarin im Tal gelebt hatte, waren eines Tages drei Elben im Ort aufgetaucht – eine Familie, wenn es das bei den Elben gab. Die drei hatten Lumpen getragen und kleine, ärmliche Bündel, die vermutlich ihre ganze Habe darstellten. Sie waren so mager gewesen, dass sie krank aussahen, und sie gingen mit gesenkten Köpfen und hängenden Schultern.

Die Kinder hatten die Elben beschimpft und die Einwohner hatten mit Steinen auf sie geworfen und gerufen, sie sollten verschwinden. Ein Stein hatte die Frau am Kopf getroffen und sie hatte aufgeschrien. Amilia hatte keine Steine geworfen, aber zugesehen, wie die Familie misshandelt wurde und den Ort im Laufschritt verließ. Sie hatte damals nicht verstanden, inwiefern Elben eine Bedrohung sein sollten. Der Mönch, bei dem sie Lesen und Schreiben lernte, hatte erklärt, die Elben seien am Untergang des Imperiums schuld. Aber die Familie hatte so hilflos gewirkt, dass sie Amilia unwillkürlich leid tat.

Roswort schloss seine Tirade damit, dass er die Elben auch für die Dürre vor zwei Jahren verantwortlich machte. Amilia sah, wie Nimbus die Augen verdrehte.

»Ihr seid nicht seiner Ansicht?«, fragte sie leise.

»Es steht mir nicht an, den Worten eines Königs zu widersprechen, Baronesse«, antwortete der Höfling.

»Nein, aber manchmal frage ich mich einfach, was unter Eurer Perücke vorgeht. Ich habe irgendwie das Gefühl, dass Eure Gedanken sich keineswegs auf die höfische Etikette beschränken.«

Auf Amilias rechter Seite hatten sich Roswort und Freda einem neuen Thema zugewandt. »Zwerge sind nicht viel besser, aber sie haben wenigstens bestimmte Fähigkeiten«, sagte der König. »Sie sind gute Steinmetze und Juweliere, muss ich zugeben, aber so knausrig wie Eichhörnchen beim ersten Schnee im Herbst. Man kann ihnen nicht trauen. Sie schneiden einem die Kehle durch, um zwei Pfennige zu klauen. Und sie bleiben unter sich und unterhalten sich insgeheim in ihrer verbotenen Sprache. Mit Zwergen zu leben ist so, als wollte man wilde Tiere zähmen. Man schafft es nie wirklich.«

Das Gespräch verstummte, denn es begann die nächste Vorführung. Diesmal zogen zwei Zauberer Äpfel und verschiedene andere Gegenstände aus dem Ärmel und jonglierten mit ihnen. Als die Nummer zu Ende war und alle Messer und Weingläser wieder sicher gefangen waren, fragte Nimbus: »Stammt die Imperatorin nicht aus Eurem Königreich, Majestät?«

»Oh ja.« Roswort straffte sich und verschüttete dabei fast seinen Wein. »Sie wohnte in Dahlgren. Schrecklich, was sich dort ereignet hat. Danach erzählte der Diakon überall seine Geschichten herum – und niemand glaubte ihm. Ich jedenfalls nicht. Wer hätte auch gedacht, dass der Erbe Novrons aus diesem Nest kommt?«

»Warum sehen wir sie eigentlich nie?«, fragte die Königin Amilia. »An ihrer eigenen Hochzeit nimmt sie doch hoffentlich teil?«

»Natürlich, Majestät. Die Imperatorin spart ihre ganze Kraft dafür auf. Sie ist immer noch geschwächt.«

»Aha«, bemerkte die Königin kühl. »Aber sie ist doch wohl

wieder so weit hergestellt, dass sie Gäste empfangen kann. Einige Damen haben bereits das Gefühl, dass sie uns auf recht kränkende Weise ignoriert. Ich hätte vor der Hochzeit wirklich gerne noch eine persönliche Audienz bei ihr.«

»Das kann ich leider nicht entscheiden. Ich führe nur ihre Anweisungen aus.«

»Wie könnt Ihr Anweisungen zu etwas ausführen, das ich eben erst gesagt habe? Könnt Ihr Gedanken lesen?«

»Wer hätte gedacht, dass Ritter Hadrian es bis in die letzte Runde des Turniers schafft«, sagte Nimbus laut. »Ich jedenfalls hätte nicht erwartet, dass morgen ein Neuling um den Titel antritt. Und ausgerechnet gegen Baron Breckton! Ihr müsst zugeben, dass Baronesse Amilia auf den richtigen Ritter gesetzt hat. Wer ist Euer Favorit, Majestät?«

Roswort schürzte die Lippen. »Sie sind mir beide nicht sympathisch. Das ganze Turnier war bisher für meinen Geschmack zu brav. Mir sind Schauspieler wie Elgar und Gilbert lieber. Sie wissen, wie man die Zuschauer unterhält. In diesem Jahr sind die Teilnehmer der letzten Runde bieder wie Mönche. Sie begnügen sich damit, ihre Gegner aus dem Sattel zu werfen. Das hat keinen Stil, wenn Ihr mich fragt. Ritter werden zum Kämpfen ausgebildet. Sie sollen töten, nicht bloß mit einer Stange auf einen Panzer hauen, bis die Stange splittert. Ich finde, sie sollten mit scharfen Lanzen kämpfen. Dann lohnt sich das Zusehen wieder!«

Der letzte Auftritt war vorbei. Der Erzkämmerer schlug seinen Stock mit der Messingspitze auf den Boden und Lanis Ethelred stand auf. Die Gespräche im Saal verstummten und Stille kehrte ein.

»Freunde«, begann Ethelred mit seiner kräftigsten Stimme, »und ich nenne Euch so, weil Ihr für immer und zuallererst meine Freunde bleiben werdet, auch wenn Ihr bald meine getreuen Untertanen seid. Ein langer, harter Kampf liegt hinter uns. Dunkle Jahrhunderte der Barbarei und Not und die Bedrohung durch die Nationalisten haben uns zugesetzt, doch jetzt, in nur zwei Tagen, wird die Sonne über einem neuen Zeitalter aufgehen. An Wintertid feiern wir in diesem Jahr die Wiedergeburt der Zivilisation – den Beginn einer neuen Ära. Unser Herr Maribor hat in seiner Weisheit mich als obersten Herrscher auserkoren, und ich gelobe, die Menschen getreu seinem Plan mit fester Hand auf den Weg des Rechts zu führen. Ich werde zu den traditionellen Werten zurückkehren. Das Neue Imperium wird ein Leuchtturm sein, der den Menschen den Weg weist und unsere Feinde blendet.«

Die Festgesellschaft applaudierte.

»Ich hoffe, die Vögel, die auf der heutigen Beizjagd erlegt wurden, haben Euch gemundet. Morgen werden in der Endrunde des Turniers die beiden letzten Teilnehmer um den Ehrentitel des besten Ritters antreten. Ihr findet hoffentlich Vergnügen am Wettstreit der beiden großen Krieger. Baron Breckton und Ritter Hadrian, wo seid Ihr? Ich bitte Euch, aufzustehen.« Die beiden Ritter erhoben sich zögernd und die Zuhörer klatschten. »Erheben wir das Glas auf die besten Ritter des Neuen Imperiums!«

Ethelred und die anderen Anwesenden tranken. Dann setzte sich der Regent wieder und Amilia bedeutete den Musikanten, ihre Plätze einzunehmen.

Wie schon an den vorangegangenen Abenden begannen auf der freien Fläche zwischen den Tischen Paare zu tanzen. Amilia sah Baron Breckton, angetan mit einem silbernen Rock, in ihre Richtung kommen. An ihrem Tisch blieb er stehen und verbeugte sich.

»Entschuldigt, Baronesse, darf ich Euch um das Vergnügen eines Tanzes bitten?«

Amilia Herz klopfte aufgeregt und sie konnte keinen klaren Gedanken mehr fassen. Bevor ihr einfiel, dass sie gar nicht tanzen konnte, war sie schon aufgestanden, um den Tisch gegangen und hatte die Hand ausgestreckt.

Der Ritter ergriff sie und führte Amilia zur Tanzfläche, auf der sich die tanzenden Paare in Reihen aufgestellt hatten. Ihn zu einem so intimen Anlass zu begleiten, kam Amilia wie ein Traum vor. Als die ersten Töne der Musik erklangen, verwandelte dieser Traum sich allerdings in einen Albtraum. Amilia hatte keine Ahnung, was sie tun sollte. Sie hatte den Tanzenden an den vergangenen Abenden zugesehen, aber nicht, um die Schritte zu lernen. Sie wusste nur noch, dass man am Anfang und am Ende des Tanzes in Reihen stand und die Tänzer sich irgendwann in der Mitte mit den Händen berührten und wiederholt und in rascher Folge die Plätze tauschten. Der Rest war ihr ein einziges Rätsel. Einen Moment lang überlegte sie, ob sie an ihren Platz zurückkehren sollte, aber damit hätte sie Breckton blamiert und gedemütigt. Ihr war schwindlig, als würde sie gleich in Ohnmacht fallen, aber sie brachte trotzdem in Antwort auf Brecktons Verbeugung einen Knicks zustande.

Nichts konnte sie jetzt noch vor der Katastrophe retten. In Gedanken sah sie sich bereits stolpern und stürzen. Die anderen Adligen würden sie auslachen und sie würde in Tränen ausbrechen. Sie hörte die anderen schon fragen, wie sie sich je hatte einbilden können, zu ihnen zu gehören. Nicht einmal Brecktons ruhiger Blick konnte sie zur Besinnung bringen.

Sie verlagerte das Gewicht vom linken auf das rechte Bein, weil sie wusste, dass sie zur Takthälfte irgendetwas tun musste. Wenn sie nur gewusst hätte, mit welchem Fuß sie anfangen musste, dann hätte sie vielleicht den ersten Schritt geschafft.

Da brach die Musik plötzlich ab und alle blieben stehen.

Die Gespräche verstummten und Stille kehrte ein, unterbrochen nur von einzelnen staunenden Ausrufen. Alle standen auf und blickten wie gebannt zur Tür, durch die in diesem

Moment Ihre Allerdurchlauchtigste, Königlich-Großimperiale Eminenz, die Imperatorin Modina Novronia, schritt.

Flankiert von zwei Wachen aus dem fünften Stock durchquerte sie den Saal. Sie trug das Staatsgewand, das sie auch zu ihrer Ansprache auf dem Balkon getragen hatte. Der prächtige Mantel schleifte hinter ihr über den Boden. Die Haare hatte sie unter eine Haube gesteckt, darüber trug sie die Krone des Imperiums. Sie ging mit ungeheurer Anmut und Würde – kerzengerade und mit erhobenem Kinn und gestrafften Schultern. Wie sie da zwischen der stummen Menge hindurchschritt, erinnerte sie an eine durch einen Wald gleitende geheimnisvolle Fee.

Amilia starrte sie genauso fasziniert an wie alle anderen und zwinkerte ungläubig ein paar Mal, wie um sich zu vergewissern, was sie da sah. Die Wirkung von Modinas Auftritt war überwältigend. Alle Anwesenden standen unter ihrem Bann. Niemand rührte sich, die meisten wagten nicht einmal zu atmen.

Am Ende des Saals angekommen, schritt Modina am Kopftisch entlang zum imperialen Thron, der wie an den vorangegangenen Abenden leer war. Davor blieb sie kurz stehen, hob die zartgliedrige Hand und sagte schlicht: »Fahrt fort.«

Eine lange Pause folgte, dann begannen die Musikanten wieder zu spielen. Saldur und Ethelred blickten beide wütend in Amilias Richtung und Amilia entschuldigte sich sofort vom Tanz. Dass sie jetzt ging, war verständlich, fiel aber auch niemandem auf. Amilia bezweifelte, dass es überhaupt jemanden interessierte außer vielleicht Baron Breckton.

Sie kehrte zum Kopftisch zurück und trat hinter Modina.

»Habt Ihr auch wirklich genug Kraft, um hier zu sein, Eminenz?«, fragte sie leise. »Soll ich Euch nicht lieber zu Euren Gemächern zurückbringen?«

Modina sah Amilia nicht an, sondern ließ den Blick über

die im Saal versammelte Festgesellschaft wandern. »Danke der Nachfrage, meine Liebe, aber es geht mir gut.« Amilia wechselte einen Blick mit Ethelred und Saldur, die beide hilflos wirkten.

»Aber Ihr solltet kein solches Risiko eingehen«, sagte Saldur. »Ihr müsst Eure Kraft doch für Eure Hochzeit sparen.«

»Ihr habt gewiss wie immer recht, Euer Gnaden, aber ich werde nicht lange bleiben. Doch meine Untertanen haben es verdient, ihre Imperatorin zu sehen. Maribor verhüte, dass sie am Ende noch denken, es gäbe mich überhaupt nicht. Bestimmt könnten mich viele nicht von einem Milchmädchen unterscheiden. Es wäre doch wirklich traurig, wenn bei meiner Hochzeit die Braut mit den Brautjungfern verwechselt würde.«

Saldurs Verwirrung wich der Wut.

Amilia blieb unschlüssig hinter Modinas Thron stehen. Modina nickte im Rhythmus der Musik, klopfte mit den Fingern den Takt und sah den Tänzern zu. Saldur und Ethelred waren dagegen zu Statuen erstarrt.

Als das Musikstück zu Ende war, klatschte Modina und stand auf. Augenblicklich verstummten die Gäste wieder und sahen sie an.

»Baron Breckton und Ritter Hadrian, tretet bitte vor«, befahl die Imperatorin.

Saldur warf Amilia einen alarmierten Blick zu, aber Amilia konnte nichts tun, als sich an der Lehne des Throns festzuklammern.

Die beiden Ritter traten vor und blieben nebeneinander vor der Imperatorin stehen. Brecktons Beispiel folgend, beugte Hadrian das Knie und senkte den Kopf.

»Ihr werdet morgen zum Ruhm des Imperiums gegeneinander antreten und Maribor wird über Euer Schicksal entscheiden. Ihr seid am Hof beide überaus beliebt, aber Baron

Breckton trägt, wie ich sehe, das Band meiner lieben Baronesse Amilia. Das verschafft ihm einen ungerechten Vorteil, aber ich werde ihn nicht auffordern, ein solches Geschenk abzulehnen. Ich verlange auch nicht von Baronesse Amilia, das Band zurückzufordern, da ein solcher einmal gegebener Gunstbeweis doch ein heiliges Zeichen des Glaubens darstellt. Stattdessen werde ich es ihr nachtun und Ritter Hadrian mein Band schenken. Ich erkläre hiermit, dass ich an sein Können, seinen Charakter und seinen Anstand glaube. Ich weiß, dass er ein rechtschaffener, tugendhafter Mensch ist.« Modina zog ein reinweißes Stoffband heraus, das, wie Amilia sofort erkannte, von ihrem Nachthemd stammte, und reichte es Hadrian.

Hadrian nahm es entgegen.

»Mögt Ihr Euch beide das Wohlgefallen Maribors verdienen und im wahren Geist des Rittertums gegeneinander antreten.«

Die Imperatorin klatschte in die Hände und die Gäste folgten ihrem Beispiel und brachen in lauten Jubel aus. Modina drehte sich zu Amilia um. »Du kannst mich jetzt zu meinen Gemächern zurückbringen.«

Sie gingen an dem Tisch entlang. Dabei kamen sie auch an Freda vorbei, der Königin von Dunmore, die zerknirscht zu ihnen aufblickte. »Baronesse Amilia, was ich vorhin gesagt habe … ich … ich habe das nicht so gemeint, ich wollte nur …«

»Ihr wolltet bestimmt nicht unhöflich sein«, sagte Amilia. »Setzt Euch doch, Majestät, Ihr seht blass aus.« Sie führte Modina aus dem Saal. Saldur sah den beiden nach, folgte ihnen aber zu Amilias Erleichterung nicht. Sie wusste, dass es ein Verhör geben würde, hatte aber keine Ahnung, wie sie Modinas Auftritt erklären sollte. So etwas hatte die Imperatorin noch nie getan.

Sie sagten beide nichts, während sie Arm in Arm zum fünften Stock hinaufstiegen. An der Tür zu Modinas Schlafgemach stand keine Wache. »Wo ist Gerald?«, fragte Amilia.

»Wer?«, fragte die Imperatorin mit einem verständnislosen Blick.

Amilia presste die Lippen aufeinander. »Das wisst Ihr doch. Gerald. Warum steht er nicht an der Tür? Habt Ihr ihn mit einem Auftrag weggeschickt, damit er aus dem Weg ist?«

»Ja«, antwortete die Imperatorin unbekümmert.

Amilia runzelte die Stirn. Sie traten ein und Amilia machte die Tür zu. »Was habt Ihr Euch dabei gedacht, Modina? Warum habt Ihr das getan?«

»Ist es wichtig?« Die Imperatorin ließ sich auf das Bett fallen, das unter ihrem Gewicht auf und ab federte.

»Für die Regenten schon.«

»In zwei Tagen holt Ethelred mich ab und bringt mich zur Hochzeit in die Kathedrale. Ich habe nichts Schlimmes getan, höchstens den Adligen gezeigt, dass es mich gibt und ich nicht nur eine Erfindung der Regenten bin. Die sollten mir dafür dankbar sein.«

»Das erklärt immer noch nicht Euer Verhalten.«

»Mir bleiben nur noch wenige Stunden, und ich wollte ein wenig raus. Gönnst du mir das nicht?«

Amilias Zorn schmolz und sie nickte. »Doch.«

Seit der neue Spiegel in Modinas Zimmer aufgetaucht war, hatten die beiden es vermieden, über das zu sprechen, was Modina an Wintertid vorhatte. Amilia hatte überlegt, ob sie den Spiegel entfernen lassen sollte, wusste aber, dass es nichts ändern würde. Modina würde eine andere Möglichkeit finden. Die einzige Alternative war, Saldur zu informieren, aber der Regent hätte die Imperatorin eingesperrt. Die Schrecken der Haft hatten Modina aber schon einmal fast umgebracht und Amilia wollte nicht daran schuld sein, dass sie dasselbe noch einmal durchmachen musste – auch nicht, um ihr Leben zu retten. Es schien keine Lösung zu geben. Zumal Amilia, wenn sie an Modinas Stelle gewesen wäre, wahrscheinlich genauso handeln würde. Sie hatte versucht, sich einzureden, dass Modina ihre Meinung ändern würde, aber Modinas Worte eben und die Erinnerung daran, das Wintertid vor der Tür stand, hatten sie in die Wirklichkeit zurückgeholt.

Sie half Modina aus ihrem Kleid, legte sie in das große Bett, umarmte sie fest und versuchte, die Tränen zurückzuhalten.

Modina strich ihr über den Kopf. »Es ist alles gut. Ich bin jetzt bereit.«

Hadrian kehrte in den Ritterflügel zurück. Das weiße Band lag zentnerschwer in seiner Hand. Der Anblick von Thrace hatte ihn von einer Last befreit, doch ihre Worte hatten ihm eine andere, noch schwerere auferlegt. Er kam am Aufenthaltsraum vorbei, in dem noch einige Ritter saßen. Sie ließen eine Flasche kreisen und tranken abwechselnd daraus.

»Hadrian!«, rief Elgar. Er kam heraus und versperrte ihm den Weg. Sein Gesicht war gerötet und seine Nase rot, aber sein Blick war klar und wach. »Ich habe Euch heute bei der Falkenjagd vermisst. Kommt rein und setzt Euch zu uns.«

»Lasst mich in Ruhe, Elgar, ich bin heute Abend nicht in der Stimmung.«

»Ein Grund mehr, mit uns zu trinken.« Der Hüne grinste fröhlich und schlug Hadrian auf die Schulter.

»Ich will jetzt schlafen.« Hadrian wandte sich zum Gehen.

Elgar packte ihn am Arm. »Hört zu, mir tut immer noch die Brust weh von neulich, als Ihr mich aus dem Sattel gestoßen habt.«

»Das tut mir leid, aber ...«

»Leid?« Elgar sah ihn verwirrt an. »So bin ich seit Jahren nicht zusammengestaucht worden. Deshalb weiß ich jetzt auch, dass Ihr Breckton besiegen könnt. Darauf habe ich Geld gesetzt. Bei unserer ersten Begegnung habe ich Euch noch für einen Witz gehalten, aber als Ihr mich dann so zugerichtet habt ... Also, wenn Ihr ein Witz seid, dann kein sehr lustiger.«

»Ihr wollt Euch entschuldigen?«

Elgar lachte. »Nie im Leben! Bis Somershoh sind es nur noch sechs Monate, dann kann ich mich revanchieren. Aber unter uns gesagt, ich freue mich darauf, wenn Ihr es dem Tugendbolzen einmal so richtig zeigt. Und Ihr wollt wirklich nichts? Keinen Gutenachttrunk?«

Hadrian schüttelte den Kopf.

»Na, dann holt Euch Euren Schönheitsschlaf. Ich achte darauf, dass die Jungs möglichst leise sind, notfalls mit Gewalt. Viel Glück morgen, ja?«

Elgar kehrte ins Aufenthaltszimmer zurück, wo mindestens zwei Ritter gerade »Des alten Herzogs Tochter« anstimmten, allerdings ohne einen Ton zu treffen. Hadrian ging zu seinem Zimmer weiter, öffnete die Tür und blieb wie erstarrt stehen.

»Guten Abend, Hadrian«, begrüßte Merrick Marius ihn. Er trug ein mantelartiges Obergewand aus kostbarer karmesinroter Seide. Um den Hals hing ihm eine goldene Amtskette. Mit ausgestreckten Beinen saß er an Hadrians kleinem Tisch, auf dem das Schachbrett aus dem Aufenthaltsraum lag. Die Schachfiguren waren zum Spiel aufgestellt, ein weißer Bauer war bereits zwei Felder vorgerückt. »Ich habe mir erlaubt, die Partie zu eröffnen.«

Das Zimmer war so klein, dass sich niemand darin verstecken konnte – sie waren allein. »Was wollt Ihr?«, fragte Hadrian.

»Ich dachte, das sei klar. Spielt mit mir. Ihr seid dran.«

»Ich interessiere mich nicht für Spiele.«

»Ich finde es ein wenig anmaßend, zu glauben, es handle sich hier nur um ein Spiel.«

Merricks Stimme klang kalt und freundlich zugleich, eine Eigenart, der Hadrian schon oft begegnet war – bei Royce.

Merricks Auftreten verunsicherte ihn. Er war es gewohnt, andere Menschen nach ihrem Ton, ihrer Körpersprache und ihrem Blick zu beurteilen, aber Merrick konnte er nicht einordnen. Er wirkte vollkommen entspannt, was aber doch eigentlich gar nicht sein konnte. Zwar war er größer und schwerer als Royce, aber auch wieder nicht besonders groß. Er sah auch nicht wie ein Soldat aus und schien keine Waffe zu tragen. Wenn er nur halb so schlau war, wie Royce behauptete, musste er wissen, dass Hadrian ihn töten konnte. Und das womöglich auch wollte. Schließlich hatte Merrick ihn und Royce auf der *Smaragdsturm* böse hereingelegt, was wiederum zum Tod Wesley Belstrads und zur Zerstörung von Tur Del Fur geführt hatte. Trotzdem schien er keinerlei Angst zu haben. Hadrian war verwirrt. Hatte er etwas übersehen?

Er setzte sich Merrick gegenüber, betrachtete kurz das Schachbrett und schob einen Bauern vor. Merrick lächelte eifrig wie ein kleiner Junge, der seiner Lieblingsbeschäftigung nachgeht. Er stellte einen zweiten Bauern vor, den Hadrian schlug.

»Aha, Ihr nehmt das Damengambit also an«, sagte Merrick.

»Das was?«

»Meine Eröffnung. Sie heißt Damengambit. Je nachdem, wie Ihr reagiert, nehmt Ihr sie an oder nicht. So wie Ihr gezogen habt, nehmt Ihr sie an.«

»Ich habe nur einen Bauern geschlagen«, sagte Hadrian.

»Ihr habt beides getan. Wisst Ihr, dass man Schach auch das Königsspiel nennt, weil es die Spieler kriegerische Strategien lehrt?«

Merrick stellte ohne lange nachzudenken einen weiteren Bauern vor.

Hadrian blickte stumm auf das Brett. Sein Vater Danbury Blackwater hatte ihm das Spiel beigebracht, um seinen Sinn für Strategie und Taktik zu stärken. Er hatte ein Brett gemacht und aus Eisenstücken Figuren. Danbury war der beste Spieler des ganzen Dorfes gewesen. Hadrian hatte Jahre gebraucht, ihn zu besiegen.

»Natürlich geht es dabei auch noch um mehr«, fuhr Merrick fort. »Ich habe Bischöfe über Schach predigen hören. Sie vergleichen die Schachfiguren mit der Hierarchie der gesellschaftlichen Klassen und die Regeln des Ziehens mit den gottgewollten Pflichten des Einzelnen.«

Hadrian schlug auch Merricks dritten Bauern. Merrick zog, wieder ohne nachzudenken, mit seinem Läufer. Seine Art zu spielen verunsicherte Hadrian. Er hätte erwartet, dass Merrick länger überlegen würde, nachdem er ihm drei Bauern abgenommen hatte.

»Deshalb ist das, was Euch wie ein läppisches Spiel vorkommt, in Wirklichkeit ein Spiegel unserer Welt und unseres Tuns. Wusstet Ihr zum Beispiel, dass Bauern nicht immer schon am Anfang zwei Felder vorrücken durften? Dazu kam es erst infolge des Fortschritts und der schwächer werdenden königlichen Macht. Außerdem konnten Bauern früher, wenn sie auf der anderen Seite des Schachbretts ankamen, nur in einen sogenannten Berater umgewandelt werden, der nach dem Bauern zweitschwächsten Figur.«

»Da wir schon von Bauern sprechen ... Wie Ihr uns in Tur Del Fur benützt habt, hat uns nicht gefallen«, sagte Hadrian.

Merrick hob die Hand. »Royce hat mich deswegen schon gescholten.«

»Royce hat – mit Euch gesprochen?«

Merrick lachte in sich hinein. »Ihr seid überrascht, dass ich noch lebe? Royce und ich, wir haben ... eine Abmachung. Für ihn bin ich wie dieser Läufer auf dem Brett. Ich stehe vor ihm – ein leichtes Ziel –, und doch wären die Kosten zu hoch.«

»Das verstehe ich nicht.«

»Natürlich nicht.«

»Ihr habt uns durch eine List dazu gebracht, dass wir Euch dabei halfen, hunderte unschuldige Menschen abzuschlachten. Royce hat schon aus viel geringerem Anlass getötet.«

Merrick schien amüsiert. »Stimmt, Royce braucht eher einen Grund, warum er *nicht* töten soll. Aber täuscht Euch nicht. Er ist nicht wie Ihr. Der Tod Unschuldiger, und seien es noch so viele, lässt ihn kalt. Er mag es nur nicht, benutzt zu werden. Ich würde sogar sagen, nur ein einziger Mord hat ihm je Gewissensbisse verursacht, und deshalb lebe ich noch. Royce hat das Gefühl, dass zwischen uns noch eine Rechnung offen ist, dass er mir noch etwas schuldet.«

Merrick zeigte auf sich. »Wartet Ihr auf mich? Ihr glaube, Ihr seid am Zug.«

Hadrian beschloss, mehr zu wagen, und zog die Dame nach vorn, um Merricks König zu bedrohen. Merrick reagierte sofort und brachte seinen König in Sicherheit, noch bevor Hadrian die Hand zurückziehen konnte.

»Wo war ich stehen geblieben?«, fuhr er fort. »Ach ja, bei der Entwicklung des Schachspiels, das sich genauso verändert hat wie die Welt. Vor Jahrhunderten gab es noch keine Rochade und ein Patt galt als Sieg desjenigen, der es verursachte. Noch aufschlussreicher ist meiner Meinung nach die wechselhafte Rolle der Dame.«

Hadrian zog mit einem Bauern und bedrohte Merricks Läufer und Merrick schlug den Bauern. Hadrian zog mit seinem Springer, Merrick tat dasselbe.

»Ursprünglich gab es gar keine Dame, alle Figuren waren männlich. Den Platz der Dame nahm ein Minister ein. Erst viel später wurde daraus die Dame. Damals durfte sie nur ein Feld diagonal ziehen und war eine schwache Figur. Im Lauf der Zeit wurde sie ermächtigt, in jeder Richtung über die gesamte Länge des Spielfelds zu ziehen, und wurde damit zur stärksten, aber auch am heftigsten umkämpften Figur des Spiels.«

Hadrian wollte mit seinem Läufer ziehen, hielt aber inne, als er bemerkte, dass Merricks Springer seine Dame bedrohte.

»Die Imperatorin hat vorhin auf dem Bankett eine interessante Ansprache gehalten, nicht wahr?«, fragte Merrick.

»Keine Ahnung«, sagte Hadrian und studierte das Schachbrett.

Merrick lächelte. »Ich verstehe allmählich, warum Royce Euch mag. Ihr seid nicht besonders gesprächig. Ihr beide seid schon ein merkwürdiges Gespann. Royce und ich sind uns viel ähnlicher. Wir haben beide eine pragmatische Weltsicht, während Ihr ein Idealist und Träumer seid. Für mich seid Ihr mehr der Biertrinker, während Royce seinen Montemorcey bevorzugt.«

Wieder folgte auf Hadrians Zug ein schneller Zug Merricks. Hadrian starrte das Schachbrett an.

»Wusstet Ihr, dass ich ihn mit diesem Wein bekannt gemacht habe? Damals, vor Jahren, habe ich ihm eine Kiste davon zum Geburtstag geschenkt. Nein, stimmt nicht genau. Royce weiß ja nicht, wann er geboren wurde. Aber es hätte sein Geburtstag sein können, also haben wir entsprechend gefeiert. Ich hatte den Wein einer Karawane aus Vandon abgenommen und wir feierten eine dreitägige Orgie in einem kleinen Dorf, in dem es überraschend viele schöne Frauen gab. Ich hatte Royce bis dahin noch nie betrunken erlebt. Er ist immer so ernst, so düster und schwermütig – oder wenigstens war er das damals. In diesen drei Tagen dagegen war er vollkommen entspannt und wir hatten die beste Zeit unseres Lebens.«

Hadrian konzentrierte sich weiterhin auf das Schachbrett.

»Wir waren damals ein unschlagbares Team. Ich plante die Aufträge, er führte sie aus. Zwischen uns herrschte eine Art Wettbewerb. Ich suchte nach Herausforderungen, die er nicht mehr bewältigen konnte, doch er überraschte mich immer wieder. Seine Fähigkeiten sind legendär. Natürlich wurde er damals nicht von moralischen Fesseln eingeengt. Die sind vermutlich Euer Verdienst. Ihr habt den Dämon gebändigt oder bildet Euch das zumindest ein.«

Merricks Monolog irritierte Hadrian und er merkte, dass Merrick genau das bezweckte. Er brachte seine Dame in Sicherheit. Merrick schob in aller Unschuld und fast abwesend einen Bauern vor.

»Aber er ist noch da, der innere Dämon, er versteckt sich nur. Ihr könnt jemanden wie Royce nicht verändern. In Calis versucht man Löwen zu zähmen, wusstet Ihr das? Sie werden als Welpen gefangen und in Palästen als Haustiere für Prinzen aufgezogen. Man hält sie für harmlos, bis eines Tages die Hunde der Familie verschwunden sind. ›Vielleicht haben die Hunde ihn provoziert‹, sagt der verliebte Prinz und streichelt den zahmen Löwen. ›Vielleicht haben sie ihn angegriffen oder geärgert.‹ Am nächsten Tag findet man in einem Baum die Leiche des Prinzen. Nein, mein Freund, ein wildes Tier kann man nicht zähmen. Zuletzt bricht seine wahre Natur immer durch.«

Hadrian machte eine Reihe von Zügen und konnte den weißen Läufer schlagen. Er wusste nicht, ob Merrick nur mit ihm spielte oder aber als Schachspieler nicht annähernd so gut war, wie Hadrian erwartet hatte.

»Spricht er je von mir?«, fragte Merrick.

»Ihr klingt wie eine sitzengelassene Geliebte.«

Merrick setzte sich aufrecht hin und strich seinen Rock glatt. »Ihr habt Breckton im Turnier kämpfen sehen. Seid Ihr Euch sicher, dass Ihr ihn besiegen könnt?«

»Ja.«

»Gut. Aber jetzt kommt die entscheidende Frage … werdet Ihr ihn besiegen?«

»Ich habe eine Abmachung getroffen, Ihr wart selbst dabei.«

Merrick beugte sich vor. »Ich kenne Euch – oder zumindest

Leute wie Euch. Ihr wollt das eigentlich nicht. Ihr haltet es für falsch, einen Unschuldigen zu töten. Ihr habt Breckton kennengelernt und er hat Euch beeindruckt. Er ist ein Mensch, wie Ihr selbst auch einer sein wollt. Im Moment könnt Ihr Euch selbst nicht leiden und Ihr verabscheut auch mich, weil Ihr glaubt, ich hätte beim Zustandekommen dieser Abmachung geholfen. Aber das stimmt nicht. Ich habe damit nichts zu tun – abgesehen von dem Vorschlag, Euch im Austausch die Prinzessin anzubieten, ob Ihr mir dafür nun dankbar seid oder mich umbringen wollt. Damals habt ihr gedroht, alle im Zimmer Anwesenden zu töten.«

»Wenn Ihr damit nichts zu tun habt, warum seid Ihr dann hier?«

»Ich brauche Royce für einen anderen Auftrag, der sehr wichtig ist, und er wird dazu viel weniger bereit sein, wenn Ihr sterben solltet – und das werdet Ihr, wenn Ihr Breckton nicht tötet. Wenn Ihr dagegen Euer Wort haltet, müsste alles klappen. Ich bin also hier, um zu bestätigen, was Ihr schon wisst und was auch Royce Euch sagen würde, wenn er hier wäre. Ihr *müsst* Breckton töten. Bedenkt, dass Ihr das Leben des fähigsten Ritters von Melengar gegen die Prinzessin von Melengar und den Anführer der Nationalisten eintauscht. Zusammen könnten die beiden den Widerstand beleben. Und vergessen wir nicht Euer Erbe, Euren Auftrag. Das ist Eure Chance, die Sünden Eures Vaters zu korrigieren, auf dass er im Grab Frieden finde. Meint Ihr nicht, dass Ihr ihm das zumindest schuldig seid?«

»Woher wisst Ihr das alles?«

Merrick lächelte nur.

»Ihr haltet Euch für ziemlich durchtrieben, nicht wahr?« Hadrian sah ihn wütend an. »Aber Ihr wisst nicht alles.«

Er streckte den Arm aus, um zu ziehen, aber Merrick unterbrach ihn mit erhobener Hand.

»Ihr wollt jetzt mit Eurem Läufer meinen Turm schlagen und anschließend mit der Dame meinen anderen Turm. Warum auch nicht? Die armen Türme stehen ja völlig ungeschützt da. Und dann werdet Ihr stolz auf Euch sein. Ihr werdet glauben, dass ich nicht annähernd so gut Schach spiele, wie Ihr erwartet habt. Dabei überseht Ihr leider, dass Ihr zwar mehr Figuren auf dem Brett habt, mit ihnen aber nichts mehr ausrichten könnt. Ihr könnt mich nicht mehr angreifen. Ich werde meine Dame opfern. Euch bleibt gar keine andere Wahl, als sie zu schlagen. Aber dann bin ich genau richtig aufgestellt, um Euren König zu schlagen. Am Schluss habt Ihr mir zwar einen Läufer, zwei Türme und die Dame abgenommen, aber das ändert nichts am Ergebnis. Mit dem zweiundzwanzigsten Zug werde ich Euch matt setzen, indem ich den Läufer, den ich noch habe, auf e7 ziehe.« Merrick stand auf und ging zur Tür. »Ihr habt bereits verloren, Ihr seid nur zu kurzsichtig, um es zu erkennen. Das ist Euer Problem. Ich dagegen habe dieses Problem nicht. Ich rate Euch zu Eurem eigenen Guten und um Royce', Aristas, Gaunts und auch Eures Vaters willen – tötet Baron Breckton. Gute Nacht, Hadrian.«

16

Das Gottesurteil

Der Himmel war mit trübgrauen Wolken verhangen und ein schneidender Wind fuhr über die Tribüne. Trotzdem hatten sich dort noch mehr Zuschauer versammelt als bisher und der Lärm war lauter denn je. Der gesamte imperiale Hof und die meisten Bürger der Stadt wollten dem Spektakel beiwohnen. Die Tribüne war gerammelt voll und hinter der Absperrung drängte sich ein Meer von weiteren Schaulustigen. Am Rand des Turnierplatzes standen nur noch das blau-goldene Zelt von Baron Breckton und das grün-weiß gestreifte Zelt Hadrians.

Hadrian traf frühzeitig zusammen mit Renwick ein, der sich gleich daranmachte, Hadrians Pferd Wüterich zu füttern und zu bürsten. Hadrian wollte sich nicht mehr im Palast aufhalten, wo er Breckton, Amilia oder Merrick begegnen konnte. Er wollte nur seine Ruhe und wünschte sich, der Tag wäre schon vorbei.

»Hadrian!«, rief eine merkwürdig vertraute Stimme. Am Zaun stand inmitten der anderen Zuschauer ein Mann, der ihm zuwinkte. Ein mit einem Spieß bewaffneter Wächter hielt ihn zurück. »Ich bin's, Russell Bothwick aus Dahlgren!«

Hadrian überließ es Renwick, Wüterich für das Turnier fertig zu machen, und ging zum Zaun. Die Beschatter aus dem Palast folgten ihm.

Er gab Russell die Hand. Russells Frau Lena und sein Sohn Tad standen neben Hadrians früherem Gastgeber. Dahinter stand Dillon McDern, der Dorfschmied, der Hadrian damals mit den Feuern zur Abwehr des Ungeheuers geholfen hatte.

»Lasst sie durch«, wies Hadrian den Wächter an.

»Donnerwetter!«, rief Dillon, als sie unter der Absperrung hindurchgeschlüpft waren und vor Hadrians Zelt standen. »Zu schade, dass Theron das nicht sieht. Er würde damit angeben, dass er beim künftigen Wintertid-Meister Unterricht im Schwertkampf genommen hat.«

»Noch bin ich nicht Meister«, erwiderte Hadrian ernst.

»Da sagt Russell aber etwas anderes.« Dillon schlug seinem Freund auf den Rücken. »Er hat so ziemlich in jeder Schenke der Stadt herumposaunt, dass der künftige Meister einmal eine Woche lang bei ihm zu Hause gewohnt hat.«

»Und ich wurde dafür vier Mal zum Bier eingeladen.« Russell lachte.

»Es ist so schön, Euch wiederzusehen«, sagte Lena. Sie nahm Hadrians Hand und drückte sie behutsam. »Wir haben uns alle gefragt, was aus Euch und Eurem Freund geworden ist.«

»Mir geht es gut und Royce auch, aber was ist aus Euch geworden?«

»Vince hat uns nach Alburn gebracht«, erklärte Dillon. »Der Boden ist dort sehr steinig, aber es reicht zum Überleben. Es ist nicht wie in Dahlgren. Meine Söhne wurden zur imperialen Armee eingezogen und wir müssen den größten Teil der Ernte abgeben. Aber es hätte auch noch schlimmer kommen können.«

»Wir haben unser gesamtes Geld dafür gespart, zu den Festlichkeiten hierherzukommen«, sagte Russell. »Aber wir hatten ja keine Ahnung, dass Ihr im Turnier antretet. Das ist eine Riesenüberraschung! Den Gerüchten zufolge wurdet Ihr auf dem Schlachtfeld zum Ritter geschlagen. Respekt!«

»Das ist gar nicht so toll, wie Ihr vielleicht denkt«, erwiderte Hadrian.

»Wie geht es Thrace?«, fragte Lena, die immer noch seine Hand hielt.

Hadrian wusste nicht, was er sagen sollte, und zögerte. »Da bin ich überfragt. Ich sehe sie nur selten. Aber sie kam gestern Abend zum Bankett und sah gut aus.«

»Wir konnten es ja nicht fassen, als wir hörten, Diakon Tomas hätte gefordert, sie zur Imperatorin zu krönen.«

»Wir dachten, der alte Knabe sei durchgedreht«, fiel Dillon ein. »Aber dann kam es tatsächlich so! Ist das zu fassen? Unsere kleine Thrace – ich meine Modina – als Imperatorin! Wir hatten ja keine Ahnung, dass sie und Theron von Novron abstammen. Wahrscheinlich hatte der Alte von Novron seine Sturheit und sie ihren Mut.«

»Ob sie Regent Ethelred wohl liebt?«, überlegte Dillons Tochter Verna. »Bestimmt sieht er gut aus. Es muss toll sein, Imperatorin zu sein und in so einem Palast zu wohnen, zusammen mit Dienern und Rittern, die einem die Hand küssen.«

»Ich hätte ja gehofft, dass sie auch an uns kleine Leute denkt, die sie wie eine Tochter aufgenommen haben«, sagte Russell ein wenig bitter.

»Rus!«, ermahnte Lena ihn. Ihr Blick wanderte zu den hohen Mauern des Palasts, die über den Zelten des Turnierplatzes zu sehen waren. »Das arme Mädchen hat so viel durchgemacht. Sieh da hinauf. Glaubst du, sie ist über die vielen Probleme glücklich, die sie lösen muss? Die ganzen Kriege? Glaubst du, sie hat Zeit, an ihre alten Nachbarn zu denken oder Nachforschungen anzustellen, wo sie jetzt leben? Natürlich nicht, die Arme!«

»Entschuldigt, Ritter Hadrian, aber es ist Zeit«, sagte Renwick, der Wüterich am Zügel führte.

Mit Hilfe eines Hockers stieg Hadrian auf. Das Pferd war in seinen Farben geschmückt.

»Das sind Freunde von mir«, sagte er zu seinem Knappen. »Kümmere dich um sie.«

»Ja, Herr.«

»›Ja, Herr‹! Habt ihr das gehört?« Dillon schlug sich auf den Schenkel. »Wahnsinn! Zum Ritter geschlagen werden und dann auch noch in die letzte Runde des Wintertid-Turniers kommen. Bestimmt seid Ihr jetzt der glücklichste Mensch der Welt.«

Hadrian verabschiedete sich mit einem gezwungenen Lächeln und trabte zu seinem Ende der Bahn.

Unter dem tosenden Applaus der Zuschauer nahmen die beiden Ritter ihre Plätze ein. Die Wolken hingen noch schwerer über ihnen als zuvor und die Wimpel und Fahnen wirkten unter ihnen seltsam farblos. Hadrian fror bis ins innerste Mark.

Ihm gegenüber wartete Breckton. Windstöße zerrten an der Schabracke seines Pferdes. Die Knappen nahmen ihre Plätze neben den Lanzen auf dem Podest ein. Der Herold, ein ernst dreinblickender Mann in einem schweren Mantel, stieg auf die Plattform. Trompeter schmetterten eine Fanfare zum Einzug der Regenten und Adligen und in der Menge wurde es still.

Ethelred und Saldur ritten an der Spitze, gefolgt von König Armand und Königin Adeline von Alburn, König Roswort und Königin Freda von Dunmore, König Fredrick und Königin Josephine von Galeannon, König Rupert von Rhenydd – erst vor kurzem gekrönt und noch nicht verheiratet – und König Vincent und Königin Regina von Maranon. Nach den Monarchen kamen die Prinzen und Prinzessinnen, der Großkanzler und der Erzkämmerer, Baronesse Amilia und Nimbus und die Erzbischöfe der Königreiche. Als Letzte nahmen die Ritter ihre Plätze ein.

Die Trompeter spielten wieder eine Fanfare, dann sprach der Herold mit einer lauten, feierlichen Stimme.

»Auf diesem heiligen Boden, auf dem Recht gesprochen, die Wahrheit aufgedeckt, Heldenmut bewiesen und Tugend gezeigt wird, sind wir heute versammelt, um zu bezeugen, wie zwei Ritter sich miteinander an Können und Tapferkeit messen. Maribor wird entscheiden, wer den Titel des Wintertid-Meisters gewinnt!«

Jubel wurde laut und der Herold wartete, bis die Menge sich wieder beruhigt hatte.

»Links von mir steht der Befehlshaber der siegreichen nordimperialen Armee, der Held der Schlacht von Van Banks, Sohn von Baron Belstrad von Chadwick und Favorit von Baronesse Amilia von Tarin im Tal – Baron Breckton von Chadwick!«

Wieder jubelte die Menge. Hadrian sah Amilia auf der Tribüne sitzen und mit den anderen wie verrückt klatschen.

»Rechts wartet das jüngste Mitglied des Ritterordens, der Held des Kampfes um Rehagen und Favorit Ihrer Allerdurchlauchtigsten, Königlich-Großimperialen Eminenz, der Imperatorin Modina Novronia – Ritter Hadrian!«

Die Menge brüllte so laut, dass Hadrian spürte, wie sein Brustpanzer vibrierte. Er blickte über das Meer von Gesichtern und sah sich als kleinen Jungen neben seinem Vater stehen und aufgeregt warten.

»Die beiden kämpfen um den Meistertitel, die Ehre des Imperiums und den Ruhm Maribors. Möge Maribor den Besseren siegen lassen!«

Wieder schmetterten die Trompeten, was im Lärm der Menge allerdings unterging, und der Herold trat vom Podium herunter.

»Viel Glück, Herr.« Ein grau gekleideter Fremder war neben Hadrian getreten und reichte ihm den Helm.

Hadrian sah sich um, konnte Renwick aber nirgends entdecken. Er nahm den Helm und setzte ihn auf.

»Und hier die Lanze, Herr«, sagte der Fremde.

Hadrian nahm sie und spürte den Unterschied sofort. Sie sah zwar genauso aus wie seine Lanze, aber die Spitze war schwerer. Tatsächlich fühlte sie sich vertrauter an und lag ihm entsprechend besser in der Hand. Er wusste, dass er Breckton damit töten konnte. Breckton war ein guter Lanzenreiter, aber Hadrian war besser.

Er blickte wieder zur Tribüne hinüber. Amilia hatte die Hände an das Gesicht gehoben. Krampfhaft versuchte er, an Arista und Gaunt zu denken. Sein Blick wanderte zu der Lücke zwischen Ethelred und Saldur – dem Thron der Imperatorin, Modinas leerem Platz.

Ich erkläre hiermit, dass ich an sein Können, seinen Charakter und seinen Anstand glaube. Ich weiß, dass er ein rechtschaffener, tugendhafter Mensch ist. Mögt Ihr Euch beide das Wohlgefallen Maribors verdienen und im wahren Geist des Rittertums gegeneinander antreten.

Die Flaggen wurden erhoben und Hadrian holte tief Luft und schloss das Visier. Die Trompeten ertönten, die Flaggen wurden heruntergeschlagen und Hadrian gab seinem Pferd die Sporen. Breckton tat dasselbe und die beiden galoppierten aufeinander zu.

Hadrian hatte erst ein Viertel der Strecke zurückgelegt, da zügelte er sein Pferd. Wüterich wurde langsamer und blieb stehen. Die Lanze blieb in ihrem Schuh stecken und zeigte weiter himmelwärts.

Breckton dagegen galoppierte donnernd über den gefrorenen Boden, ein blau-goldener Blitz, der rasch näher kam.

Ein großartiger Anblick, dachte Hadrian unwillkürlich, als sei er ein Zuschauer an der Absperrung wie der kleine Junge, der vor so langer Zeit die Hand seines Vaters gehalten und das Donnern der Hufe an der weißen Geländerstange gespürt hatte. Er schloss die Augen und machte sich auf den Zusammenprall gefasst. »Tut mir leid, Vater und Arista«, murmelte er in seinem Helm. Mit etwas Glück würde Brecktons Lanzenstoß ihn töten.

Die Hufschläge wurden lauter.

Doch nichts geschah. Hadrian spürte nur den Zugwind des vorbeigaloppierenden Pferdes.

Hatte Breckton ihn verfehlt? Wie war das möglich?

Er öffnete die Augen, drehte sich um und sah Breckton hinter ihm die Bahn entlangreiten.

Die Menge war verstummt, nur leises, verwirrtes Murmeln war zu hören. Hadrian nahm den Helm ab. Im selben Moment kam Breckton mit seinem Pferd zum Stehen. Er nahm ebenfalls den Helm ab, wendete und trabte zu Hadrian zurück.

»Warum habt Ihr die Lanze nicht angelegt?«, fragte er.

»Ihr seid ein braver Mann und habt es nicht verdient, durch Verrat zu sterben.« Hadrian ließ seine Lanze mit der Spitze voraus zu Boden fallen. Das stumpfe Ende aus Ton zerbrach und eine eiserne Spitze kam zum Vorschein.

»Ihr auch nicht«, sagte Breckton und stieß seine Lanze in den Boden. Auch sie hatte eine eiserne Spitze. »Ich habe das Gewicht beim Angriff gespürt. Offenbar sollten wir einer Intrige zum Opfer fallen.«

Der Anführer der Wache kam mit einem Trupp von zwanzig Soldaten auf den Turnierplatz geritten. »Ich befehle Euch hiermit beiden, abzusteigen!«, rief er. »Ich verhafte Euch im Namen der Regenten.«

»Ihr verhaftet uns?« Breckton war verwirrt. »Wie lautet die Anklage?«

»Hochverrat.«

»Hochverrat?« Breckton sah ihn bestürzt an.

»Steigt bitte ab, sonst zwingen wir Euch dazu. Wenn Ihr versucht zu fliehen, werden wir Euch töten.«

Auf der anderen Seite des Platzes hatte eine Abteilung Seret-Ritter Aufstellung genommen, weitere Reiter versperrten die Ausgänge.

»Fliehen? Wohin sollte ich denn fliehen?«, fragte Breckton fassungslos. »Ich will hören, was genau man mir vorwirft.«

Er bekam keine Antwort. Angesichts der gegnerischen Übermacht stiegen Breckton und Hadrian ab. Seret umringten sie und trieben sie vom Platz. Auf der Tribüne sah Hadrian Luis Guy neben Ethelred und Saldur stehen.

Die Menge buhte empört. Fäuste wurden geballt und alle möglichen Gegenstände auf den Platz geworfen. Hadrian hörte, wie die Leute einander ratlos fragten, was denn los sei.

Die Seret trieben sie vom Platz und durch einen schmalen Korridor von Soldaten zu einem gedeckten Wagen, der sie wegbrachte.

»Das verstehe ich nicht«, sagte Breckton, der von fünf Seret-Rittern bewacht wurde. »Jemand wollte uns töten und jetzt werden wir des Hochverrats angeklagt? Das ergibt keinen Sinn.«

Hadrian blickte verstohlen auf die grimmigen Gesichter der Seret und dann auf den Boden des Wagens. »Die Regenten wollten Euch töten ... und ich sollte die Tat ausführen. Ihr hattet recht. Ich bin kein Ritter. Baron Dermont hat mich nie zum Ritter geschlagen. Ich habe nicht einmal in der imperialen Armee gedient. Stattdessen habe ich die Nationalisten gegen Dermont geführt.«

»Die Nationalisten? Aber Regent Saldur hat sich für Euch verbürgt und Eure Geschichte bestätigt. Er ...«

»Wie gesagt, Ihr solltet sterben und ich sollte Euch töten.«

»Aber warum?«

»Ihr habt das Angebot ausgeschlagen, Ethelred zu dienen. Als Befehlshaber der nordimperialen Armee seid Ihr damit eine Bedrohung. Also hat man mir einen Handel angeboten.«

»Was für einen Handel?«, fragte Breckton kalt.

»Ich sollte im Gegenzug für das Leben von Prinzessin Arista und Degan Gaunt Euch töten.«

»Die Prinzessin von Melengar und den Anführer der Nationalisten?« Breckton starrte ihn an. »Ihr dient der Prinzessin? Oder Gaunt?«

»Weder noch. Gaunt kenne ich nicht einmal, die Prinzessin dafür sehr gut.« Hadrian machte eine Pause. »Ich habe zugestimmt, um das Leben der beiden zu retten. Sonst sollten sie morgen sterben.«

Sie schwiegen eine Weile, während der Wagen auf seinen hölzernen Rädern über das vereiste Pflaster rollte und sie heftig durchrüttelte. Endlich sah Breckton Hadrian an. »Warum habt Ihr es nicht getan? Warum habt Ihr die Lanze nicht angelegt?«

Hadrian schüttelte den Kopf und seufzte. »Es wäre nicht richtig gewesen.«

»Auf dem Platz vor dem Palast haben sich über hundert Aufrührer versammelt«, berichtete Nimbus. »Und es treffen jeden Augenblick mehr ein. Ethelred hatte die Wache abgezogen und das Palasttor geschlossen.«

»Wie ich höre, wurden einige Wachen getötet«, sagte Amilia von ihrem Schreibtisch. »Stimmt das?«

»Soviel ich weiß nur eine. Aber andere wurden übel zugerichtet. Die Randalierer wollen die Imperatorin sehen.«

»Ich habe sie gehört. Sie fordern das seit einer Stunde im Sprechchor.«

»Seit dem Turnier vertrauen sie Ethelred und Saldur nicht mehr. Sie wollen eine Erklärung, und zwar von der Imperatorin persönlich.«

»Bestimmt kommt Saldur bald hierher. Er wird von mir verlangen, dass Modina etwas sagt, dass sie erklärt, Breckton und Hadrian hätten einen Umsturz geplant, um selbst den Thron zu besteigen.«

Nimbus seufzte und nickte. »Das vermute ich auch.«

»Aber ich werde mich weigern«, erklärte Amilia trotzig. Sie stand auf und schlug auf den Tisch. »Baron Breckton ist kein Verräter und genauso wenig Ritter Hadrian. Ich will nicht an ihrer Hinrichtung mitschuldig sein!«

»Aber wenn Ihr Euch weigert, werdet Ihr wahrscheinlich dasselbe Schicksal erleiden«, warnte Nimbus. »Ab übermorgen ist Ethelred ganz offiziell der Imperator und Modinas Kindermädchen braucht er dann nicht mehr.«

»Ich liebe Breckton, Nimbus.« Zum ersten Mal sprach sie es aus, gab sie es vor sich selbst zu. »Ich kann den Regenten nicht helfen, ihn zu töten, egal, was sie mir dafür antun.«

Nimbus lächelte traurig und setzte sich auf einen Stuhl neben dem Schreibtisch. Amilia konnte sich nicht erinnern, dass er sich schon einmal in ihrer Gegenwart gesetzt hatte, ohne sie zuvor um Erlaubnis zu bitten. »Einen Hauslehrer brauchen sie dann vermutlich noch weniger. Hadrian hat offenbar etwas Falsches getan und man wird wahrscheinlich mir die Schuld daran geben.«

Draußen ging jemand vorbei und sie blickten beide nervös zur geschlossenen Tür.

»Es kommt mir vor, als sei alles zu Ende.« Tränen liefen Amilia über die Wangen. »Heute Morgen war ich noch so glücklich. Ich glaube, so glücklich wie heute beim Aufwachen war ich noch nie.«

Draußen eilten wieder Schritte vorbei und sie schwiegen angespannt.

»Meint Ihr, ich sollte nach Modina sehen?«, fragte Amilia.

»Das wäre vielleicht ratsam.« Nimbus nickte. »Die Imperatorin sitzt immer am Fenster. Da hört sie bestimmt die Proteste und fragt sich, was los ist.«

»Dann muss ich mit ihr reden. Wer weiß, was sie denkt, wenn sie sich schon auf dem Bankett so merkwürdig verhalten hat.« Amilia stand auf. Die beiden wollten gerade zur Tür gehen, da flog diese auf und Saldur stürmte ins Zimmer. Er war rot im Gesicht und hatte die Lippen zusammengepresst. Mit einem Knall schlug er die Tür zu.

»Hier!« Er hielt Amilia ein Pergament vor die Nase. Darauf waren einige schiefe Zeilen Text gekritzelt. »Modina soll das lernen und in einer Stunde vom Balkon vortragen – genau so, wie ich es aufgeschrieben habe!«

Er wandte sich zum Gehen und öffnete die Tür.

»Nein«, sagte Amilia leise.

Saldur erstarrte. Er machte die Tür ganz langsam wieder zu, drehte sich um und starrte sie an. »Was sagt Ihr da?«

»Ich werde Modina nicht auffordern, Lügen über Baron Breckton zu verbreiten. Darum geht es doch, ja?« Amilia senkte den Blick auf das Pergament und las laut vor: »Meine getreuen Untertanen ...«, sie überflog den Text, »... ist erwiesen ... dass Baron Breckton und Ritter Hadrian ... schuldig der Verschwörung gegen das Imperium ... ein abscheuliches Verbrechen gegen die Menschen und Gott begangen haben und dafür bezahlen müssen.« Amilia hob den Kopf. »Ich werde Modina nicht bitten, das vorzulesen.«

»Wie könnt Ihr es wagen!« Saldur richtete sich zu seiner vollen Größe auf und blickte wütend auf sie hinunter.

»Wie könnt *Ihr* es wagen?«, erwiderte sie herausfordernd. »Baron Breckton ist ein großer Ritter. Er ist treu, rücksichtsvoll, gütig, anständig ...«

Saldur schlug Amilia so heftig ins Gesicht, dass sie taumelte und stürzte. Nimbus wollte ihr zu Hilfe eilen, hielt aber inne. Saldur beachtete ihn nicht.

»Ihr wart eine Spülmagd! Oder habt Ihr das schon vergessen? Ich habe Euch geschaffen! War es schön, die feine Dame zu spielen? Hat es Euch gefallen, vornehme Kleider zu tragen und zur Jagd zu reiten und sich von Rittern umschmeicheln zu lassen? Bestimmt, aber lasst Euch Eure Gefühle für Breckton nicht zu Kopf steigen. Das hier ist kein Spiel und Ihr solltet es besser wissen. Ich verstehe Eure Erregung ja und dass Ihr den Mann gern habt. Aber das ist jetzt unwichtig. Ich errichte ein Imperium! Das Schicksal künftiger Generationen liegt in unseren Händen. Das könnt Ihr nicht einfach ignorieren, nur weil Ihr Euch in jemanden verknallt habt, der in seiner Rüstung fesch aussieht. Ihr wollt einen Ritter? Ich beschaffe Euch jeden Ritter des Reiches, versprochen. Sogar eine Ehe mit einem Kronprinzen kann ich arrangieren, wenn Ihr das wollt. Was sagt Ihr? Reicht Euch das, Amilia? Wärt Ihr gerne Königin? Abgemacht. Doch jetzt geht es darum zu verhindern, dass das Imperium auseinanderfällt. Ich habe Euch Macht gegeben, weil ich Eure Gerissenheit bewundere. Aber das hier ist nicht verhandelbar, diesmal nicht.«

Er zeigte zum Fenster. »Da draußen stehen jetzt vielleicht nur ein paar hundert Aufrührer. Aber die Unruhen werden sich in Windeseile ausbreiten und in ein, zwei Tagen könnten wir schon vor einem Bürgerkrieg stehen! Wollt Ihr das? Wollt Ihr, dass ich die Armee entsende und Hunderte von Bürgern niedermetzeln lasse? Wollt Ihr erleben, wie die ganze Stadt brennt? Aber das lasse ich nicht zu. Habt Ihr mich gehört?«

Je länger er redete, desto mehr geriet er in Fahrt. »Ich mag Euch, Amilia. Ihr habt mir gute Dienste geleistet. Ihr habt mehr Verstand als zehn Adlige zusammen und ich habe wirklich vor, Euch für Eure Dienste angemessen zu belohnen. Es war ernst gemeint, dass ich Euch zu einer Königin machen will. Ich brauche treue und kluge Monarchen für die Regierung der Provinzen des Imperiums. Ihr habt bewiesen, dass ich mich auf Euch verlassen kann und dass Ihr selbständig denken könnt. Ich schätze solche Eigenschaften und bewundere Euren Mut, aber nicht diesmal. Diesmal werdet Ihr mir gehorchen, Amilia, oder ich lasse Euch zusammen mit den anderen hinrichten, bei Maribor!«

Amilia erbebte und ihre Unterlippe begann zu zittern, obwohl sie die Zähne zusammenbiss. Sie ballte die Hände, mit denen sie noch das Pergament hielt, zu Fäusten und holte tief Luft, um die in ihr aufsteigende Panik zu bezwingen. »Dann solltet Ihr Holz für einen weiteren Scheiterhaufen bestellen«, sagte sie und zerriss das Pergament.

Saldur starrte sie noch einen Moment lang an, dann riss er die Tür auf. Zwei Seret-Ritter traten ein. »Nehmt sie fest!«

17

Finsternis

Jasper war zurückgekehrt.

Arista lag auf der Seite, das Gesicht an den Stein gedrückt, und hörte die Ratte durch das Dunkel trippeln. Ein Schauer überlief sie.

Alles tat ihr vom Liegen auf dem harten Boden weh. Am schlimmsten war, dass sie in Händen und Füßen inzwischen so gut wie kein Gefühl mehr hatte. Manchmal spürte sie beim Aufwachen, dass ihr Bein sich bewegte – der einzige Hinweis darauf, dass Jasper an ihrem Fuß knabberte. Entsetzt wollte sie dann nach ihm treten, musste allerdings feststellen, dass sie das Bein vor Schwäche kaum noch bewegen konnte.

Etwas zu essen war schon lange nicht mehr gekommen, und Arista hätte nicht sagen können, wie viele Tage seitdem vergangen waren. Sie fühlte sich so schwach, dass sogar das Atmen ihre ganze Kraft erforderte. Der Scheiterhaufen hatte seinen Schrecken inzwischen verloren. Ein solches Ende war immer noch besser als dieser langsame Tod, als bei lebendigem Leibe von einer Ratte aufgefressen zu werden, für die sie sogar einen Namen hatte.

Erschöpft und wehrlos, wurde sie von albtraumhaften Vorstellungen heimgesucht.

Wie lange braucht eine Ratte, um mich aufzufressen? Wie lange bleibe ich bei Bewusstsein? Wird die Ratte sich mit meinem Fuß begnügen oder weicheres Fleisch bevorzugen, sobald sie merkt, dass ich mich nicht mehr wehren kann? Lebe ich noch, wenn sie meine Augen frisst?

Die Erkenntnis, dass es noch schlimmere Dinge gab, als bei lebendigem Leibe verbrannt zu werden, versetzte sie in Panik. Hoffentlich hatte Saldur sie nicht vergessen. Angestrengt lauschte sie auf die Geräusche der Wächter und betete zu Maribor, dass ihre Henker bald kommen möchten. Genügend Kraft vorausgesetzt, wäre sie bereit gewesen, den Scheiterhaufen selbst zu entzünden.

Wieder hörte sie das Trippeln und Scharren, das Klicken kleiner Krallen. Ihr Herz begann aufgeregt zu schlagen. Jasper näherte sich ihrem Kopf. Sie wartete.

Wieder das Trippeln – er kam noch näher.

Sie wollte die Hand heben, aber sie gehorchte ihr nicht. Sie wollte den Kopf heben, aber der war zu schwer.

Trip, trip, trip – noch näher.

Sie hörte Jasper schnüffeln, Witterung aufnehmen. So nah war er ihrem Gesicht noch nie gekommen. Wieder wartete sie hilflos.

Eine Zeitlang geschah nichts. Sie begann einzudösen, schreckte aber immer wieder hoch. Solange Jasper ihr so nahe war, wollte sie nicht einschlafen. Sie konnte sich zwar nicht gegen ihn wehren, aber zu wachen war irgendwie besser als gar nichts mitzubekommen.

Wieder verging eine Minute, ohne dass sie etwas hörte. Vielleicht war die Ratte verschwunden. Da hörte sie das Klicken scharfer Zähne. Jasper saß unmittelbar neben ihrem Ohr. Er schnüffelte wieder und sie spürte, wie er ihre Haare berührte. Er zupfte daran und Arista begann zu weinen. Doch es kamen keine Tränen mehr.

Ein Rumpeln ertönte.

Arista hatte es schon länger nicht mehr gehört. Stein knirschte auf Stein. Offenbar wurde die Tür zum Gefängnis geöffnet.

Schroffe Stimmen ertönten und die Schritte mehrerer Menschen waren zu hören.

Die Schritte kamen näher.

Es waren Wachen, aber in Begleitung weiterer Personen mit weicheren Schuhen – vielleicht Stiefeln? Eine ging, eine andere taumelte.

»Steckt sie in Nummer vier und fünf«, befahl eine Wache.

Weitere Schritte. Eine Zellentür ging auf. Ein kurzes Handgemenge folgte, dann wurde die Tür zugeschlagen. Wieder die Schritte. Etwas Schweres wurde über den Boden geschleift. Die Schritte kamen immer näher, verstummten aber kurz vor Aristas Tür.

Eine zweite Zellentür wurde geöffnet und jemand in die Zelle gestoßen. Ein gequältes Stöhnen.

Die Wachen entfernten sich und schlossen ihre Gefangenen wieder im Kerker ein. Sie hatten nur jemanden gebracht, kein Essen, kein Wasser, keine Hilfe, nicht einmal die Erlösung durch eine Hinrichtung.

Bewegungslos lag Arista da. Der Lärm hatte Jasper nicht verscheucht. Sie hörte ihn weiter an ihrem Kopf schnüffeln. Gleich würde er mit seiner Mahlzeit beginnen. Sie begann wieder zu weinen.

»Arista?«

Sie hörte ihren Namen, kam aber zu dem Schluss, dass sie sich die Stimme nur eingebildet hatte. Einen kurzen Augenblick lang hatte sie schon geglaubt …

»Arista, ich bin's, Hadrian. Seid Ihr das?«

Sie machte die Augen ein paar Mal auf und zu und bewegte den Kopf auf dem Boden hin und her.

Was ist das? Eine Halluzination? Ein selbstgeschaffener Dämon? Werde ich jetzt verrückt?

»Arista, könnt Ihr mich hören?«

Die Stimme klang so wirklich.

»Ha-Hadrian?«, flüsterte sie so leise, dass sie fürchtete, er könnte sie nicht hören.

»Ja!«

»Was machst du hier?« Ihre Worte bestanden hauptsächlich aus Luft.

»Ich bin gekommen, um Euch zu retten. Nur will mir das nicht so recht gelingen.«

Sie hörte ein Geräusch wie von zerreißendem Stoff.

Sie verstand gar nichts mehr. Wie alle Träume war auch dieser absurd und wunderbar zugleich.

»Ich habe es verpatzt, tut mir leid.«

»Aber nein ...«, sagte sie mit ersterbender Stimme zu dem Traum. »Es bedeutet mir schon viel ... dass du ... dass überhaupt jemand es versucht hat.«

»Weint nicht«, sagte Hadrian.

»Wie lange noch bis ... zur Hinrichtung?«

Es folgte eine lange Pause.

»Bitte ...«, flehte sie. »Ich halte das nicht mehr aus. Ich will sterben.«

»*Das dürft Ihr nicht sagen!*« Seine Stimme dröhnte laut durch den Kerker und Jasper huschte erschrocken weg. »Sagt das nie wieder.«

Wieder entstand eine lange Pause. Es war ganz still, aber Jasper kehrte nicht zurück.

Der Turm schwankte. Sie sah unter dem Bett nach, konnte die Bürste aber auch dort nicht finden. Wie war das möglich? Die Bürsten waren alle da, nur die erste nicht, die wichtigste. Sie musste sie finden.

Sie stand auf und sah zufällig ihr Spiegelbild im Schwanenspie-

gel. Sie war dünn, sehr dünn. Ihre Augen waren tief in die Höhlen eingesunken, wie Murmeln in Kuchenteig. Ihre Wangen waren eingefallen, die Lippen spannten sich über die Kieferknochen und zeigten faulige Zähne. Ihre Haare waren brüchig geworden und fielen aus, so dass große kahle Stellen ihren weißen Schädel zeigten. Ihre Mutter stand mit einem traurigen Gesicht hinter ihr und schüttelte den Kopf.

»Ich finde die Bürste nicht, Mutter!«, rief sie schluchzend.

»Das macht nichts«, antwortete ihre Mutter zärtlich. »Bald ist alles vorbei.«

»Aber der Turm stürzt ein. Alles fällt zusammen und ich muss sie finden. Sie war eben noch hier, das weiß ich. Esrahaddon hat gesagt, ich müsste sie finden. Er sagte, sie sei unter dem Bett, aber da ist sie nicht. Ich habe überall nachgesehen und die Zeit drängt. Ich werde sie nicht mehr rechtzeitig finden, nicht wahr, Mutter? Es ist zu spät. Es ist zu spät!«

Arista wachte auf. Sie öffnete die Augen, aber es blieb genauso dunkel. Ohne sich zu bewegen, lag sie auf den steinernen Fliesen. Es gab keinen Turm und es gab keine Bürsten, und ihre Mutter war längst tot. Alles war nur ein Traum gewesen.

»Hadrian ... ich habe solche Angst«, sagte sie in das Dunkel hinein. Niemand antwortete. Hadrian war ein Teil ihres Traums gewesen. Die Stille nahm ihr den letzten Mut.

Da hörte sie seine Stimme wieder. »Alles wird gut, Arista.«

»Du bist ein Traum.«

»Nein, ich bin hier.«

Es klang gepresst.

»Was hast du?«, fragte sie.

»Nichts.«

»Etwas stimmt nicht.«

»Ich bin nur müde. Ich war noch spät auf und ...« Er stöhnte schmerzerfüllt.

»Verbinde die Wunden so fest wie möglich«, sagte ein anderer Mann. Arista kannte die Stimme nicht. Sie klang fest, tief und befehlsgewohnt. »Benütze deinen Fuß als Hebel.«

»Wunden?«, fragte sie.

»Nichts Schlimmes«, sagte Hadrian. »Die Wachen haben ein wenig kräftig zugelangt.«

»Blutet es stark?«, fragte die andere Stimme.

»Ich kann es stoppen ... glaube ich ... Im Dunkeln ist das schwer zu beurteilen. Mir ... mir ist ein wenig schwindlig.«

Wieder ging der Eingang zum Kerker auf und Schritte ertönten.

»Steck sie in Zelle acht«, sagte eine Wache.

Die Tür zu Aristas Zelle ging auf und das Licht einer Fackel blendete sie. Nur mit Mühe konnte sie das Gesicht von Baronesse Amilia erkennen.

»Acht ist besetzt«, rief der Wächter.

»Stimmt, aber ab morgen ist sie frei. Lass nur, eine Nacht können sie die Zelle teilen.«

Der Wächter stieß die Baronesse hinein und schlug die Tür hinter ihr zu. Es wurde wieder dunkel.

»Bei Novron!«, rief Amilia.

Arista spürte, wie die Baronesse sich neben sie kniete und ihr über die Haare strich.

»Bei Maribor, Ella! Was haben sie mit dir angestellt?«

»Amilia?«, rief die tiefe Stimme.

»Baron Breckton! Ja, ich bin's.«

»Aber – warum?«

»Ich sollte Modina dazu überreden, dass sie Euch beschuldigt. Ich habe mich geweigert.«

»Weiß die Imperatorin denn nicht, was hier passiert? Sie hat es nicht angeordnet?«

»Natürlich nicht. Modina würde dem nie zustimmen. Das sind alles Saldurs und Ethelreds Intrigen. Ach, arme Ella, du bist so abgemagert und schwach. Es tut mir furchtbar leid.«

Arista spürte wieder Finger, die sanft über ihre Wange strichen. Dabei fiel ihr ein, dass sie länger nichts von Hadrian gehört hatte. »Hadrian?«

Sie wartete. Niemand antwortete.

»Hadrian?«, rief sie wieder, diesmal ängstlich.

»Ella – äh – Arista, beruhigt Euch«, sagte Amilia.

Arista spürte einen Knoten im Magen, denn ihr war klar geworden, wie wichtig es für sie war, Hadrians Stimme zu hören und zu wissen, dass er noch lebte. Die Vorstellung, er könnte nicht antworten, versetzte sie in Panik. »Had ...«

»Ich ... bin noch da.« Seine Stimme klang schwach und angestrengt.

»Wie geht es dir?«, fragte Arista.

»Ganz gut, aber ich verliere immer wieder das Bewusstsein.«

»Ist die Blutung gestoppt?«, fragte Breckton.

»Ja ... ich glaube.«

Modina konnte sie die ganze Nacht hören – die wütenden und empörten Stimmen der Aufrührer. Vor dem Palast mussten sich inzwischen Hunderte oder sogar Tausende von Menschen versammelt haben. Kaufleute, Bauern, Matrosen, Fleischer und Straßenarbeiter schrien alle mit einer Stimme und schlugen an das Tor, Modina konnte es bis in ihr Zimmer hören. Vor einiger Zeit hatte sie vor der Mauer Rauch aufsteigen sehen. Im Dunkeln sah sie jetzt flackernde Fackeln und Feuer.

Was brennt da? Puppen der Regenten? Das Tor? Vielleicht sind es auch nur Lagerfeuer, an denen die Leute sich etwas zu essen kochen.

Am Fenster sitzend, lauschte Modina dem Geschrei, das ihr der kalte Wind zutrug.

Die Tür zum Schlafzimmer flog auf. Modina wusste, wer kam, noch bevor sie sich umdrehte.

»Aufstehen, dumme Kuh! Ihr werdet jetzt eine Ansprache machen, um die Leute zu beruhigen.«

Regent Saldur durchquerte das dunkle Zimmer mit Nimbus im Schlepptau. Er hielt Nimbus ein Pergament hin.

»Nehmt das und lasst es sie lesen.«

Nimbus näherte sich ihm langsam und verbeugte sich. »Euer Gnaden, ich ...«

Saldur explodierte. »Wir haben jetzt keine Zeit für Mätzchen! Sie soll das lesen.«

Er ging erregt im Zimmer auf und ab, während Nimbus hastig eine Kerze anzündete.

»Warum steht keine Wache vor der Tür?«, fragte Saldur. »Könnt Ihr Euch vorstellen, was passiert, wenn zufällig jemand anderes hier hereinschneit? Lasst Soldaten kommen, wenn wir wieder weg sind, oder ich suche mir einen anderen Ersatz für Amilia.«

»Jawohl, Euer Gnaden.«

Nimbus ging mit der Kerze zu Modina. »Seine Gnaden bittet Euch höflichst, dieses ...«

»Jetzt reicht's.« Saldur riss ihm das Pergament aus der Hand und hielt es Modina so dicht vor das Gesicht, dass sie es nicht einmal hätte lesen können, wenn sie das Lesen beherrscht hätte. »*Lest das!*«

Modina reagierte nicht.

»Für Amilia konntet Ihr doch auch so gut sprechen. Ständig setzt Ihr Euch für sie ein, sogar damals, als ich ihr gedroht habe, weil sie Euch mit diesem blöden Hund spielen ließ. Hört mir jetzt gut zu: Ihr geht da raus und lest das klar und deutlich vor – oder ich lasse Eure süße kleine Amilia morgen zusammen mit den anderen hinrichten. Glaubt nicht, dass das leere Worte sind. Ich habe Amilia bereits in den Kerker werfen lassen.«

Modina blieb so unbewegt wie eine Statue.

Saldur schlug sie ins Gesicht. Sie wich zurück, gab aber keinen Laut von sich und hob auch nicht abwehrend die Hand. Sie zuckte nicht einmal zusammen oder zwinkerte mit den Augen. Ein Blutstropfen tropfte von ihrer Lippe hinunter.

»Du kleines Luder!« Er schlug sie wieder.

Wieder zeigte sie keinerlei Reaktion, weder Angst noch Schmerz.

»Ich glaube, sie hört Euch nicht, Euer Gnaden«, meldete Nimbus sich zu Wort. »Wenn Ihre Eminenz von etwas überwältigt ist, fällt sie oft in eine Art Trance.«

Saldur starrte Modina an und seufzte. »Also gut. Wenn die Menge sich nicht bis morgen früh zerstreut hat, lassen wir uns den Weg zur Kathedrale von Soldaten frei räumen. Die Hochzeit findet jedenfalls wie geplant statt und dann sind wir die Imperatorin endlich los.«

Er drehte sich um und ging.

Nimbus stellte die Kerze auf Modinas Tisch. »Es tut mir schrecklich leid«, flüsterte er. Er folgte dem Regenten aus dem Zimmer.

Die Tür schloss sich.

Die kalte Luft kühlte das Brennen, das Saldurs Hand hinterlassen hatte.

»Du kannst herauskommen«, sagte Modina.

Minte kroch unter dem Bett hervor. Er sah bleich aus.

»Tut mir leid, dass du dich verstecken musstest, aber ich wollte nicht, dass du Schwierigkeiten bekommst. Ich wusste, dass er kommen würde.«

»Das macht nichts. Friert Ihr? Braucht Ihr den Mantel?«

»Ja, das wäre nett.«

Minte kroch wieder unter das Bett und zog das schillernde Gewand hervor. Er schüttelte es aus und hängte es Modina behutsam um die Schultern.

»Warum sitzt Ihr am Fenster? Dort ist es eiskalt und der Stein ist hart.«

»Du kannst auf dem Bett sitzen, wenn du willst«, sagte Modina.

»Ich weiß, aber warum sitzt Ihr dort?«

»Aus Gewohnheit. Ich tue das schon ganz lange.«

Eine Pause entstand.

»Er hat Euch geschlagen«, sagte Minte.

»Ja.«

»Warum habt Ihr es zugelassen?«

»Es ist egal. Nichts ist mehr wichtig. Bald ist alles vorbei. Morgen ist Wintertid.«

Schweigend saßen sie eine Weile da. Modina blickte auf die Stadt hinaus, auf die flackernden Feuer vor dem Palast. Hinter ihr rutschte Minte nervös auf dem Bett hin und her, sagte aber nichts.

»Ich habe eine Bitte an dich«, sagte Modina schließlich.

»Was Ihr wollt.«

»Kehre in die Stadt zurück. Und bleib diesmal dort. Sei vorsichtig und suche dir ein Versteck, bis die Unruhen vorbei sind. Aber – und das ist das Wichtigste – kehre nicht hierher zurück. Versprichst du mir das?«

»Ja, wenn Ihr es wollt.«

»Ich will nicht, dass du siehst, was ich gleich tun muss. Oder anschließend deswegen Probleme bekommst. Du sollst mich so in Erinnerung behalten, wie ich in den vergangenen Tagen gewesen bin.«

Sie stand auf, ging zu dem Jungen und küsste ihn auf die Stirn. »Denke an meine Worte und halte dein Versprechen.«

Minte nickte.

Modina wartete, bis er gegangen und draußen auf dem Gang nicht mehr zu hören war. Dann blies sie die Kerze aus, nahm den Wasserkrug vom Toilettentisch und zertrümmerte den Spiegel.

Royce spähte unter der Plane des mit Kartoffeln gefüllten Karrens hervor und ließ den Blick durch den Hof wandern. Seine besondere Aufmerksamkeit galt den dunklen Winkeln und dem Spalt hinter dem Holzstoß. Von der anderen Seite des Eingangstors kam ein gelber Schein, als stehe die Stadt in Flammen. Empörte Stimmen verlangten lautstark die Freilassung Hadrians und Brecktons. Außerdem forderte der unsichtbare Mob die Imperatorin auf, sich zu zeigen. Sämtliche Wachen des Palasts waren in Alarmbereitschaft. Royce kam diese Ablenkung gerade recht.

»Gehen wir jetzt rein oder nicht?«, murmelte Magnus, der bis zur Hüfte in den Kartoffeln steckte. Anstelle einer Antwort kletterte Royce vom Karren. Der Zwerg folgte ihm und sie huschten zum Brunnen. Magnus bewegte sich nahezu lautlos, stellte Royce zufrieden fest. Er ließ die Wachen keinen Moment aus den Augen. Sie blickten alle zum Tor, niemand achtete darauf, was im Hof passierte.

»Willst du mich runterlassen oder willst du selbst zuerst runter?«

»Keine Macht der Welt könnte mich dazu bringen, mich von dir runterzulassen.«

Magnus brummte etwas von mangelndem Vertrauen, setzte sich auf den Eimer und hielt sich am Seil fest. Dann ließ Royce ihn hinunter, bis Magnus ihm ein Zeichen gab, dass er anhalten sollte. Royce wartete, bis der Zwerg abgestiegen war, dann ließ er den Eimer bis zum Grund hinunter, stellte die Winde fest und kletterte am Seil in die Tiefe.

Albert hatte dem Zwerg als Helfer bei den Hochzeitsvorbereitungen Zugang zum Palast verschafft und Magnus hatte in nur fünf Minuten herausgefunden, wo der Kerker lag. Durch wiederholtes Aufstampfen mit dem Fuß hatte er den unterirdischen Hohlraum geortet. Alles Weitere hatte er herausgefunden, als Royce ihn eines Nachts in den Brunnen hinuntergelassen hatte. Magnus hatte festgestellt, dass die mit kleinen Belüftungsschlitzen gelöcherte Brunnenwand außen an der uralten Steinmauer des Kerkers entlangführte. Elf Nächte hatte es ihn gekostet, einen Zugang durch den Stein zu schlagen. Merrick hatte recht gehabt – der Kerker war von Zwergen gebaut worden. Er hatte allerdings bestimmt nicht damit gerechnet, dass Royce einen Zwerg mitbrachte, noch dazu einen, der Erfahrung damit hatte, durch Mauern zu dringen.

Beim Hintersteigen bemerkte Royce einen schwachen Schein, der durch eine Öffnung in der Schachtwand drang. Die Öffnung erinnerte aufgrund der Dicke der Mauer mehr an einen Tunnel. Royce nahm sein Bündel ab, in dem ein Schwert und eine Laterne steckten, und reichte es dem Zwerg durch das Loch. Magnus hatte offenbar trotz seines Könnens Schwierigkeiten gehabt, sich durch den Stein zu schlagen, denn das Loch war schmal. Einem Zwerg mochte es genügen, Royce dagegen musste sich hindurchzwängen. Er konnte nur hoffen, dass es auch für Hadrian reichte.

Auf der anderen Seite des Tunnels lag eine Zelle. Royce sah sich um. Auf dem Boden lag eine Leiche. Sie trug Priestergewänder, hatte die Beine angezogen und stank entsetzlich. Die Zelle war winzig und reichte kaum für den Toten. Magnus hatte sich an die Wand gedrückt. Er hielt einen Kristall in der Hand, von dem ein schwacher grüner Schein ausging.

Royce zeigte auf den Kristall. »Woher hast du den?«

»Besser als jeder Feuerstahl, was?« Magnus grinste listig. »Ausgegraben. Ich bin doch ein Zwerg.«

»Ich versuche immer wieder, das zu vergessen«, sagte Royce. Er ging zur Tür der Zelle, knackte das Schloss und spähte in den Gang dahinter. Die Wände trugen dieselben Markierungen, die er im Gutaria-Gefängnis gesehen hatte – kleine, an Spinnweben erinnernde Muster. Er untersuchte die Fuge, an der die Wände mit dem Boden zusammenstießen.

»Auf was wartest du?«, fragte Magnus. »Lass uns gehen.«
»Hast du es eilig?«, flüsterte Royce.
»Mir ist kalt. Außerdem ist es hier nicht besonders gemütlich. Allein schon der Gestank! Ich wäre gern möglichst schnell fertig.«
»Ich gehe jetzt da raus. Du bleibst hier und hältst Wache, falls uns jemand nachsteigt – pass gut auf.«
»Royce, ich habe doch gute Arbeit geleistet, ja? Ich meine, mit der Mauer.«
»Sicher, das hast du prima gemacht.«
»Wenn alles vorbei ist ... könnte ich dann Alversten eine Weile haben, um ihn mir genauer anzusehen? Du weißt schon, sozusagen als Belohnung, mit der du dich erkenntlich zeigst.«
»Du wirst in Gold bezahlt, genau wie Albert. Du musst von dieser fixen Idee loskommen.«

Royce trat nach draußen. Es war fast ganz dunkel, das einzige Licht kam von Magnus' grünem Stein.

Er eilte durch die Gänge – nirgends Wachen. Die meisten Zellen waren leer, nur hinter vier Türen hörte er Atemgeräusche und leise Bewegungen. Ansonsten hallte nur das Geräusch der in den Brunnen fallenden Wassertropfen durch den Kerker. Nachdem er sich vergewissert hatte, dass niemand im Kerker Wache hielt, zündete er die Laterne an, doch schraubte er den Docht fast ganz herunter. Dann knackte er das Schloss einer Zelle. In ihr lag bewegungslos ein Mann auf dem Boden. Seine blonden Haare waren ein wenig länger, als Royce sie in Erinnerung hatte, trotzdem wusste er, dass es sich um denselben Mann handelte, den er im Turm von Avempartha gesehen hatte – Degan Gaunt. Gaunt war furchtbar mager, atmete aber noch. Er wachte allerdings nicht auf, als Royce ihn an der Schulter rüttelte. Royce ließ die Tür offen stehen und ging weiter.

Er schloss die nächste Zelle auf. Der Mann, der auf dem

Boden saß, blickte auf. Die Ähnlichkeit war unübersehbar und Royce erkannte ihn sofort.

»Wer ist da?«, fragte Breckton Belstrad und hob geblendet die Hand an die Augen.

»Dafür ist jetzt keine Zeit. Wartet noch kurz, wir gehen gleich.«

Royce ging zur nächsten Zelle. In ihr schliefen zwei Frauen. Die eine kannte er nicht, die andere hätte er fast nicht erkannt. Prinzessin Arista war schrecklich dünn, in Lumpen gekleidet und mit Wunden übersät, die wie Bisse aussahen. Er ging zur letzten Zelle weiter.

»Aller guten Dinge sind vier«, sagte er leise und öffnete die Tür.

Hadrian saß mit nacktem Oberkörper an die Wand gelehnt. Er hatte seinen Rock in Streifen gerissen und die Streifen um sein Bein, seinen Arm und den Bauch gewickelt. Das Hemd hatte er zu einem Kissen gefaltet und sich fest an die Seite gebunden. Streifen und Kissen waren blutgetränkt, aber Hadrian atmete noch.

»Wach auf, Kamerad«, flüsterte Royce und stieß ihn vorsichtig an. Hadrian war am ganzen Leib nassgeschwitzt.

»Endlich! Ich dachte schon, du hättest mich sitzen lassen.«

»Ich habe es überlegt, konnte mir dann aber Magnus als Trauzeugen irgendwie nicht vorstellen. Schöner Haarschnitt übrigens. Steht dir – sehr ritterlich.«

Hadrian wollte lachen, begann aber stattdessen schmerzerfüllt zu stöhnen.

»Die haben dich übel zugerichtet.« Royce kontrollierte die Verbände und zog den um den Bauch fester an.

Hadrian zuckte zusammen. »Die Gefängniswärter mögen mich nicht. Sie haben im Turnier fünf Runden hintereinander gegen mich gewettet und dabei viel Geld verloren.«

»Oh, dann verstehe ich sie. Ich hätte genauso reagiert.«

»Du hast Arista gefunden, ja? Und Gaunt? Lebt er noch?«

»Ja, Arista schläft nebenan. Und Gaunt geht es ziemlich schlecht. Ich werde ihn tragen müssen. Kannst du gehen?«

»Keine Ahnung.«

Royce fasst Hadrian um die Hüften und half ihm langsam auf. Mühsam gingen sie den Gang bis zu der Zelle entlang, die an den Brunnenschacht grenzte. Royce drückte gegen die Zellentür, aber sie ging nicht auf. Er drückte stärker, aber nichts geschah.

»Magnus, mach auf«, flüsterte er.

Niemand antwortete.

»Schnell, Magnus. Hadrian ist verletzt und ich brauche deine Hilfe. Mach auf.«

Stille.

18

Wintertid

Amilia lag im Dunkel des Gefängnisses in Brecktons Armen und dachte über ein Paradox nach – wie man gleichzeitig vor Glück im siebten Himmel schweben und vor Angst fast durchdrehen konnte.
»Sieh mal«, flüsterte Baron Breckton.
Amilia hob den Kopf und sah einen schwachen Schein aus der Tür der letzten Zelle kommen. Die Gefangenen wirkten in dem fahlen Licht geisterhaft durchscheinend und vollkommen farblos. Prinzessin Arista, Ritter Hadrian und Degan Gaunt lagen im Gang auf einem gemeinsamen Lager aus Stroh, das sie aus den anderen Zellen zusammengetragen hatten. Alle drei sahen aus wie Leichen, die auf ihre Beerdigung warteten. Hadrians Oberkörper war in provisorische, blutgetränkte Verbände eingewickelt, und die Prinzessin war so dünn, dass sie kaum noch Ähnlichkeit mit sich selbst hatte. Den schrecklichsten Anblick bot allerdings Degan Gaunt. Er schien nur noch aus Haut und Knochen zu bestehen. Wenn er nicht noch ganz schwach geatmet hätte, hätte man ihn für eine bereits mehrere Tage alte Leiche halten können.
In der vergangenen Nacht war ein Mann in das Gefängnis eingebrochen und hatte sie befreien wollen. Er hatte die Zel-

lentüren aufgeschlossen, aber die Flucht war trotzdem gescheitert. Jetzt wanderte er durch die Gänge.

»Der Morgen ist angebrochen«, sagte Baron Breckton. »Heute ist Wintertid.«

Amilia begriff, dass der Schein, der aus der letzten Zelle drang, den neuen Tag ankündigte, und begann zu weinen. Breckton fragte sie nicht nach dem Grund, sondern zog sie nur an sich. Von Zeit zu Zeit tätschelte er ihr den Arm oder strich ihr über die Haare, etwas, das sie am Vortag noch nicht für möglich gehalten hätte.

»Dir wird nichts zustoßen«, versicherte er ihr. Er klang überraschend zuversichtlich. »Sobald die Imperatorin von den Intrigen der Regenten erfährt, rettet sie dich bestimmt.«

Amilia presste die bebenden Lippen aufeinander, fasste Breckton am Arm und drückte ihn.

»Modina ist selbst eine Gefangene«, bemerkte Arista.

Amilia hatte geglaubt, die Prinzessin würde schlafen. Jetzt sah sie, dass sie die Augen geöffnet und den Kopf so gedreht hatte, dass sie die anderen sehen konnte.

»Die Regenten benützen sie als Marionette. In Wirklichkeit bestimmen nur Saldur und Ethelred.«

»Sie ist also nur eine Erfindung?«, fragte Breckton. »War alles nur eine Lüge? Auch das mit dem Ungeheuer, das sie angeblich getötet hat?«

»Nein, das stimmt«, erwiderte Arista. »Ich war dabei.«

»Ihr wart dabei?«, fragte Amilia.

Arista wollte etwas sagen, begann aber zu husten. Sie hustete eine Weile, dann holte sie unsicher Luft. »Ja. Die Imperatorin war damals anders – stark und standhaft. Zwar noch ein Mädchen, aber durch nichts zu entmutigen und fest entschlossen, ihren Vater zu retten. Ich habe erlebt, wie sie, nur mit einer Glasscherbe, gegen ein noch nie besiegtes Ungeheuer kämpfen wollte, das so groß war wie ein Haus.«

»Aber wenn die Imperatorin so mutig ist, Hoheit«, sagte Breckton, »dann kann sie doch gewiss ...«

»Sie kann uns nicht retten!«, schluchzte Amilia. »Sie ist tot!«

Breckton sah sie entgeistert an.

Amilia zeigte auf das Licht unter der Tür. »Heute ist Wintertid. Modina hat sich bei Sonnenaufgang umgebracht.« Sie wischte sich über das Gesicht. »Die Imperatorin ist heute Morgen in ihrem Zimmer am Fenster im Angesicht der aufgehenden Sonne gestorben.«

»Aber ... warum denn?«, fragte Breckton.

»Sie wollte Ethelred nicht heiraten und auch nicht mehr leben. Sie wusste keinen Grund mehr, warum sie hätte weitermachen sollen. Sie ... sie ...« Von Gefühlen überwältigt, stand Amilia auf und ging den Gang entlang. Breckton folgte ihr.

Aristas Husten hatte Hadrian geweckt. Mühsam und mit schmerzverzerrtem Gesicht setzte er sich auf, überrascht, wie schwach er sich fühlte. Er rückte zu Arista, hob ihren Kopf an und bettete ihn auf seinen Schenkel.

»Wie geht es Euch?«, fragte er.

»Ich habe Angst. Und du?«

»Mir geht es prima. Darf ich Euch zum Tanz auffordern?«

»Vielleicht später.« Arista war am ganzen Körper mit Prellungen und hässlichen roten Schrammen bedeckt. »Es klingt schrecklich, aber ich bin froh, dass du da bist.«

»Es klingt vielleicht dumm, aber ich bin auch froh.«

»Das ist allerdings dumm.«

»Schon, aber ich habe in letzter Zeit einige Dummheiten gemacht.«

»Das haben wir alle.«

Hadrian schüttelte den Kopf. »Nicht so wie ich. Ich habe Saldur tatsächlich vertraut und mich auf eine Abmachung mit ihm eingelassen – und mit Luis Guy, ausgerechnet. Ihr und Royce hättet diesen Fehler nicht begangen. Royce hätte die Zeit zwischen den Runden des Turniers dazu genutzt, Euch zu befreien. Und Ihr – Ihr hättet wahrscheinlich einen Weg gefunden, das ganze Imperium zu übernehmen. Nein, Ihr beide habt schon einiges drauf.«

»Findest du?«, fragte Arista leise.

»Natürlich. Wie viele Frauen hätten ohne jede militärische Ausbildung eine Stadt erobert? Oder den Bruder und sein Reich vor einer Verschwörung gegen die Monarchie gerettet? Und wie viele hätten versucht, auf eigene Faust in den imperialen Palast einzudringen?«

»Das Letzte hättest du weglassen sollen. Für den Fall, dass du es nicht mitbekommen hast: Es ging kolossal daneben.«

»Aber zwei von drei ist auch noch ziemlich gut.« Hadrian grinste.

»Ich wüsste ja gern, was da oben los ist«, sagte Arista nach einer Pause. »Es dürfte schon Mittag sein. Sie hätten längst kommen und uns zum Scheiterhaufen abführen müssen.«

»Vielleicht hat Ethelred seine Meinung geändert«, sagte Hadrian.

»Oder sie haben beschlossen, uns dem Hungertod zu überlassen.«

Er verstummte und Arista sah ihn längere Zeit unverwandt an.

»Was ist?«, fragte er schließlich.

»Ich möchte dich bitten, mir einen Gefallen zu tun.«

»Was für einen?«

»Es fällt mir nicht leicht, darum zu bitten.«

Hadrian kniff die Augen zusammen. »Sprecht.«

Arista zögerte immer noch, dann holte sie tief Luft und wandte den Blick ab. »Wärst du bereit, mich zu töten?«

Hadrian hatte das Gefühl, keine Luft mehr zu bekommen.

»Wie bitte?«

Sie sah ihn schweigend an.

»Redet nicht solches Zeug.«

»Du könntest mich erwürgen.« Sie nahm seine Hände und legte sie an ihren Hals. »Drück einfach zu, es dauert bestimmt nicht lange. Ich glaube auch nicht, dass es wehtun würde. Bitte, ich bin schon jetzt so schwach und Royce hat uns nichts zu essen oder trinken gebracht. Ich ... ich will nur noch, dass alles vorbei ist, dass dieser Albtraum endet ...« Sie begann zu weinen.

Hadrian starrte sie an und spürte die Wärme ihres Halses an seiner Hand. Seine Lippen begannen zu zittern.

»Da ist diese Ratte, die ...« Arista zögerte. »Bitte, Hadrian, bitte. Willst du das für mich tun?«

»Niemand wird hier bei lebendigem Leibe aufgefressen.« Hadrian blickte auf die Bisswunden auf Aristas Haut. »Royce fällt schon was ein. Das ist doch immer so. Wir finden immer eine Lösung. Wir bewirken doch Wunder. Hat nicht Alric das gesagt? Habt nur noch ein wenig Geduld.«

Er nahm die Hand von ihrem Hals und zog die Prinzessin mit seinem gesunden Arm an sich. Innerlich fühlte er sich tot, nur die stechenden Schmerzen seiner Wunden erinnerten ihn daran, dass er noch lebte. Er strich Arista über die Haare, während sie von Schluchzern geschüttelt wurde. Nach und nach beruhigte sie sich und döste ein. Auch Hadrian verlor immer wieder das Bewusstsein.

»Bist du wach?«, fragte Royce und setzte sich neben ihn.

»Jetzt schon. Was ist?«

»Wie fühlst du dich?«

»Es ging mir schon besser. Was hast du dir überlegt? Hoffentlich etwas Gutes, weil ich Arista erzählt habe, wie genial du bist.«

»Wie geht es ihr?«

Hadrian betrachtete die schlafende Prinzessin. Ihr Kopf lag auf seinem Arm.

»Sie bat mich, sie zu töten.«

»Demnach geht es ihr schlecht.«

»Und was hast du herausgefunden?«, fragte Hadrian.

»Nichts Gutes. Ich habe jeden Zoll des Kerkers drei Mal abgesucht. Die Mauern sind dick und massiv. Es gibt nirgends Ritzen oder Schwachstellen. Selbst Magnus mit seinen Spezialmeißeln hat über eine Woche gebraucht, um durch die Mauer zu kommen. Keine Ahnung, wie lange wir nach draußen brauchen würden. Ich habe eine Treppe gefunden, die vermutlich zum Eingang hinaufführt, aber an ihrem Ende ist kein Schloss, nicht mal eine Tür. Die Treppe endet einfach an der steinernen Decke. Ich weiß noch nicht, was ich davon halten soll.«

»Es handelt sich um ein Edelsteinschloss, wie in Gutaria. Der Seret, der im Nordturm Wache hält, hat ein Schwert mit einem Smaragd am Knauf.«

»Das könnte die Erklärung sein. Die Tür, durch die ich gekommen bin, gibt nicht nach. Sie ist nicht abgesperrt, also wird sie durch etwas blockiert. Wahrscheinlich kommen wir am ehesten dort raus. Sie besteht aus Holz, wir könnten also versuchen, sie anzuzünden. Das Holz ist allerdings ziemlich dick und ich weiß nicht, ob es Feuer fängt, selbst wenn ich das Stroh und das Öl aus der Laterne verwenden würde. Und der Rauch könnte uns verraten – wenn er uns nicht schon davor tötet –, und dann warten oben die Wachen auf uns.«

»Und Arista und Gaunt können keinen Brunnenschacht hochklettern«, gab Hadrian zu bedenken.

»Ja, aber das ist nur eins von vielen Problemen. Ich bin überzeugt, dass auch das Seil nicht mehr da hängt. Ich weiß nicht, ob Magnus erwischt wurde oder uns verraten hat. Wer die Tür verrammelt hat, hat jedenfalls auch das Seil mitgenommen.«

»Was können wir also tun?«

Royce zuckte mit den Schultern. »Das Beste, das mir einfällt, ist, bis Einbruch der Nacht zu warten und dann die Tür anzuzünden. Vielleicht bemerkt ja niemand den Rauch. Und vielleicht können wir entkommen, bevor wir ersticken. Vielleicht kann ich unbemerkt aus dem Brunnen klettern, die Wachen töten und euch irgendwie rausziehen.«

»Das sind viele Vielleichts.«

»Du sagst es. Aber du hast gefragt.« Royce seufzte. »Hast du eine Idee?«

»Kann Arista etwas tun?« Hadrian betrachtete wieder Aristas schlafendes Gesicht in seiner Armbeuge. »Sie ist geschwächt, aber vielleicht ...«

Royce schüttelte den Kopf. »Die Wände sind voller Runen, genau wie in Esrahaddons Gefängnis. Wenn sie etwas tun könnte, hätte sie es bestimmt längst getan.«

»Und Albert?«

»Wenn er nicht ganz dumm ist, geht er in Deckung. Wenn er jetzt etwas tun würde, würde er sofort alle Aufmerksamkeit auf sich ziehen.«

»Und die Abmachung, die Merrick dir angeboten hat?«

»Woher weißt du davon?«, fragte Royce überrascht.

»Er hat es mir gesagt.«

»Ihr habt miteinander gesprochen?«

»Wir haben Schach gespielt.«

Royce zuckte mit den Schultern. »Es gibt keine Abmachung. Er hatte mir schon gesagt, was ich wissen wollte.«

Sie saßen eine Weile schweigend nebeneinander. Dann sagte Hadrian: »Es ist vielleicht kein Trost, aber ich bin dir wirklich dankbar, dass du gekommen bist. Ich weiß, dass du nur wegen mir hier bist.«

»Wirst du eigentlich nie müde, das zu wiederholen?«

»Doch, aber es ist ziemlich sicher das letzte Mal. Wenigstens habe ich Gaunt endlich gefunden. Ein schöner Leibwächter bin ich. Er ist fast tot.«

Royce blickte zu Gaunt hinüber. »Das ist also der Erbe Novrons, ja? Also, irgendwie habe ich mehr erwartet. Vielleicht Narben, oder eine Augenklappe – irgendwas Interessantes, das ihn auszeichnet.«

»Ja, wie ein Holzbein.«

»Genau.«

So saßen sie nebeneinander im Dunkeln, denn Royce sparte das Laternenöl. Nach einiger Zeit kehrten Breckton und Amilia zurück und setzten sich neben Arista. Amilias Augen waren rot und aufgequollen. Sie lehnte den Kopf an Brecktons Schulter und Breckton nickte Hadrian und Royce grüßend zu.

»Royce, das ist Baron Breckton«, stellte Hadrian die beiden einander vor.

»Ja, ich habe ihn gleich beim Reinkommen erkannt. Im ersten Augenblick dachte ich, es sei Wesley.«

»Wesley? Ihr kennt meinen Bruder?«

»Wir kannten ihn beide«, sagte Hadrian. »Es tut mir leid, dass ich auf dem Bankett nichts sagen konnte. Wir haben zusammen mit ihm auf der *Smaragdsturm* gedient. Nach dem Tod des Kapitäns hat Euer Bruder das Kommando übernommen. Ich habe im Laufe der Jahre unter vielen Offizieren gedient, aber nie unter einem so braven und ehrenwerten Menschen. Wenn er nicht so tapfer gekämpft hätte, wären Royce und ich beide in Calis umgekommen. Er hat sich geopfert, damit andere leben konnten.«

Royce nickte zustimmend.

»Ihr erstaunt mich immer wieder, Ritter Hadrian. Wenn das wirklich stimmt, dann danke ich Euch. Wesley war immer der Bessere von uns beiden. Ich hoffe nur, dass ich dem Tod eines Tages genauso furchtlos ins Auge blicke wie er.«

Wütend machte Saldur sich daran, die Treppe zum fünften Stock hinaufzusteigen. Mittag war bereits vorbei und sie hätten schon vor Stunden zur Kathedrale aufbrechen sollen. Der Patriarch persönlich wollte die Zeremonie vollziehen.

Soweit Saldur sich erinnern konnte – und seine Erinnerung reichte einige Jahre zurück –, hatte der Patriarch noch nie seine Residenz in Ervanon verlassen. Wer seinen Rat oder Segen brauchte, musste ihn im Kronturm aufsuchen. Und selbst dort gewährte er nur wenigen eine Audienz. Er stand im Ruf, mächtige Fürsten und sogar Könige abzuweisen. Selbst hochrangige Mitglieder der Kirche sahen ihn nie. Saldur war ihm in den zehn Jahren, die er Bischof von Medford war, nie begegnet. Soweit er wusste, hatte nicht einmal Galien, der frühere Erzbischof von Ghent, der ebenfalls im Kronturm wohnte, ihn je persönlich kennengelernt. Dass die Inquisitoren den Turm oft besuchten, war allgemein bekannt, aber Saldur bezweifelte, dass sie den Patriarchen dabei tatsächlich zu Gesicht bekamen.

Dass der Patriarch zur Hochzeit angereist war, war ein persönlicher Triumph Saldurs. Er freute sich schon auf die Begegnung mit dem großen Anführer der Nyphronkirche, seinem geistlichen Vater. Die Hochzeit sollte ein denkwürdiges, einzigartiges Ereignis werden. Kein Aufwand war gescheut worden. Ein großes Orchester spielte auf und man würde viele hundert weiße Tauben fliegen lassen. Der Tag war der Höhepunkt jahrelangen Planens seit jener schicksalshaften Nacht in Dahlgren, als der Plan, Graf Rufus zum Imperator auszurufen, gescheitert war.

Damals hatte Diakon Tomas sich aufgeführt wie ein Verrückter. Er sei Zeuge eines Wunders geworden, hatte er behauptet, eine junge Frau namens Thrace habe den Gilarabrywn getötet. Da Saldur verkündet hatte, nur der wahre Erbe Novrons könne das Ungeheuer bezwingen, stellte ihn das vor ein Problem. Inquisitor Luis Guy hatte beide, den Diakon und das

Mädchen, töten und das Problem dadurch lösen wollen, doch Saldur hatte andere Pläne.

Der Patriarch hatte ihn damals zum Erzbischof von Ghent ernennen wollen, zum Nachfolger Galiens, der beim Angriff des Gilarabrywn ums Leben gekommen war. Das Amt war das höchste der Kirchenhierarchie und kam unmittelbar nach dem des Patriarchen selbst. So verlockend das Angebot war, Saldur wusste, dass er eine andere Aufgabe hatte: nämlich ein neues Imperium zu schaffen. Er schied aus dem geistlichen Stand aus und begab sich in die Politik – was seit den Tagen von Patriarch Venlin kein kirchlicher Würdenträger mehr getan hatte.

Beschimpft von Königen und Bischöfen, hatte er unbeirrt gegen Unwissenheit und Tradition gekämpft. Um sein Ziel eines starken, geeinten Reiches zu erreichen, das eine bessere Welt herbeiführen sollte, hatte er Druck ausgeübt, geschmeichelt und gemordet. Unter seiner Führung sollte das Alte Imperium in neuem Glanz erstehen. Schwächere Geister wie Ethelred und seinesgleichen sahen darin nur die Alleinherrschaft eines Mannes. Für Saldur bedeutete es eine ganze Zivilisation. Alles, was damals gewesen war, würde wieder sein. Wintertid bedeutete den Höhepunkt seiner jahrelangen Bemühungen und Kämpfe. Die Hochzeit war die letzte Hürde, doch jetzt gab es unerwartete Komplikationen.

Saldur hatte erwartet, dass der Schwung der randalierenden Bevölkerung über Nacht erlahmen würde, doch ihre Wut schien im Gegenteil noch zugenommen zu haben. Es ärgerte ihn, dass die Bevölkerung, die jahrelang ruhig und gesittet gewesen war, sich ausgerechnet jetzt empörte. In der Vergangenheit hatten die Menschen unter den hohen Steuern geächzt und königliche Bankette mit Essen beliefert, obwohl sie selbst hungerten, und sich trotzdem nicht aufgelehnt. Dass sie es jetzt taten, war merkwürdig und höchst blamabel.

Der Aufstand war scheinbar aus dem Nichts entstanden und

hatte die ganze Stadt erfasst. Selbst Merrick war überrascht gewesen. Natürlich hatte Saldur mit einer gewissen Enttäuschung über den Ausgang des Turniers und mit vereinzelten Unruhestiftern gerechnet. Er wusste, dass womöglich einer der beiden Ritter überlebte und die Anhänger des getöteten Ritters ihrem Unmut Luft machten. Doch er hatte nicht damit gerechnet, dass beide Konkurrenten überleben würden. Da sie keine offensichtlichen Verbrechen begangen hatten, schien ihre Verhaftung ungerechtfertigt. Doch ließ sich die Empörung der Bevölkerung nicht allein dadurch erklären.

Anfangs hatte er noch geglaubt, leicht damit fertigzuwerden. Er hatte ein Dutzend schwerbewaffnete Soldaten nach draußen geschickt, um für Ruhe zu sorgen. Die Männer waren verletzt zurückgekehrt, einige waren draußen geblieben. Sie hatten es nicht mit einer Handvoll Unruhestifter zu tun, sondern mit einem Aufstand der ganzen Stadt. Das war ärgerlich, aber auch kein wirklicher Grund zur Besorgnis. Er hatte bereits die südliche Armee verständigt, sie war unterwegs, um Ruhe und Ordnung wiederherzustellen. In ein, zwei Tagen würde das erledigt sein. Inzwischen gedachte er mit der Hochzeit fortzufahren.

Sie war um ein paar Stunden verzögert worden, weil Saldur den Vormittag gebraucht hatte, um einen bewaffneten Geleitzug für die Kutsche auf dem Weg zur Kathedrale zu organisieren. Jetzt war alles bereit und er musste nur noch Braut und Bräutigam in die Kutsche setzen. Es drängte ihn zum Aufbruch, doch Ethelred war nicht mit Modina zurückgekehrt. Wenn Saldur es nicht besser gewusst hätte, hätte er denken können, dass Lanis seine ehelichen Rechte verfrüht ausübte. Was immer der Grund der Verzögerung war, er wollte jedenfalls nicht länger warten.

Vor dem Schlafzimmer der Imperatorin waren zwei Wachen postiert. Wenigstens hatte Nimbus seine Anweisungen befolgt.

Ohne mit den Männern zu sprechen, riss Saldur die Tür auf, trat ein und blieb wie angewurzelt stehen. Entsetzt ließ er die Augen über den grässlichen Anblick wandern, der sich ihm bot.

Als Erstes sah er das Blut. Eine große Lache bedeckte den weißen Marmorboden des Zimmers. Dann sah er den zertrümmerten Spiegel. Die Scherben lagen wie glitzernde Inseln in der roten Lache.

»Was habt Ihr getan!«, rief er fassungslos.

Modina drehte sich langsam vom Fenster um. Ihr weißes Nachthemd war vom Saum bis zum Knie mit Blut getränkt. Vollkommen gelassen und ohne die leiseste Gefühlsregung sah sie ihn an.

»Er hat es gewagt, die Imperatorin zu berühren«, sagte sie. »Das kann nicht geduldet werden.«

Ethelreds Leiche lag wie eine Puppe mit verdrehten Gliedern auf dem Boden. Aus seinem Hals ragte eine acht Zoll lange Glasscherbe.

»Aber ...«

Modina legte den Kopf wie ein Vogel ein wenig schräg und sah Saldur neugierig an.

Sie hielt eine zweite lange, spitze Scherbe in der Hand. Zwar hatte sie sie mit Stoff umgewickelt, aber sie umklammerte sie so fest, dass ihr das But über das Handgelenk lief.

»Ich überlege gerade, was ein schwacher, alter Mann wohl gegen ein junges, gesundes Bauernmädchen ausrichten kann, das mit einer Glasscherbe bewaffnet ist.«

»Wache!«, rief Saldur.

Die beiden Soldaten traten ein, blieben aber nach zwei Schritten stehen.

»Nehmt die Imperatorin fest«, befahl Saldur.

Doch die beiden stürzten sich nicht auf Modina. Sie verharrten untätig, als hätten sie Saldur nicht gehört.

»Ich sagte, nehmt sie fest!«

»Ihr braucht nicht laut zu werden«, sagte Modina leise und vollkommen gefasst. Sie ging auf Saldur zu und durchquerte dabei die Blutlache. Ihre Füße hinterließen makabre Blutspuren.

In Saldur stieg Panik auf. Er sah die Wachen an und dann wieder die Imperatorin, die mit der messerähnlichen Scherbe in der Hand näher kam.

»Was fällt euch ein?«, rief er, an die Soldaten gewandt. »Seht ihr nicht, dass sie verrückt ist? Sie hat den Regenten Ethelred umgebracht!«

»Verzeiht, Euer Gnaden«, sagte ein Soldat. »Sie ist die Imperatorin, die Nachfahrin Novrons. Das Kind Gottes.«

»Sie ist verrückt!«

»Nein«, erwiderte Modina fest. »Das bin ich nicht.«

In Saldurs Angst mischte sich ohnmächtige Wut. »Ihr habt vielleicht diese Wachen ausgetrickst, aber Ihr kommt nicht weit. Männer, die mir treu ergeben sind – die ganze südimperiale Armee –, sind bereits hierher unterwegs.«

»Ich weiß«, sagte Modina mit ihrer gespenstisch ruhigen Stimme. »Ich weiß alles.« Sie nickte der Wache zu. »Wie es sich für die Tochter Novrons ziemt. Ich weiß zum Beispiel, dass Ihr Edith Mon getötet habt, weil sie Arista angeblich geholfen hat, was übrigens gar nicht stimmt – das war ich. Die Prinzessin hat wochenlang in diesem Zimmer hier gewohnt. Ich weiß, dass Ihr Gaunt gefangen genommen und eingesperrt habt. Ich weiß, dass Ihr Merrick Marius beauftragt habt, Esrahaddon zu töten. Ihr habt auch eine Vereinbarung mit ihm getroffen, die dazu führte, dass die Hafenstadt Tur Del Fur den Ba Ran Ghazel in die Hände fiel. Ihr habt einen Zwerg namens Magnus bestochen, Royce Melborn im Gegenzug für einen Dolch zu verraten. Ihr habt Hadrian dazu überredet, Baron Breckton im Turnier zu töten, und Ihr habt Breckton eine scharfe Lanze untergejubelt. Nur haben die beiden einander nicht umgebracht. Ich denke, dass ich daran nicht ganz unbeteiligt war.

Ihr dachtet, Ihr hättet alles bedacht, aber mit einem Aufstand habt Ihr nicht gerechnet. Ihr wusstet nichts von dem in der Stadt umlaufenden Gerücht, dass Ihr den Ausgang des Turniers mit Euren Machenschaften manipulieren würdet. Die Zuschauer gestern warteten nur darauf, dass dieses Gerücht sich bewahrheiten würde.

Und ich weiß, dass Ihr mich töten wolltet.«

Modina blickte auf Ethelreds Leiche hinunter. »Das war eigentlich seine Idee. Er macht sich nichts aus Frauen. Ihr wolltet mich wieder in das Loch sperren. Das Loch, in dem ich fast verrückt geworden wäre.«

»Woher wisst Ihr das alles?« Saldur stand die Angst ins Gesicht geschreiben. Dieses Mädchen, dieses Kind, diese Tochter eines Bauern hatte wirklich den Gilarabrywn getötet. Sie hatte Ethelred niedergemetzelt, und jetzt wusste sie auch noch ... sie wusste alles, geradezu als ... als sei sie wirklich ...

Modina lächelte.

»Ich habe Stimmen gehört. Sie haben mir alles gesagt.« Sie machte eine Pause und weidete sich an dem Entsetzen auf seinem Gesicht. »Nein, nicht die Stimme Novrons. Die Wahrheit ist schlimmer. Euer Fehler war, mir Amilia zur Seite zu geben, die mich liebte und für mich sorgte. Sie hat mich aus meiner Zelle befreit und hierher gebracht. Nach den vielen Monaten in Kälte und Finsternis hungerte ich nach Sonnenlicht. Ich saß stundenlang am Fenster.« Sie drehte sich nach dem Fenster um. »Mein Leben hatte keinen Inhalt mehr, deshalb beschloss ich, mich zu töten. Das Fenster war zu schmal, aber als ich mich hindurchzwängen wollte, hörte ich die Stimmen. Euer Amtszimmer liegt direkt unter meinem. Im Sommer höre ich Euch leichter, aber selbst bei geschlossenem Fenster kann ich die Worte verstehen.

Als ich hierherkam, war ich ein dummes Bauernmädchen. Was die anderen sagten, war mir egal. Nach dem Tod meiner Familie war mir überhaupt alles egal. Dann, später, begann ich zuzuhören, was andere sagten, und erfuhr eine Menge. Doch immer noch wollte ich nicht leben – für wen? Doch dann flüsterte eine kleine Maus mir eines Tages ein Geheimnis ins Ohr, das alles änderte. Ich erfuhr, dass ich eine neue Familie habe, eine Familie, die mich liebt und die kein Ungeheuer mir je nehmen kann.«

»Damit kommt Ihr nicht durch! Ihr seid doch nur eine ... eine ...«

»Das Wort, das Ihr sucht, lautet *Imperatorin*.«

An diesem Morgen fühlte sich Archibald beim Aufwachen elend und seine Laune verschlechterte sich im Lauf des Vormittags noch. Er machte sich gar nicht erst auf den Weg zur Kathedrale. Er hätte es nicht ertragen, zuzusehen, wie Ethelred *ihre* Hand nahm. Stattdessen wanderte er ziellos durch den Palast und lauschte auf das Geschrei der aufgebrachten Bauern draußen. Von irgendwo in der Stadt ertönte ein militärisches Trompetensignal. Offenbar war die südliche Armee eingetroffen.

Ein Jammer, dachte er.

Zwar würde der aufständische Mob, wenn er in den Palast eindrang, auch über ihn herfallen, aber er tröstete sich mit dem Gedanken, dass es den Regenten noch schlechter ergehen würde.

Er betrat den Bankettsaal, der leer war bis auf die Diener, die ihn für das Hochzeitsbankett herrichteten. Geschäftig wie Ameisen eilten sie hin und her, deckten Teller, wischten Stühle ab und steckten Kerzen in die Leuchter. Einige Ameisen verbeugten sich und murmelten das obligate *Herr*, als er an ihnen vorbeiging. Er ignorierte sie.

Durch einen weiteren Gang gelangte er zur großen Treppe. Den ersten Absatz war er schon zur Hälfte hinaufgestiegen, als ihm bewusst wurde, wohin er wollte. Die Imperatorin würde natürlich nicht da sein, trotzdem fühlte er sich zu ihren Gemächern hingezogen. Modina stand jetzt vor dem Altar und ihr Zimmer war leer. Ein leerer Raum, den sie nie wieder bewohnen würde, weil sie jetzt … Er wollte gar nicht daran denken.

Aus den Augenwinkeln sah er eine Bewegung. Er drehte sich danach um und sah Merrick Marius am Ende des Korridors stehen. Er unterhielt sich mit jemandem, den Archibald nicht kannte – einem alten, in einen Mantel gehüllten Mann. Als die beiden ihn sahen, verschwanden sie um eine Ecke. Archibald überlegte, mit wem Merrick da tuschelte. Bestimmt führte er auch diesmal nichts Gutes im Schilde. Im selben Augenblick riss ihn Lärm von oben aus seinen Gedanken. Er hörte eine männliche Stimme schreien und rannte zur Treppe.

Im vierten Stock angekommen, sah er eine Wache tot auf dem Treppenabsatz liegen. Blut lief in Rinnsalen die marmornen Stufen hinunter. Archibald zog sein Schwert und stieg weiter hinauf. Im fünften Stock entdeckte er zwei weitere tote Soldaten.

Im Gang vor ihm kämpfte Luis Guy gegen eine Palastwache. Archibald hatte die beiden fast erreicht, da stach der Inquisitor blitzschnell zu und die Wache ging tot zu Boden.

»Maribor sei Dank, dass Ihr kommt!«, rief Saldurs Stimme aus Modinas Gemächern, als Guy dort eintrat. Der Regent klang aufgewühlt. »Wir müssen sie töten. Sie hat uns die ganze Zeit etwas vorgespielt und uns belauscht. Sie weiß alles!«

»Aber die Hochzeit?«, protestierte Guy.

»Die könnt Ihr vergessen! Ethelred ist tot. Tötet sie und wir werden erklären, sie sei noch krank. Ich werde die Herrschaft übernehmen, bis wir einen Ersatz für Ethelred gefunden haben. Wir werden verkünden, der neue Imperator hätte Modina in einer privaten Zeremonie geheiratet.«

»Das wird niemand glauben.«

»Wir haben keine andere Wahl. Jetzt tötet sie!«

Archibald blickte ins Zimmer. Guy stand mit dem Schwert in der Hand vor Saldur. Dahinter stand am Fenster Modina in einem blutbesudelten Nachthemd. Das Blut stammte offenbar von Ethelred, der tot auf dem Boden lag. Die Glasscherbe, die die Imperatorin in der Hand hielt, blitzte in der Sonne auf.

»Woher weiß ich, dass Ihr mir dann nicht beide Morde in die Schuhe schiebt?«

»Seht Ihr einen anderen Ausweg? Wenn wir sie am Leben lassen, sind wir alle tot. Seht Euch doch um. Denkt an die Wachen, die Ihr eben erschlagen habt. Alle halten sie für die wirkliche Imperatorin. Ihr müsst sie töten!«

Guy nickte und marschierte zum Fenster.

»Guten Tag, meine Herren«, sagte Archibald und trat ein. »Ich hoffe doch, das ist hier keine private Feier. Mir wurde einfach langweilig. Es macht keinen Spaß, auf die Hochzeit zu warten.«

»Verschwindet, Archie«, schimpfte Saldur. »Wir haben keine Zeit für Euch. Los, verschwindet!«

»Ja, ich sehe schon, Ihr seid sehr beschäftigt. Ihr müsst schnell die Imperatorin töten, aber bevor Ihr das tut ... vielleicht kann ich Euch helfen. Ich schlage Euch eine Alternative vor.«

»Die wäre?«, fragte Saldur.

»Ich will Modina schon seit einiger Zeit selbst heiraten – und das gilt noch immer. Jetzt, wo der alte Sack tot ist« – er blickte mit einem schiefen Lächeln auf Ethelreds Leiche – »warum gebt Ihr sie nicht mir? Ich heirate sie und alles geht weiter wie geplant, nur dass ich auf dem Thron sitze statt Ethelred. Sonst braucht sich nichts zu ändern. Ihr könntet sagen, ich hätte mit

Ethelred um Modinas Hand gekämpft. Ich hätte gesiegt und Modina hätte sich sofort in mich verliebt.«

»Sie darf dieses Zimmer nicht verlassen«, beharrte Saldur. »Sonst redet sie.«

Archibald überlegte und ging dabei um Saldur herum. Aus den Augenwinkeln sah er die Imperatorin an, die keinen Schritt zurückwich, obwohl Guys Schwert nur wenige Fuß von ihr entfernt war.

»Überlegt doch. Ich halte ihr während der Zeremonie einen unter meinem Mantel versteckten Dolch an die Rippen. Sie tut entweder, was wir wollen, oder sie stirbt vor dem Altar. Wenn ich sie vor den vielen gekrönten Häuptern töte, könnt Ihr beide nicht verantwortlich gemacht werden. Ihr könnt sagen, Ihr hättet von alledem nichts gewusst. Man wird mir die Schuld an ihrem Tod geben – *Archie* Ballentyne, der schon immer ein wenig verrückt war.«

Saldur dachte kurz nach, dann schüttelte er den Kopf. »Nein, wir dürfen sie nicht aus dem Zimmer lassen. Sobald sie mit anderen Leuten in Kontakt kommt, kann sie bestimmen. Sie hat zu viele Anhänger. Nein, wir müssen die Sache hier zu Ende bringen. Wie wir alles erklären, überlegen wir dann. Tötet sie, Guy.«

»Wartet!«, sagte Archibald rasch. »Wenn sie sterben muss, lasst mich das machen. Ich weiß, es klingt seltsam, aber wenn ich sie schon nicht kriegen kann, möchte ich wenigstens selbst dafür sorgen, dass auch niemand anders sie bekommt.«

»Ihr seid wirklich pervers, Ballentyne«, sagte Guy mit einem angewiderten Blick.

Archibald ging auf Modina zu. Bei jedem Schritt, den er machte, wich Modina einen Schritt zurück, bis sie an die Wand stieß.

Archibald hob sein Schwert, doch ohne den Blick von Modina abzuwenden, schlug er plötzlich nach Guy. Der Inquisitor wurde völlig überrumpelt, aber Archibald hatte nicht genau zielen können. Statt Guy das Herz zu durchbohren, glitt das Schwert an seiner Rippe ab und schnitt nur durch seine Seite. Archibald zog das Schwert zwar sofort zurück, fuhr herum und wollte erneut zuschlagen, aber Guy war schneller.

Der Graf spürte, wie Guys Schwert in seine Brust drang. Als Letztes vor seinem Tod sah er noch, wie Modina Novronia an Saldur vorbeirannte und ihm, als er sie aufhalten wollte, den Arm aufschlitzte.

Royce hob mit einer ruckartigen Bewegung den Kopf.

»Was ...«, begann Hadrian, verstummte aber, als Royce die Hand hob.

Royce sprang mit einer geschmeidigen Bewegung auf, verharrte auf einem Bein stehend und lauschte. Dann glitt er zu der Zellentür, durch die das Licht drang, legte sich auf den Boden und hielt das Ohr an den Türspalt.

»Was ist?«, fragte Hadrian.

»Da kämpfen Leute«, sagte Royce nach einer Weile.

»Tatsächlich? Wer?«

»Die Farbe der Uniformen kann ich nicht hören.« Royce grinste. »Aber es sind Soldaten. Ich höre Schwerter.«

Alle blickten zur Tür. Bald hörte Hadrian es auch, zuerst ganz schwach, wie das Rascheln von Herbstlaub, dann deutlicher. Stahl klirrte auf Stahl und Schmerzensschreie ertönten. Aber auch in ihrem Kerker waren neue Geräusche zu hören. Die Eingangstür ging auf, Rufe wurden laut und Schritte hallten durch die Gänge.

Royce griff nach dem Schwert, das er mitgebracht hatte, und hielt es Hadrian hin.

Hadrian schüttelte den Kopf. »Gib es Breckton. Ich kann das nicht mal halten.«

Royce nickte, gab das Schwert dem Ritter und eilte mit gezogenem Dolch den Gang entlang.

Breckton stellte sich vor die anderen Gefangenen. Wer an ihm vorbei wollte, musste zuerst ihn töten.

Schwere Stiefel scharrten über den Stein. Dann schrie ein Mann erschrocken auf.

»Bei Mar!«, hörte Hadrian Royce ausrufen. »Was macht Ihr hier?«

»Wo ist sie?«, fragte die Stimme eines jungen Mannes. Hadrian kannte ihn, hatte aber keine Ahnung, wie er hierher kam.

Das Licht einer Fackel fiel durch den Gang und wurde heller. Hastige Schritte näherten sich und vor den Gefangenen tauchten dunkle Silhouetten auf. Geblendet kniffen sie die Augen zusammen und Hadrian hob die Hand vor das Gesicht.

»Alric? Mauvin?«, fragte er entgeistert und fügte rasch hinzu: »Halt, Breckton! Nicht kämpfen!«

Der König von Melengar und sein bester Freund kamen mit einer Gruppe von Männern näher. Hadrian sah Renwick, Ibis Feinlein und einige andere, die er nicht kannte. Als Alric Essendon die Gefangenen erblickte, blieb er erschrocken stehen.

»Ihr beide geht sofort zurück und holt Tragen«, befahl er zwei Männern aus seiner Gefolgschaft. Er eilte an die Seite seiner Schwester. »Arista! Großer Maribor, was haben sie mit dir gemacht?« Über die Schulter rief er: »Bringt Wasser! Und Verbandszeug und weitere Fackeln!«

»Du siehst auch ziemlich schlimm aus, mein Freund«, sagte Mauvin Pickering und kniete neben Hadrian nieder. Er trug ein schimmerndes Kettenhemd und darüber einen blutbesudelten Wappenrock mit dem Falken von Essendon.

»Man hat Euch offenbar schwer misshandelt«, fiel Renwick besorgt ein. Er trug ebenfalls ein blutiges Kettenhemd und sein Gesicht glänzte schweißnass.

»Das verstehe ich nicht«, sagte Royce. »Nach unseren letzten Informationen wurde Drondilsfeld belagert und stand kurz vor der Kapitulation.«

»So war es auch«, bestätigte Mauvin. »Dann geschah etwas Verrücktes. Die Vorhut der nordimperialen Armee hisste die weiße Fahne und ein Reiter kam zum Tor und bat um die Erlaubnis zu sprechen. Er erklärte, neue Befehle seien eingetroffen und außerdem eine persönliche Botschaft für König Alric. Und was genauso merkwürdig war: Überbracht hatte beides der Leibwächter der Imperatorin.«

Er wies mit einem Nicken auf einen Mann der Palastwache, der Amilia gerade mit Wasser versorgte. »Er heißt Gerald. Jedenfalls stand in den Befehlen, die Regenten Ethelred und Saldur seien Verräter und würden die Imperatorin in ihrem eigenen Palast gefangen halten. Im Krieg gegen Melengar gehe es den beiden nur um ihre persönliche Macht. Der Befehlshaber der nördliche Armee, Baron Breckton, sei entweder schon ermordet oder aber unter einem Vorwand festgenommen worden, um demnächst hingerichtet zu werden.«

Hadrian wollte etwas sagen, aber Mauvin hob die Hand. »Warte, es kommt noch besser. Der stellvertretende Befehlshaber der nördlichen Armee wurde angewiesen, die Angriffe auf Melengar einzustellen, König Alric im Namen der Imperatorin aufrichtig um Entschuldigung zu bitten und unverzüglich nach Aquesta zurückzukehren. Dann sagte der Bote noch, Arista solle an Wintertid hingerichtet werden. Die Imperatorin bitte Alric deshalb, ihr mit so vielen Soldaten auszuhelfen, wie er entbehren könne.«

»Was hat Alric geantwortet?«, fragte Hadrian. Der König war damit beschäftigt, seiner Schwester zu helfen.

»Ist das eine ernste Frage? Er hat es natürlich für eine List gehalten, um uns aus der Burg zu locken. Wir alle glaubten das. Alric rief also mehr im Scherz hinunter: ›Um zu beweisen, dass Ihr die Wahrheit sagt, legt die Waffen nieder!‹ Wir hielten das für einen kolossalen Witz, bis der Befehlshaber, ein gewisser Ritter Tibin – übrigens ein anständiger Bursche, wenn man ihn erst kennenlernt –, genau das tat. Wir sahen ungläubig von den Mauern aus zu, wie die Imperialisten ihre Speere, Schwerter und Schilde auf große Haufen legten.

Das überzeugte Alric. Er sagte dem Boten, dass er Hilfe schicken und die Truppen persönlich anführen werde. Wir ritten Tag und Nacht und erwarteten, dass man uns nicht kampflos in die Stadt lassen würde, doch als wir ankamen, standen die Tore offen. Die Bürger hatten sich im Namen der Imperatorin erhoben und forderten die Köpfe von Ethelred und Saldur. Wir stürmten den Palast. Nur ein paar Fußsoldaten und Seret-Ritter leisteten symbolischen Widerstand.«

»An der Klinge klebt Blut«, bemerkte Hadrian und zeigte auf Mauvins Schwert.

»Ja, merkwürdig. Ich war fest entschlossen, es nie wieder zu ziehen, aber als der Kampf losging, hielt ich es plötzlich in der Hand.«

»Und Modina?«, fragte Amilia. »Ist sie ... ist sie ...«

Geralds Miene wurde ernst.

»Was?« Amilia sah ihn flehend an.

»In ihrem Schlafzimmer kam es heute Vormittag zu einem tragischen Zwischenfall.«

Tränen stiegen Amilia in die Augen. »Hat sie ...«

»Die Imperatorin hat den Regenten Ethelred getötet.«

»Sie hat was?«

»Sie hat ihn mit einer Scherbe ihres Spiegels erstochen. Anschließend ist sie nur knapp einem Mordanschlag entronnen. Sie rannte auf den Hof und scharte die ihr treuen Soldaten um sich. Bei unserer Ankunft kommandierte sie ihre Truppen wie ein erfahrener General. Ihre Leute öffneten uns die Tore des Palasts. Gemeinsam mit den Männern aus Melengar und den

Soldaten der nördlichen Armee haben wir die noch übrigen Seret und die den Regenten treue Palastwache überwältigt.«

»Wo ist Modina jetzt?«, fragte Amilia.

»Sie sitzt auf ihrem Thron und lässt sich von Königen, Fürsten und Rittern huldigen – von ihren Hochzeitsgästen.«

Männer mit Tragen näherten sich. Amilia wandte sich an Baron Breckton. Tränen standen ihr in den Augen. Sie lachte ein wenig verlegen, dann sagte sie: »Ihr hattet recht, Modina hat uns gerettet.«

19

Neuanfang

Modina stand allein auf der Anhöhe unmittelbar hinter der Stadt. Es war das erste Mal seit über einem Jahr, dass sie sich außerhalb der Mauern des Palasts aufhielt. Vier Männer mit Spitzhacken hatten fast drei Tage lang ein Loch in den gefrorenen Boden geschlagen, das tief genug für ein Grab war. Zugeschüttet war das Loch in wenigen Augenblicken. Jetzt war nur noch ein schwarzer Erdhügel zu sehen, der aus der Schneedecke ragte.

Ihre Rückkehr in die Welt wurde von gemischten Gefühlen begleitet, weil sie als Erstes einen alten Bekannten begraben musste. Die Totengräber hatten zwar erklärt, es sei Brauch, damit bis zum Frühjahr zu warten, aber Modina hatte darauf bestanden. Der Bekannte hatte endlich seine Ruhe finden sollen.

Am Fuß der Anhöhe warteten siebzehn Soldaten. Einige trabten zu Pferd um den Hügel, andere wachten über die Imperatorin oder behielten die Umgebung im Auge. Bewegungslos stand Modina in der winterlichen Ödnis und ihr schimmernder Mantel flatterte im Wind wie ein hauchzartes Gespinst.

»Ihr habt mir das angetan«, sagte sie zu dem Erdhügel vor ihr.

Sie hatte ihn seit Dahlgren nicht mehr gesehen und auf demselben Weg von seinem Schicksal erfahren, auf dem sie auch alles andere erfahren hatte.

Saldur hörte sich gerne selbst reden, was ihn zu einer hervorragenden Informationsquelle machte. Wenn niemand da war, sprach er mit sich selbst. Wenn er etwas nicht wusste, ließ er Fachleute in sein Amtszimmer kommen, sein Heiligtum und der einzige Ort, an dem er sich vor fremden Ohren sicher glaubte. Die meisten Namen und Orte hatten Modina zunächst nichts bedeutet, aber mit jeder Wiederholung verstand sie mehr. Sie erfuhr von Androus Billet aus Thenydd, der König Urith, Königin Amiter und ihre Kinder ermordet hatte. Androus gelang, was Percy Braga nicht geschafft hatte, als er versucht hatte, den Thron von Melengar zu besteigen. Sie erfuhr, dass Monsignore Merton, eigentlich ein treuer Anhänger der Kirche, zu einer Belastung wurde, gerade weil er so aufrichtig glaubte. Sie hörte die Regenten darüber streiten, ob der größte Vorteil von König Roswort von Dunmore seine Feigheit sei oder seine Habgier. Es fielen die Namen Cornelius und Cosmos DeLur, von denen die Regenten sich bedroht fühlten und die sie deshalb unbedingt an die Kandare nehmen wollten. Der Einfluss der beiden auf den Handel war für die Stabilität des Reiches von größter Wichtigkeit.

Anfangs hatte Modina noch gar nicht richtig zugehört und die Worte an sich vorbeiziehen lassen. Doch dank der ständigen Wiederholung waren sie schließlich durch den Nebel in ihrem Kopf gedrungen und hatten sich dort wie Treibsand abgelagert. Als dann eines Tages *sein* Name fiel, hörte sie zum ersten Mal richtig zu.

Die Regenten stießen mit ihm auf ihren Erfolg an. Modina glaubte anfangs, er sitze bei Saldur im Zimmer und trinke mit den anderen Wein, aber dann wurde klar, dass sie sich nur über ihn lustig machten. Er hatte entscheidend zu ihrem Aufstieg beigetragen, sollte aber nicht dafür belohnt werden. Sie nannten ihn einen Verrückten, der seinen Zweck erfüllt habe. Statt ihn hinzurichten, hatten sie ihn in den geheimen Kerker gesperrt – das Verlies für Menschen, die sie vergessen wollten.

Er starb allein in einer dunklen Zelle. Die Ärzte meinten, er sei verhungert, aber Modina wusste es besser. Zu gut kannte sie die Dämonen, die im Dunkeln eingesperrte Gefangene heimsuchten: Reue, Verzweiflung und, vor allem, Angst. Sie wusste, wie diese Dämonen wirkten – lautlos drangen sie in die Menschen ein, füllten sie aus und wuchsen, bis die Seele keine Luft mehr bekam und nichts mehr übrigblieb. Wie bei einem alten Baum stand der Stamm noch eine Weile, während der Kern verfaulte, aber wenn alle Kraft weg war, brachte der erste Windstoß ihn zum Einsturz.

Sie kniete sich hin und spürte die körnige Oberfläche eines kalten Erdklumpens an der Hand. Ihr Vater hatte die Erde geliebt. Er hatte sie mit seinen großen, ledrigen Händen zerbröselt und daran gerochen. Sogar gekostet hatte er sie. Die Felder und das bäuerliche Leben waren seine Welt gewesen. Allerdings nicht die ihre.

»Ich weiß, dass Ihr es gut gemeint habt«, sagte sie. »Ihr habt wirklich daran geglaubt. Ihr wolltet für mich eintreten, mich beschützen und retten. In gewisser Weise ist Euch das auch gelungen. Das Leben habt Ihr mir gerettet, aber nicht *mich*. Was wäre wohl aus uns geworden, wenn Ihr mich nicht auf den Schild gehoben hättet? Wenn Ihr nicht zum Märtyrer geworden wärt? Wenn wir in Dahlgren geblieben wären, hättet Ihr eine neue Bleibe für uns finden können. Die Bothwicks hätten mich aufgezogen wie eine Tochter. Ich hätte Wunden davongetragen, aber vielleicht wäre ich eines Tages wieder glücklich gewesen. Ich hätte einen Bauern heiraten können. Ich hätte Wolle gesponnen, Unkraut gejätet, Rüben gekocht und Kinder großgezogen. Die Nachbarn hätten gesagt, ich sei so stark, weil ich eine so entbehrungsreiche Jugend gehabt hätte. Ich hätte ein bescheidenes, ruhiges Leben geführt. Aber Ihr habt das geändert. Jetzt bin ich kein unschuldiges Mädchen mehr. Ihr habt mich gewaltsam zu etwas Neuem geformt. Ich weiß zu viel und habe zu viel gesehen. Und jetzt habe ich auch noch getötet.«

Modina verstummte und blickte zum Himmel auf. Nur wenige Wolken trieben über das endlose Blau, ein klares Blau, wie man es nur an kalten Wintertagen sieht.

»Aber vielleicht ist der Unterschied zwischen den beiden Wegen gar nicht so groß. Ethelred war nur ein Wolf in Menschengestalt und das Imperium ist jetzt meine Familie.«

Sie legte die Hand auf das Grab und sagte leise: »Ich verzeihe Euch.« Sie warf einen letzten Blick auf den Grabhügel und das Schild mit der Aufschrift »Diakon Tomas«, dann stand sie auf und ging.

Die Kerzen waren bis auf die Stummel heruntergebrannt und sie waren immer noch nicht mit der Liste durch. Amilia drohten die Augen zuzufallen und sie musste gegen den Drang kämpfen, den Kopf auf die Tischplatte zu legen. Sie hatte sich in eine Decke eingewickelt und sich einen Teil davon wie eine Kapuze über den Kopf gezogen.

»Sollten wir nicht aufhören und morgen weitermachen?«, fragte sie hoffnungsvoll.

Die Imperatorin schüttelte den Kopf. Sie trug den Mantel, den Minte ihr gebracht hatte. Seit sie die Herrschaft über das Imperium übernommen hatte, hatte Amilia sie nichts anderes tragen sehen. Und abgesehen von dem Abend nach der Falkenjagd hatte sie nie die Krone oder ihren Amtsmantel getragen. »Ich will die letzten Stellen noch heute Abend besetzen. Sie dürfen nicht offen bleiben. Das stimmt doch, nicht wahr, Nimbus?«

»Es wäre gut, zumindest die noch ausstehenden Präfekten zu benennen. Wenn ich offen sprechen darf, Eminenz: Ihr habt über ein Drittel aller Amtsinhaber entlassen. Wenn nicht bald Nachfolger bestimmt werden, könnte das Vakuum kriegerische Fürsten dazu verleiten, die Macht an sich zu reißen und das Reich zu zerstückeln.«

»Wie viele haben wir noch?«, fragte Modina.

Nimbus blätterte einige Pergamente durch. »Es sind noch, äh, zweiundvierzig Stellen unbesetzt.«

»Das sind zu viele. Wir müssen sie heute noch füllen.«

»Hättet Ihr bloß nicht so viele entlassen«, sagte Amilia müde.

Modina hatte seit ihrer Machtübernahme unablässig gearbeitet und verlangte dasselbe auch von ihren Helfern. Sie hatte eine erstaunliche Verwandlung durchgemacht. Aus dem verschlossenen Geschöpf, das den ganzen Tag still am Fenster gesessen hatte, war eine gebieterische, tatkräftige Imperatorin geworden. Sie leitete Versammlungen, richtete über Angeklagte, ernannte neue Beamten und ließ sich von Nimbus sogar in Literatur und Geschichte unterrichten.

Amilia bewunderte sie für ihr Engagement, aber zugleich war es ihr gar nicht recht. Wenn so viel von ihr verlangt wurde, konnte sie täglich nur wenige Augenblicke mit Baron Breckton verbringen. Manchmal dachte sie sogar mit einer gewissen Sehnsucht an die gemeinsam im Kerker verbrachten Stunden.

Die Imperatorin, Nimbus und Amilia trafen sich täglich in Saldurs altem Amtszimmer. Modina hatte es ausgewählt, weil dort zahlreiche Karten und Schriftstücke lagerten. Die Akten des Imperiums waren sorgfältig geordnet und enthielten Informationen zu allen Belangen des Reiches. Da Modina selbst nicht lesen konnte, mussten Nimbus und Amilia die Dokumente für sie durchforsten und nach Antworten auf ihre Fragen suchen. Nimbus war dabei eine größere Hilfe als Amilia, aber Modina wollte Amilia trotzdem unbedingt dabeihaben.

»Ich wünschte nur, man könnte auch einige Adlige entlassen«, sagte Modina. »Einige Könige und Herzöge sind genauso schlimm wie Saldur. Saldur hat König Reinhold ermorden lassen und dadurch König Armand zum Thron von Alburn verholfen, und es widerstrebt mir, dass Armand für seinen Verrat auch noch belohnt wird. Kann ich ihn wirklich nicht absetzen?«

Nimbus schnitt eine Grimasse. »*Theoretisch* schon. Als Imperatorin und Nachfahrin Novrons seid Ihr eine Halbgöttin und habt absolute Macht über alle Anhänger Maribors. So weit die Theorie. In der Praxis solltet Ihr Eure Entscheidungen an der Wirklichkeit orientieren. Die Macht eines Herrschers beruht auf der Unterstützung durch die Fürsten. Kränkt Ihr sie, gehorchen sie euch nicht mehr und bekriegen Euch stattdessen. Wenn Ihr also nicht nur durch Maribors Willen herrschen wollt, solltet Ihr die Fürsten zumindest ruhigstellen.«

Er rutschte auf seinem Stuhl hin und her. »Einige Anhänger von Ethelred und Saldur planen wahrscheinlich einen Umsturz. Doch sie sind gegenwärtig bestimmt stark verunsichert und wissen nicht, wie sie am besten vorgehen sollen. Die Regenten haben Euch über ein Jahr lang zu einer Imperatorin und Göttin gemacht, die unfehlbar und unantastbar ist. Deshalb dürfte es jetzt, wo Ihr tatsächlich an der Macht seid, nicht leicht sein, Verbündete für einen Aufstand gegen Euch zu finden. Andererseits haben sie auch einige Vorteile. Ihr seid zum Beispiel unerfahren, und sie rechnen damit, von Euren Fehlern profitieren zu können. Also solltet Ihr möglichst keine machen.«

Modina überlegte kurz. »Ich muss also den Fürsten nach dem Mund reden, obwohl ich jetzt so viel Macht habe?«

»Nein, Ihr dürft es nur nicht dazu kommen lassen, dass sie Euch loswerden wollen. Dafür habt Ihr zweierlei Möglichkeiten. Entweder Ihr haltet sie bei der Stange, indem Ihr ihnen gebt, was sie wollen, also Reichtum, Macht und Ansehen. Oder

Ihr gebt ihnen zu verstehen, dass sie besser fahren, wenn sie Euch gehorchen, als wenn sie sich Euch widersetzen. Ich persönlich finde, Ihr solltet beides tun. Schmeichelt ihrem Selbstbewusstsein und macht ihnen Geschenke, aber stützt Euch auf treue Gefolgsleute. Leute wie Alric von Melengar wären ein guter Anfang. Er hat sich als vertrauenswürdig erwiesen und Ihr hab ihn Euch bereits verpflichtet, indem Ihr sein Königreich gerettet habt. Fördert ihn durch die Verleihung von Handelsprivilegien und macht aus einem entfremdeten Königreich einen wirtschaftlichen, politischen und militärischen Verbündeten. Wenn Ihr mächtige Verbündete habt, werden andere Fürsten zögern, Euch anzugreifen.«

»Aber Melengar gehört nicht einmal zum Imperium.«

»Umso besser. Die Mitglieder des Imperiums werden untereinander um Macht kämpfen. Jeder will mehr, als er schon hat. Wenn Alric aber gewissermaßen außer Konkurrenz läuft, wird sich niemand durch seine Privilegien zurückgesetzt fühlen. Wenn Ihr dagegen einen Fürsten des Reiches ähnlich begünstigen würdet, würden alle empört aufschreien. Ihr könnt sagen, die Hilfe an Melengar sei eine außenpolitische Notwendigkeit. Und mit Alric gewinnt Ihr einen Verbündeten, der nicht so leicht angreifbar ist. Und der Euch dankbarer ist als einer, der glaubt, dass solche Privilegien ihm sowieso zustehen.«

»Aber wird das nicht teuer werden? Woher bekomme ich das Geld? Die Bevölkerung stöhnt schon jetzt über die hohen Steuern.«

»Dann schlage ich vor, Ihr trefft Euch mit den DeLurs. Sie betreiben ihre Geschäfte zwar überwiegend außerhalb der offiziellen Kanäle, aber wenn Ihr ihnen gleichsam Rechtssicherheit bietet, kann das durchaus zu gegenseitigem Nutzen sein. Angesichts der jüngsten Zusammenstöße mit den Ba Ran Ghazel in Delgos dürfte vor allem Cornelius DeLur für jeden Schutz durch das Reich aufgeschlossen sein.«

»Ich habe in letzter Zeit öfter an ihn gedacht. Glaubt Ihr, ich sollte ihn zum Handelsminister ernennen?«

Nimbus lächelte, wollte etwas antworten, überlegte noch einmal und sagte schließlich: »Das wäre vielleicht ein wenig zu viel – als würdet Ihr einem Trinker eine Schenke anvertrauen. Aber der Gedanke geht in die richtige Richtung. Eine bessere Wahl wäre es vielleicht, Cornelius DeLur zum Präfekten von Colnora zu ernennen. Colnora wurde noch bis vor kurzem von Kaufleuten verwaltet, Ihr würdet mit einem solchen Schritt also für gute Beziehungen zu den Kaufleuten und besonders den DeLurs sorgen. Und was das Beste ist: Es kostet Euch keinen Heller.«

»Eine gute Idee.« Modina wandte sich an Amilia. »Bestellt Cornelius bitte zur Audienz. Wir unterbreiten ihm den Vorschlag und sehen, was er sagt.« Sie wandte sich wieder an Nimbus. »Gibt es noch etwas Dringendes, Nimbus?«

»Ich schlage vor, besonders ermächtigte Vertreter des Imperiums zu benennen, die hier in Aquesta ausgebildet werden und dann reisen und Anweisungen überbringen. Sie können bei der lokalen Verwaltung Eure Augen und Ohren sein. Die geeigneten Leute findet Ihr vielleicht am ehesten in Klöstern. Mönche sind in der Regel gebildet und gewohnt, in Armut zu leben. Außerdem werden sie Euch besonders treu dienen, weil Ihr von Novron abstammt. Religiöser Eifer ist oft stärker als Geld, entsprechend unempfänglich sind sie für Bestechung. Ach, und noch etwas. Lasst die Provinzen immer von Leuten verwalten, die nicht von dort stammen, und wechselt sie öfter aus. Das verhindert eine zu große Nähe zu ihren Untertanen.«

»Als ob ich nicht schon genug zu tun hätte.« Modina seufzte. »Die beste Methode ist doch immer, zu teilen und zu herrschen. Habt Ihr eine Kandidatenliste für die Präfekten, Nimbus?«

»Ja.« Nimbus zog einige Pergamente aus dem Wust von Dokumenten. »Ich habe die meiner Ansicht nach besten Kandidaten zusammengestellt. Sollen wir die Liste durchgehen?«

»Nein, ich vertraue Eurem Urteil.«

Nimbus sah sie enttäuscht an.

»Um Zeit zu sparen, lasst Eure Favoriten kommen und befragt sie selbst. Wenn Ihr zufrieden seid, ernennt sie zu Präfekten. Nächster Punkt.«

»Was tun wir mit Saldur?«, fragte Nimbus.

Modina seufzte wieder und sank tiefer in ihren Sessel.

»Viele andere könnte man wegen Hochverrats anklagen, aber sein Fall liegt anders«, erklärte Nimbus. »Er war nicht nur Regent, sondern davor ein mächtiger Amtsträger der Nyphronkirche. Ein Hinrichtung wäre ... hm ... heikel. Er ist so gefährlich, dass wir ihn nicht freilassen, aber auch nicht hinrichten können. Vermutlich könnten wir ihn für unbegrenzte Zeit einsperren.«

»Nein!«, sagte Modina plötzlich. »Das will ich nicht. Ihr habt recht, sein Fall ist besonders, aber wir müssen eine Lösung finden. Auch wenn er gegenwärtig im Turm eingesperrt ist und nicht im Kerker – ich werde nicht zulassen, dass jemand für immer eingesperrt wird. Selbst wenn man zu essen und zu trinken bekommt und Licht hat, zerstört einen doch das Wissen, dass man nie mehr frei sein wird, von innen heraus. Das werde ich niemandem antun, nicht einmal ihm.«

»Gut, der Patriarch hat die Heimreise nach Ervanon noch nicht angetreten. Er wohnt in der Kathedrale. Wenn wir ihn dazu bringen, Saldurs Treiben öffentlich anzuprangern, könnten wir Saldur hinrichten, ohne Rache fürchten zu müssen. Soll ich ein Treffen vereinbaren?«

Modina nickte.

»Sind wir jetzt fertig?«, fragte Amilia. »Können wir jetzt schlafen gehen?«

»Ja, für heute schon«, sagte Modina. »Ich danke Euch beiden für Eure Hilfe. Alleine wäre ich rettungslos verloren.«

»Gern geschehen, Eminenz«, sagte Nimbus.

»Ihr braucht übrigens nicht so förmlich zu sein, Nimbus. Wir sind unter uns, Ihr könnt ruhig Modina zu mir sagen.«

»Gebt Euch keine Mühe«, sagte Amilia, »den ändert Ihr nicht. Glaubt mir, ich habe es versucht. Seit fast einem Jahr bearbeite ich ihn, aber er nennt mich trotzdem weiter Baronesse.«

»Meine Achtung vor Euch beiden gebietet mir das.«

»Wirklich, Nimbus, Ihr solltet Kanzler werden«, sagte Modina. »Hinter den Kulissen seid Ihr das ja schon. Ich weiß wirklich nicht, warum Ihr die Stellung nicht offiziell übernehmen wollt.«

»Ich diene Euch jetzt, wo Ihr mich braucht, gerne, aber wer weiß, was die Zukunft bringt?«

Modina runzelte die Stirn.

»Noch etwas anderes«, fügte Nimbus hinzu. »Aus dem Norden kommen merkwürdige Gerüchte. Sie sind sehr vage, aber es scheint dort Probleme zu geben.«

»Inwiefern?«

»Ich weiß eben nichts Genaues. Ich habe nur gehört, dass nach Süden ziehende Flüchtlinge die Straßen von Dunmore verstopfen.«

»Ihr solltet jemanden hinschicken, um Genaueres herauszufinden«, sagte Modina.

»Das habe ich schon getan. Ich habe General Breckton gebeten, Nachforschungen anzustellen, und er hat drei Patrouillen ausgeschickt, allerdings schon vor längerer Zeit.«

»Und?«, fragte die Imperatorin.

»Keine ist zurückgekehrt.«

»Was haltet Ihr davon?«

Nimbus zuckte mit den Schultern. »Vielleicht hat schlechtes Wetter oder ein Hochwasser sie aufgehalten. Aber wahrscheinlicher ist, ehrlich gesagt, dass es die Pest war. Wenn die Patrouillen in eine Stadt gekommen sind, in der die Pest wütet, blieben sie wahrscheinlich dort, um die Seuche nicht zu verschleppen. Trotzdem breiten sich solche Seuchen aus. Vielleicht sollten wir uns auf eine Epidemie gefasst machen.«

Modina seufzte. »Hört das denn nie auf?«

»Jetzt wünscht Ihr Euch bestimmt, wieder an Eurem Fenster zu sitzen«, sagte Amilia.

Hadrian war zusammen mit Arista Essendon und Degan Gaunt in die Krankenstube gebracht worden. Die ersten drei Tage verbrachte er hauptsächlich mit Schlafen. Nur am Rande bekam er mit, dass seine Wunden genäht und verbunden worden waren. Wenn er aufwachte, saß immer – in einen Mantel gehüllt und mit aufgesetzter Kapuze – Royce an seinem Bett. Er hatte die Füße auf einen Stuhl gelegt und schien zu schlafen, aber Hadrian wusste es besser.

Sobald er wieder so weit bei Kräften war, dass er einem Gespräch folgen konnte, unterhielt Royce ihn mit den neuesten Nachrichten. Die gute Nachricht war, dass Modina die Lage offenbar gut im Griff hatte. Die schlechte war, dass Merrick Marius und Luis Guy hatten fliehen können und seit Wintertid nicht mehr gesehen worden waren.

Am siebten Tag machte Hadrian erste Gehversuche. Er war aus der Krankenstube in ein Zimmer im dritten Stock verlegt worden. Auf Royce, Albert oder Renwick gestützt, ging er täglich ein Stück auf dem Gang auf und ab. Sein Knappe und der Vicomte besuchten ihn häufig. Dagegen konnte er sich nicht mehr bei dem Herzog und der Herzogin von Rochelle für ihre Hilfe bedanken, da sie schon nach Hause zurückgekehrt waren. Vor der Abreise hatten sie noch wie die anderen adligen Hochzeitsgäste Modina den Lehnseid geschworen. Albert wohnte weiter in den Gemächern der beiden. Er hatte es nicht eilig, die Luxuswohnung im Palast mit seiner kargen Zelle im Kloster zu vertauschen. Gelegentlich kamen Mauvin und Alric vorbei, meist auf dem Weg zu einem Besuch bei Arista. Sogar Nimbus streckte ein oder zwei Mal den Kopf herein. Royce und Renwick dagegen bewachten und versorgten ihn Tag und Nacht abwechselnd.

Die Prinzessin erholte sich zwei Türen weiter. Obwohl immer noch dünn und geschwächt, kam sie, dem Tempo ihrer Schritte auf dem Gang nach zu schließen, schneller als Hadrian zu Kräften. Anfangs begleiteten Alric oder Mauvin sie noch, doch bald ging sie ohne Hilfe. Zu Hadrians Enttäuschung besuchte sie ihn nie, wie auch umgekehrt er sie nicht besuchte.

Degan Gaunt war bei seiner Befreiung mehr tot als lebendig gewesen und nur wenige hatten erwartet, dass er überleben würde. Auf Hadrians Drängen hin sah Royce regelmäßig bei ihm vorbei und berichtete Hadrian über seinen Zustand. Nicht einmal dünne Hühnerbrühe hatte er anfangs bei sich behalten und an einem Abend hatten die Ärzte schon einen Nyphronpriester kommen lassen. Dann hatte sich sein Zustand doch gebessert. Den letzten Berichten zufolge aß er jetzt schon wieder feste Nahrung und nahm zu.

»Bereit für einen Spaziergang?«, fragte Royce und hielt Hadrian einen Mantel hin.

Hadrian, der gerade erst aufgewacht war, rieb sich die Augen. »Du hast es aber eilig. Darf ich zuerst noch austreten? Will da jemand möglichst schnell wieder zu Gwen?«

»Ja. Die viele Aufmerksamkeit scheint dir wirklich zu gefallen. Jetzt steh auf.« Royce half Hadrian langsam auf. Hadrian spürte ein Ziehen in den Nähten und schnitt eine Grimasse.

»Wie geht es dem Kopf heute?«, fragte Royce.

»Viel besser. Mir ist überhaupt nicht mehr schwindlig. Ich glaube, ich kann wieder selbst gehen.«

»Vielleicht, aber stütz dich trotzdem auf mich. Ich will nicht, dass du die Treppe hinunterfällst und dir die Seite aufreißt. Dann muss ich hier noch eine Woche Krankenschwester spielen.«

»Ich bin von deinem Mitgefühl überwältigt.« Hadrian zog sich ein Hemd über den Kopf und zuckte zusammen.

»Gehen wir zuerst gemeinsam zum Hof hinunter. Wenn du dich dann immer noch bei Kräften fühlst, kannst du allein gehen.«

»Besten Dank auch.«

Gestützt auf Royce, humpelte Hadrian auf den Gang hinaus und ließ sich von seinem Freund zur Treppe führen. Er hatte mit Schmerzen gerechnet, spürte aber nur ein leichtes Zwicken.

»Du weißt schon, dass ich das, was ich im Kerker gesagt habe, ernst gemeint habe, ja?«, sagte er. »Ich bin dir sehr dankbar, dass du extra wegen mir gekommen bist.«

Royce lachte. »Ist dir klar, dass ich eigentlich gar nichts getan habe? Alles wäre genauso gekommen, wenn ich bei Gwen in der Abtei geblieben wäre. Sie behauptet zwar immer, ich müsste dich retten, aber du scheinst dieser Tage sehr gut selbst zurechtzukommen. Also nicht jetzt, aber du weißt, was ich meine.«

Sie traten nach draußen und Royce half Hadrian die letzten Stufen hinunter. Es war wärmer geworden und ungewöhnlich freundlich und überall war das Tropfen von Wasser zu hören. Der Schnee schmolz.

»Ist das schon der Frühling?«, fragte Hadrian.

»Bestimmt nur vorübergehend«, erwiderte Royce. »Etwas so Schönes dauert nie lange. Gut, wir sind unten angekommen. Versuch zum Tor zu gehen, ich warte hier.«

Selbst nach zwei Wochen waren im Hof noch Spuren der Kämpfe zu sehen. Schwarzer Ruß an den Mauern, ein kaputter Karren, eine fehlende Tür und einige eingeworfene Fenster zeugten von den Unruhen, die während Hadrians Haft hier stattgefunden hatten.

Hadrian bemerkte, dass noch eine andere Patientin ihre täglichen Runden im Hof drehte. Arista trug ein schlichtes blaues Kleid und hatte an Gewicht zugelegt, so dass sie allmählich wieder aussah wie früher. Sie schlenkerte mit den Armen und atmete tief die frische Luft ein. Ihre Haare, die sie offen trug, wehten im Wind.

»Hadrian!«, rief sie, als sie ihn sah.

Er versuchte, gerade zu stehen, und verzog das Gesicht.

»Moment, ich helfe dir.« Sie eilte zu ihm.

»Nein danke, heute will ich allein gehen. Royce hat seine strenge Aufsicht bereits ein wenig gelockert.« Er zeigte mit dem Daumen über die Schulter auf Royce, der am Eingang des Palasts wartete. »Aber es überrascht mich, dass Alric Euch allein herumspazieren lässt.«

Arista lachte und zeigte auf zwei bewaffnete Wachen, die unweit hinter ihr standen und sie nicht aus den Augen ließen. »Er hat sich in eine richtige Glucke verwandelt. Das ist mir zwar etwas peinlich, aber ich will mich nicht beklagen. Wusstest du, dass er in der Nacht unserer Befreiung geweint hat? Alric war unserer Mutter immer viel ähnlicher als ich. Wie könnte ich auf jemanden wütend sein, der sich so um mich sorgt?«

Gemeinsam gingen sie zu einer Bank, auf der kein Schnee mehr lag. Die Sonne hatte alles weggetaut. Sie setzten sich. Hadrian war froh über die Pause.

»Alric hat sich gut geschlagen«, sagte er. »Es ist ihm bestimmt schwergefallen, Medford zu verlassen und nach Drondilsfeld zu gehen. Royce meinte, er hätte einen Teil der Bürgerschaft mitgenommen.«

Arista nickte. »Deshalb war die Belagerung ja so schlimm.

Hunderte von Menschen drängten sich auf den Gängen und Fluren und im Hof. Schon nach einem Monat wurde das Essen knapp, weil es so viele Münder zu füttern gab. Seine Berater drängten ihn, den Kranken kein Essen mehr zu geben, um die anderen zu retten, aber er wollte nicht auf sie hören. Einige Schwache starben auch tatsächlich. Graf Pickering meinte, Alric müsse kapitulieren, um die Überlebenden möglichst zu retten. Von Mauvin habe ich gehört, dass er das auch tun wollte, er wollte nur noch bis nach Wintertid warten. Ich bin stolz auf meinen Bruder. Er wusste, dass die Imperialisten seinen Kopf wollten, war aber bereit, sich für sein Volk zu opfern.«

»Und wie geht es jetzt in Drondilsfeld?«

»Sehr gut. Es gibt wieder reichlich zu essen und Graf Pickering verwaltet von dort das Königreich. Weißt du überhaupt, dass Medford zerstört wurde? Drondilsfeld muss so lange als Hauptstadt herhalten, bis Alric die Stadt wieder aufbauen kann. Genauso, wie es am Anfang war.«

Hadrian nickte und sie saßen eine Weile schweigend da. Dann nahm Arista unerwartet seine Hand und drückte sie. Er sah sie an und sie erwiderte seinen Blick mit einem innigen Lächeln.

»Ich möchte dir dafür danken, dass du mich retten wolltest«, sagte sie. »Du hast ja keine Ahnung, was das für mich bedeutet hat. Dort unten im …« Sie brach ab und starrte blicklos in die Ferne. Ein Schatten ging über ihr Gesicht und ihre Lippen erbebten. Als sie wieder sprach, war ihre Stimme leiser und weniger selbstsicher. »Ich war so einsam. Ich wusste gar nicht, dass man so einsam sein kann.«

Sie lachte leise. »Und ich war so naiv. Bei meiner Gefangennahme glaubte ich noch, ich hätte keine Angst vor dem Tod – genauso wenig wie Alric.« Sie brach wieder ab, betrachtete den umgegrabenen Garten und fuhr sich mit der Zunge über die

Lippen. »Ich muss zu meiner Schande gestehen, dass ich am Schluss vollkommen aufgegeben hatte. Mir war alles egal, ich wollte nur noch, dass die Angst aufhört. Ich hatte schreckliche Angst, dass ... Und dann ... dann hörte ich deine Stimme.« Sie lächelte wieder traurig. »Zuerst wollte ich es gar nicht glauben. Deine Stimme klang wie ein Vogel mitten im Winter ... so überwältigend freundlich und so völlig fehl am Platz. Ich war dabei, in einen Abgrund zu fallen, und im allerletzten Moment hast du die Hände ausgestreckt und mich aufgefangen. Nur durch deine Stimme und deine Worte. Ich kann gar nicht sagen, wie viel mir das bedeutet hat.«

Hadrian nickte und drückte ihr ebenfalls die Hände. »Es freut mich, dass ich Euch zu Diensten sein konnte, Hoheit.« Er machte ehrerbietig eine kleine Verbeugung.

Sie saßen wieder eine Weile schweigend da. Als das Schweigen schon fast unangenehm war, fragte Hadrian. »Was wollt Ihr jetzt tun? Mit Alric nach Drondilsfeld zurückkehren?«

»Darüber wollte ich sowieso mit dir sprechen – aber nicht heute. Zuerst müssen wir uns beide noch erholen. Es kann warten, bis wir wieder bei Kräften sind. Wusstest du, dass Esrahaddon tot ist?«

»Ja, davon haben wir erfahren.«

»Er kam an dem Abend, an dem er ermordet wurde, zu mir, um mir etwas zu sagen, das mit Degan Gaunt zu tun hatte ...« Sie verstummte und blickte zum Haupttor. Auf ihrem Gesicht erschien ein verwirrter Blick. »Wer ist das?« Sie streckte die Hand aus.

Hadrian folgte ihrem Blick. Ein einsamer Reiter kam durch das Tor geritten. Er war klein und mager, trug eine Mönchskutte und saß vornübergebeugt im Sattel. Auf dem Hof angekommen, rutschte er vollends vom Pferd und fiel mit dem Gesicht voraus in den Schneematsch. Royce stand am weitesten von ihm entfernt, war aber trotzdem als Erster bei ihm. Einige

Diener folgten ihm auf dem Fuß. Als Hadrian und Arista eintrafen, hatte Royce den Mann bereits auf den Rücken gedreht und ihm die Kapuze aus dem Gesicht gestreift.

»Myron?«, rief Hadrian und blickte ungläubig in das vertraute Gesicht ihres Freundes aus der Winde-Abtei. Der Mönch war bewusstlos, schien aber nicht verletzt zu sein.

»Myron?«, wiederholte Arista verwirrt. »Myron Lanaklin aus Windermere? Ich dachte, er verlässt die Abtei nie.«

Hadrian schüttelte den Kopf. »Das tut er eigentlich auch nicht.«

Der kleine Mönch lag auf einer Pritsche in der Krankenstube. Zwei Mägde und der Palastmedikus kümmerten sich um ihn. Sie brachten Wasser, wuschen ihm den Matsch von Gesicht, Armen und Beinen und suchten nach Verletzungen. Als Myron aufwachte, fuhr er erschrocken hoch, sah sich in Panik um und fiel wieder zurück. Dann stöhnte er kläglich. »Royce?«

»Was hat er?«, fragte Hadrian.

»Soweit ich es beurteilen kann, ist er nur erschöpft«, sagte der Arzt. »Er braucht etwas zu essen und zu trinken.« Im selben Augenblick trat auch schon eine Magd mit einer dampfenden Schüssel ein.

»Es tut mir so leid.« Myron öffnete die Augen wieder und sah Royce an. »So furchtbar leid. Es ist ganz bestimmt meine Schuld. Ich hätte etwas tun müssen, irgendetwas ... Ich weiß nicht, was ich sagen soll.«

»Ganz langsam«, fiel Royce ihm ins Wort. »Fang am Anfang an und erzählt mir alles.«

»*Alles?*«, fragte Hadrian. »Vergiss nicht, mit wem du sprichst.«

»Es war vor vier Tagen. Frau DeLancy und ich waren draußen und sprachen mit Renian. Ich erzählte ihm von einem Buch, dass ich gerade fertiggestellt hatte. Es war noch früh, deshalb war niemand im Garten außer uns. Alles war so still.

Ich hörte kein einziges Geräusch. Wenn ich etwas gehört hätte, hätte ich vielleicht ...«

»Nicht abschweifen, Myron.« Royce' Ungeduld wuchs.

»Er tauchte aus dem Nichts vor uns auf. Ich sprach gerade mit Renian, da hörte ich einen unterdrückten Aufschrei von Frau DeLancy. Als ich mich umdrehte, stand er hinter ihr und hielt ihr ein Messer an die Kehle. Ich bekam einen solchen Schreck und wollte nichts tun, dass Frau DeLancy gefährdet hätte.«

»Wie sah er aus?«, fragte Royce atemlos. »Wer hielt ihr ein Messer an die Kehle?«

»Ich weiß es nicht. Er nannte keinen Namen. Er sah ein wenig aus wie du, nur größer. Helle Haut, wie neues Pergament – und dunkle Augen, fast schwarz. ›Hör mir gut zu‹, sagte er. ›Man hat mir gesagt, dass du dich an alles erinnerst, was du je gehört oder gelesen hast. Ich hoffe um Frau DeLancys willen, dass das stimmt. Du wirst nach Aquesta reiten, Royce Melborn aufsuchen und ihm etwas ausrichten. Jede Verzögerung und jeder Fehler kann sie das Leben kosten, also pass gut auf‹.«

»Was sollst du mir ausrichten?«, fragte Royce.

»Es klang sehr seltsam, aber er hat Folgendes gesagt: ›Schwarze Dame schlägt König. Weiße Türme ziehen sich zurück. Schwarze Dame nimmt Läufer. Weißer Turm auf f4, Schach. Weißer Bauer nimmt Dame und Läufer. Jades Grab, bei Vollmond.‹«

Royce starrte ihn, aschfahl im Gesicht, an. Er machte einen Schritt zurück und wäre fast gestürzt. Schwer atmend setzte er sich auf ein leeres Bett.

»Was bedeutet das?«, fragte Hadrian erschrocken. »Royce?«

Sein Freund antwortete nicht. Er sah ihn nicht an und auch niemanden sonst, sondern starrte ins Leere. Hadrian kannte diesen Blick. Royce überlegte, und seiner angespannten Miene nach zu schließen, ging es um viel.

»Royce, sprich mit mir. Was heißt das? Die Botschaft ist verschlüsselt, aber was bedeutet sie?«

Royce stand auf. »Gwen ist in Gefahr. Ich muss gehen.«

»Ich hole nur eben meine Schwerter.«

»Nein«, erwiderte Royce fest. »Du bleibst hier.«

»Ich bleibe hier? Warum? Royce, seit wann …?«

Royce Gesicht war eine steinerne Maske. »Sieh dich doch an – du humpelst nur durch die Gegend. Das kann ich nicht gebrauchen. Du erholst dich hier. So schlimm ist es auch nicht.«

»Sag mir nicht, was ich tun soll und was nicht. Es passiert etwas Schreckliches. Das war Merrick, stimmt's? Er mag Schach. Was hat er dir ausrichten lassen? Du hast mir geholfen, Gaunt zu finden, und wenn das jetzt der Preis dafür ist, helfe ich dir. Was will Merrick?«

Wieder ging mit Royce' Gesicht eine Verwandlung vor. Hinter der versteinerten Maske kam ein Gefühl zum Vorschein, das Hadrian noch nie bei ihm gesehen hatte – nackte, panische Angst. Als er sprach, zitterte seine Stimme. »Ich muss gehen und du darfst nicht mitkommen.«

Hadrian bemerkte, dass Royce' Hände zitterten. Dann bemerkte Royce es auch und zog sie unter seinen Mantel.

»Reite mir nicht nach. Erhole dich und geh deiner Wege. Wir werden uns nicht wiedersehen. Leb wohl.«

Royce stürmte aus dem Zimmer.

»Warte!«, rief Hadrian ihm nach. Er wollte aufstehen und ihm folgen, aber es war sinnlos. Royce war schon verschwunden.

20

Das angenommene Damengambit

Es war schon spät, als Arista auf den Balkon ihres Zimmers trat. Auf dem Geländer häufte sich aufgrund des Unwetters der Vornacht der Schnee und am Dachtrauf hingen Eiszapfen. Im Licht des fast vollen Mondes glitzerte alles in märchenhafter Pracht. Arista zog ihren Mantel fester um sich und setzte die Kapuze auf, so dass sie durch einen pelzgefütterten Tunnel blickte. Trotzdem ging ihr die Kälte durch Mark und Bein. Sie überlegte, ob sie nach drinnen zurückkehren sollte, aber sie wollte draußen sein und den Himmel sehen.

Sie konnte nicht schlafen, kam nicht zur Ruhe.

Obwohl sie müde war, war an Schlaf nicht zu denken. Dass sie Albträume hatte, war angesichts ihrer schlimmen Erlebnisse nicht verwunderlich. Sie wachte oft mitten in der Nacht schweißbedeckt auf und glaubte fest, noch im Kerker zu liegen. Im Geräusch des gegen die Fensterscheibe fliegenden Schnees meinte sie das Trippeln einer Ratte namens Jasper zu erkennen. Wenn sie dann wach lag, musste sie an Hadrian denken. In den Stunden, die sie wehrlos in ihrem finsteren Loch eingesperrt gewesen war, hatte sie der Wahrheit nicht mehr ausweichen können. In ihren verzweifeltsten Momenten hatten sich ihre Gedanken ihm zugewandt. Der bloße Klang seiner Stimme hatte sie gerettet, und die Gedanken an ihren eigenen Tod waren vergessen, als sie hatte fürchten müssen, dass er verletzt war.

Sie hatte sich in Hadrian verliebt.

Es war eine bittere Erkenntnis, da er ihre Liebe offensichtlich nicht erwiderte. In den vergangenen Stunden hatte sie von ihm nur allgemein tröstende Worte gehört, wie sie jeder mitfühlende Mensch sagen konnte. Er mochte sie gern haben, aber er liebte sie nicht. Zugleich war sie darüber auch froh, denn jeder Mann, der sie bisher geliebt hatte, hatte sterben müssen. Sie hätte es nicht ertragen, wenn Hadrian dasselbe passiert wäre. Also würden sie wohl Freunde bleiben. Enge Freunde hoffentlich, aber sie würde diese Freundschaft nicht gefährden, indem sie mehr zuließ. Sie fragte sich manchmal, ob Hilfred ihr von irgendwo zusah und über diese Ironie lachte oder aus Mitgefühl mit ihr weinte.

Doch in dieser Nacht hielten nicht Gedanken an Jasper oder Hadrian Arista vom Schlaf ab. Andere Erinnerungen suchten ihr aufgewühltes Gemüt heim und bedrängten sie. Etwas kündigte sich an. Seit ihrer Befreiung aus dem Gefängnis spürte sie, wie es immer näher rückte. Anfangs hatte sie das Gefühl für eine Spätfolge des Hungers gehalten, eine Art Benommenheit der Sinne. Jetzt erkannte sie, dass es mehr war.

... zu Wintertid endet das Uli Vermar ... Sie werden kommen ... ohne das Horn müssen alle sterben. Nur Ihr wisst jetzt ... könnt retten ...

Esrahaddons Worte gingen ihr durch den Kopf, aber sie verstand nicht, was sie bedeuteten.

Was ist das Uli Vermar? Und wer wird kommen?

Es war ganz eindeutig schon etwas passiert. An Wintertid hatte die Welt eine grundlegende Veränderung erfahren. Arista spürte es, schmeckte es, hörte es förmlich knistern. Dass sie die natürlichen Kräfte der Welt anzapfen konnte, wusste sie bereits, doch jetzt musste sie erschrocken feststellen, dass die Welt auch mit ihr sprach, in einer Sprache allerdings, die sie nicht richtig verstand. Sie spürte nur vage Andeutungen, Gefühle, die sie früher als Einbildung abgetan hätte. Alle Zeichen sprachen von einem großen Wandel. Und wie alle im Einklang mit der natürlichen Welt lebenden Wesen spürte sie diesen Wandel, als handelte es sich um die heraufziehende Morgendämmerung. In diesem Jahr war an Wintertid etwas anders gewesen. Etwas Ungewöhnliches, ein Ereignis von kosmischen Ausmaßen vollzog sich. Sie blickte nach Nordosten. Von dort näherte es sich.

Sie werden kommen.

Eine Stimme schreckte sie auf. »Anna sagte, Ihr wärt hier draußen.«

Sie fuhr herum. Modina stand hinter ihr. Die Imperatorin trug ein einfaches Kleid und hatte die Arme gegen die Kälte vor der Brust verschränkt. Sie sah wieder mehr wie das Mädchen aus, das Arista in Dahlgren kennengelernt hatte, und nicht wie eine Imperatorin.

»Entschuldigt, ich wollte Euch nicht erschrecken«, sagte sie.

Arista besann sich und knickste hastig. »Das habt Ihr nicht, Eminenz.«

Modina seufzte. »Bitte nicht. Es gibt schon genug Leute, die vor mir den Boden küssen. Von Euch will ich das nicht. Und es tut mir leid, dass ich Euch erst jetzt besuche.«

»Ihr seid die Imperatorin – also die wirkliche Imperatorin. Ihr habt bestimmt nur wenig Zeit. Und ich bin ja noch die Botschafterin von Melengar, deshalb sollte ich Euch grüßen und ansprechen, wie es sich gehört.«

Modina runzelte die Stirn. »Mag sein, aber können wir uns die Formalitäten nicht sparen, wenn wir unter uns sind?«

»Wenn Ihr es wünscht.«

»Ich wollte Euch sagen, dass wir jetzt offiziell Verbündete

sind. Ich habe heute Vormittag ein Handels- und Beistandsabkommen mit Alric unterzeichnet.«

»Wunderbar.« Arista lächelte. »Obwohl Ihr mich arbeitslos macht, wenn Ihr das einfach über meinen Kopf entscheidet.«

»Können wir nach drinnen gehen? Hier draußen ist es eiskalt.« Modina ging voraus.

Arista sah im dämmrigen Licht, das auf ihrem Bett ein ordentlich zusammengefalteter Gegenstand lag.

»Ich habe mir solche Sorgen um Euch gemacht«, sagte Modina. Sie umarmte die Prinzessin ganz unerwartet und drückte sie fest an sich. »Und nur damit Ihr es wisst, ich habe Euch doch besucht – fast jeden Abend. Ihr habt nur geschlafen.«

»Ihr habt mir das Leben gerettet, und meinen Bruder und Melengar habt Ihr auch gerettet«, sagte Arista und erwiderte die Umarmung. »Glaubt Ihr wirklich, ich könnte mich gekränkt fühlen?«

Modina ließ sie los. »Es tut mir leid, dass alles so lange gedauert hat und dass Ihr in diesem ... diesem finsteren Loch ausharren musstet. Diakon Tomas und Hilfred konnte ich nicht retten. Vielleicht, wenn ich früher gehandelt hätte ...«

»Nein«, sagte Arista, die sah, dass der Imperatorin Tränen in die Augen getreten waren. »Ihr braucht Euch für nichts zu entschuldigen.«

Modina wischte die Tränen weg und nickte. »Ich habe ein Geschenk für Euch, etwas ... ganz Besonderes.« Sie ging zum Bett und hob ein Gewand hoch, das sich in schimmernden Kaskaden entfaltete.

»Erkennt Ihr es?«

Arista nickte.

»Ich denke, einen solchen Mantel gibt es auf der Welt nur einmal. Er hätte gewollt, dass Ihr ihn besitzt, und ich will es auch.«

Modina verließ Arista und ging an Degans halb geöffneter Tür vorbei, da rief er sie an. »He, du!«

Sie drückte die Tür auf, blieb auf der Schwelle stehen und sah ihn an.

Er war immer noch sehr mager und saß an einen Kissenberg gelehnt im Bett. »Mein Nachttopf muss geleert werden, das Zimmer fängt schon an zu stinken. Könntest du das erledigen?«

»Ich bin kein Dienstmädchen«, erwiderte Modina.

»Nein? Vielleicht eine Pflegerin? Weil es mir immer noch nicht gut geht. Ich könnte etwas zu essen gebrauchen. Ich hätte Appetit auf einen saftigen Rinderbraten.«

»Ich bin auch keine Pflegerin und keine Küchenmagd.«

Degan sah sie verärgert an. »Was bist du dann? Hör zu, ich bin eben erst aus dem Kerker freigekommen. Dort hat man mich fast verhungern lassen. Ich habe ein wenig Mitgefühl verdient und brauche mehr zu essen.«

»Wenn Ihr wollt, begleite ich Euch in die Küche. Dort findet Ihr bestimmt etwas zu essen.«

»Soll das ein Witz sein? Hast du nicht gehört, was ich gerade gesagt habe? Ich bin krank und schwach, ich kann nicht den ganzen Palast nach Essen absuchen.«

»Wenn Ihr nur im Bett sitzt, kommt Ihr nicht wieder zu Kräften.«

»Hast du nicht eben gesagt, du seist keine Pflegerin? Wenn du mir nichts zu essen bringst, finde ich schon jemand anders. Ist dir nicht klar, wer ich bin?«

»Ihr seid Degan Gaunt.«

»Schon, aber weißt du auch, wer ich bin?«

Sie sah ihn verwirrt an. »Tut mir leid, ich …«

Er beugte sich vor. »Kannst du ein Geheimnis bewahren?«, fragte er mit verschwörerisch gesenkter Stimme.

Modina nickte.

»Wie sich herausgestellt hat, bin ich der Erbe Novrons.« Modina tat überrascht und Gaunt grinste. »Ich weiß, ich war ja selbst überrascht. Ich habe es erst vor kurzem erfahren.«

»Aber ich dachte, die Imperatorin Modina sei die Erbin.«

»Soviel ich gehört habe, wollten die alten Regenten dem Volk nur etwas weismachen.«

»Ihr wollt die Imperatorin also stürzen?«

»Brauche ich gar nicht«, erwiderte Gaunt mit einem Augenzwinkern. »Sie soll jung und schön sein, also heirate ich sie einfach. Sie soll auch sehr beliebt sein und davon kann ich nur profitieren. Ist das nicht ein kluger Plan?«

»Und wenn sie Euch nicht will?«

»Ha! Warum sollte sie sich mir verweigern? Ich bin der Erbe Novrons, eine bessere Partie kriegt sie nicht.«

Er musterte sie aufmerksamer und leckte sich mit der Zunge die Oberlippe. »Du siehst auch gar nicht schlecht aus, weißt du das?« Er blickte an ihr vorbei auf den Korridor. »Mach doch die Tür zu und komm näher.« Er klopfte auf die Bettdecke.

»Ich dachte, Ihr wärt krank und könntet Euch nicht von der Stelle rühren.«

»Ich sagte, ich sei geschwächt. Bewegen kann ich mich und so schwach bin ich auch nicht. Wenn du mir schon nichts zu essen bringen willst, könntest du zumindest das Bett für mich anwärmen.«

»Ich glaube nicht, dass das das Mindeste ist, das ich für Euch tun kann. Ich kann mir noch sehr viel weniger vorstellen.«

Gaunt runzelte die Stirn. »Du weißt aber schon, dass ich Imperator werde, sobald ich wieder gesund bin. Du solltest netter zu mir sein. Wir könnten damit auch nach der Hochzeit weitermachen. Ich werde wahrscheinlich mehrere Kammerfrauen haben, wenn du verstehst, was ich meine, und um die werde ich mich ebenfalls gut kümmern. Aber du hast jetzt die Chance, den Anfang zu machen und die erste zu sein.«

»Und was genau bedeutet das?«

»Ach, du weißt schon. Ich kümmere mich um dich. Du bekommst ein Zimmer hier im Palast und schöne Kleider und so weiter.«

»Das habe ich alles schon.«

»Natürlich, aber vielleicht nicht mehr, wenn ich Imperator bin. Du kannst sicherstellen, dass es dir auch in Zukunft gut geht. Was meinst du?«

»Ich lehne Euer Angebot ab.«

»Wie du willst.« Gaunt scheuchte sie mit einer Handbewegung weg. »Aber he, wenn du einem Dienstmädchen begegnest, sag ihm, es soll sich gefälligst hierher bequemen und den Nachttopf mitnehmen, ja?«

Modina ging zur Treppe weiter. Dort begegnete sie einer Torwache auf dem Weg nach oben.

»Eminenz.« Die Wache blieb stehen und verbeugte sich.

»Ja?«

»Am Tor steht ein Mann, der Euch sprechen will.«

»Was? Jetzt?«

»Ja, Eminenz. Ich habe ihm gesagt, das sei nicht möglich.«

»Es ist mitten in der Nacht. Er soll morgen früh beim Sekretär vorsprechen.«

»Das habe ich ihm auch gesagt, aber er meinte, er müsse mit seiner Familie gleich im Morgengrauen aufbrechen. Sie seien zur Winterfeier gekommen und dies sei ein letzter Versuch, Euch vor der Abreise noch zu sprechen. Er meinte, Ihr würdet ihn kennen.«

»Hat er seinen Namen genannt?«

»Ja, Russell Bothwick aus Dahlgren.«

Modinas Miene hellte sich auf. »Wo ist er jetzt?«

»Ich habe ihm gesagt, er solle am Tor warten.«

Als sie noch in Dahlgren gelebt hatte, waren die Bothwicks so etwas wie eine zweite Familie für sie gewesen. Sie hatten sie nach dem Tod ihrer Mutter bei sich aufgenommen, entsprechend freute sie sich jetzt, die alten Freunde wiederzusehen. Sie eilte die Treppe zum Hauptportal hinunter und die Wachen beeilten sich, die gewaltige Doppeltür für sie zu öffnen. Sie trat auf den verschneiten Hof hinaus und bedauerte sofort, keinen Mantel mitgenommen zu haben. Es war eine dunkle Nacht, und auf dem Weg über den Hof zum Eingangstor vermisste sie auch eine Laterne. Russell und Lena wiederzusehen war zu schön, um wahr zu sein. Sie würde sie in der schönsten Suite des Palasts unterbringen und die ganze Nacht aufbleiben und mit ihnen über die alten, besseren Zeiten plaudern.

Als sie an den Stallungen vorbeikam, sagte eine Stimme aus nächster Nähe: »Thrace?«

Sie fuhr herum und sah zu ihrer Überraschung Royce vor sich stehen. »Was macht Ihr hier? Kommt mit zum Tor, die Bothwicks sind hier.«

»Ihr müsst wissen, dass mir das alles sehr leid tut«, sagte Royce.

»Was tut Euch leid?«

Er sah sie traurig an, dann hielt er ihr den Mund zu. Sie wehrte sich kurz, aber es war schnell vorbei. Als Letztes hörte sie ihn noch an ihrem Ohr flüstern: »Es tut mir leid.«

Als die Palastglocke läutete, war es noch Nacht. Hadrian und die anderen Bewohner des dritten Stocks traten auf den Korridor hinaus. Arista trug Esrahaddons schimmernden Mantel, Degan Gaunt zog sich gähnend eine Decke um die Schultern.

Amilia und Breckton näherten sich mit einem Trupp von Wachen.

»Hat jemand die Imperatorin gesehen?«

»Zuletzt gestern Abend«, sagte Arista.

»Was ist denn los?«, brummte Gaunt gereizt. Hadrian sah ihn zum ersten Mal seit seiner Befreiung aus dem Kerker.

»Die Imperatorin ist verschwunden«, erklärte Breckton. Auf sein Zeichen öffneten die Soldaten die Türen der Zimmer und stürmten hinein.

»Wozu die ganze Aufregung?«, fragte Gaunt. »Seht in der Kammer des bestaussehenden Dieners nach. Sie ist danach wahrscheinlich nur eingeschlafen.«

»Bischof Saldur ist ebenfalls verschwunden«, sagte Breckton. »Und die Wache am Turm und die beiden Torwachen sind tot.«

Die Soldaten hatten die Durchsuchung der Zimmer beendet und versammelten sich wieder auf dem Gang.

»Wie konnte Saldur entkommen?«, fragte Arista. »Und warum sollte er Modina mitnehmen?«

Hadrian warf ihr einen Blick zu und sah zu Boden. »Das war nicht Saldur.«

»Aber wer sollte sonst …«, begann Arista.

Hadrian fiel ihr ins Wort. »Royce hat sie entführt. Und Saldur auch. ›Weißer Bauer nimmt Dame und Läufer.‹ Merrick spielt das Damengambit und Royce hat angenommen.«

21

Auf der Langdon-Brücke

Hoch über der Stadt spähte der Mond durch eine Wolkenlücke, und der Bernum, der sich durch das Herz von Colnora wand, glitzerte in seinem Licht wie eine ölig schwarze Schlange. An seinen steilen Ufern ragten Speichergebäude auf, die wie in der kalten Winternacht schlafende Ungeheuer aussahen. Das weitab von den Wohngebieten gelegene Händlerviertel war um diese Stunde menschenleer. Schneebedeckte, wie Schwanenhälse geformte Laternenpfähle säumten die Langdon-Brücke über ihre ganze Länge und beleuchteten die an jedem Sims und jedem Ornament hängenden Eiszapfen. Es hatte wieder angefangen zu schneien und dicke Flocken wirbelten auf den vom Fluss aufsteigenden Luftströmen durch das Lampenlicht. Aus der tief eingeschnittenen Klamm drang das Tosen des Bernum, als sei der Fluss ein unersättliches Monster.

Royce stand am Nordende der Brücke im Schatten. Er war trotz der Kälte schweißgebadet. Hinter ihm warteten stumm und mit auf den Rücken gefesselten Händen Saldur und Modina. Royce hatte sie nicht geknebelt – das war gar nicht notwendig. Er hatte seinen Gefangenen triftige Gründe genannt, warum sie still sein sollten.

Saldur aus dem Gefängnisturm zu holen, war leicht gewesen. Der ehemalige Regent wehrte sich nicht und gehorchte jeder geflüsterten Anweisung sofort und ohne Lärm. Royce war fast schon enttäuscht. Zu gern hätte er einen Anlass gehabt, gerade diesen Gefangenen zu maßregeln. Bei Modina lag der Fall anders. Ihre Gefangennahme bereute er aufrichtig, aber er hatte keine andere Wahl. Er hatte ihren Hals nur ganz vorsichtig zugedrückt und nur so lange, dass sie schmerzlos in Ohnmacht fiel. Beim Aufwachen hatte sie bestimmt schreckliche Kopfschmerzen gehabt, doch sonst fehlte ihr nichts.

Er betrachtete die Speichergebäude am anderen Ende der Brücke. Auf die seitliche Wand eines Speichers war ein vierblättriges Kleeblatt gemalt. Dort hatte er versehentlich Merricks Geliebte getötet. Sie waren damals alle drei Auftragsmörder der Diebeszunft Schwarzer Diamant gewesen. *Jades Grab.* Dass Merrick ausgerechnet diesen Ort gewählt hatte, erfüllte ihn mit großer Sorge.

Er blickte noch einmal zum Mond auf, der jetzt genau über ihm stand, zündete eine Lampe an und trat auf die Straße hinaus. Einen nervenaufreibenden Moment später ging am anderen Ende der Brücke ebenfalls eine Lampe an. Merrick war da. Und Gwen stand neben ihm.

Sie lebt!

Royce' Herz machte einen Sprung und in seine Angst mischte sich Erleichterung. Sie war ihm so nah und doch nicht nah genug. Sonst war niemand zu sehen – die Mitglieder des Schwarzen Diamanten hielten sich auffällig zurück. Royce hatte erwartet, dass sie sich auf ihn stürzen würden, sobald er die Stadt betrat. Entweder hatte Merrick dafür gesorgt, dass er unbehelligt blieb, oder die Diamanten wollten mit diesem Geschäft nichts zu tun haben.

»Zeig mir die beiden.« Merricks Stimme war in der kalten, trockenen Luft deutlich zu hören.

Auf einen Wink von Royce traten Modina und Saldur aus dem Schatten.

»Dafür verdopple ich Eure Belohnung, Marius«, rief Saldur. »Ihr werdet Markgraf von Melengar sein. Und ich ...« Er schrie schmerzerfüllt auf. Royce hatte Alversten über seine Schulter gezogen und die blitzende Klinge schnitt durch die Kleider des Regenten in seine Haut.

»Schon vergessen, was wir abgemacht haben?«, fauchte Royce.

Er blickte auf Modina, die stumm und bewegungslos dastand. Sie zeigte weder Angst noch Wut, noch Häme. Sie wartete nur.

»Schick sie rüber«, befahl Merrick.

»Nicht rennen, Saldur«, warnte Royce. »Ihr dürft nicht schneller gehen als Gwen. Ich bin ein guter Messerwerfer und Ihr seid erst außer Reichweite, wenn Ihr in der Mitte der Brücke angekommen seid. Wenn Ihr sie vor Gwen überquert, wird das der letzte Schritt Eures Lebens sein.«

Die Gefangenen traten genau zur selben Zeit vor wie Gwen. Gwen trug einen dicken Wollmantel und Stiefel, die ihr nicht gehörten. Tränen strömten ihr über die Wangen. Ihre Arme waren auf den Rücken gefesselt, sie konnte sich deshalb weder die zerzausten Haare aus dem Gesicht streichen noch den Knebel aus dem Mund nehmen. Mit quälend langsamen Schritten gingen die drei Geiseln aufeinander zu.

Für Royce war die ganze Welt zum Stillstand gekommen mit Ausnahme der drei Menschen auf der Brücke. In der Mitte der Brücke gingen sie aneinander vorbei und streiften sich mit einem kurzen Blick. Der Wind wurde stärker und blies den Schnee und Gwens Haare zur Seite. Dann begann Gwen zu laufen. Royce' Herz pochte mit Donnerschlägen in seiner Brust. Die anderen waren ihm egal. Solange er Gwen hatte, konnte Saldur von ihm aus ganz Elan beherrschen. Sie würden nach Avempartha ziehen und noch in dieser Nacht aufbrechen. Er hatte bereits Proviant auf das Fuhrwerk geladen und zwei kräftige Pferde davor gespannt. Er würde Gwen an einen Ort bringen, an dem ihr nichts passieren konnte. Dort würde er endlich ein richtiges Zuhause haben und ein lebenswertes Leben. Jeden Abend würde er mit Gwen in den Armen einschlafen und wissen, dass er sie nie wieder zu verlassen brauchte. Gemeinsam würden sie durch die Wiesen streifen, ohne dass er ständig über die Schulter blicken musste. Sie würden Kinder haben und er würde ihnen beim Aufwachsen zusehen und sich daran freuen. An Gwens Seite würde er alt werden und mit seinem Los vollkommen zufrieden sein.

Er lief auf sie zu. Seine Füße hatten sich wie von selbst, ohne sein Zutun in Bewegung gesetzt. Die Entfernung zwischen ihnen schrumpfte und er breitete die Arme aus, um Gwen aufzufangen. Da riss sie plötzlich erschrocken die Augen auf und kniff sie im nächsten Augenblick schmerzerfüllt zu. Sie erstarrte und krümmte sich zusammen und aus ihrer Brust drang der Bolzen einer Armbrust. Royce spürte, wie Blut auf ihn spritzte.

Sie stürzte.

»*Gwen!*«, schrie er.

Er fiel auf die Knie und drehte sie um, so dass sie einander sehen konnten. Eine dunkle Blutlache breitete sich um sie herum aus und verfärbte den Schnee. Er wiegte Gwen in den Armen, zog sie an sich und strich ihr die Haare aus dem Gesicht. Mit zitternden Händen schnitt er ihre Fesseln durch und zog ihr den Knebel aus dem Mund. Der Knebel war blutgetränkt.

Sie hustete. »Roy-Roy-ce.« Sie wollte etwas sagen. »Roy-ce ... Geliebter ...«

»Pst!«, sagte er. »Alles wird gut. Ich hole einen Arzt. Ich pflege dich gesund. Und dann heiraten wir. Jetzt warten wir nicht mehr, ich schwöre es dir!«

»Nein.« Sie schüttelte den Kopf in seinen Händen. »Ich brauche ... keinen Arzt.«

Royce wischte ihr das Blut vom Mund und stützte ihren Kopf. Mühsam suchte sie ihn mit ihrem Blick.

Sie wollte die Hand an sein Gesicht heben. Sie zitterte stark. »Nicht weinen«, sagte sie.

Royce hatte gar nicht gemerkt, dass er weinte. Die Tränen liefen ihm über die Wangen, tropften auf Gwens Gesicht und vermischten sich mit dem Blutrinnsal, das ihr aus dem Mundwinkel lief.

Seine Gedanken rasten. *Das kann nicht sein, wir fahren doch jetzt zusammen weg. Der Wagen steht schon bereit!*

Er begann zu zittern und sich zu schütteln, als würde es ihn auseinanderreißen.

»Lass mich nicht allein, Gwen. Ich liebe dich. Bitte, du darfst nicht gehen.«

»Es ist gut, R-Royce ... Verstehst du nicht?«

»Nein, es ist nicht gut, überhaupt nicht! Es ist ...« Seine Stimme brach und er schluckte. »Was soll daran gut sein, dass du mich verlässt?«

Sie zuckte in seinen Armen zusammen. Ihre Augen fielen zu und sie hustete erneut. Dann gingen die Augen wieder auf und sie rang nach Luft. Aus ihrer Kehle kam ein Gurgeln.

»Das ist die Gabelung deiner Lebenslinie«, brachte sie heraus. Ihre Stimme war schwächer geworden, nur mehr ein heiseres Flüstern. »Du bist dort angekommen ... am Tod des Menschen, den du am meisten liebst. Nur habe ich mich geirrt ... Es war nicht Hadrian ... sondern ich ... die ganze Zeit ich.«

»Ja«, rief Royce und küsste ihre Stirn.

»Und was habe ich noch gesagt? Was? Erinnerst du dich?«

»Du hast gesagt ... dass du als glückliche Frau sterben würdest, wenn es so wäre.«

Sie blickte zärtlich zu ihm auf, doch dann verlor sie ihn aus dem Blick und ihre Augen begannen zu wandern. »Ich kann dich nicht sehen, Royce. Es ist so dunkel. Ich kann im Dunkeln nicht so gut sehen wie du. Ich habe Angst.«

Er drückte ihre Hand. »Ich bin hier, Gwen, bei dir.«

»Hör mir zu, Royce«, sagte sie und ihre Stimme klang plötzlich dringend. »Du musst weitermachen. Du darfst nicht aufgeben, auf keinen Fall. Hörst du mich? Hörst du mich, Royce Melborn? Du musst weitermachen. Bitte ... gib mir die Hand. Gib mir die Hand!«

Er drückte ihre Hand fester. »Ich bin hier, Gwen. Ich halte dich und ich gebe nicht auf. Ich werde dich nie loslassen.«

»Versprich es mir. Du musst es mir versprechen, Royce, bitte.«

»Ich verspreche es«, sagte er.

»Ich liebe dich, Royce. Vergiss nicht ... du darfst nicht aufgeben ...«

»Ich liebe dich.«

»Lass ... nicht ...«

Sie zuckte noch einmal zusammen, rang nach Luft, streckte sich in seinen Armen und erschlaffte ganz langsam. Ihr Kopf sank zurück. Royce drückte sie an sich und küsste ihr Gesicht. Gwen war tot und er war allein.

In Begleitung von dreißig Reitern trafen Amilia, Breckton, Hadrian und Arista vor den Toren Colnoras ein. Die Reiter waren handverlesene Soldaten der nordimperialen Armee, Brecktons beste Leute. Die meisten waren erst vor wenigen Wochen bei der Belagerung von Drondilsfeld dabei gewesen. Sie waren keine Söhne von Grafen und Herzögen in schmucken Rüstungen, sondern grimmige, kampferprobte Männer, die sich auf blutigen Schlachtfeldern den letzten Schliff geholt hatten.

Nach Modinas Entführung fand Amilia sich mit den Aufgaben einer Reichsverweserin betraut, eine völlig unwirkliche

Situation. Sie als frühere Spülmagd herrschte jetzt über ein Imperium! Sie wollte gar nicht daran denken. Im Unterschied zu Modina stammte sie nicht von Novron ab und hatte keinen Stammbaum, der ihre Stellung legitimiert hätte. Und sie wusste auch nicht, wie lange sie ihre Macht und ihre Stellung noch innehaben oder wie lange sie überhaupt noch leben würde.

Sie hatte keine Ahnung, was sie tun sollte, aber zu ihrer großen Erleichterung rief Baron Breckton seine Leute zusammen, um die Imperatorin zu suchen. Als Ritter Hadrian und Arista sich dem Suchtrupp freiwillig anschlossen, beschloss Amilia, ebenfalls mitzukommen. Sie wollte nicht im Palast zurückbleiben. Da sie von Verwaltung sowieso nichts verstand, überließ sie Nimbus die Amtsgeschäfte bis zu ihrer Rückkehr. Wenn sie Modina nicht aufspürten, brauchte sie womöglich gar nicht zurückzukehren. Sie mussten Modina unbedingt finden.

»Öffnet das Tor!«, rief Baron Breckton in Richtung des Wachturms, der über der Stadtmauer von Colnora aufragte.

»Wir machen auf, wenn es hell wird«, antwortete jemand von oben.

»Ich bin Baron Breckton, Oberbefehlshaber der imperialen Armee, unterwegs in einem Auftrag von höchster Wichtigkeit für Ihre Eminenz. Ich verlange, dass Ihr sofort aufmacht!«

»Und ich bin der Torwächter und habe strenge Anweisung, dieses Tor in der Zeit zwischen der Abend- und der Morgendämmerung geschlossen zu halten. Kommt wieder, wenn es hell wird.«

»Was tun wir?«, fragte Amilia in Panik. Ihre Situation hätte absurder nicht sein können. Es ging um das Leben der Imperatorin, aber sie waren einem törichten Wächter ausgeliefert.

Breckton stieg vom Pferd. »Wir könnten aus Ästen Leitern machen und damit über die Mauer klettern. Oder wir bauen einen Rammbock ...«

»Dafür haben wir keine Zeit«, fiel Hadrian ihm ins Wort. »Der Vollmond steht bereits hoch am Himmel. Der Austausch der Geiseln findet auf der Langdon-Brücke statt. Wir müssen auf der Stelle rein und zu dieser Brücke!«

»Ihr seid an allem schuld!«, rief Amilia in einer plötzlichen Aufwallung von Zorn. »Ihr und Euer *Freund*. Zuerst wolltet Ihr Breckton töten und dann entführt Euer Freund Modina.«

Breckton nahm beruhigend ihre Hand. »Ritter Hadrian hätte mich töten können, aber er hat es nicht getan. Und für das, was sein Gefährte tut, ist er nicht verantwortlich. Er will uns helfen.«

Amilia wischte sich die Tränen aus den Augen und nickte. Wenn sie wenigstens gewusst hätte, was sie tun sollte. Sie war doch kein Feldherr, sondern nur ein dummes Bauernmädchen, das bestimmt bald hingerichtet wurde. Es gab keine Hoffnung mehr.

Arista schien als Einzige Ruhe zu bewahren. Die Prinzessin summte vor sich hin.

Sie war abgestiegen und stand mit geschlossenen Augen und ausgestreckten Händen da. Ihre Finger bewegten sich wie suchend und aus ihrer Kehle drang ein tiefer Summton, jedoch keine erkennbare Melodie, kein Lied. Der Ton wurde lauter und die Luft schien sich zu verfestigen und schwerer zu werden. Dann kam vom Tor ein zweiter Summton, ein Echo. Die Balken erzitterten wie vor Kälte, knackten und bogen sich. Die mächtigen Angeln knirschten, die Steine, in die sie eingelassen waren, bekamen Risse. Arista verstummte und das Tor hörte auf zu zittern. Dann rief sie ein unverständliches Wort, das klang wie ein Schrei, und das Tor explodierte und Holzsplitter und Schnee flogen durch die Luft.

Modina zog an der Schnur um ihre Handgelenke, aber die Schnur schnitt bei jeder Bewegung nur tiefer ein. Merrick Marius und zwei Männer, die sie nicht kannte, hatten sie von der Brücke gezerrt und in ein nahes Speichergebäude gebracht. Saldur durfte frei gehen. Der Speicher stand leer und war baufällig. Durch kaputte Fenster drang Schnee und sammelte sich auf dem Dielenboden. Überall lagen zerrissene Säcke und Glasscherben.

»Gut gemacht, mein lieber Marius, gut gemacht«, lobte Saldur Merrick Marius, während ein anderer Mann seine Handfessel losschnitt. »Ich werde Wort halten und Euch ansehnlich belohnen. Ihr werdet ...«

»Haltet den Mund!«, befahl Merrick unwirsch. »Bringt beide nach oben.«

Ein Mann warf sich Modina über die Schulter wie einen Mehlsack und trug sie die Treppe hinauf.

»Das verstehe ich nicht«, hörte sie Saldur sagen, als der andere Mann ihn ebenfalls zur Treppe schob.

»Wir sind noch nicht aus dem Schneider«, erwiderte Merrick. »DeLancy ist tot. Ihr habt ja keine Ahnung, was das bedeutet. Zwar bin ich jetzt mit Royce quitt, aber der Dämon ist entfesselt.«

Er sprach noch weiter, doch wurde seine Stimme leiser, je höher Modina kam. In einem leeren Zimmer im dritten Stock setzte der Mann sie ab. Er holte eine Schnur aus der Tasche und band ihre Füße an den Knöcheln fest zusammen. Anschließend trat er an ein Fenster mit einer kaputten Scheibe und spähte hinaus.

Mondlicht fiel auf sein Gesicht. Er war untersetzt und stämmig und hatte einen struppigen Bart und eine plattgedrückte Nase. Bekleidet war er mit einem mantelartigen Gewand aus grober Wolle und einer schwarzen Kapuze. Doch Modinas Blick wurde vor allem von seinem Gürtel angezogen. An ihm hingen zwei lange Messer. Der Mann beugte sich vor und blickte zur Straße hinunter.

»Seid schön leise, Fräulein«, murmelte er, »sonst muss ich Euch die Kehle durchschneiden.«

Mit zitternden Händen bettete Royce Gwens leblosen Körper an den Straßenrand. Er schloss die Augen und küsste sie ein letztes Mal auf die Lippen. Zärtlich verschränkte er ihre Arme auf der Brust und deckte sie wie zum Schlafen mit dem groben, überlangen Mantel zu. Er brachte es nicht über sich, auch das Gesicht zu bedecken. Lange betrachtete er es. Gwen lächelte sogar noch im Tod.

Endlich wandte er sich ab, stand auf und überquerte ohne nachzudenken die Brücke.

»Bleib stehen, Royce!«, rief Merrick, als er auf der anderen Seite angekommen war.

Der Richtung nach zu schließen, aus der die Stimme kam, befand Merrick sich im zweiten Stock des Speicherhauses.

»Die unteren Türen und Fenster sind alle verrammelt. Einer meiner Leute hält der Imperatorin ein Messer an die Kehle.«

Royce schenkte ihm keine Beachtung. Geschmeidig kletterte er den nächsten Laternenpfosten hinauf, zerbrach das Lampenglas und löschte die Flamme. Dasselbe wiederholte er zwei Mal, bis es dunkel war.

»Ich meine es ernst, Royce«, rief Merrick. Der Anflug von Panik in seiner Stimme verriet, dass er seinen Gegner nicht mehr sehen konnte. »Oder willst du, dass eine zweite unschuldige Frau sterben muss?«

Royce riss einen Streifen von seinem Mantel ab und tränkte den Stoff mit Laternenöl. Dann näherte er sich dem Speicher.

»Du kriegst mich nicht, ohne sie zu töten!«, rief Merrick wieder. »Geh wieder dahin, wo ich dich sehen kann.«

Royce bestrich die Bretter der Wände mit Öl.

»Verdammt, Royce, ich habe es nicht getan, ich habe sie nicht getötet. Das war nicht ich.«

Royce zündete den ölgetränkten Lappen an und klemmte ihn unter die Tür. Das Holz war alt und trocken und die Flammen züngelten gierig daran hinauf. Die trockene Winterluft tat das ihre und die Flammen leckten über die mit Schindeln verkleideten Wände.

»Was geht da vor?«, fragte Saldur. Seine Stimme klang schrill. »Tut was, Marius. Droht ihm, Modina zu töten, wenn er nicht ...«

»Das habe ich doch schon, Idiot! Die Imperatorin ist ihm egal. Er will uns alle töten!«

Das Feuer breitete sich in Windeseile aus. Royce kehrte zu den Laternenpfosten zurück und holte noch mehr Öl. Das Äußere des Speichers stand jetzt in Flammen und eine Feuerwand loderte zum Himmel auf. Royce trat zurück und betrachtete das brennende Gebäude. Es erleuchtete die ganze Straße und er spürte die Hitze auf dem Gesicht.

Von drinnen kamen Schreie, und Kampflärm mischte sich in das Prasseln des Feuers. Royce sah zu, wie das Kleeblatt verbrannte.

Es dauerte nicht lange und ein Mann sprang aus einem Fenster im zweiten Stock. Er landete zwar einigermaßen wohlbehalten, aber Royce war sofort bei ihm. Im Schein der Flammen blitzte Alversten auf. Der Mann schrie, aber Royce hatte es nicht eilig und ließ sich Zeit. Er schnitt die Sehnen der Beine des Mannes durch, so dass er nicht mehr laufen konnte. Dann setzte er sich ihm auf die Brust und trennte ihm die Finger ab. Er hatte Alversten schon lange nicht mehr für so etwas verwendet und staunte, wie mühelos der weiße Stahl durch Knorpel und sogar Knochen schnitt. Ein zweiter Mann sprang, diesmal aus einem Fenster im dritten Stock, und Royce ließ sein Opfer liegen. Der zweite Mann landete unsanft und Royce hörte einen Knochen brechen.

»Nein!«, schrie der Mann und wollte wegkriechen, als Royce'

Schatten über ihn fiel. Verzweifelt scharrte er mit den Händen im Schnee. Wieder ging Royce langsam und methodisch vor. Der Mann heulte bei jedem Schnitt auf. Als er sich nicht mehr rührte, schnitt Royce ihm das Herz aus dem Leib. Über und über mit Blut besudelt, stand er auf und warf es durch das Fenster, durch das der Mann gesprungen war.

»Jetzt seid Ihr dran, Saldur«, höhnte er. »Mich würde sehr interessieren, ob Ihr überhaupt ein Herz habt.«

Niemand antwortete.

Aus den Augenwinkeln sah er eine dunkle Gestalt, die sich von der Rückseite des Speichers entfernte. Fast unsichtbar eilte Merrick durch das Gewirr der Schatten. Offenbar wollte er sich auf dem Sims eines Pfeilers unter der Brücke verstecken, an demselben Ort, an dem die Schwarzen Diamanten immer ihren Opfern aufgelauert hatten. Royce überließ Saldur dem Tod durch die Flammen. Das Feuer hüllte den zweiten Stock inzwischen vollständig ein, es war nur noch eine Frage der Zeit. Der Regent konnte höchstens noch springen, aber ein Mann seines Alters würde einen Sprung vom dritten Stock auf gefrorenen Boden kaum unverletzt überstehen.

Royce eilte Merrick nach, der inzwischen jede Heimlichkeit aufgegeben hatte und ganz offen in Richtung Brücke rannte. Er holte schnell auf und in der Mitte der Brücke kapitulierte Merrick. Er drehte sich um und zückte seinen Dolch. Sein Gesicht war schweißbedeckt und mit Ruß verschmiert.

»Ich habe sie nicht getötet!«, rief er.

Royce antwortete nicht. Er lief die letzten Schritte und griff an. Wie eine Schlange stieß der weiße Dolch zu. Merrick duckte sich und konnte ihm ausweichen, doch beim zweiten Mal erwischte Royce ihn und schnitt ihm über die Brust.

»Hör mir zu«, sagte Merrick und wich zurück. »Warum sollte ich sie töten? Du kennst mich doch! Glaubst du, ich hätte nicht gewusst, dass sie mich schützt? Hast du mich je etwas so Dummes tun sehen? Überleg doch – warum sollte ich das tun? Was hätte ich denn davon? Denk doch nach, Royce. Was für einen Grund sollte ich haben, sie zu töten?«

»Denselben, aus dem ich dich jetzt töten werde – Rache.«

Royce stieß erneut zu. Merrick wollte wieder ausweichen, war aber zu langsam. Er wäre augenblicklich tot gewesen, wenn Royce auf sein Herz oder seine Kehle gezielt hätte. Doch stattdessen bohrte Alversten sich in Merricks rechte Schulter.

Er drang tief ein und Merrick ließ sein Messer fallen.

»Das ergibt doch keinen Sinn!«, kreischte er. »Es hat nichts mit Jade zu tun. Wenn ich mich hätte rächen wollen, hätte ich dich schon vor Jahren töten können. Wir haben doch unseren Frieden miteinander gemacht, Royce. Mein Angebot der Zusammenarbeit war ernst gemeint. Wir sind keine Gegner. Begeh nicht denselben Fehler wie ich. Man hat dich damals, als du Jade getötet hast, reingelegt, nur konnte und wollte ich das damals nicht sehen. Jetzt hat jemand dasselbe mit mir getan. Ich wurde reingelegt, verstehst du? Genau wie du. Denk doch nach! Wenn ich eine Armbrust hätte, hätte ich dann zugesehen, wie du den Speicher anzündest? Ich war es nicht, es war jemand anders!«

Royce sah sich um. »Komisch, dass ich sonst niemanden sehe.«

Er griff wieder an. Merrick wich zurück und schlug sich die Ferse am ein wenig erhöhten Bordstein der Brücke an.

»Hinter dir ist nicht mehr viel Platz.«

»Verdammt, Royce, du musst mir glauben. Ich würde Gwen nie töten. Ich schwöre dir, ich habe es nicht getan!«

»Ich glaube dir«, sagte Royce. »Aber es ist mir egal.«

Er stieß Merrick den Dolch in die Brust.

Merrick verlor das Gleichgewicht. Instinktiv streckte er die Hände nach dem einzigen Halt aus, der ihm zur Verfügung stand, und stürzte mit Royce gemeinsam über den Rand der Brücke.

Hadrian wartete nicht auf die anderen, als das Tor endlich offen stand. Stattdessen gab er seinem Pferd die Sporen und galoppierte in Richtung Fluss. Als er um die Ecke zur Langdon-Brücke bog, rutschte die Stute im Schnee und wäre fast gestürzt. Auf der anderen Seite brannte ein Speichergebäude wie ein riesiger Scheiterhaufen. Die Straßenlaternen am Ufer davor waren dunkel. Auf Hadrians Seite verbreiteten die schneebestäubten eisernen Schwäne ein gespenstisch flackerndes, orangefarbenes Licht. Die hohen Laternenpfosten warfen schwankende Schatten in den Schnee – wie dünne, auf und ab tanzende und beständig zustoßende Speere.

Dann sah Hadrian Gwen an der Brücke liegen.

»Bei Maribor, nein!« Er rannte zu ihr. Schneeflocken hatten sich auf ihren geschlossenen Augen gesammelt und hingen in ihren schwarzen Wimpern. Hadrian legte den Kopf an ihre Brust. Es war kein Puls zu hören – sie war tot.

»*Das ergibt doch keinen Sinn!*«, hörte er jemanden kreischen. Er blickte die Brücke entlang und sah die beiden Männer am Scheitelpunkt des Bogens. Royce hatte Merrick an den Rand gedrängt. Merrick war verletzt, hatte keine Waffe mehr und schrie. Hadrian sprang auf und rannte los. Er rutschte mit seinen Stiefeln immer wieder auf dem glatten Schnee aus. Aus wenigen Schritten Entfernung sah er, wie Royce Merrick erstach und beide über den Rand der Brücke stürzten.

Schlitternd bremste er und beugte sich über den Rand. Sein Herz hämmerte wie verrückt. Tief unter ihm brodelte das Wasser des Bernum – ein schwarzes Band, das dort, wo das Wasser sich an den Felsen brach, immer wieder weiß aufleuchtete. Er sah etwas Dunkles fallen. Im nächsten Moment traf es mit einem kurzen weißen Blitz auf der Wasseroberfläche auf.

Arista bewegte die klammen Finger und stieg wieder auf ihr Pferd. Breckton saß ebenfalls auf und ritt vor, um mit den empörten Torwachen zu sprechen. Hadrian war bereits im Gewirr der Gassen verschwunden.

Keiner sprach von dem Tor, das explodiert war.

Da Hadrian nicht mehr da war, um sie zu führen, ritt Baron Breckton dem Trupp voraus. Sie überquerten den Bernum auf der Warpole-Brücke. Auf halbem Weg hinüber sahen sie bei einer flussabwärts gelegenen Brücke ein Speichergebäude lichterloh brennen. Dort lag ihr Ziel. Statt umzukehren, ritt Breckton über die Brücke und am Ufer, an dem das brennende Gebäude lag, zur Langdon-Brücke weiter. Dabei passierten sie die Feuersbrunst.

Der Speicher war ein einziges Inferno. Wie gebannt starrte Arista auf den brennenden Kasten. Gewaltige Flammenspiralen stiegen zum Himmel auf. Alle vier Stockwerke brannten. Die Nordwand wölbte sich nach außen und platzte auf. Die Ostwand stürzte teilweise ein. Ein Funkenregen stieg auf und es regnete brennende Trümmer, die zischend im Schnee landeten. Aus zerbrochenen Fenstern quoll weißer Rauch. Eine Eiche neben dem Gebäude brannte auch und sah mit ihren kahlen Ästen aus wie eine riesige Fackel.

Arista hörte eine Frau aufschreien.

»Das ist Modina!«, rief Amilia und zog so heftig an ihren Zügeln, dass das Pferd den Kopf auf und ab warf und einen Schritt zurückmachte. »Sie ist da drinnen!«

Baron Breckton und einige seiner Leute stiegen ab und eilten zum Eingang des brennenden Speichers. Sie schlugen die Tür ein, aber die Hitze zwang sie, sich zurückzuziehen. Breckton zog sich den Mantel über den Kopf und machte einen erneuten Versuch.

»Halt!«, rief Arista und sprang vom Pferd.

Breckton zögerte.

»Ihr würdet Modina nicht lebend erreichen. Ich gehe.«

»Aber ...«, begann Breckton und hielt inne. Er rieb sich das Kinn und blickte auf das Feuer und dann wieder auf Arista. »Könnt Ihr die Imperatorin retten?«

Arista schüttelte den Kopf. »Ich weiß es nicht. Ich habe so etwas noch nie gemacht, aber meine Chancen sind besser als Eure. Haltet die anderen zurück.«

Sie zog sich die Ärmel von Esrahaddons Mantel über die Hände und die Kapuze über Kopf und Gesicht und ging auf das einstürzende Gebäude zu. Plötzlich merkte sie, dass sie die Bewegungen des Feuers spüren konnte, ein berauschendes Gefühl. Die Flammen züngelten hin und her wie ein Lebewesen. Sie sanken in sich zusammen, schlugen erneut hoch und verschlangen das alte Holz wie ein gefräßiges Tier. Ihr Hunger war unersättlich, ihre Gier grenzenlos. Beim Näherkommen spürte Arista, dass das Feuer auch sie bemerkt hatte und ihr verlangend entgegenblickte.

Nein, sagte sie. *Friss das Holz. Mich lass in Ruhe.*

Das Feuer zischte.

Lass mich in Ruhe oder ich lösche dich aus.

Arista wusste, dass sie einen Wolkenbruch und auch einen Wirbelsturm herbeizaubern konnte, aber bis zum Regen hätte es zu lange gedauert und der Wind hätte das baufällige Gebäude umgeblasen. Vielleicht gab es eine andere Möglichkeit, das Feuer zu löschen, aber Modina konnte nicht warten, bis sie sich etwas überlegt hatte.

Das Feuer prasselte und Arista spürte, wie es sich von ihr abwandte. Sie trat durch den verkohlten Eingang. Drinnen empfing sie eine Hölle aus Rauch und Flammen. Alles brannte. Heiße Windböen bliesen durch den Innenraum. Sie ging durch eine wirbelnde Rauchwolke, die sich vor ihr teilte.

Sie fand die verkohlte Holztreppe und begann sie vorsichtig hinaufzusteigen. Die Bretter unter ihren Füßen brachen, splitterten und knallten. Geschützt durch Esrahaddons Mantel, spürte sie die Wärme, aber nicht mehr. Durch den Stoff atmete sie frische, kühle Luft ein.

»Danke, Esra«, murmelte sie und drang weiter durch den dicken Rauch.

Von oben hörte sie einen erstickten Schrei. Sie stieg weiter. Im dritten Stock fand sie Modina. Die Imperatorin lag an Händen und Füßen gefesselt in der Mitte einer kleinen Kammer. Das Feuer war mit dem älteren, trockeneren Holz der größeren Balken weiter hinten beschäftigt und beachtete die aus frischerem Holz gefertigten Dielenbretter, auf denen Modina lag, nicht. Entlang der Decke fraß es sich mit wölfischem Behagen voran. »Wir haben nicht viel Zeit«, sagte die Prinzessin mit einem Blick zur Decke. »Könnt Ihr gehen?«

Modina nickte.

Arista nestelte mit den Fingern an den Schnüren, mit denen die Hände der Imperatorin gefesselt waren, und verwünschte sich, dass sie kein Messer dabeihatte. Nachdem die Hände befreit waren, arbeiteten sie gemeinsam an den Füßen.

Modina hustete und würgte. Arista zog den Mantel aus. Augenblicklich drang die sengende Hitze von allen Seiten auf sie ein. Sie wickelte den Stoff wie eine Decke um ihrer beider Schultern und hielt sich einen Ärmel vor den Mund.

»Atmet durch den Stoff«, wies sie Modina an. Sie musste schreien, um das Tosen des Feuers zu übertönen.

Gemeinsam stiegen sie die Treppe hinunter. Arista konzentrierte ihre Aufmerksamkeit wieder auf die Absichten des Feuers und warnte es gelegentlich, ihnen nicht zu nahe zu kommen. Über ihnen brach ein Balken auseinander und fiel donnernd zu Boden. Das ganze Gebäude erzitterte von dem Aufprall. Dann brach eine Stufe unter Arista ein. Modina konnte sie gerade noch nach vorn ziehen, damit sie nicht zwei Stockwerke hinunterstürzte.

»Wir können dem Kerker danken, dass Ihr so leicht seid«, sagte Modina durch den Ärmel, den sie sich auf den Mund drückte.

Sie kamen unten an und rannten aus dem Gebäude. Als Modina draußen auftauchte, stand Amilia schon bereit und schlang die Arme um sie.

»Da oben ist noch jemand«, sagte Baron Breckton. »In dem oberen Fenster ganz hinten.«

»Hilfe!«, schrie Saldur. »Ich brauche Hilfe!«

Einige sahen Arista an, aber sie machte keine Anstalten, den Speicher noch einmal zu betreten.

»Hilfe!«, brüllte Saldur.

Arista trat einen Schritt zurück, um besser hinaufblicken zu können. Saldur war in Tränen aufgelöst, sein Gesicht zu einer entsetzten Fratze verzerrt.

»Arista!«, flehte er, als er sie sah. »Im Namen Novrons ... helft mir, Kind.«

»Schade, dass Hilfred nicht da ist, um Euch zu retten!«, rief sie über das Tosen des Feuers.

Wieder ertönte ein Donnerschlag und in Saldurs Blick trat Panik. Er packte den Fenstersims und klammerte sich daran fest, während der Boden unter ihm einstürzte. Dann rutschten seine Finger ab und mit einem letzten Schrei stürzte Maurice Saldur, vormals Bischof der nyphronischen Kirche und Mitregent und Architekt des Neuen Imperiums, in die Flammenhölle.

Hadrian beugte sich über den Rand der Brücke und blickte unverwandt auf die Stelle im Fluss tief unter ihm, an der der Körper auf dem Wasser aufgetroffen war. Da wirbelte eine Windbö plötzlich den Zipfel eines ihm vertrauten Mantels unter dem Brückenrand hervor.

Er sah vier Finger, die sich an einen versteckten Vorsprung

unter dem Brückenbogen klammerten, und sein Herz begann schneller zu schlagen. Hastig schlang er die Füße um einen Laternenpfosten und beugte sich noch tiefer hinunter. Dort unten hing, knapp außer Reichweite, Royce. Mit der linken Hand hielt er sich an dem Vorsprung fest, seine Füße baumelten im Leeren.

»Royce!«, rief Hadrian.

Sein Gefährte blickte nicht auf.

»Royce, verdammt noch mal – sieh mich an!«

Royce blickte weiter in das schäumende Wasser hinunter, während der Wind seinen schwarzen Mantel hin und her zerrte wie den gebrochenen Flügel eines Vogels.

»Royce, ich schaffe es nicht«, rief Hadrian und streckte den Arm aus. »Du musst mir helfen. Streck die andere Hand aus, dann kann ich dich hochziehen.«

Eine Pause folgte.

»Merrick ist tot«, sagte Royce leise.

»Ich weiß.«

»Gwen auch.«

Hadrian schwieg. »Ja.«

»Und ich – habe Modina bei lebendigem Leibe verbrannt.«

»Verdammt, Royce! Das ist jetzt egal. Sieh mich an, los.«

Ganz langsam hob Royce den Kopf und seine Kapuze fiel zurück. Seine Wangen waren tränennass und er wich Hadrians Blick aus.

»*Tu's nicht!*«, brüllte Hadrian.

»Ich habe alles verloren«, murmelte Royce. Seine Worte waren im Wind kaum zu hören. »Ich will nicht mehr ...«

»Hör mir zu, Royce. Halt dich fest. Du darfst nicht aufgeben. Wage es ja nicht, aufzugeben. Hast du mich gehört? Hörst du mir zu, Royce Melborn? Du darfst nicht aufgeben, Royce, bitte ... gib mir deine Hand. Gib mir deine Hand!«

Royce hob mit einem Ruck den Kopf und sah Hadrian an.

Ein merkwürdiger Blick war in seine Augen getreten. »Was ... hast du da gesagt?«

»Ich sagte, ich schaffe es nicht. Du musst mir helfen.«

Hadrian streckte den Arm aus, soweit er konnte.

Royce steckte seinen Dolch ein, begann hin und her zu schwingen und hob die Hand. Hadrian packte sie und zog.

Länder und Götter Elans

Bekannte Regionen der Welt Elan
Estrendor: Wildnis im Norden
Erivan: Elbenlande
Apeladorn: Menschenlande
Ba-Ran-Archipel: Inseln der Goblins
Westerlande: Wildnis im Westen
Dacca: Insel der Südmenschen

***

Nationen Apeladorns
Avryn: wohlhabende Zentralländer
Trent: nördliche Gebirgsländer
Calis: tropische Region im Südosten, beherrscht von Kriegsherren
Delgos: Republik im Süden

***

Länder Avryns

Ghent:	Besitztum der Nyphronkirche
Melengar:	kleines, aber altes und angesehenes Königreich
Warric:	mächtigstes Königreich Avryns
Dunmore:	jüngstes Königreich mit der unbedeutendsten kulturellen Tradition
Alburn:	bewaldetes Territorium
Rhenydd:	armes Territorium
Maranon:	Hauptlandwirtschaftsgebiet. Gehörte zu Delgos, bis dieses Republik wurde
Galeannon:	gesetzlose unfruchtbare Hügelgegend, Schauplatz mehrerer großer Schlachten

***

Die Götter

Erebus:	Göttervater
Ferrol:	ältester Sohn, Gott der Elben
Drome:	zweiter Sohn, Gott der Zwerge
Maribor:	dritter Sohn, Gott der Menschen
Muriel:	einzige Tochter, Göttin der Natur
Uberlin:	Sohn von Muriel und Erebus, Gott der Finsternis

***

Politische Strömungen

Imperialisten:	wollen die ganze Menschheit unter einem Herrscher einen, der direkt von dem Halbgott Novron abstammt

Nationalisten: wollen einen vom Volk gewählten Regenten
Royalisten: wollen die unabhängigen Monarchien aufrechterhalten

SUND

Lanksteer

TRENT

Ervanon

Ghent
Sheridan
Melengar Glamrendor
Drondilsfeld
Windermere-See Medford
Winde-Abtei Galilin Windham
Roe Chadwick
Verlorene Lande
Gloustien

WESTERLANDE

AVRYN

Warric Colnora
Aquesta Alb
Amberton Lee Rochelle
Hintindar
Ratibor
Rhenydd
Kilnar
Vernes

Manzar Maranon

DELGOS
Vandon

SHARON-
MEER
Tierre Bucht
Dagas
Tur Del Fur

Dacca

yldeland

RIVAN
benlande

Östliche Küstenlinie, gezeichnet nach altem imperialistischem Dokument

N
W — E
S

BA-RAN-
Archipel

OBLINSEE

CALIS

Mandalin • GurEm
Dagastan • Dur Guron

GHAZEL-
MEER

Die Welt Elan

www.hobbitpresse.de

Michael J. Sullivan
Die verborgene Stadt Percepliquis
Riyria 6

Aus dem Englischen von Wolfram Ströle
640 Seiten, Klappenbroschur
ISBN 978-3-608-96017-4
€ 19,- (D) / € 19,60 (A)

Der spannende Höhepunkt des sechsbändigen Zyklus

Die aufziehende Gefahr – der Vormarsch der Elben. Die einzige Hilfe in höchster Not – aus einer versunkenen Stadt. Der wahre Herrscher – ein alter Bekannter. Zum letzten Mal liegt alles an Hadrian und Royce, das Schicksal auf die richtige Seite zu zwingen.

»In dieser epischen Fantasy zeigt sich der Aufstieg eines Meistererzählers.«
Library Journal

www.hobbitpresse.de

Michael J. Sullivan
Im Schatten des Kronturms
Die Riyria-Chroniken 1

Aus dem Englischen von
Wolfram Ströle
462 Seiten, Klappenbroschur
ISBN 978-3-608-98569-6
€ 17,- (D) / € 17,50 (A)

Start der neuen Serie des Bestsellerautors Michael J. Sullivan

»Hadrian Blackwater hatte sich erst fünf Schritte vom Schiff entfernt, da wurde er ausgeraubt.« Zwei undurchschaubare Männer, die einander hassen. Eine aussichtslose Mission. Und eine Legende, die gerade erst ihren Anfang nimmt. In dieser neuen Reihe erzählt Michael J. Sullivan die atemberaubende Geschichte, wie die Diebesbande Riyria gegründet wurde: Die Riyria-Chroniken.

www.hobbitpresse.de

Anthony Ryan
Das Lied des Wolfes
Rabenklinge

Aus dem Englischen von Sara Riffel
560 Seiten, gebunden mit Schutzumschlag
ISBN 978-3-608-98217-6
€ 25,- (D) / € 25,80 (A)

»Anthony Ryans bestes Werk seit der Veröffentlichung seines unglaublichen Debüts ... Phantastisch!« *Novel Notions*

Unter Vaelin al Sornas Führung wurden ganze Kaiserreiche besiegt, seine Klinge entschied erbitterte Schlachten – und er stellte sich einer bösen Macht entgegen, die schreckenerregender war als alles, was die Welt bis dahin gesehen hatte ... Doch von weit über dem Meer verbreiten sich Gerüchte – ein Heer mit dem Namen Stählerne Horde treibt dort sein Unwesen. Als Vaelin erfährt, dass Sherin, die Frau, die er vor Jahren geliebt und verloren hat, der Horde in die Hände gefallen ist, bleibt ihm keine Wahl, er muss wieder einmal in den Kampf ziehen.